《余罪》之后，常书欣又一力作

对弈 2

我的江湖笔记

一个江湖高人的谋略人生

常书欣 著

中国出版集团公司
中国民主法制出版社
全国百佳图书出版单位

图书在版编目（CIP）数据

对弈．2／常书欣著．—北京：中国民主法制出版社，2017.1

ISBN 978-7-5162-1447-3

Ⅰ．①对…　Ⅱ．①常…　Ⅲ．①长篇小说－中国－当代
Ⅳ．①I247.5

中国版本图书馆 CIP 数据核字（2016）第 305989 号

图书出品人：刘海涛
图 书 策 划：文　沛　杨荣刚
责 任 编 辑：乔先彪

书 名／对弈·2
作 者／常书欣　著

出版·发行／中国民主法制出版社
地 址／北京市丰台区玉林里 7 号（100069）
电 话／010-63055259（总编室）　010-63057714（发行部）
传 真／010-63055259
http：//www.npcpub.com
E-mail：mzfz@npcpub.com
经 销／新华书店
开 本／16 开　710 毫米 × 1000 毫米
印 张／20　**字数**／235 千字
版 本／2017 年 1 月第 1 版　2017 年 1 月第 1 次印刷
印 刷／北京华平博印刷有限公司

书 号／ISBN 978-7-5162-1447-3
定 价／36.00 元

目　录
Contents

第一章　想拉你入伙 / 001

第二章　求大师出手相助 / 038

第三章　“警方”的军师不好当 / 077

第四章　父子相会公安局 / 117

第五章　和大师赌一局 / 156

第六章　越是美女越能骗 / 196

第七章　黑吃黑 / 233

第八章　贼窝纪事 / 272

第一章
想拉你入伙

上午八时一刻，黄晓看到自己那辆别克向水产公司开过来，笑了，龇着牙咧着嘴招着手，像见了哥们儿一样和帅朗打招呼。车停下来了，帅朗从车里出来随手一甩，黄晓不迭地接着，是车钥匙。

“完璧归赵啊，车里外全洗了、油箱加满了、打了层蜡、做了做保养，没占你便宜啊，花了我好几百呢。”帅朗笑道，仿佛用完车黄晓还欠了他好大人情似的。黄晓嘿嘿笑着，反手一指：“我们老板买新车了，拽不拽。”

嗯？帅朗看了看，公司门口不远处停了辆新奥迪，又见黄晓拽大爷一拽腰里的车钥匙，乐颠颠道：“还得谢谢你呢，不是你把车搞走，我都开不上新车呢，哈哈。”

“拽，你比车都拽……那就这样了啊，回头见。”帅朗竖着大拇指，夸了黄晓一句，背着包回头要走，一走黄晓不让了，快步追上来拦着：“等等，这是咋了，说句话就走……星期天了忙着去干啥啦？就不是星期天，你也没工作，还不是瞎晃悠呢？”

“对呀，我今儿就去找工作呀。”帅朗不以为然地说。

咦？黄晓愣了，这会儿才慎重地打量着帅朗，一下子发现问题了：此时的帅朗西装、皮鞋、单肩包，又恢复了上个月初见帅朗时的那个样子，和公车上、和大街上打扮得人五人六找工作的小青年没啥俩样，只不过相比印象中那个穿着绸衫的跟班样子，让黄晓看着怪怪的，指着帅朗嘿嘿哈哈地张着大嘴谑笑。

帅朗眯着眼瞪着黄晓："有什么可笑的？中州失业人多着呢，看我一个就把你笑成这样，去人才市场看看，笑死你。"

翻着白眼噎了黄晓一句，帅朗扬着脑袋，比黄晓还拽地大踏步走了，不理这货了。

"哎，别走……等等……"黄晓又追了上来，帅朗一步不停，出了路口不远就有公共汽车候车亭，一站住了黄晓解释着："帅朗，我们那辆别克咋样？想不想开？"

"想啊，你白送呀？光白送不行啊，管油管费用我就开。"帅朗替黄晓说下面的话了，一说把兴冲冲要搭话的黄晓噎得直梗脖子，指着帅朗气愤愤地斥道："恁……你咋个跟班命，还摆大爷架子不小!？哪儿有白给你车还送油的？恁咋这么会想事来？"

"那你想怎么着？附加任何条件免谈。"帅朗和黄晓开着玩笑。

"这样……师爸也没人照顾，要不这样，我们老板说了，就和在祁圪裆村一样，你照顾师爸，工资照旧，车你开着。咋样？"黄晓诱道，很诚恳。

"不怎么样。"帅朗摇头回绝了，瞪着眼吓了黄晓一跳："一边去，我连我亲爸都没伺候过，你一破师爸让我伺候，想得美。"

"嘿，这？"黄晓愣了愣，不知道该怎么劝了，一见帅朗扭过头去，又不死心地站到帅朗眼前，一副别给脸不要脸的口气道："恁这人说的，亲爸哪能跟师爸比？一看恁这鳖样，恁亲爸也不咋样，师爸不一样啊，跟着师爸有钱呐，我们想跟师爸，人都看不上呢。"

"我亲爸不咋样？"帅朗被这句气着了，一指自己问着黄晓，那黄晓偏偏不知趣，强调了一句肯定不咋样，要不儿子这鳖样？话音没落"哎哟"一声，被帅朗大爆栗子敲脑门了，一瞪眼要跟帅朗叫板，不料手刚伸，帅朗轻轻松松一个锁腕动作就把黄晓胳膊反扭过来，黄晓“哎哟哟”吃疼求饶。帅朗谑笑着一脚踹着屁股，把黄晓踹出几步远指道：“看清楚了没，黄晓，这就是我爸教的，知道我爸干什么的？警察……专抓你这号骗子。”

“谁是骗子？恁还说我，老锉那批酒不是你鼓捣出去的？”

“我那叫营销，和你们能一样么？”

“我们那也叫墓园营销策划。”

“哈哈……”

“笑啥嘛，还不都鼓捣着哄人俩钱。”

“对对，就是哄俩钱……那你哄你们的，我哄我的，干吗非要拉上我？”

“不是非要拉你，师爸、寇老板，还有老冯他们商量说你很有潜力。”

“潜力？什么潜力？”

“还有啥潜力，哄钱呗。”

“啊……呸……”

帅朗听着听着这话就走岔道了，侧头作势呸了黄晓一口，这黄晓面相虽恶，可属于那号色厉内荏的货，性子软，胆子也不大，被帅朗呸了口，上来也不是，走也不是，干站在那儿，帅朗理也不理，招手公共汽车“嘎”一声停下来了，黄晓见人要走了，这才追上来问：“哎，同意不同意，给个准话……”

再回头一看，黄晓这迷瞪样敢情还真不依不饶了，倒把帅朗气笑了，回头笑了句：“我这么个好人怎么会和你们同流合污、沆瀣一气呢？听不懂了吧？真没文化，你个鳖样，去……”

咣当门关上了，窗户上伸着帅朗吐着舌头的鬼脸，黄晓愣愣地剜了帅朗一眼，车一闪而走，现在终于发现帅朗和别人的不同之处了，不同在什么地方呢，就见得黄晓高高竖着中指朝公共汽车驶离的方向大声给帅朗下了定义：

“你个傻瓜！”

摇摇晃晃、挤挤攘攘的公共汽车上，可比别克车差得远了，坐在光溜干硬的座椅上闭目小憩着，帅朗觉得心情很平和，偶尔兜里有钱了，免不了下馆子、去桑拿充回大爷，这周开着车、泡着妞、当着店长，大爷充得挺足，不过成本也不低，粗粗算下连吃带玩落到手里只剩几千块了，花的时候潇洒，花完了总免不了有点心疼，每每一后悔就想：那要攒下，不都成咱自己的了。

其实呀，这才是自己的生活空间……帅朗睁开眼，看着满车坐着、站着的男男女女，有大包小包提的，那是来中州进货的小生意人；有一对一对头碰头窃窃私语的，那是热恋中的男女；更多的是提着塑料篮子的主妇煮夫，忙忙碌碌开始新的一天。出陇海路换车，十九路直达中州大道，上车却又是一番风景，西装革履明显和年龄不太相称的打扮的人多了，这一类人，基本和帅朗的目的地一样：人才市场。

没错，帅朗又回了起点。和很多三天两头换工作或者根本没工作的人一样，人才市场是除了租住地的第二个家，来这儿也和租房住的感觉一样，刚开始觉得心里很有底，来的多了就像租房久了，越来越没底，比如就像下车入眼的人山人海场面，作为其中不起眼的一员，你会很怀疑自己存在的真实感，当然就提不上什么存在的价值感了。

来了多了也就从容了，帅朗可不像刚毕业或者还没毕业的小年轻，揣着简历兴冲冲地成群结队到市场里碰运气。他款步走着，拨着电话，四顾搜寻着，直到看到一胖一瘦站在人才市场对面电器商城门口那俩货，招呼着，隔着街面拐了弯，两位快步小跑着朝帅朗这儿来了。

是田园和平果，上得前来平果把一摞打印好的简历递给帅朗，帅朗往包里一塞：“你们玩去吧，今天周日我碰碰运气去。”

“喂喂……二哥，你真准备就拿这简历去呀？”田园吭哧哧喘了几口气，拽住要走的帅朗，帅朗讶色一问：“怎么了？”

“你看……比原来薄了好多张，工作简历就寥寥几句，当过售货员、当过司机，还有荣誉、还有什么，可都没啦，就这么三两页，还是个破学校，实在没看头呀。”田园提醒着，一招手，平果会意，立马从腰里又抽出了一摞，笑呵呵递上来悄声说：“二哥，这是你原本用的，你看……优秀学生干部、十佳大学生、当过超市配货、车队队长包括营销主管，拽吧，还用的你那份假学历……”

平果嘿嘿笑着，拿了二哥好处，没忘为二哥着想，想得蛮周到，生怕帅朗又失业。

“不用了，我就想试试，咱实打实来，能不能找份像样的工作。想混那些工作还用找呀，程拐昨天打电话还让我跟他下乡送书呢……你们去吧，别管我了。”帅朗拍拍这俩兄弟，自顾自向着人才市场走了。

人一走，俩人愣了，平果看了看田园、田园也在看平果。两个人此时的心思恐怕一样，二哥怎么着办事都不稀罕，就实实在在办回事让俩人稀罕。俩人互看了看，又看着踌躇满志大步流星的帅朗，平果鼻子哼哼，有点可笑地问：“哎，老屁，你说二哥变成这样，是不是爱情的伟大力量?”

“狗屁，你相信那玩意儿?”

“我不相信二哥相信呀，你看这跟变了个人似的。”

“变了？哪儿变了?”

“啧，真的，昨天晚上桑拿连异性按摩都没要……不骗你，真的。”

“那要纯洁一回就成君子，我早成圣人了。”

“你是功能有问题，你和二哥不一样。”

“我靠……找揍是不是?”

俩人说着就推搡着干上了，一个追、一个嬉笑着躲，一前一后奔跑着，离开了这个挤攘的人才市场。

周日的人才市场比平时更热闹了几分，快五月份了，临毕业的各大院校学生成了主流，当然也为大大小小的用工单位提供了大量的廉价劳动力，招聘的和应聘的同样火爆。有段时间没来了，一踏进这里，帅朗没来由就想到了上一次在这里遇到王雪娜的情形，那份惊艳、那份羞涩、那份初见如春光的灿烂让他觉得心里甜甜的。每每来这儿，总是免不了挤前搡后钻空子，这一次帅朗发现自己的心境变化了，最起码不去讨人嫌地挤着插队，不去推谁、不去踹谁了，而是闲庭信步地在各展位前找着自己感兴趣的岗位。

或者，根本没有什么岗位。要得最多的是各商家售货员，这类帅朗不想去；稍多一点的披着营销经理、主管外衣的销售岗位，帅朗也不想去了，不管是卖粮卖油卖百货还是卖保险，免不了进到行当里，还要和以往一样花言巧语、巧舌如簧，直到忽悠得客户掏腰包才算罢了。没意思，这些生意行当差不多都多多少少有点勾当。帅朗看着招聘的人，年纪稍大点的主管，隐约都有点像古清治；年纪稍小点的，那皮笑肉不笑的德性又看着有点像王铿炮，一溜直看过去，一份简历也没有排队去送。

似乎，这些都是自己经历过的，有点曾经沧海难为水的感觉，兴味索然了。

咦？二层……和门庭若市的一层不同，二层少有人去，标着“高级人才储备”字样的地方，让帅朗突然泛起了一个念头。对呀，毕业两年、有工作经验、大学本科以上学历……我好像都符合条件，为什么从来都不敢去呢？

以前揣个假文凭不敢去，可我现在拿的是真文凭呀？试试去！

说去就去，帅朗抬步朝二楼走去，回眸看着数百平方米的大厅人头攒动，那种已经脱离大多数人的“高级”感觉还是明显的，他笑了笑，信步直上二层。

愣了，上楼就有点愣了，一半是办公区，另一半招聘区却稀稀落落没有几个人，看来基本符合农贸市场的特点，大路货太多，上档次的货还是缺。踌躇了几步正要离开，不料厅里有位迎宾倒主动搭讪上了，很礼貌地问：先生，有什么可以帮您的？

嗯？服务就是不一样，不知道收费不收费，帅朗一指厅里奇怪地问：“这儿招聘展台怎么这么少？人也不多。”

“是这样，工作两年以上大部分很稳定，除了特殊跳槽、转行或者有特殊才能，企业有特殊需求的才在这里设席位，今天又是周日，所以人就少了。先生如果有兴趣，可以先到锐仕猎头公司登记储备一下，他们和很多大企业都有业务往来……”迎宾是位二十七八的姑娘，很职业地介绍着，看来也懂人不可貌相的道理，对于这个其貌不扬的帅朗也给了十分客气，帅朗寻思了一下，问了个关键词：“收费么？”

“不用的。”迎宾笑了，介绍着：“只有在介绍双方达成用工协议之后才收费，登记储备全部是免费的。”

“哦……谢谢，那我试试去。”帅朗一听放心了，信步朝着迎宾示意的方向走过去，这年头除了现兑现，其他的帅朗都不太相信了，卖自己更是如此。

走廊很长，直走到尽头才看到玻璃门上的锐仕的标牌，偌大的工作间隔断成了几个，上午的阳光把工作间洒了一屋，很明媚的地方，帅朗伸着脖子鬼鬼祟祟一瞧，发现了更明媚的东西。在第三个窗户，阳光正照射的办公桌前，坐了一位长发披肩、素衣淡妆的白领丽人，正玩着一台笔记本，苹果本子。

不用看，是个正规正牌的猎头公司，就这谱也不小，对于猎头帅朗倒也稍有了解，据说像这种拐人才的掮客眼光毒的话，猎一头没准儿就赚他个几万十几万不等，网站上报名的不少，不过值得人家猎你的还真不多。想了想……不知道是出于“猎”还是“被猎”的心理，帅朗敲响了锐仕的门……

“请进……”那姑娘抬起头，很漂亮的圆脸，微扫眼影的淡妆，起身迎着帅朗，请帅朗落座到办公桌前，然后很客气地倒了杯水。

说什么来着，高级就是高级……一下子，帅朗心里的自信被充实得满满当当，这地方和楼下那挤一身臭汗相比，简直是天壤之别。那姑娘粗粗一介绍，基本和门厅的迎宾所述相同，帅朗递上了简历，很谦虚地、很客气地先打了个伏笔：“我是刚刚满足条件，而且是勉强满足……只是抱着试试的心态来瞧瞧。”

“没关系的，人才的需求本身就是多样化的。”那姑娘说话娓娓动听，颇为入耳，看着帅朗的简历，问了句：“您的二外学的什么？”

“没……没学二外，就英语过四级了。”帅朗有点紧张地张了张嘴，这二外是心里永远的痛，其实他很后悔当初没学初级日本语的，不然现在看片都不用凭表情猜了。

“哦，没关系……那特长呢？”

“特长？”

“比如音乐……piano、violin，有什么乐器懂一点吗？”

“不会。”

“其他艺术类呢？比如绘画、雕塑，比如爱好收集或者其他什么？”

“这不是大学必修课呀？”

“您别误会，我们锐仕一般都对所储备的人才情况要作深入了解，个人爱好和艺术素养能直观地反映出一个人的整体素质，并不是所有能胜任工作的人都叫人才，比如画廊的经理人、乐器行的经理人、某个文化行业的用人需求，都会有这部分的考察。”女猎头笑吟吟地诱导着。

不过白诱了，帅朗这会儿才明白自己除了打架比别人手快，还真找不出摆得到台面上来的特长了，讪然摇摇头：“没有。”

“那也没关系。”女猎头笑了，似乎又一次看到了一个不自量力来这儿找机会的人了，她把简历放下，盯着帅朗，西装，熨烫得不展，条格子衬衫，看做工比人还粗糙。看过几眼，她心里已经对此人下了定义，又转了个话题：“有兴趣做个智商测试么？”

“智商？测试？不用，我智商没问题。”帅朗很肯定地说。

“您别误会，这样也可以帮我们全面地了解您的情况。我看您的简历没有发现很特殊的表现，这样的简历即便输入到人才库也会被淹没的……从您的简历上看，您做过很多销售工作，看来您的特长应该发挥在这个方面，所以我建议您做一下，如果表现特别优秀的话，在人才储备库里很容易被用工单位挑走。毕竟现在市场竞争激烈，从市场调查到策划、到产品设计、消费群体辨别，都需要专业人才来做，说现在是一个智商决定薪水的时代也不为过。”女猎头笑吟吟地介绍着，不时看着帅朗的表现，有点失望，自始至终她都没能发现此人异于常人的地方，这种料一层太多了，唯一的不同之处是这块料胆大，敢从一层走上来。

“那好……我试试。”帅朗半晌做了个决定。女猎头笑了，随意点着鼠标，接着打印机哧哧作响，喷吐出来两页A4纸，女猎头拿在手中，看着表，出声示意了句：“时间限定十分钟，现在开始。”

说着她把纸递到了帅朗眼前，帅朗乍一看，傻眼了……

傻眼了，遇到你从未见到过的事都会有这种感觉，原本以为会有些什么文字性的刁钻问题，不过拿到手里帅朗才发现，自己能认识的方块汉字屈指可数，余下的都是些圈圈点点、数字、三角、菱形、花纹、图案或者什么动作形状组成的若干组题，题目也千篇一律，找出类似的、找出不同的、或者根据规律填完整某组数据，两页答卷，要是粗一看，差不多和古神仙画出来的神符差不了多少。

“这……”帅朗伸着舌头，眼珠滴溜溜地转，看着对面计时的女猎头，那妞保持着一个很不意外的眼神看着帅朗，也很不意外地看到帅朗这种表情，看把帅朗给整傻了，笑了笑道：“其实很简单，这是考察你辨别力、分析能力以及对所发现事物的判断力，这种测试和学历无关，有些智商突出的初中生和高中生都能做得很好……”

嗞……帅朗从女猎头的眼神里发现了那份不屑，有点受伤的感觉了，这初中生和高中生都做出来的题，自己要被卡住了，那得多丢人。他硬着头皮，收回了眼神，看着答卷，一道一道看着，女猎头递过来笔，帅朗也只是下意识接住，眼睛一瞬也不眨地盯着这些图形，时而狐疑、时而微喜、时而思考、时而又笑笑，谁也不知道他心里想到了什么。

帅朗从来不是认真的人，不过这认真起来就有点不像人了。

最起码女猎头觉得这人很怪异，以往参与这类测试的都提笔就写，最起码一道一道挨着往下做，25 道题十分钟的时间并不宽裕，可这位奇也怪哉，几分钟了笔都不动，连她也觉得坐在这人的对面、看着此人怪异的表情很不自然，轻轻地起了身，像是和自己无关一般站到了窗台之前，晒了若干分钟明媚的阳光，再回头时，那人还保持着一动不动的坐姿。

是天才？还是白痴？

女猎头眼中掠过一丝狐疑，不过比较倾向于后者，她坐在这里很少接待只拿个大本学历和四级英语证书，就敢来应聘高级人才的，而且还没有在任何一家有点名气的公司从业的经历。每每来这儿的，起码也得有个硕士学历，起码也得有个二外、三外吧，就再不济，好歹也有过拿得出的工作经历。而这位呢，司机？售货员？保险推销员？女猎头在帅朗的目光之外，咬着下嘴唇压抑着笑，要不是今天周日实在闲得无聊，她还真没心情接待这号货色，以往这种傻头傻脑的不是没来过，不过被打击之后，鲜有能笑着走出这里的。

那种表情好像有段时间没见过了……女猎头心里暗笑着，看看还在发呆的帅朗，提醒着时间，还剩两分钟。心里暗道，如果聪明的话，现在扔下笔，说一句我没有见过类似的题目，起身告辞就走，那一定是个明智的人，好歹还能保留几分面子。其实你就是会做、能做，没有相关的工作经验，没有拿得出手的文凭和证书，进了人才库照样要被淹没的，现在大公司选人比选美还严格，哪怕一点点瑕疵也要不得，像这位的简历，除了瑕疵还真找不出别的。

意外，女猎头微微意外，就在她提醒的时候，帅朗拿着笔，宛如龙飞凤舞画符般地刷刷刷几笔 ABCD 填着，瞬间挥就。“啪”声往桌子上一拍笔，回头一脸喜色望着女猎头：“好了。”

咦？好了？女猎头从窗前移动回办公桌后，拿着那两页答卷，帅朗笑着道：“不难，挺简单，有点故弄玄虚了。”

“是吗？这可是国外十几家咨询公司多年研究的成果，有多名心理学、教育学专家参与这个项目的开发，现在几乎是行业通行的标准了。你觉得简单……”

女猎头笑着，拿着答题，手指击着键，看样子是在输帅朗给出的答案，她一这么说，帅朗在这么大权威面前不太敢献丑了，他笑了笑，尴尬地抹抹鼻子，也不太敢打扰这位女猎头，只等着结果。

帅朗在房间里扫了几眼，这样的工作环境确实高级，三间连窗、五个隔断，每个隔断工作台子上都摆放着笔记本电脑，有两个台子还放着咖啡杯子，金色的小勺在白色的工作台上显得格外招眼。门后是木质的衣架，挂着个红色坤包，女式的，应该是面前这位的，这么大的开放式工作环境即便摆放一组会客沙发也不显得拥挤。看着的时候帅朗突然发现，这里似乎就和都市剧的情节一样，高档写字楼、俊男靓女、办公室暧昧等等诸多烂剧元素，不过不可否认，这种环境还是蛮吸引人的。

“帅先生……”女猎头开口了。

“帅先生……”女猎头不悦地开口了，加重了语气，她可没料到这个时候面前这人居然能走神，这一加重语气，帅朗一个激灵正襟危坐，保持着目光平视，等着一个可喜的结果，毕竟做那份题的感觉还是蛮好的，最起码不像学校考试，抓耳挠腮两小时做不出来。

意外，很让帅朗意外的是，那位女猎头什么也没说，拿着帅朗的简历，很客气地双手持着递还给帅朗，帅朗机械地接过来，愣了，狐疑地看着对方，那位靓女很诚恳地说：“帅先生，我建议你到一层撞撞运气，这段时间的用工机会还是挺多的。”

“咦？不是……这……这为什么呀？”帅朗愣了，不料是这么个不咸不淡的结果，看着女猎头的表情多少能猜出点结果，不过不太相信地追问着：“总得告诉我结果吧？我知道我算不上高级人才，那总得看看我和高级还有多少差距吧？”

女猎头没吭声，很严肃地把电脑扭了个方向，屏幕显示着答案输入后电脑评分结果，红字，很大，85 分。

“呵呵……不错嘛，85 分。”帅朗霎时乐了，一脸喜色，出声问着女猎头：“哎，这位大姐，这个测试还是挺公允的啊，我就没考过这么高的分数。高中考过，不过那时候总分是150呢。”

“这个总分一百八呢。”女猎头道。

“呃……”帅朗眼睛一凸，噎着了。

“普通人在101到130之间，超过140就是超常了，低于80，那就等于白痴了……所以我建议您到一层试试，看你以前的工作经历，还是找同等工作来做，其实工作机会多得很，不一定非需要智商很高的……”女猎头娓娓道来，很同情的表情。

“哎……不对……不对……你是不是哪儿搞错了？”帅朗不死心地问。

“怎么可能，这是电脑评判的，每年要做数万例，鲜有失误。”女猎头解释着。

“错了，绝对错了……你说我普通，我能接受，不过不能来你们这儿一趟，就把我整成弱智吧？你不干脆把我整成白痴得了？”帅朗翻着白眼，被这个结果气着了。

“您刚才不说测试很公允吗？”

“那我不知道你满分一百八呀？”

“满分多少和你做的好坏没什么关系吧？”

“不可能，绝对有关系，只要不是考英语，我好歹能及了格，就及不了也差一点及格。”

“你……”

女猎头乍听此言，先气，后愣，然后一听差点及格，再看帅朗憋着劲儿要找个说法的表情，“扑哧”一声笑了，一笑觉得很不雅了，捂着嘴、低着头，吃吃咯咯半天直不起腰来了。

受伤了，帅朗觉得很受伤，虽然从小到大成绩不怎么地，可他从来没有怀疑过自己的智商还存在这么严重的缺陷，今天面对的是个妞，要是个男人的话，他早拍桌子骂娘了，气咻咻地坐着，看着那妞咯咯吱吱笑着，恨不得摁着蹂躏一番才能解气。半晌那妞抬起头来，看帅朗脸色阴沉，有点不忍再打击他了，婉言劝着：“帅先生，对不起，不是我贬低您，事实就是如此，也许是我们的系统故障吧，您别介意……不过就您这种学历、这种工作经历，在我们这里恐怕找不到合适的机会……”

“不用不用，你不用考虑我的感受，我经常被打击，已经习惯了……”帅朗道，很客气，不像恼羞成怒的样子，出声问着：“不过今天这个打击有点意外啊，这样吧，我咨询一下，您的智商和学历怎么样？”

“140 左右吧，本科毕业后我考了 GRE，在美国拿到了硕士学位，后来又考过管理咨询师资格，就我在的这个猎头公司，很少见大本学历的人来，最差也是硕士，或者双学士学历，要不参加过 GMAT、TOEFL、或者 MSE……有的甚至精通三四门外语，所以我建议帅先生您……”女猎头委婉地劝着，不过那微笑里多少有几分轻蔑之意。

“不用，我该干什么不用你建议……”帅朗倒转过了自己的简历，拿起笔刷刷写了几行字，见那女猎头正狐疑地看着自己，放到女猎头面前道：“我用实际行动证明你是错的……看看，智商 85 的给你出个题……有个中国人叫曹里统，后来到了日本，他改名岗板日川，再后来到了美国又改名约翰曹，再再后来到了英国，他又改名查理一世……这四个名字有一个世界通行的文化内涵，你说是什么？”

“你……你考我？”那女猎头一拍纸，大惊失色了，奇也怪哉地看着帅朗，根本没去考虑那题目，或者刚一听就愣了，那题也是闻所未闻，一作生气姿态，帅朗嗤鼻笑了笑：“知道你也不会……你不是想知道我有什么特长吗？现在我可以告诉你。”

“你这人怎么这样？刚才干什么去了，有必要浪费时间吗？”女猎头不悦了，似乎不准备再听下去了，不知趣的人很多，但像这样低智商而且不知趣的，倒也少见。

“绝对不会让你觉得浪费时间，我保证。”帅朗平复了一下受伤的心情，看女猎头狐疑着，不时地盯着自己写的那张纸，估计她根本不知道这题的意思，不屑地哼了哼道：“我的特长和你们的特长差不多，你们猎头，我猎人……比如我可以看得出你，双手指甲修剪得体，可指甲的月白偏少，只有三个，那说明你长时间处在亚健康的状态，你不是中州人，在这个城市找生计，压力很大是不是？”

咦，女猎头诧异地一抬眼皮，不知道这个结论何来，不过却没有很不悦的赶人表情。

对了，说对地方了？怎么说对的呢？很简单嘛，现在工作，有压力不大的吗？

一句开场吸引住了女猎头的注意，帅朗趁热打铁手一指，还是那女猎头手，说道：“第二点还在你的手上，手指尖部皮肤粗糙，纹路模糊，指甲边翘起，整个手背和你胳膊露出来的皮肤已经看得出轻微差别了，我想你在国外过得不怎么样吧？洗碗了还是刷盘子了……”

咝……女猎头眼一瞪，下意识地蜷回了手，有被揭疮疤的难堪。

“还有，我看到了你挂在衣架上的包，名牌的款式我看不出来，不过边角上有轻微磨损，女人在这个上面最心细，这包用了有些时间了吧，之所以没换，是不是经济危机后你的经济状况也不乐观……由此我还知道，你应该是谋到这份工作不久吧？其实在休息日里把你放这儿值班也可以反映出来，你在公司里的职位和级别都不怎么高吧？还有，你的淡妆眼影很漂亮，不过我却看到了你眼睛里的疲惫和你试图掩饰的忧虑，我甚至还可以推测出来你的感情生活应该是空白吧，否则怎么在你脸上看不到一点幸福和滋润呢？”帅朗加重语气谑问着，此时可怜与被可怜的对象大翻盘了，原本就抱着试试看心态的帅朗根本无所欲求，倒不必刻意曲意奉承，几句直指刚刚眼睛观察到的要害，几句也把那女猎头的傲气和自信盘剥得一丁点儿不剩。

那女猎头深深地吸了一口气，正要反驳句什么……

“不用说 get out，我马上走……还有一句我觉得你应该听听，你满口英格里死，这无非是你想彰显自己与众不同，生怕别人不知道你喝过洋墨水，或许把人打压一头，那种高高在上不可企及的姿态会给你带来满足感，可人的弱点就在这里，你越彰显什么，就说明你越缺乏什么，你越这样标榜，越说明你很不自信……何必呢，你出了一趟国，满载着自卑情绪回来，想从类似我这样的同胞身上找回你的良好自我感觉来，有意思吗?”帅朗终于把自己要表达的喷出来了，现在发现自己生气在什么地方了，从进门人家就是以一种居高临下的姿态看着他，没准儿给他测试机会根本就是想逗他玩玩呢。

火了，火山即将喷发了，那女猎头圆脸煞白、俏眼含威、银牙紧咬，估计是原本要喊一句“get out”的，不过被帅朗一刺激，这俩单词也没吐出来。

帅朗这会儿尽去被人考成弱智的郁闷，得意地起身，自信地迈着大步，几步走到门口，再回头笑着一看，女猎头正盯着帅朗，又被吓得全身激灵一下，那嘴比对着枪口还让她紧张。帅朗“扑哧”一笑，指指示意道：“那份题中州大学大一的新生都做得出来，师小姐，你还有个缺陷，智商高了，情商太低……哎，没前途。”

说着，帅朗推门而走，脚步声噔噔响着，人声渐杳。

人走了，玻璃门摆着、晃着，只到静止不动了，半晌这位女猎头恍然惊省狐疑着：“他怎么知道我姓师?”

她慌乱地看着桌上，答案就在桌上，自己的名片就摆在桌头刚刚他坐着的左侧位置，名片上印着师娅妮，咨询部经理。

这名头够唬人，最起码在人前不会丢份，不过他怎么知道我刚进公司呢？师猎头有点怀疑了，对刚刚发生的一切都怀疑了，包括电脑测试出来的分数，包括他能如此准确地说出有关自己的情况，压力大、感情空白、缺乏自信、经济状况不乐观……等等，慌乱间找不到任何一个让自己满意的答案，让师猎头心里空落落的，智商上的那点优势一点都不剩了。目光再一次落到纸上那几个大字上时，一下子注意力又被吸引过去，没错，这个弱智出的题自己还真不会。

名片簿翻着、手机拨弄着，又拉过电脑翻找自己经手的客户资料，找什么呢？找中州大学毕业的呗……一个答案让师娅妮来回折腾了好大一回，还真找到了一位，电话里又不好说，干脆短信约着上 MSN 说话，好容易等到对方头像闪亮，师娅妮把这几个名字点击着发送出去了。

对方的回复很快：一个大大的问号。

有个中州大学应聘的来给我出了这么个题，他说这四个名字，有一个统一文化内涵，什么意思？师娅妮敲击着键盘，求着解。

对方的回复慢了，一大会儿才一整段话回过来：这是中大男生的荤笑话，你这样念：×××……这里面当然有全球统一的内涵了：FUCK，他骂你呢。

"啪！"师娅妮重重地合上笔记本电脑，一肚子气，气得血涌上头几乎眩晕，这才明白了，他人走了都留了个坑，知道自己肯定要跳下去找不自在呢。

"王八蛋……bitch……shit……"师猎头气得有点变色，跺着脚，擂着桌子站起来了，在房间里来回巡梭几步发泄着，直恨自己反应迟钝放走人了，要不直接笔记本当头砸下才能解心里的气愤。

叮叮当当的音乐声响了，正生气着的师猎头拿着手机，还以为是刚才求解的那位，准备拿起来摁掉时却看到是经理的电话，赶紧深吸一口气，抚胸平复着心态，接听着："您好，寥经理……"

"小师呀，刚才谁在内网上调出 IHCE 题库打印了？IP 地址显示是金河区。"

"是我……"师娅妮立时一惊，要说的话生生咽回去了。

"这是咱们锐仕内部评测高级人才寻访顾问师的题库，涉及商业机密，不能形成纸质文档，所有用过的需要销毁……你刚进公司不久，学习精神可嘉，不过可不能违反公司的规定啊，这事你给我写份报告上来……"

师娅妮答应着，诚惶诚恐，一挂电话省得错在哪里了，重新掀开笔记本电脑，拿着刚刚帅朗做过的答卷，一看，再一看……一拍额头，错了，内裤都错掉了，打印时候没注意，给对方的是公司内部猎头的评测题，输答案的却是IQ页面，硬是把这人整成弱智了，两份题都是抽象的线条、数字、图形组合，刚刚只顾注意这人怪异的表现，还真没发现自己犯了如此低级的错误。

想了想，她干脆打开了IHCE内部页面，把帅朗的答案往页面输入，输完了，猝来的惊讶让师娅妮的手微微抖了抖，立刻起身就往门外跑，快步奔出二层楼梯口，脚步愣生生刹住了，一层，人山人海的一层，人头攒动着的地方，哪还能找到那位只留了个名字的人……

晚八点，又到了嘉和超市换班的时间，因为促销中断的夜班正常了，经营时间要延续到零点才告结束。这个时间，是王雪娜下班的时间，她像往常一样上了三层，在简陋的更衣室里换下超市的马甲、衬衣，穿上自己的裙子，人显得有点无精打采，说不清是什么原因，虽然对这里的老板有点不齿，可这是自己平生第一份工作，又有点不想半途而废。

或者，还有一个说不清道不明的原因，似乎因为缺少身边一位献殷勤的，工作显得很枯燥，工作时间又显得如此漫长，第一次有了累的感觉。

旁边换衣的两位小姑娘，边换边叽叽喳喳讨论着，说到了一个让王雪娜侧耳的名字：帅店长。怎么说呢，帅店长挺帅的啊，以前咱们的加班费都是拖一个月，这次好了，当天就发了。另一位附和着，就是嘛，蓝店长就知道板着脸训人，帅店长可比她强多了，可人怎么走了呢？真可惜……

后面的声音渐小，估计又在编排蓝店长的什么糗事坏话。王雪娜轻轻拉门出来了，心里泛着个词“可惜”，像丢了自己心爱的东西一样，她也有那种可惜的感觉。

下楼，灯亮如昼，顾客已稀，店员们和她打招呼，王雪娜勉强笑笑应着。出了门厅，不知道心里想到了什么，她下意识地停下了脚步，四顾着灯火阑珊、行人如织的街市，这一刻心里涌起的是一种复杂的感觉，想看到他突然从人群中出现，又觉得如果现在他突然出现，自己肯定又是一个冷眼相加不欢而散。踌躇良久，当忙忙碌碌、来来往往的车流行人没有一刻停歇，没有一分熟悉出现时，却又让她如此失望。

王雪娜无聊地迈着步子，到了超市附近的员工停车场里，一溜成排的电动车、自行车堆里，找到了自己那辆粉红色的女式车，借着昏暗的路灯余光，开着锁，嗒声一踢支架，倒出车来……突然，王雪娜惊声尖叫“啊……”了一声，车脱手而倒，被背后不知道什么时候站出来的黑影扶住了。

“是……你!?”王雪娜尖叫声猝起猝停，看清了，是帅朗，在背后吓了自己一跳，此时正嘿嘿傻乐着，想见难见，一见着就生气，王雪娜哼了哼推着车，不理会，也不和帅朗答话，气愤愤地推车便走。

“嗨、嗨……别走啊，我等了好大一会儿，怎么见面就走。”帅朗背后跟着纠缠上来了，王雪娜没好气地说：“我就不想见你，你来干什么?”

“不说来等你来了么，我不放心。”帅朗扯着。

“好啊，等到了，你可以走了。”王雪娜推着车，头也不回，不过听得帅朗这么说，心里多多少少还是有那么点温馨的感觉，毕竟被人牵挂着、关心着，总比没有强吧。

“还有件事，我得办了才能走。”帅朗快走两步，追了上来。

到路牙边了，王雪娜停了停，回头看着帅朗，这会儿不管从哪个角度看，帅朗都有点鬼鬼祟祟的感觉，王雪娜嘴角翘翘，不屑地哼着：“你觉得你还有机会吗?”

“嗯?”帅朗眼一凸，重重嗯了一声，一看王雪娜这么高傲的表白，立时话锋转了，指着王雪娜道：“你想哪儿去了？要什么机会?”

“哼，又想作怪，懒得理你。”王雪娜没有揣到帅朗的心思，推着车下了路牙，帅朗在后面扶着车座，一下路牙，就听帅朗白活着：“我昨天想了一天，有些话得说清楚，特别是对你的欺骗行径我得给予严厉谴责，不能光你谴责我吧?”

“我……骗……人?”王雪娜一愣，绕进话里了，回头气愤地质问道：“骗谁了?”

“骗我了。也骗你自己了。”

“胡说。”

“什么叫胡说，你明明是个根本不愁上班的主，却扮个找不着工作的学生妹；明明你脖子上的手机是价值几千的 iPhone，你却骗我说是山寨高仿的；明明你知道我骂的是关妍慧她爸，你也不吭声，等着看我笑话；明明你知道我肚子里没货，还天天逗着我谈诗词歌赋，看着我出丑。”帅朗摆着一通似是而非的理由，一副受骗的委屈样子。一听又是没正形的烂事，王雪娜笑了笑，推着车吱吱哑哑走着，忍俊不禁地笑着。

“还有啊……”帅朗抬步跟着，“你骗我也就算了，我不计较，你不能骗自己吧？”

“我骗自己？什么时候骗自己了？”王雪娜奇也怪哉地接上来了。

“刚才呀，看你在门厅站了好大一会儿，等我是吧？你心里明明喜欢我，干吗要扮个拒人千里之外的样子。”帅朗大惊小怪地说着。

嗒，车一停，王雪娜侧头瞪着帅朗，这话说得是坦坦荡荡、理所当然，激得王雪娜看了半晌才评价着：“你脸皮可真厚啊。找了这么一堆理由来搭讪？说完了，就这些？”

“还有……这大晚上黑咕隆咚我不放心，送你回家呗……”帅朗对着亮如白昼、行人来往的街道文不对题地说着，一点也不觉得脸红。

王雪娜看着帅朗这么正经，忍不住吃吃笑了，笑完板着脸：“不过我可不陪你压马路，我得早点回家，要不太晚了我爸妈着急……你爱送就送呗，我可不坐你借的车。”

说着，她推着车，一蹬，一跨，故意给帅朗难堪似的，翩翩花裙一动，像蝶儿飞走般，眨眼就上了路。

骑……慢慢骑……听着自行车微微的声响，迎着凉凉的夜风习习，骑了十几米，没有见到帅朗那辆别克上来，也没有听到喊叫，这倒让王雪娜有点后悔不该这么矜持，不过又觉得就这么吓走了，还真没有什么可惜的……又前行了十几米，还是没见到车，忍不住回头瞧瞧……一瞧，扑哧一声笑了，车打了个趔趄。

后面，如影随形地跟着帅朗，正迈着大步慢跑着，王雪娜故意捉弄他，加快了车速……我蹬我蹬我蹬蹬蹬，快骑了足有一公里，这才回头看……果如心中所想，后面已经开始微微喘气的帅朗还是一副重任在肩的样子，不离不弃地跟上来了。

“咦？帅朗，车呢？”王雪娜放慢了速度，取笑着。

“还……了。”帅朗喘着气，回了句，跟上来了。

“你太寒酸了点吧？现在人家学校里追美女的都开辆本田，你就凭两条腿追呀？”王雪娜还在取笑。

“啊，我两条腿比四个轮子心诚，不就辆车嘛，那可不稀罕。”

“呵呵，你吹吧你……”

“真不吹，其实你对我这人有点误解啊，要真放开去捞钱，去干什么事，我早发财了，就是因为我爸是警察，有些事我实在不敢放开手去干，这两年我对我自己还是挺满意的，虽然算不上好人吧，可也不是个坏人……呼哧……你慢点……”

帅朗喘着气，断断续续表白了几句，却发现这跑的时候表白，比单纯跑还累，不说慢还好，一说王雪娜加速蹬了几下，笑着跑得更快了，帅朗不迭地追着，又过了数十米，车速才缓下来，等他呼哧呼哧喘着气追上来，王雪娜促狭地咯咯笑着，问着帅朗：“帅好人，就你这还不敢放开去干？哎，我说你咋学得这么精呢，是不是以前经常骗人？”

“不不不，绝对不是……”

“狡辩。你肯定有丰富经验。”

“真不是……”帅朗喘着气，接不上来了，王雪娜放慢了点车速，后面奔着的帅朗解释着：“这个秘密谁也不知道，我就告诉你一个人……”

“你编……你再编。”

“你看你不相信……知道我爸是干什么的？乘警大队长，铁路公安系统的反骗专家。你知道我从小看什么课外书么？《古今骗术大观》、《骗枭》，还有我最喜欢的《骗心术》。知道我从小待得最多的环境是什么地方么？乘警室，我爸一上班没人看我，就把我锁在那小玻璃屋里，隔壁就关着火车上抓的骗子，我爸抓回来的……”

“啊？那你没学学你爸当警察，反而学着被抓的那些当了骗子呀？”

“哦哟……我怎么越解释越乱呢，我怎么会是骗子呢？”

“哼，看你就像……”

王雪娜对于帅朗的解释很不认同，哼了哼，又加速了。

这一趟让帅朗够受了，匀速跑还凑合，这快一会儿慢一会儿就有点受不了，从嘉和出来，都跑了两三公里了，这里距离中大本部不远，一半路程跑下来，额头脸颊下雨似的汗刷刷流着汇成溪流了，他顾不上累了，哼哧喘着气，抹一把汗，解开俩扣子，又飞奔着追上来了。

夜风，扬着额际的乱发，掀着飘洒的裙裾，灯光中的俏影，就像有某种魔力吸引着帅朗的脚步。骑车的王雪娜快一会儿慢一会儿，不时地回头看着，又骑了很远，当再一次看到帅朗喘着粗气又追上来时，心里有点不忍地放慢了速度，直到近前，呼哧呼哧跑着的帅朗像个热源，隔着几步就能感觉到他身上的热气，于是王雪娜又慢了些。

“帅朗，跑不动就回去吧。我可没逼你跑啊……再说你这么卖力的表演，又没人欣赏，说不定会招致更大的反感。”王雪娜轻声说道，侧头报之以一个不忍的眼神，此时已经看得见中州大学的楼层，这么远的距离愣是吭哧吭哧追过来，真让她有点欣赏了。

“没事，跑得动……”帅朗喘着气说，“我知道我有些行为让你反感了，可这也是我喜欢你的地方，其实我就是想来告诉你，自从遇到你，我才发现我以前的生活多么糟糕，我一直不停地换工作，以前不知道什么原因，现在我知道了，是我期待着改变，不知道你相信不相信，真的，我肯定会改变的……”

“可我还小……我爸准备保送我读研，我们的生活也许没有多少机会交集了。”王雪娜委婉地说。

“没事，我也不大……没准儿等你读研出来，我家底都挣下了……”帅朗大言不惭道。

“……”王雪娜大张着嘴，没说出话来。

“哧……哧……哎，怎么不说话了……快到了……”帅朗喘着气。

嘎声车刹轻响，在中大的南大门口停下了，帅朗没防着，已经跑出去了几步，等不见身边人影了，这才回头，只见王雪娜扶着车，停在原地，帅朗赶紧退回来了：“怎么了？”

“帅朗……”王雪娜看着傻奔快跑一身热汗的帅朗，有点不忍地劝着：“以后别这样了，你这样会让我心里感到不安的……”

“没事……我顶得住。”帅朗逞着英雄，不在乎了。

“呵呵……你再这样我不理你了。”王雪娜嗔怪道，看着一身汗淋淋的帅朗倒也不好苛责了，抿着嘴想了想才说道：“真的，你不需要这样，虽然昨天的事让我很生气，可后来细细想想，现在身边不缺这些事，我觉得我爸说得对，有些事必须有所为，有些事也必须有所不为，要是没有底线，那咱们身边这个环境就没有存在的意义了。”

“对对……王老师说得好，就是这个意思，干什么事都要有底线……”帅朗听王雪娜的语气松了，好歹松了一口气。

“你别拍马屁，你骂我爸的事，我还没和我爸说呢……我要回家了，你也回去吧。”王雪娜道，一说这个，帅朗不好意思地挠着后脑勺，嘿嘿笑不敢答，王雪娜也无奈地笑了笑，跨上了自行车，帅朗一想这半拉子没结果呢，赶紧喊着：“哎，我明天还来送你成不？”

“明天我不上班。”

“那后天呗。”

“后天我让我爸开车送我……让你追着汽车跑，咯咯……”

银铃般的笑声，在翩翩扬扬的花裙中荡起来，娇小玲珑的身影越行越远，拐弯的时候停了下来，远远地朝帅朗招了招手，旋即消失了。

幸福，一种难以名状的幸福感涌上来了，喘气渐微的帅朗乐呵了，一屁股坐在校门口，幸福地喘着气，阴霾终究还是被汗水冲刷尽去了，小姑娘毕竟还是心软，看不得别人受罪，帅朗暗暗为自己这趟值得了。其实看到王雪娜出门那回顾的样子，帅朗就觉得自己在她心目中还是有那么点位置的，这一路试下去，倒也值得，最起码赢得了护花回家的资格了。

帅朗喘了一口气，坐着做了个扩胸动作，校门内外，进进出出，成双成对，都无暇注意这水泥地面上坐着的人。那个勾肩搭背、附耳窃语，恨不得俩人生在一起长在一块的亲密样子，让帅朗有点羡慕嫉妒，有点眼馋不已，刚幸福了一会儿，又有点憧憬了，咱啥时候才能到这水平啊，要是俩人卿卿我我耳鬓厮磨，在校园里花丛树阴下风流，那才叫一个惬意啊。

想着想着，帅朗被自己心里的想法逗得自个儿屁颠傻乐，憧憬着，小学妹在清纯之后更有一份善良，那份善良让帅朗觉得有点自惭形秽。不过转眼又安慰着自己，一切都会变的，等自己找一份安稳、像样的工作，到时候就堂堂正正来和小学妹花前月下……

汗去了，稍觉凉意，帅朗胳膊一支要起身，却霎时愣住了，不知道什么时候，三个人，呈品字形，包围着自己。帅朗的笑僵在脸上了，缓缓地、慢慢地支起身来，三个和自己年纪差不多的小伙，嘴撇着、眼里几分睥睨，居中一位叉手在胸前，笑着看着帅朗。

“各位……这是？”

帅朗像吓着了，心里瞬间涌起多个想法，这中大周边地痞流氓不少，闲暇了便专逮落单的男女，遇钱抢钱、遇色劫色，难不成自己成目标了？

“少废话……身上值钱东西拿出来！”左边一位跨前一步，手一指，龇牙做恶相，不用作，灯下染着半黄毛的样子够恶了，跟着从口袋里一掏，跳刀腾腾腾在手里打转，当啷啷作响，很有威慑力。

三个人的包围慢慢合拢了，帅朗没敢动，这会儿不能跑，一跑，不是被绊就是被揪要不被围，接下来就拳打脚踢然后抢走钱包手机，帅朗愣着眼，看看这三位，像吓呆了。右边的隔着两三步，嘴一撇飞脚一踢，帅朗一侧脚躲过了，那人跟着就骂：“快点，让哥几个动手就没那么客气了啊。”

“哦……是是是……”帅朗不迭地点着头，一激灵，双手提着裤子，就往下解。

这动作看得三人一停，中间那位稍胖的出声制止着：“哎哎，这他妈抢劫，不是强奸。你忙着解裤子干什么？”

“啊……大哥，钱在内裤里。”

帅朗一抬头，叮当声音停了，那躬身愣眼诚实告知的懵懂样子，让这三位哈哈一笑，一位指着帅朗说这傻子，一位眼笑得眯成了一条线，中间笑着的那位双肩耸着，三个人一见对方这么老实，都放松警惕了。

恰在此时，黑影从帅朗腰里骤起，左边威胁最大的玩跳刀那位猝不及防，一条黑线白晃晃的头朝自己轮来，他一后仰，跟着捂着鼻子“啊……”一声惨叫，当啷啷跳刀掉到了地上，人向后仆倒着。就见刚才还呆头傻脑解裤的帅朗霎时煞神附体，一反身反守为攻，右边刚退两步的脑袋“咚”一声被砸了个正着，跟着被帅朗飞起一腿直踹到裆里，吃痛蹲下了。前面的那位胖子双手刚撒开，黑影又至，他不迭地快步后退，帅朗追着轮着就打，轮得呼呼作响……前面那位明白了，是腰带，发白的是腰带前的铁扣，话说这干架是一寸长一寸强，帅朗甩着一米多长带铁扣的皮带优势尽占，前面那位退了几步还是没有躲过，被“啪”一声敲在脸颊上，一声惨叫一个侧倒，骨碌碌滚地上去了。

猝起发难，干脆利索，三个人电光火石间倒了一对半。

“呸……抢我!？干这个老子比你们专业……”

帅朗不解气地朝侧倒的胖子身上狠狠踩了几脚，那货被踩得嗷嗷惨嚎了几声，紧接着他一转身一勒皮带，不敢恋战，飞步而跑，专向灯影黑暗处和墙角里钻，等受伤轻的那位站起来，他早蹿得不见人影了……

“快走快走……别让人抓着说不清了……”受伤轻的那位扶着玩跳刀这位起来，砸着鼻梁骨了，捂着手血流了一片，三个人相互携着，顾不上旁边远远驻足围观的学生，快步跑着，校门不远处一辆桑塔纳嘎一声刹住，三个人依次上了车，呼啸而去。

“哦哟，这小子手真黑啊，腰里还揣着家伙……”捂着鼻子那位说话变音了，根本没明白过来怎么就中招了。

“是皮带……我靠，这多少年了就没吃过这么大亏。”捂着脑袋那位，手一离，手心全是血。

捂着脸颊那位被干得也不轻，脸肿了起来，哼哼叽叽不知道说了句什么，捂脑袋的撕着卫生纸又摁着受伤部位，骂着驾驶座上那位：“黄晓，你他妈真孙子啊，这么狠个茬你也不提醒提醒。”

驾驶员幸灾乐祸地看了一眼受伤的三人，嘿嘿哈哈笑着，根本不内疚地说：“关我屁事，师爸安排让试试人家，咋样不能试，非去劫人家试试，你们仨鳖样，仨弄不过人一个，还好意思说。”

几个人互相埋怨着，车驶着转过了一个街区，就近找了药店诊所，一停下黄晓忙活了，扶这个搀那个包扎去了，在车里不觉得，包扎时看这仨都是一头一脸血，最惨的那位鼻梁骨都断了，诊所处理不了，哼哼哟哟吃疼的三人倒把黄晓看愣了，实在有点理解不了，这三个好歹跟冯山雄也是混过几年的，怎么三对一都被干得惨成这样……

是辆黑色的桑塔纳，车号豫 A45……

车慌张开走的时候，三个受伤的和驾车的黄晓都没有发现，车一走，街边绿化带冬青丛后，站起一个人，是去而复返、趁乱蹩回来的帅朗。

这不是小流氓劫路。刚刚对阵时帅朗就有种感觉，这三个人反应明显太慢，最起码打倒俩见风不对，第三个完全有机会掉头就跑，那些打秋风的混混腿脚麻利着呢。再一看上车走人，他更确定了，一确定，心中的疑窦也大了。他随手招了辆出租车，本想追来着，不过想了想，说了句回东关胡同。

追没什么意义了，帅朗几乎可以确定这些人是从哪儿来的。

没有别的地方，除了招惹的古清治那一伙，别人不会对像他这么个兜比脸干净的穷小子感兴趣。坐到出租车里，又让帅朗纳闷了，到现在尚搞不清这古清治究竟是存着什么居心穷追不舍。图财吧，自己一无所有；图人吧，自己一无是处；难不成还真是想培养个后备骗子？当接班人？

可也不太像，感觉不管是寇仲还是冯山雄，都已经是叫得上名来的小老板了，这些人肯定不是走江湖吃四方的主，而且这些人都有正当生意，肯定不会是打一枪换一个地方的骗子。而且这几位对古清治如此尊崇，肯定都不是普通人等……呀？不是黑社会吧？

不行，得挪窝了，让这些人纠缠上可不是什么好事。

帅朗暗暗下定主意，不管是骗子团伙还是涉黑团伙，被盯上了都未必是什么好事，不是教唆你干啥就是拉你上船，再加上刚才出手这么狠，他心里也有点害怕报复，毕竟这年头雇俩敲闷棍拍黑砖的民工容易得很。

出租车到了东新区，到了东关胡同，帅朗悬着的心好歹放下了，付了车钱下了车，向胡同口走去，心里盘算着到哪儿窝几天，要不干脆换个区混，到中原区、要不到南片找份零工干干，时间一久没准儿这事就放下了，毕竟他们不是吃饱了撑的，就找自己一个人不干其他事了。

“站住……”侧面有人叫。正走着的帅朗吓了一跳，一回头，一位梳着中分头，站在一辆现代SUV前指着自己，中等个子，脸很白净，朝着帅朗走过来。帅朗握着拳头引而待发，不料那人在两步之外站定了问着：“你叫什么？”

“你管得着么？”帅朗道。标准的中州土话，很横、斜眼忒忒瞧过来。

“你姓帅？”那人带着几分狐疑问。

“有姓这姓的么？别人叫我帅哥算不算？”帅朗心里暗惊，好在有准备没动声色，装着像没事人一样迈步就走。

“哎，问你话呢，站住，我是……哦哟……”

那人快步一走，手搭向帅朗的肩头，却不料变生肘腋，自己那只手瞬间被前面走的人锁住了腕子，一掂一扭，吃疼地转过身来，帅朗在背后毫不客气地朝着小哥的臀部咚咚连踹两脚，边踹边骂着：“小样，就你这水平还跟我玩？回去告诉古老头儿，再来骚扰，小心我带上一帮警察抓了他。”

“你……你是警察？哦哟……”被扭的那位吃疼问着，话音变得很怪异。一问又挨了一拳，帅朗一使劲，那人疼得半跪到了地上，就见帅朗不客气地连打带踹几下，又骂道：“不相信呀？打你这两下就是警体拳……”

“放手……”车门哗声一开，正打得起劲的帅朗一愣，车里冲出来一位短发女，指着帅朗，杏眼圆睁，叱声厉喝，几步快跑站到俩人身前不远，喝道：“听见没有，放手……”

“耶嗬，你这么靓个妞，扮女流氓吓唬人呀？”帅朗大惊失色道，这么凶的妞倒也罕见。

“方姐，他说他是警察……你看他像不像照片？”被扭着那位龇牙咧嘴地说着。一说帅朗火了，咚咚又是两脚，那妞顾不上细察帅朗，上前就要解救被帅朗扭着胳膊的同伴，不料一抬步又是急速后退。身前黑影一晃呼呼生风，却是帅朗拽得二五八万似地来了个飞腿动作，吓退了悍妞，那悍妞哭笑不得，退了两步指着帅朗道：“不管你是谁，我警告你啊……我们在执行任务，你的行为是妨碍公务，已经构成袭警了。”

“耶……又成有牌照的流氓了，我就不信了。”帅朗不信邪了，扭着这位小后生，一掀衣服，呸了口：“枪不佩、铐子不带，就你这孙子样能是警察？”

“那我这儿的算不算？”

那妞一说，帅朗一惊，侧头，只见那妞早从腰里抽出来一副亮铿铿的手铐，晃在手里叮叮当当响，帅朗立刻明白怎么回事了，眼凸心跳手发抖，人一放，嘴里喊着我的妈耶，拔腿就奔，一眨眼像兔子般溜进胡同的黑暗里了。

“站住……”

喊了一句，那位被扭腕子的抬步就追，后面的女警喊了几句，这人才愤愤然退回来了，揉着腕子，到了胡同口借着路灯光一看，手腕被拧得红紫一片，边揉边悻然骂着：“气死我了，逮住我非整死他……方姐，你干吗不让我追？我看清了，应该就是他……”

“是他也别追，有名有姓他跑不了……这个胡同里十几道茬口，没有片警领着，进去你都未必走得出来，别说找地方了……哎，我说小木，你注意点方式方法行不行，你不亮身份，哪有追着人问话的，再说这次案情连咱们外围排查都保密着，你乱嚷嚷什么？”那便衣女警小声埋怨着。

“我没来得及亮身份，这家伙就动手了……”小男警小声嘀咕着。

此时，一辆警车由远而近驶过来，俩人停止了说话，上前迎着，这是光明里派出所肖所长，同来的车上下来一位女警，领着一位中年妇女，上前握手寒暄几句，指导员带着一行三个人往胡同里走，边走边介绍着：

“两位，这就是房东，一会儿我和房东先进，你们跟在后面……让你们久等了，别介意啊。唉，没办法，这片的暂住人口太多，我们的工作压力也大，今天接警就三十多起，这些找不着活计的出来坑蒙拐骗是啥都干……”

肖所长白活着，似乎在为自己片区出事辩解，可不知道是什么事把市局直辖的打抢反骗工作组招来了，不过招来了，肯定就没好事……

跑……跑……跑……直到发现背后没人追来，帅朗才绕着从光明里小区另一侧的小门进了小区，直奔43幢，蹿上五楼，开着门。一关上门，他大喘着气，呼哧呼哧的，把同屋的几位都惊动了，老大没回来，老三田园和老四平果正煮着挂面，问帅朗吃不吃，帅朗也顾不上答话，平果机灵，小步跑上来，愣了，惊叫着：“耶……二哥，你咋搞成这样？”

“我他妈今天打了几个人……估计要出事。”帅朗心跳得厉害，歇了口气，直奔进卫生间，哗哗冲着凉水洗了把脸，又把腰带抽出来，看着铁扣上还有血迹，扔水龙头下冲着，再一看，裤子上也沾血了，干脆直接一脱裤子扔进水池里，光着腿就奔出来，一旁看着的平果比帅朗还紧张，小心翼翼地问着帅朗：“二哥，你……你不是杀人了吧？”

“你看我有那胆么？”帅朗不以为然地翻了翻白眼。他进了卧室，翻着衣柜，套了条裤子，田园和平果都惊讶地看着，胖田园端着碗原本还吸溜吃着，一看帅朗收拾行李诧异了，出声问着：“二哥，你咋啦？要走？”

“啊，得出去溜几天。”帅朗边收拾东西边说。

“你打谁了？”

“几个抢钱的小痞子。”

“那不是见义勇为么？跑什么跑？”

“打小痞子是在中大校门口……回胡同口又把人打了。”

“什么人你这么紧张？”

“警察……”

帅朗边收拾着东西，吐了两字，没音了，一回头，门口杵着那俩大眼瞪小眼，吓着了。

“没事，就踢了几脚，我不知道他们是警察……他们先招惹我的，妈的像跟人劫路的，拍着肩膀就问我姓什么。”帅朗边收拾边说着，一说到这儿，突然想起了，一寻思一愣，喃喃道：“坏了……不会就是来抓我的吧？他怎么知道我姓帅……”

“二哥，你到底干什么了？”平果吓得张着大嘴，惊声问着，又是血，又是慌慌张张跑回来，还真担心帅朗干了什么坏事。

“我没干什么呀？这打了架才多大一会儿，不可能这么快就找上门来了，他们在胡同等着呢。”帅朗愣怔上了，寻思着自己什么地方出事了。

“那其他事呢？”田园问着，顾不上吃了。

“你们知道的，这两年我多本分，打架都很少……”帅朗也愣了，眼睛茫然地乱扫着，心下无着了，要真是冲自己来的，那有名有姓有地方都找到胡同口了，恐怕是没跑了……正目光乱扫的时候，看到了衣柜里那件外红内银的女短装，心里紧张地跳了跳……还没等寻思出个所以然来，“嘭……嘭……嘭……”敲门声起，站着的帅朗一激灵，满手的衣裤吧嗒掉地上了。

“谁呀？”平果眼睛晃着，有点吃惊，肯定不是老大。

“你去。”田园屁股撅着。

“你不能去呀，非让我去。”平果不乐意了。

俩人一看屋里的帅朗，也紧张兮兮一脸慌乱，不知所措了。

三个人正愣着，门外人喊上了：“开门……”

哦，包租婆来了……平果和田园一笑，舒了一口气，平果直接上前开门，一开门人僵在原地了，田园还没有反应过来，那黑着脸的包租婆和一位老警察早挤进来了，看得田园有点纳闷，怪怪地问着：“李阿姨，房租还没到期呢，这就带着警察上门收租来了？”

“你们呀……你们……”包租婆胖手指着，训着在这儿已经住了两年很熟稔的几位：“就不能安安生生的，非惹是生非不行呀？搞得我这心里七上八下的，租给你们个房子，收不了几个钱，还把我气成心脏病了……啊？说你们呢，看把我房子糟践的，就不会勤快点打扫打扫卫生呀？”

走题了走题了，包租婆说着就心疼上房子了，老警察出手制止着，问着平果叫什么，办暂住证了没有，又逮着田园问，挨个儿虎着脸训话。平果嬉皮笑脸，这下可乖了，老老实实回着话，问话的工夫又进来俩便衣，热闹了，不用想，连田园也知道要出事了。

“里面的那个，出来。”老警察叱了句。几个人堵着门，半晌才见探头探脑的帅朗出来了，包租婆是黑眼一剜无语了，老警察一指帅朗，问着后面的两位：“是不是他？”

比对，看样子是在对比什么照片，那位便衣男警恨恨地瞪了帅朗一眼，把照片递给女便衣，俩人点点头：“应该是。”

“叫什么？身份证、暂住证，都拿出来。”老警察查户口一般训斥着，口气凉阴阴的职业味道让人不敢拒绝，不料帅朗早准备好了似的，两个证件递到了老警察手里，老警察顺手一抽，往后面俩人手里一递，那男便衣一看一愣，又瞪了帅朗一眼：“你不是说不姓帅么？”

“咦？你们见过面了？”老警察奇怪了，指指帅朗，又看看姓木的便衣，不料连便衣也没答话，估计那事也没法出口了。

帅朗一脸悻然，尴尬地抹抹鼻子，看着田园和平果，又看看包租婆和包租婆带来的四个警察，知道此事无法善了了，尴尬地站在原地，一言未发，等着发落。

“肖所长……这个人我们要带回去审查。”女警说道。那所长自然是满口应允，接着这女警一指帅朗叫着：“穿好衣服，跟我走……”

帅朗回屋，穿衣，整好领子，再从屋里走出来的时候，平果和田园紧张地围上来，想拦着，又知道拦不住，被几位警察盯着，愣生生地站在原地。帅朗几步迈过，拍拍俩人：“没事……放心吧，别担心我。”

帅朗出去了，被一前一后俩警察挟着走了，似乎这事还没完，那老警察招着手，示意着田园和平果：“你们俩，一起走，到派出所。”

“啊？我们可什么也没干啊。”田园没经过这阵势，一指自己鼻子，吓了一跳。

“协助调查。不懂呀？去了就知道了。”

老警察一挥手，把遭了池鱼之殃的田园、平果也给一起捋走了……

时间已经是晚上十一点，帅朗到了一个连他也叫不上名来的地方。

应该离二马路不远，火车站、汽车站都在这一片，市公安局就在这里，不过肯定不是进了市公安局，而是下辖的某个小单位，进院子的时候只有个昏暗的小门厅，灯光很弱，连单位的门标都没看清，没看清就糊里糊涂被提溜进来了。

铐子没戴，只是被带进了个密不透风的房间，问询室。

这倒让帅朗暗暗放心了，问询、审讯和特讯很有区别，如果加上连铐子都没戴，那说明只能算个传唤了，要传唤，那就应该是其他的事而不是自己的事，或者是根本没有证据的事。

那是什么事呢？程拐搞地下盗版被逮啦？那可坏了，我是从犯，给他销的货不少。不过不可能呀，中州满地盗版，这事现在都没人较真了……那是伤那几个人出事了，没这么快呀，总不能我这头打完人，那头就被提溜住，前后不差一个小时吧？应该不是……其他就没什么事了呀，哥就替人跑跑腿销销假货，没犯什么非要被抓的案子呀？

除非……帅朗眼前一闪而过在屋子里还保留着的那件女短装，除非是那事犯了，不过就是那事犯了，自己也没干什么呀？

想……想……挠头细想着，盘算着那个晚上和那个疑似名叫桑雅的女骗子周旋的事，要是女骗子落网了，自己就应该不会坐在这儿，她是正主，而且她交代不出自己来……那要不是她落网，其他人呢？坏了？帅朗心里暗道了句，万一那俩被骗的报案，警察顺藤摸瓜，没找着骗子，可把自己找出来了当成骗子，那可满身是嘴都说不清了……坏了？饭店里的监控，要是录下了我和她亲热，那可没他娘跑了，说破大天也没人相信骗子和咱没关系。

他大爷的，要真是这样，这个嘴亲的代价可就大了，我说我不认识交代不了，我说我认识，我更交代不了，再加上连协查的警察还踢了几脚，这下惨了……

门嘭的开了，吓了帅朗一跳，又砰声关上了，又吓了帅朗一跳。

两个人，就是带自己回来的两个人，男的把笔记夹往桌上一拍，声音很大，坐下来还揉揉腕子不怀好意地瞪着帅朗，帅朗暗暗有点心惊，目光不敢直视。女警也坐下来了，第一句问：“姓名？”

“帅朗。”

“年龄？”

“25 岁。”

“籍贯？”

“信阳市平桥区小韩村。”

“知道我们为什么找你吗？”

“您不说，我怎么知道。”

“哟？看你不像第一次进来呀？答得这么利索。”

“嗯，不是，进来好几回了。”

“……”

询问的女警愣了，进来的都标榜自己清白呢，这么直截了当说自己不是头一回，倒也少见，俩人相视愣了愣，问话稍稍停顿了一下。

“以前为什么进来的？”男警出声接上了。

“打架。”

“哪个派出所办的？”

“铁西区工段好几个铁路派出所。”

“呵呵……”

男警看帅朗很坦然，诚实以告的样子，这等倒霉德性和先前嚣张的样子判若两人，忍不住轻笑了笑。

那女警敲敲桌子，示意着帅朗注意，帅朗轻轻扭头，看着那女警的时候，眼珠子不动了，直勾勾看着，一直没太注意，此时看着这个女警，嘴巴很大，唇线很明，眼睛很亮……很亮很亮的眼睛带着威慑地瞪了帅朗一眼，一眼把帅朗萌生的下流想法登时全灭了。

“站起来，过来……”女警叫着。帅朗站到了桌子前，机械地站着。那男警很突然地抽出一张画像，啪一声拍在桌子上问着：“认识她吗？”

吁……帅朗悬着的一颗心落地了，是那个女骗子，没错，就是她。

“问你认识吗？”女警不悦地催促了一句。

“说话，你别想蒙混过关，你的同伙已经落网了，你以为瞒得过去？”男警恫吓着，看帅朗愣着不说话，又加了一句：“先把诈骗的事说清楚，你袭警的事再给你算账。”

“看来你是不想说了。”女警身子一仰，后靠着座位，喟然一句，这挤牙膏又要开始了。不过遗憾时间太短，对这个传唤的人情况掌握不多。

两位警察坐着，帅朗站着，瞧了有点希望的女警一眼，又瞧了有点急切的男警一眼，一个坏坏的念头泛上来了，嘴嗫喃着道：“认识……”

两个字像一支强心剂，明显地看到女警的身体微微一颤，男警看样子从警时日未久，被这俩字激得一下子坐正了。

妈的，诈我，这俩是急于想知道女骗子的情况呢。帅朗此时心明如镜，知道今天发生的一切所为何来了。

“坐下……其实你说不说不重要，你不是直接参与人，你是中州大学毕业的吧，不要让这事影响到你的前途……帅朗，你现在在什么地方上班?”女警迂回的话题，在向帅朗示好的同时也陈明利害。

“我刚失业。”帅朗老实道，盯着那位女警，这会儿想明白了，这妞有点像自己屋里贴的那张大嘴安吉丽娜，一板脸很冷漠，有女王般的性感。

“那你就更得配合我们的调查了，档案里有了污点，会影响到你以后找工作的。”女警很委婉地说了一句。

“配合……我配合。”帅朗痴痴地看着女警，像身心沦陷了一样。

两位警察没料到这么容易，不过对比此人简单的经历，顶多就是打架斗殴的坏小子，恐怕进这里翻不起什么浪来，这倒觉得理所当然了，却不知道，他们正在被对面貌似呆傻的帅朗，一步一步引向坑边……

“那你说说吧，你们怎么认识的?”女警问着，还保持着叉手的姿势，像无关紧要的对话。

“这就说来话长了……那是三月份一个阳光明媚的下午，我在中州公园长椅上发呆的时候，看到了她。她那么漂亮、那么迷人，在湖心亭边站着的时候飘飘如仙女下凡，那一刻，我觉得我的身心一下子被她全部吸引了，我觉得身边的一切都是她……啊……”帅朗眯着眼睛，看着女警，想着老大经常酸不溜丢的抒情，没料到在这场合用上了。

“停停停，你抒情呢？你抒我记得过来吗？拣重要的，她叫什么?”男警不悦了，直截了当地问。这一问，让女警不悦了，脚在下面轻轻踢着示意，千万别打断。

帅朗倒不介意被打断了，脱口而出：“她叫古晓雅。”

这是古清治、黄晓、桑雅三个名字各取一字，天知道居民信息库里会不会有这个名字。

“古晓雅？你确定？和我们掌握的有出入。”女警问。

“这是她说的，我也不知道真假。”帅朗道。

“那她现在在什么地方？”女警问。

这一问，从终点迂回到起点了，帅朗眼皮微微一动，很诧异地问：“你们不是说她落网了么？这应该我问你们呀，我还想见见她呢？”

“嘿哟……这……”男警一看这阵势，又恼上了，不过被女警示意拦下了，绕来绕去没把这人绕进来，笑了笑道：“她是落网了，我问你最后一次见到她的地方。”

“哦……在老中州烩面馆，好像是三月十九号那天……这个说来也话长了，在此之前，我们度过了柔情蜜意的一夜之后，醒来我发现随身的钱包、手机都不见了，我知道她是骗子，可我不怪她……那一天看到她，她款步走上来，给了我一个深深的吻……于是在那一刻，我的心醉了，我整个人都醉了，虽然我知道她在欺骗我的感情，可我仍然无怨无悔……”帅朗说着，眼睛迷茫着，像真的醉了，不知道是想起了那惊艳的一吻还是看到了警花的娇艳，反正是醉了，有点自我陶醉地说着。

俩警察听傻了，谁也没有打断，听得面面相觑，听得胃里反酸，听得奇也怪哉，听得诧异不已，但凡涉案的人都会下意识地撇清自己和案件、和嫌疑人的关系，但这个人丝毫不讳言自己和主要嫌疑人的关系，这些话的可信度，理论上就上升了很多。

好像，这位也是女骗子的受害人。

假的，只有帅朗知道，都是假的，被警察提溜住第一守则是别胡说，胡说容易露馅；第二守则是别不说，不开口没有好果子吃；第三守则是你有把握的话，前两个守则可以不遵守。为了脱身事外，帅朗顾不上当好人了，肾上腺分泌加速地胡诌着忽悠着俩警察，如果抓不住女骗子，那自己的话就无从证明是假的，如果抓住了，又可以证明自己没有涉案，所以自己永远是安全的。

忽悠继续着，这回忽悠大了，打抢反骗工作组的电脑里全部输着一个名字开始排查了，那个名字叫：古晓雅。

当凌晨五点田园最后从光明里派出所出来的时候，天色已经蒙蒙亮。

早一步出来守在门口的韩同港和平果都上来了，一边一个，老大关切地问着："你怎么这么久？"

"看我长得像坏人呗，上厕所还嫌我麻烦。"田园抹着鼻子悻然道。平果比田园强了点，拉着胳膊安慰着："屁哥，没事，不就训你几句，你还指望警察给你好脸色看呀？"

"这也太伤自尊了吧!？田园又抚抚大肚腩，看韩同港和平果没事一样，这倒奇怪了："咦？你们怎么没事，还呲笑？"

"我是报社的，他们对我当然客气点了。"韩同港笑了笑。再看平果，平果做了个兰花指拽上了："我长这么可爱，警察叔叔不会为难阳光男孩的。"

"啊呸……"

田园气鼓鼓地骂着，骂着的工夫还不忘回头看看派出所蓝白相间的门脸儿，生怕又被提溜回去似的。三个人相随着，拦了辆出租车，上车的时候几辆警车鸣着笛从街道上快驶而来，直进了派出所大院，一瞅就是又抓人回来了，田园胆子可没肚子大，看这架势，又紧张地吸吸鼻子，看也不敢看了，平果却问老大韩同港到底怎么回事。韩同港在报社消息灵通，说是公安系统的打抢反骗百日攻坚大行动，声势挺大，他当晚就是为了专题报道的事加班，可没承想还没回来呢，俩兄弟就被行动给捋了。

一提到这个，韩同港听见后座俩兄弟都咂吧着嘴叹气，立时住口了，回头看了看，老三失魂落魄、老四蔫不拉叽，连他自己也觉得有点兴味索然了。

下车、回家，天色已经大亮，进门三个人耷拉着脑袋，疲惫地坐到椅子上，不过都没有睡意。折腾了一夜，又是问三个人的工作单位，又是问帅朗近些日子的详细行踪、当然缺不了追问平时的个人表现，经常来往的社会关系什么的，把仨人问得头昏眼花。不过问也白问，四个人除了喝酒打屁瞎扯淡，平时各上各的班，至于更详细的情况谁也说不上来。

“二哥不会有事吧？”平果进门坐下了，喝着水，看着不吭声的老大、老三。一说到这个，三个人都沉默了，老三表情无奈之至，老大撇嘴为难之极，瞧着这样，反倒和帅朗不是同学的平果重重一蹾杯子：“说话呀？别有事了都装孙子啊，平时咱们有什么事，二哥可从来不搁着不管，不能他有事了，咱们傻站着吧？”

“连人都不知道被带哪儿了，你说怎么办？”田园叹道。

“按你们说的，要是袭警了，还打了好几个人，这事小不了。”韩同港忧虑地斟酌道。

“那也不能不管呀？”平果也是心里没了主意，强自叫嚣着。

“那你说怎么办？我们听你的。”田园噎了句。

“我……我哪儿知道怎么办？”平果被问住了。

哥仨没辙了，你看看我，我看看你，老大山东人，田园和平果陕西人，平时有事都是不自觉地听帅朗的主张，这回一出事才发现，敢情仨人好赖主张还都拿不出来。

一下子仨人都不吭声了，都想做点什么，可都不知道该做点什么，韩同港手抱着头仰靠着椅子，想着大学时光，那次帅朗挺身而出去拉架，结果是他被当刺头胖揍了一顿，俩人的战斗情谊就是那时候结下的。田园歪着头，也在想着二哥，大学时仅仅是几面之缘，刚毕业时他手头拮据，蹭吃蹭喝蹭房住，帅朗从来不说个“不”字，平时不觉得什么，这人有事了自己帮不上什么忙，才觉得难受得很。还有平果，却是在想着和二哥在饭店、KTV疯玩，换着大盏灌酒、掏着兜底买单，喝高了醉卧街头，每每让平果羡慕帅朗活得那叫一个潇洒痛快。

不过归根结底还是四个穷哥们儿搭伙，即便是四个人绑在一起，力量也是那么的渺小和微不足道，在遭遇生活的厄运时，除了喟叹，除了等待，除了听天由命，再没有能力做其他之想。

第二章
求大师出手相助

“我试试找找我们报社主编吧，没准儿能帮上点忙……”韩同港叹了句。这时候该他拿主意了，摸出手机，看看时间尚早，摩挲良久，这个电话却拨不出去，难为地说：“这可怎么说呀？我就说……我一同学把警察打了，去找找人，托托关系，把人捞出来？你们俩知不知道，帅朗到底还有没有其他事，别还有其他案子啊？”

“没有吧，警察没问什么呀，就问常和什么人来往，经常去什么地方吃饭、玩，怎么地，他们什么意思嘛。”田园挠着脑袋，回忆着，揣不清警察的路数了，其实问了一夜，想想净是些扯淡话，根本没有实质性的问题。

“有了……我有办法……”平果灵光一现，腾地起身了，奔进帅朗的卧室，衣服柜、床头、抽屉乱翻一通，摸了个小本出来了，是名片夹，俩人正不知道平果什么意思时，就听平果解释着：“二哥交际比咱们广，他认识的朋友不少，没准儿谁就能帮上忙……咱们挨个打打电话告知一下……”

“哎，对呀。这办法不错！”韩同港接过名片簿，田园凑上来也出着主意：“要不，告诉他家里一声？”

“告个屁呀，他爸就是警察，还用你告，再说就告也白告，就是爹心疼娃，还有后妈呢，两年多了都没回过家，是个像样的爹早找来了。”平果愤愤说着。田园一听，很郁闷地闭嘴了，更觉得应该做点什么，其实这里几乎就是二哥的家了，过年都在这儿过的。

“这个……程拐，一块儿喝过酒，卖盗版的那货……”韩同港看着号码，拨着手机，通了……

“谁呀……哦哦……想起来了，老韩啊，哈哈……什么？帅朗被抓了，什么事？啊？咦哟他大爷的，这孙子真帅啊，回头出来我得好好请请他，掉个了啊，他小子原来是被警察揍的料，这会敢袭警了？哈哈……什么？帮忙？我说哥哥哎，你去帮帮试试，这忙谁敢帮他？谁又帮得了他……甭着急，那小子命大着呢……出来告我一声啊……”电话里流里流气的声音回着，先迷糊后惊讶，胡扯了一通挂了电话。

“喂喂……程洋……啧……”韩同港说着说着电话就忙音了，尴尬地放下了。

“这个……大牛，说话大舌头那个，他们高中一块儿混的……”平果又指着一张名片。韩同港拨着号码，一拨，脸上的表情瞬时变得很怪异，皱皱眉头，开了免提，电话里哦……啊……哟……哦啊……重复的象声词，夹杂着似痛非痛、似爽非爽的声音。三个人面面相觑，被雷住了，大清早办这事，还不忘接电话。跟着含糊的男声叱着：“谁呀，大清早乱打电话，让不让人活了……”

“大牛……是我，帅朗的同学韩同港，帅朗被派出所抓了，我问下……”

“没事……没事……训一顿就出来了，啥逑大事。”

“哎喂……大牛……”

又挂了，三个人有点哭笑不得，这打扰人家，实在是有点不好意思了。不过这帮朋友着实也让三个人纳闷，听着帅朗出事根本不着急，听这意思把这事当家常便饭了，又拨了几个都认识、一块儿喝过酒、来过光明里胡同的，不是根本就没当回事，就是爱莫能助，即便是有心想帮帮的，一听是袭警，得，一边凉快去，哥们儿最怵警察，你让我怎么帮去？

“这个……王小帅，二哥刚给他挣了一笔，出面问个准信总行吧，好歹是小老板……别说什么事，袭警那事吓人。”田园翻着名片簿，找到了王小帅，嘉和超市老板的电话，韩同港拨了过去，把电话给了田园，这王老板看样子刚醒，糊里糊涂接着一听是帅朗清醒了点，带着梦话的口吻回绝着：“哦哟，这孩子怎么这样，真可惜……这个，实在不方便，我在外地，再说我就在中州也帮不上这忙不是？咱和公安不打交道呀……你们想想别的辙……”

“王八蛋……”田园有点气愤，悻然把手机扔到了桌上。韩同港无聊地拿起手机安慰着：“人情从来就这么淡，像咱们这号没品没位的，又是外来户，人家谁看得起咱呀，别说帮忙了，说句话都扬着脑袋。老话说什么来着，屎难吃、人难求呐。”

“我就不信了，二哥这么仗义，到关键时候能没一个人肯帮他。”平果翻着厚厚的名片簿，找着，一页一页翻着，一把夺过韩同港的手机，拨着……

发现了一个名头很大的人物，华辰逸，不过电话拨过去没人接。

还有副总陈昂，看职位也不低，一问，好像对此人没什么印象。

又找到了泰华汽贸刘秘书的电话，一问是个女的，对帅朗有印象，不过人家委婉地说仅仅是一面之缘，这个忙还真帮不上。

分别找到了几个貌似经理、老板、批发商、制作商的电话，一个一个挨着拨过去，客气点的婉拒，不客气的在外地，再不客气点，一听这事立马挂了，还有不知道什么态度的，电话都不接，十几个电话拨过去，田园和韩同港愣眼看着，渐渐地不服输的平果变得越来越焦躁，又拨了个不理会的，气得扬手要摔手机，韩同港紧张地伸着手：“哎哎……别摔，那是我的手机，要摔摔你的。”

“唉……二哥都这样了，你还心疼手机。”平果收回了手，撒气似的又翻着名片簿，不死心地拨了个号码，现在挨个拨了。田园在旁看着打着哈欠劝道：“算了，打也是浪费电话费，等消息吧，今儿回不来，咱们想法子给他送送铺盖卷，我看这回轻不了。”

“送也得有个地方呀？”平果不悦地斥道。话虽难听，不过感觉这预备工作没准儿还真得做做……韩同港正要说什么，电话里话音出来了，很苍老，很醇厚，很简洁：“喂？谁？”

“喂，您是古先生吧……哦，我是和帅朗同租的朋友，他昨天晚上被警察抓走了，我在他的东西里翻到您的名片了，就告诉您一声，看能不能帮帮忙，我们连他在哪儿也不知道……对，昨天晚上快十点吧，我们都是外地人，在这儿没什么熟人……问了好多人都不肯帮我们。”平果低三下四的口气，很稚嫩地哀求着。

电话里沉默了良久，就在三个人以为又要重蹈覆辙的时候，传来了一丝曙光，那声音没有断，又响起来了：

“你们在哪儿？我马上过来。”

“应该是这儿了。”

上午差一刻八点，寇仲驾驶着新购置的奥迪停在二马路街边临时泊位，指着一幢不起眼的小单位，侧头向副驾上的古清治解释着：“我和这个肖所长不熟，是通过张区长打听的，这段时间搞什么打抢反骗百日会战……”

“打抢反骗百日攻坚。”后座的韩同港纠正着。一纠正，居中坐着的田园掐了老大一把：“别插话，就你能呀？”

被打断的寇仲笑了笑，不以为忤，这个大个子中年人圆脸堆笑，看着身家不薄，不过一点派头也没有，点点头道：“对，打抢反骗百日攻坚，重点整治双抢和诈骗案件，市公安局成立了个工作组，指挥部就在这儿，据肖所长说，昨天带人去的是指挥部来的人……详细案情他也不知道，不过人应该被关在这儿。”

寇仲说得吞吞吐吐，断断续续，俱是打探来的消息，也费了不少周折。说完了，古清治看着这个地方出神，没有吱声，而后面已经没主意的仨人，你看看我，我又看看你，还是不知道接下来该怎么办。不过三个人此时对寇仲和古清治是感激得很，一接着电话，俩人开着车就来了，有了先前没人搭理的经历，三个人都觉得这份人情可大了，而且有点奇怪帅朗怎么会认识这么两位，看穿着和车，应该都是老板一类的人物。

“这样吧……小韩、田园，你叫平果对吧?”古清治半晌换了一副和蔼的面色回过头来，这三位凑上来，有田园在座位有点挤，不过此时都感觉不到了，侧耳聆听着长者的教诲，再说这位大爷慈眉善目，就听他安排着：“这事交给我吧，你们该干什么干什么……有消息我及时通知你们，现在情况不明，再怎么动也是于事无补。”

“可这……我们……能不能帮点什么?”平果有点不忍。

“呵呵……袭警是个偶然事件，而且并不重，这倒不是个什么事，既然来这里了，那应该是涉及什么案子了，要没事你们就杞人忧天了，他自己就会出来；要有事肯定就不是小事，你们等在这儿，他也出不来……你们说呢?”古清治和蔼地说着，看着三个小伙，慈祥地笑笑，这话很中肯，三个人相互说服不了，不过此时都点头认可了。

“那都上班去吧，有事再过来。”韩同港开着车门，后座挤得厉害，早想下来了，古清治安排着寇仲送人，不过这仨哪好意思，坚决推辞，老大招着手拦出租车，平果机灵，走到车前，站到了副驾的位置示好地笑着给古清治鞠了一躬，古清治也开门下来了，笑了笑道：“怎么啦，小平果?”

“古爷爷，拜托您了，我们仨都是外地的，实在没办法才想这辙，也就您出面帮我们了，您一准行的。”平果恭维着。

“要是进去的是你，帅朗也会这样帮你?”古清治笑着突来一问。

“那还用说，我们几个真不如他，要是他，早自己想出办法来了。”平果很肯定地说。

“车来了，去吧……做朋友做到这一步已经难能可贵了。”古清治抬手示意着，韩同港和田园在叫着，平果一步三回头，很期待，很相信地看着古大爷成竹在胸的气势，直觉找对人了。

人走了，三个人招着手走的，古清治再回到车上时，那份笃定的神态不见了，看着面前不远处标着中州市公安局信息监控中心牌子的单位，白色的外墙，进出盘查严格的岗哨，不大的院子里忙碌地进出着警车，应该是临时指挥部，四层灰色小楼，根本无从知道里面的情形。这些事情在他的眼里原本不值一哂的，其实声势一大，有经验的基本就望风而逃了。

不过这一次，他有点为难了，出乎意料的事太多，冯山雄手下几个人不过是去试试帅朗遇事的反应，却不料三个人被打得头破血流，让古清治对帅朗的认识又进了一层，多有意外惊喜，只不过眨眼间惊喜就成了为难。

是很为难，寇仲也同样看着眼前这个森严的地方，为难地小声问道："师爸，这可怎么办？刚才我没敢说，要能进到这里，肯定就不是小案子，看来我们小看帅朗了，没准儿这小子还背着什么案底呢？"

"不会，绝对不会。涉案有可能，他有顺手牵羊的毛病，不过背案底，应该不会。"古清治摇摇头。

"那也不是小事，打抢反骗是全市警察联动，一般小案子派出所、分局就处理了，到不了这儿。"寇仲判断着。

"找找你这些年积下的人脉。尽人事听天命吧，能帮多少帮多少。"

"哦，那没问题。"

"走吧。"

车发动着，寇仲答应着，缓缓地起步了，也只能抱着尽人事、听天命的态度。车行驶着，古清治有点感慨、有点力有未逮地喟叹，随意地问着："寇仲，这几个小伙让我想起了你们几个以前的样子……你说要是你进去了，外面还会有谁想着？"

"呵呵……我看除了黄晓那脑袋不灵光的，应该没人了。"寇仲道，笑了笑。

"这就是了，薄财易得，重义难求呀，从这孩子身上让我看到很多我们缺乏的东西……尽力而为吧，能不能出来，就看他的造化了。"

古清治似乎想到了什么往事，往后靠着车座闭上了眼睛，这句话同样触动了寇仲的心弦，默不作声了。

这一日，韩同港回到了报社，打着哈欠校稿，田园依然是在电脑城忙着迎来送往，平果在广告公司一个人躲在屋里生闷气，古清治和寇仲忙着找关系托人打听消息，一直到中午，仍然没有消息……

整八点，一辆警牌的帕萨特驶进打抢反骗工作组临时驻地的时候，副组长童辉快步迎了上去。

组长自然是市局下来的指挥，卢启明副局长，像往常一样上班就来这儿遛一圈，看看工作的进展，或者开个短会强调一下省厅和市局的指示。今天他下车的时候也像往常一样，先拉拉衣襟、整整领子，保持着一丝不苟的警容，尔后才慢悠悠踱着步子，和迎上来的童辉一起进了办公楼。

进门的时候卢启明随意瞥了一眼童辉，这位快四十挂零还挂在刑侦支队副政委位置上的干部看上去比自己还要苍老几分，说是一个大行动，其实对于公安局内部也是一个契机，运气好了真捡个什么让上面关注的案子，那就有晋升的资本了，这个副政委请缨而来估计就有这层意思，毕竟以他这个年龄再过几年，机会恐怕就不会被眷顾了。进了楼道上楼的工夫，卢启明随意地问着："都到位了么?"

"昨天下午全部到位，按您的布置，我和几位带头的都碰过头了，技侦大队负责电信诈骗，网警大队主攻网络诈骗，经侦支队也来了几位，重点着手经济合同类侵财类诈骗，我们刑侦这一块，重点排查各分局、各大队积压的诈骗案件。"童辉有条理地汇报着。

说到这个，卢副局长笑道："你说这叫什么事啊，连我这个副局长都不太指挥得动他们……光队伍配备就用了十天，现在的支队长、大队长还有小所长，出门比市局的谱都大啊。"

"倒也不是他们谱大，卢局……诈骗案取证难、调查难、定罪难，现在一大部分又都是异地作案，抓捕更难，各队还不都是担心真是什么也挖不出来，没法向上级交代不是?”童辉说着，紧跟着前面这位白白胖胖的卢局长。

“难也得办呀!?要咱们警察干什么呢?中州现在在全国诈骗类案发都排得上号，省厅只要一开会就拿这个说事，薛局长在会上多次强调，一定要扭转这个不利形势，要扭转靠的是什么?当然就是我们这些基层的干警了……”

“对，那是，知难而上嘛……”

“小童呀，你年纪也不小了，市局的文件精神你要看懂吃透，这次打抢反骗之所以造这么大声势，之所以把十几件陈年的积案翻出来，就是要搞得轰轰烈烈，有声有色，就是要让省厅看到，让市民认可，让领导放心，所以一定要拿出点成绩来，这个事不管从你们刑侦支队的角度还是从你个人的角度，都必须做到……”

“是，这个我心里有数……”

俩人慢步上着楼，一位负手慢行，一位躬身不时地点头聆听教诲。二层是监控中心的原驻地，上了三层就是工作组各警种的办公地点了，刚刚上班人乱七八糟的，抱文件案卷的、抬桌子的、接驳网线的，看到组长和副组长都笑着问好，两个人随意地打着招呼，上了四层，工作组组长的办公室设在这里。看看今天忙活的样子，卢启明原本想开个短会的，不过想想还是算了，等安顿好了再说，直到上了四楼才想起一件案子，出声问童辉道:“市委办公厅打招呼的那案子有眉目了没有?”

“我正要向您汇报这事……三月十六日，俩调包骗走外宾行李的嫌疑人已经被四大队抓捕归案，丢失的相机、笔记本都找回来了，不过钱没有找回来，据这两位嫌疑人交代，他们拿着三千美金到国际大酒店黑市上兑换的时候也被骗了，我们的人在调监控时发现，这个骗汇的女人，从体态和外貌上很像几起宾馆酒店诈骗案的主谋，三大队、六大队、中原分局都有几起在高档酒店、饭店被侵财诈骗的案例。”童辉汇报着。

“哦……来来，进来说，没准儿这就是个突破口，打响反骗第一枪的突破口。”卢副局长一听来兴致了，伸手邀着童辉，把受宠若惊的童辉请进了办公室。童辉进门忙着倒了杯水给领导递上，才继续汇报：“昨天我了解了一下，咱们中州的诈骗团伙据刑侦和各分局掌握的资料，数量几百打不住，历来都是一抓就跑、一松就来，而这起案子涉及的这位女人，在诈骗行当里是个名人，同行都叫她‘女魈’，几次从咱们眼皮下溜了。”

“女……女什么？”卢副局长诧异了。

“女魈……就是女鬼的意思，很滑溜，她不但拣普通人骗，而且连骗子都骗，案值虽然都不算高，大的有十几万、小的几万，不过加到一起就够惊人了，最关键的是这个人没有栽过，所以在行当里很有点小名气，我们怀疑换走两个嫌疑人手里赃款的，就是这位女魈。”童辉介绍着，不过越介绍越让行政出身的卢副局长迷懵，奇怪地问着：“现在这么多监控，能连个女人也抓不住？”

“她叫女魈还有一层意思，就是面貌千变万化，大多数监控拍下来的只有她的背影，踩点工作做得很好，正面拍到的不但少，而且都是化过妆的，和真人有差别，我们现在连她的真实姓名身份都无法确定。”童辉解释道。

“那这个案子……你还汇报什么？”卢副局长期待地问。

“有点意外情况。”童辉笑道，“根据监控，当天案发时，这位女魈和一位男子的动作特别亲昵，我们根据面部识别，地方派出所在暂住人口登记中无意中查到了这位男子，昨天带回来了，根据他的交代，基本可以确定，这位是女魈的情人。”

“哦……那是不是下面就简单了。”卢副局长高兴了，盘算着这事会有多大影响。

“不过问题是据他交代，只和女魈开过房有过一夜情，好像也是被骗了……”童辉小心翼翼地观察着领导的脸色，看不出什么变化了，这才试探地汇报道：“而且这个男子的身份很特殊，准确地说是他父亲的身份很特殊。”

“谁呀？”

“帅世才。”

“他！？”

“对，他。”

“哈哈……”卢副局长哈哈笑了，笑着摆摆手：“出笑话了啊，老帅是铁警系统的反骗专家，春运防骗教材的初稿就是他的大作，职务虽然不高，可受过省厅、公安部的表彰，这次铁路系统和咱们联动，他也是反骗工作组成员之一，你们可真是开门红了啊，把他儿子提溜进来了，哈哈……”

“我们查到底细也有点吃惊……所以请示一下，我们该怎么处理。”

“涉案重不重？”

“不重，我们是以传唤的名义把人带回来的，根据他的交代，加上我们对他近期行踪和周边社会关系的了解，还通过受害人和其他知情人的指认，他应该不是诈骗团伙的成员。”

“那不就得了，没涉案你只能放人，这还请示什么？”

“可是，卢副局长，这个人有可能认识女魑，而且和她有过一段感情，如果真对得上号的话，那可就是一连十几起诈骗侵财案子能全部拿下。”

“哦，对，还有这么层关系……”

卢副局一下子省得下属的意思了，这也是个机会，看着童辉眼睛里的征询之色，稍稍踌躇了一下，起身手托着腮走了几步，有点为难。要是个普通人，估计下面就不会来请示了，有的是办法；而这个人背景稍显特殊，恐怕是下面生怕惹出事来不好交差，向领导要个指示呢。

想了想，回过头来，卢副局长很严肃地说：“帅世才同志我还是有一定了解的，这是个在列车上工作了二十几年的老乘警，这么点原则性他还是有的，你们放手干吧……不过要注意方式方法，不能违反纪律，毕竟是咱们同行，毕竟咱们和铁路干警协作是经常性的，不要因此影响大局，说说，你们接下来准备怎么办？”

“我们准备再留他两天，根据他交代的俩人去的场所实地验证一下，要能去掉对他的所有疑点当然最好。”童辉道。

“那去吧，客气点……毕竟也是警察子弟嘛。”

卢副局长笑着说了句，笑得有点怪怪的，童辉告辞，关门出来了。

童辉直下了三楼，进了刑侦一组的办公室，喊着正整理笔录的女警道：“小方，有新情况吗？”

“没有……我们连问三次，回答得一字不差，时间、地点、干什么了，清清楚楚，今天早上中原分局和六队的都来指认过，不是他，没有在其他案发现场出现过……不过老中州烩面馆那两位嫌疑人能认出他来，他对当天发生的事也供认不讳，除此之外没有发现其他新情况。关于古晓雅这个名字也正在排查，有三十多个古晓雅需要查实，今明两天才能出结果。”那位短发女警利利索索地简要汇报着，忙了一夜，脸色有点疲惫。

“排查的事你们不用操心，你们俩今天带上他，把涉及的地点走一遍，找找疑点……回头不行到支队调两名刑侦的人来查查，对了，领导交代了，对这个人客气点，毕竟也是警察子弟。”童辉安排着，看看这对搭档只有一半在，问了句：“木堂维呢？”

“您不说客气点吗？正给他送饭呢……童政委，这您都不用安排，这个人根本不用对他客气。”

“怎么了？”

“昨天我们到东关胡同口，小木刚问了句，结果被他扭着腕子踹了几脚，横着呢，要不是警察非被他揍一顿。”姓方的女警怏怏不乐地说。

“哟？还袭警了……怎么没听你们汇报。”童辉一听，诧异了句，小方赶紧解释，被袭的那位叮嘱别让人知道，有点丢人的慌，毕竟刚进警队不久，又是临时被抽调到工作组，害怕这事传出去让人笑话。童辉听着解释，笑了笑没当回事，这个职业肢体冲撞在所难免，想较真这就是事，不较真这就不算个事，天天发生着呢，此时他心里被另一件事揪着呢，强调着：“这个女嫌疑人很可能就是女魈，如果抓得住，或者你们找出点什么蛛丝马迹都是大功一件……辛苦你们了。”

“没事，童政委……那我去了……”

女警收拾好了案卷，看看时间，告辞出来了。

侧楼，一层，阴面，封闭着的楼道几层房门，靠东的一间。

听到吸溜吸溜吃喝声音，方卉婷走到窗前，从窗口瞅了一眼，那位带回来的帅朗正端着一次性碗喝着吃着来劲，一旁不远坐着搭档木堂维，这位刚从警校毕业不久的小木，正不时地翻着眼剜着帅朗，那表情像个受了委屈的小学生，要说起来确实受了点委屈，被人袭警了，还偏偏好面子不敢吭声，回头再给袭击自己的人买饭，这叫什么事呀？

不过谁让人家这位知道的情况重大呢？昨天晚上的内部短会才听到关于女魈的传说，连方卉婷也有点跃跃欲试，要是在基层锻炼期间真抓住这么一位闻名遐迩的骗子，以后可有点拽了。

敲了敲门，进了房间，正吃着的帅朗只是抬了抬眼皮，示好地笑了笑，不过得了女警一个不冷不热的脸。帅朗讪然一笑，又埋头继续消灭着桌上的东西，一碗糊辣汤、四五个肉包子，再加一碟萝卜细丝，吃得是啧啧有声、尝得津津有味，吃着的时候看到了正翻眼瞪自己的男警，帅朗又示好地递着咬了一口的包子故意问着：“警官，要不您来点。”

木堂维剜了他一眼，脸侧过一边，帅朗得意地一抹，大包子塞嘴里了，一晚上问话越来越客气，傻瓜也知道怎么回事了。警察对什么人客气呢，一个是犯了死罪的，人家都不活了，不客气点还怎么着，杀头还得一顿好吃好喝招待呢。另一种呢，当然是没犯什么事的了，客客气气问完，一拍两散谁也不找麻烦，多好。

不过今天恐怕麻烦来了，帅朗吃完，抹抹嘴，刚刚把东西扔在废纸篓里，俩警察一左一右盯着他看上了，看得帅朗心里发毛，不解地瞪着大眼问着：“您二位什么意思？要不我再从头交代一遍。”

“交代什么，我看你长相老实，其实是一点都不老实。”方卉婷冷脸撂了句，有点诈的意思。

“哪儿不老实了？我对警察一向老实，特别是女警察。”帅朗很老实地说道。

“呵！……是吗？”方卉婷冷笑着对其中的调侃不屑一顾，看着帅朗又是傻愣眼一副老实样子，倒也挑不出刺来，话题一转道：“那你父亲是帅世才，这个情况为什么没有反映？还得我们查出来？”

“这个呀，和本案无关嘛，再说十八岁就算成人了啊，我是我，我爸是我爸，别往一块儿扯……你们不用徇私枉法，也不用看他的面子。您放心，就算他来见我，我都不见。”帅朗一听这茬儿，心里不知道什么滋味，其实宁愿在这儿跟警察折腾，也不愿意在这种情况下父子相见。

“那好，我们就公事公办了……走吧。”木堂维道。

“去哪儿？”帅朗吓了一跳。

“紧张了是吧？给你说个更紧张的，你交代的公园、旅馆、咖啡屋所有地方，今天要实地和你的笔录验证一下，紧张吗？”方卉婷说着，两眼盯着帅朗一动不动，期待着从这里找到点破绽。

破绽来了，帅朗一咧嘴，啊了一声，声音怪异无比。

一见这表情，让方卉婷难得地笑了笑，木堂维早对帅朗没什么好感，噎了句：“怎么？心虚了是吧？”

方卉婷也趁热打铁道：“好像你很紧张呀？是不是还瞒着什么情况，现在补充还来得及啊，别让现场找到破绽你圆不过来，又得推翻重来。”

“不是不是……你们理解错了，我是觉得在我身上花再多时间也是浪费，我不是为二位警官着想吗？你们有时间动动脑筋去抓骗子呗，老揪着我不放算怎么回事？再说我仅仅是个知情人，你们不能把我当嫌疑人对待吧？”帅朗大惊小怪道。

“不去是吧？”木堂维有办法了，说道：“对，你不是嫌疑人，你有这个自由，那我只好把你交给派出所处理了，袭警、诽谤，说警察是有牌的什么来着？给你办个治安管理处罚？”

“走走走……谁说不去了，还是跟着你们踏实，我可惹不起派出所的。”帅朗一听，起身了，直跟着两位出了滞留室。

这两位一瞧都是文明人，起码不会像派出所那帮人，根本不用嘴说话，用拳脚警棍比说话可管用多了。三个人出来了，找到那辆现代越野车，俩人也不看帅朗，各自开着门上了车，驾车起步的工夫帅朗凑上来，吓了女警一跳，就见帅朗觍着脸笑问：“警官，那把地方看完就没我的事了吧？”

“那总得先把疑点都抹掉才行呀，配合警察办案是公民的义务。”方卉婷说了句官话，侧头瞥着帅朗噎了句：“很着急走是吧？”

“啊，对呀，一沾上警察赔钱赔脸赔时间，谁不急呀？”帅朗吸溜着鼻子，不以为然道了句，细节观察和判断得越多，越觉得自己倾向于没事，说话越来越硬气了。

果不其然，开车的木堂维猛踩刹车，车打了个趔趄，回头刚要叱帅朗几句，那位女警赶紧拦住了，木堂维瞪了帅朗几眼，半天才气咻咻地开着车出了监控中心。

终于出来了，终于看到今天的太阳了，终于让帅朗觉得神清气爽了。打开车窗深吸了一口带着汽油味道的空气，虽然空气不怎么地，不过比那地方的可要好多了，帅朗看着车驶出了二马路，驶过了市公安局，驶上了紫荆路，一路上熙熙攘攘的人群车流，让伸着脑袋的帅朗倍感亲切，亲切之余又多少有点担心，一晚上撒了个弥天大谎，此时隐隐感觉到了那位女骗子对警方的重要性，这让帅朗又多多少少有点后悔了，心里盘算着怎么着才能过了这一关，毕竟满满几页纸的笔录，全是顺口诌出来的，这些警察相信得越深，越让帅朗暗暗倒吸凉气……不过鸭子赶上架了，除了继续谎言也没有其他办法了。

来了，想不想都要来的，车上了民航路，沿着街边嘎声而停，木堂维指指前面标着“舒爽快捷酒店”的营业场所，其实这是一幢沿街的居民楼，一个单元一到六层全部被改装成快捷酒店了。中州这类的快捷酒店既便宜又卫生，还是蛮受欢迎的，这里正是帅朗交代和某女发生一夜情的地方，也是最有可能找到蛛丝马迹的地方，方卉婷回头，看着帅朗抿着嘴很无奈的表情，出声问着：“想好了，要不是就别浪费我们的时间……你们既然在这儿住，就有可能留下监控记录，时间久了没记录，最起码也应该留下你的、或者她的身份记录吧？用的假身份证也算，只要你说得出来对得上号。时间，1 月 6 日，入住时间，晚上十九点到第二天上午八点，怎么样，我没记错吧？”

“没有记错。”帅朗愣着眼，老实地说。

“那走吧，查查记录，核对一下。”方卉婷催促道。

“也没有记录。”帅朗又很平静地扯淡。

这下子把俩警察气着了，俩人都回头瞪着帅朗，木堂维反应最强烈，指着帅朗道：“玩我们是吧？你知道不知道这个女嫌疑人是十几起诈骗案的主谋，我看你是不想出去了？”

“你别急呀，听我说完，我和她是住这儿了，可没留记录呀，住这种地方根本不用身份证，根本不用登记就能住进去……别说这儿了，中州任何一家酒店，不要身份证我都能开出房来。真的。”帅朗大大方方道。

“胡扯。”木堂维不信了，一看方卉婷，方卉婷观察着快捷酒店的方向，装潢很考究，大玻璃门有十几个平方米，算不上高档，可也非路边的野店可比，再回头看帅朗一脸镇定的样子，越看越像扯谎了，哼了哼道：“我就不相信，你们什么也没有，酒店就敢让你们住下……”

“你看你们不相信……那我要住进去算不算？别说这儿了，你随便挑一家，五星级的我住进去，算不算？”帅朗理直气壮，很自信地辩上了。

能住进去吗？

木堂维和方卉婷当然不相信，不过看帅朗这么自信，这可揣不准了，俩人使着眼色，微微点点头，啪啪拍门下车，示意着帅朗下来，那样子，不信邪要试试了……

“你……”帅朗下车，指着木堂维，一个你字拉得老长，后面的没说，有点讳言，这哥们儿奶油味重点了，没穿警服就是个小正太，而且还是生在红旗下、长在阳光里的那号小正太。这小正太看样子脾气也不小，虽然没找帅朗麻烦，不过对于帅朗的态度可近乎恶劣了，没等帅朗吭声，一把把帅朗的手指打过一边瞪着眼斥着：“怎么啦，又找什么借口不敢试了？”

“你不能去。”帅朗直言道。

“为什么？”小警察不服气了。

“你见过俩男人去开房吗？”

帅朗摇摇头，噎了男警一句，跟着又指着冷脸冰面、俏目凤眼的女警，个子和自己差不多，帅朗上上下下审视着，半袖白衬衫扣子绷得紧紧的，浅色长裤呼闪闪的，镂空的罗马鞋翘弯弯的，随便哪一个部位都能引得人遐想无限，几眼看过让帅朗大撇着嘴，实在觉得把她放警察队伍里有点暴殄天物了，要是这妞不板脸来个嫣然一笑，绝对能让男人包括男嫌疑人立马倾倒。

不过话说回来了，就这板着脸，很有点睥睨男人的女王作态，而且面对帅朗不怀好意的打量，躲也不躲，一双俏眼同样在打量着帅朗，似乎想从这个吊儿郎当的知情人身上发现什么端倪。不知道她发现了没有，帅朗可发现了，心里暗道，这妞绝对是个主动兼很难满足型的，不管哪个爷们娶回家，结果肯定是肾亏。

半晌，女警冷笑兼冷声问着：“看够了么？”

“美女永远看不够，呵呵。”帅朗开了句玩笑，方卉婷眼一瞪，手一叉在胸前，明显地看到胸前被挤鼓了，体积不小，要不是个重大知情人，八成得拳脚伺候了，却不料这一瞪没吓住帅朗，帅朗得意洋洋知难而上，一指方卉婷：“她跟我去。”

“嗨，你什么意思呀？你知道方姐什么人吗？连这心思你都敢动。”木堂维火了，上前一步，挡着帅朗的视线，这哥们儿要站出来护花了，不料惹了个没趣，方卉婷一把把他拨拉过一边，刚要问帅朗，帅朗先解释上了：“你们不是想知道真相吗？那天我们是一男一女去的，这位女警官跟我去，我给您演示一下怎么住进去的，不就真相大白了……省得你们来来回回不相信我。”

“小木，你在车上等着，走吧。”方卉婷倒爽快，一摆头，帅朗哎了一声，前头领着路，两个人并肩朝舒爽快捷酒店走去。

刚走几步，帅朗不乐意了，站定了不悦地说：“警花同志，别拉着脸，这像一对情侣去开房么？简直是上刑场……还有，别离我这么远呀，我现在的角色是你的情人，不是你的嫌疑人……哎，我说警花同志，还不知道你芳名叫啥呢？你也不自我介绍呀？”

调侃了几句，女警无奈地走到帅朗身侧，不过报之以一个剜眼、嗤鼻、无视加鄙视的动作，那样子仿佛在说，你不配知道姐的芳名贵姓。

帅朗不恼，笑了笑，一左一右并肩走着，帅朗不时地瞟着女警胸前凸出来的部位，揣度着那个部位的尺寸，自得其乐地意淫着，路过街边的冷饮摊时顺手买了两瓶饮料，递给女警一瓶，不料那女警根本不接受这等好意，帅朗硬塞到女警手里，又劝着：“随意点，我们是以情侣的身份住进去的，您不能扮得咱们像阶级敌人吧？拿着，甭客气。对了……给我钱。”

“啊，我还没说喝呢，你倒先朝我要钱？”方卉婷一下子气着了，买了瓶雪碧还没开瓶就要上钱了。

“不是，别误会……开房钱，用一下，当个道具。省得你说我捣鬼，其实开房很简单，真的不需要身份证。”帅朗拧开饮料喝了口，伸着手，女警气得翻着白眼摸着口袋，拿出几张钱给帅朗，看来是非要证实当天发生的事了，处在她的位置，当然无法相信帅朗说的情况。

走到了快捷酒店门口，抬头再一望，方卉婷更确定了自己的想法，玻璃门厅用着十五厘米厚的材料，门口就装着摄像头，登记处是石材吧台，这么上档次的地方，要说是个什么手续都不要的黑店怎么可能？她刚要踏进去，不料被帅朗伸手挡着停下了，一挡方卉婷不悦地瞪着帅朗，嘴角动着，帅朗明显地看到银牙在咬着咯吱响，生气了，这磨磨蹭蹭没有利索劲，不知道又出什么别扭。

不是一般地别扭，帅朗厚脸皮地笑了笑，胳膊一抬，一弓，不说话，很玩味地盯着女警，那动作是示意女警挽上来。尽管不知道女警叫什么，不过在乘警队就见过五大三粗的警嫂，这会儿对这个长得蛮不错的女警还真想亲近亲近了。

哼……方卉婷很爽快，直接上来挽着帅朗的胳膊，挽着的时候狠狠地掐了一把，鼻子里哼了哼，帅朗脸色一变，吃疼倒吸着凉气，回眼盯着女警，此时那女警得意地从牙缝里迸了几个字："调戏女警很有成就感是吧，很舒服对吧？"

"嗯……舒服！"帅朗咬着牙，没话说了，痛并快乐着，声音有点变调地安排着最后一句："等我给咱们俩开出房来，你也会感觉很舒服的。"

进门了，宛如一对情侣进门了，女警很配合，没有再整治帅朗，态度也稍缓和了点。厅堂十几个平方米，吧台后坐着个胖胖的中年男人，脸上油亮，脑袋半秃的地方也是油亮，这种店面为了省开支，一般都是老板自己坐台收银，顶多雇几个服务员打扫卫生。帅朗和方卉婷互挽着，到了吧台跟前，就见帅朗二流子一般把饮料往台子上一蹾喊着："老板，开个房。"

"标间一百五，普间一百……钟点每小时三十……几位？"老板抬头，鼓着眼泡看着他们。

"两位，标间，一百五的。"帅朗道。

"拿身份证登记一下。"老板翻开登记簿，找着笔，方卉婷脸上闪过一丝不易察觉的笑，这老板还是挺守法的嘛。

"没有。"帅朗晃悠着没个正形，直接拒绝了。

"那驾照也行。"

"没有。"

"学生证也行呀。"

"你看我像学生吗？没有。"

一连几句没有，老板此时才抬看着，帅朗两指已经夹上钱了，还是不客气地道了句："麻利点。"

"哎哟，你这什么都没有，那怎么行？"老板啪的一合登记簿，很为难了。

这边难，有人就乐了，方卉婷得意地看了帅朗一眼，这真相恐怕就是帅朗撒谎了。

一个为难的老板、一个暗笑的女警，加上一个酷似二流子的帅朗，这三角戏开始了，主角帅朗啪的拍了三百元，脸上几分痞色："废什么话，开个房有那么麻烦吗？"

"不是我麻烦，这是规定……我知道你们什么人？什么关系？怎么让你们住呀？"老板为难道。

"那你说啥关系？都是夫妻关系，你早关门了。"帅朗斜眼忒教训着，标准的中州官话，一指扔下的钱道："甭找了，办个事就走……连洗床单的钱也有了，你不开拉倒啊，我们走这儿了图个方便，隔上几十米下一家你以为我们住不进去呀？"

老板眼皮抬着，很严肃，看看帅朗，又看看他身边长相蛮不错的女人，瞪了瞪眼，撇撇嘴以示不屑，这下方卉婷更乐了，毕竟是老同志了，知道遵纪守法。

却不料，惊变来了，那中年人看了半晌，保持着不动声色的严肃态度，一拉抽屉，在方卉婷十二分的惊讶中把钱毫不客气地收进去了，然后拿着钥匙房牌"啪"一扔到吧台上，压低了声音说："六零三，声音小点啊。"

一刹那，帅朗乐开花了。一手摸着钥匙，另一只手遮在额前，谑笑着回过来头，看得女警脸色煞白，气着了。帅朗边咬着嘴唇笑着，边把钥匙递给女警道："听见没？六零三，声音小点……我都说了，开出房来，你会感觉很舒服吧？"

估计是把俩人当成偷情吃野食的一对了，老板看着俩人没走，生怕俩人不满意，解释着："高楼层方便，白天没啥人来。一看恁都（你们）自己人，没事，我嘴牢着呢，就当你们没来过。”

看来老板挺讲诚信，拿人钱财与人方便了，一听帅朗呲笑得几乎趴到吧台上了，脸侧过来对女警做着鬼脸，这下子方卉婷吃不消了，“啪”一声重响，正低头的老板吓了一跳，一抬头吓了第二跳，那位女的拍到吧台上的是警官证，老板一看愣了，嘴唇哆嗦着指着，这……这……这……还没说出来，方卉婷叱喝着：

“治安管理条例你知道不知道？没有身份证怎么能登记入住……你们的监控呢，全调出来，我要带走。”

“监控……坏……坏了。”老板紧张地看着一位冷脸、一位嗤笑的，不知道这咋回事，不过被那警官吓住了，生怕有误似的看了看警官证，绝对不是假的，又紧张兮兮地放到吧台上解释着：“坏了好多天了，不怨我们，给派出所打好几回电话了，他们光管装、光管要钱，不管维修，让我们自己找人，你说这可找谁呀？”

“那以前的呢？保存几个月的？”方卉婷抱着一线期望问道，一般都保存三个月，没有清除会保存得更久。

不料老板给了句更雷人的：“就上个月的存了点，以前坏坏停停就没好好用过。”他战战兢兢说着，眼看着女警脸色更难看了，老板躬身赔着笑脸辩解着：“警察同志，咱……咱……这儿没坏人，就大街边呢，坏人不敢来，就来对小年轻开个房亲热亲热啥的，再不就是做生意啥的，都老实人……这……”

“你……你等着……”方卉婷气着了，无处发泄了，这恐怕又是个死无对证的事了，恐怕就处理下旅馆、给个治安处罚也于事无补了，她一把摸回警证，气呼呼地先行一步出了门厅，

帅朗可乐坏了，看着这秃头老板恨不得抱着亲一口，这些地方只要你操中州口音，带个妞来，老板一般都给你个方便，没准儿有些地方老板还提供招妞的服务呢。今天果真是一试就灵，方卉婷气得一走，帅朗笑着把钥匙往老板柜台上一扔，看着这老板有点心虚了，拍拍吧台喊着：“嗨

嗨……装什么傻？警察暗访呢，你把暗访的钱也收了？”

“哦……对不起，对不起。”老板吓住了，赶紧拉开抽屉，哆哆嗦嗦把三百块钱摸平整了，战战兢兢地放到吧台上，苦着脸要说句什么讨好的话，可明显都不是认识的片警，这话又有点不太敢说，尴尬地看着帅朗捻着钱。帅朗一见老板吓成这样，坏水冒出来了，拿起钱来又放下了，很不客气地问着：“我刚才给你的，你确定是三百？”

老板一愣，刚要回话，不料看着帅朗斜眼瞪着不怀好意的样子，一下子恍然大悟，大拍前额紧张地说：“哦哦……我老糊涂了，您瞧我这记性，不对不对，是五百……不对，少给您五百……您拿好，警官，您您……您二位哪个单位的……”

老板又从抽屉里抽了五百，和先前的放一块儿，又套着近乎，不料帅朗得意地把钱一收，装模作样很严肃地说：“都说了暗访，能告诉你呀？”

说完转身就走，老板紧张地说：“警察同志，千万别开罚单，我们下午就把监控修好。”

“没事，坏着吧，没人找你麻烦了，有了监控多不方便。”

帅朗背过身，眯着眼笑着回了句，推门大摇大摆走了，背后，老板被貌似便衣警察的这句雷得目瞪口呆，半晌没回过神来……

出了门笑得肚子有点疼，这个诌出来的临时现场可没料到顺手牵羊还得了五百块，等乐得颠儿颠儿到了车前，帅朗早变成了一副严肃诚实的表情，上车没吭声，把女警给的道具钱递回去，那女警拿了钱，狠狠地剜了帅朗一眼，估计是被又是开房又是洗床单的钱调戏了一番，还没得到想要的结果郁闷上了，转过身一声不吭。

“哎……”木堂维叹了口气，很无奈地看了帅朗一眼，又有点叹世风日下、人心不古，捎带讨好女警的意思，边开车边道：“这些人真没办法，有法不依，看来法制还是需要很长进程的。”

叹了句，发动了车，看了一眼女警，那女警正生着闷气没搭话，不料后座扑哧一声笑了。木堂维回头不悦地瞪了眼叱着：“你笑什么？”

“我笑什么?”帅朗笑着反问，解释道：“这不是有法不依，是执法不严哎，也不是法制需要很长的进程，那过去夜不闭户、路不拾遗怎么来的?那可连法制都没有。”

“可不说什么呢?风气就是被你这种不重视道德责任的人搞坏了，你还好意思说。”男警接了句，秀才训痞子的口吻。帅朗看这小警察痛心疾首斥自己的样子，却连争辩的心思也没了，拧着饮料咕嘟喝着，不置可否地笑了笑。

没治，身份不同看到的东西也差异太大，和这位道德君子话要投机，可比开房难多了。

第二站往中州大道走，看样子是去公园，行驶的过程中谁都没吭声，到了公园门口下车，仨人这会儿相随上了，帅朗领着俩人到了当天遇到古清治骗钱的地方，这个地方常来，一指湖心亭，那是遇到佳人的地方，一指公园小道，那是俩人漫步的地方，几个细节和笔录毫无二致，甚至帅朗能说出来从长椅到湖心亭有几步距离，听得那男警一愣一愣的，这刺端得一根也挑不出来。

女警呢，黑着脸，喀嚓喀嚓拍着照，这一拍可让帅朗迷懵了，小声问着：“哎，我说警花同志，您拍这个干吗?”

“这是你该问的吗?”女警噎了句，收起相机不理会。

不料她不理会了，还有一位呢，那位男警瞪了帅朗一眼斥着：“这是刑事侦查懂吗?方姐是犯罪心理学专业毕业的，从嫌疑人出没的环境、场所可以判断出规律，最终把你们绳之以法。”

帅朗捂着嘴，扑哧一声又笑了，这回连女警也气得回头剜了木堂维一眼，生怕外人不知道警察干吗似的，木堂维赔着笑脸，不敢吭声了。帅朗却笑得更欢了，此时已经十成十断定，这俩纯粹是嫩警一对。

“你笑什么?很好笑啊?”女警剜了男警一眼，回头又瞪上帅朗了，帅朗脸色一整，摆摆手：“不不，不好笑。”

“看你都不像个遵纪守法的人。”女警呛了句。帅朗立马做大惊失色状，双手环抱害怕的样子：“哇，好眼光，您办案是凭看呀？”

“你……你等着，找出你的破绽没你的好。总有你圆不出来的时候。”女警气着了，那位男警也上来帮腔了，指着帅朗训道：“你别装啊帅朗，虽然没有证据证明你涉案，可我们怀疑你肯定知道女魈的下落……知情不报也有罪啊，包庇罪，听说过吗？”

被嫩警这么训斥一通，像给法盲上法制课一般，让帅朗想保持正色都不成了，嘿嘿低头笑了笑，反问道：“我说警察同志，您这法律学得好，没证据凭怀疑，就能吓唬出罪来？既然证据都没有，那包庇罪如何成立，就你们想定，也得保证检察院不打回来呀？”

木堂维立时省到了自己话里的语病，侧过脸，不接茬了，那女警也不悦地瞪了他一眼，打抢反骗临时组织起来的队伍，像样的、有经验的警察都不愿意来，净凑了一堆局里、支队的闲人和新人，隐隐地觉得俩人连个知情人也搞不定，更别说以后对付嫌疑人了，现在是看着帅朗郁闷，再看着木堂维，比看帅朗还郁闷。

俩警察不吭声，帅朗倒不闲着了，一想刚才话里的关键词追问着小警察道：“哎哎，木警官，什么女枭？不是个骗子么，成枭雌了？”

“魈，鬼字旁一个肖字，女鬼的意思。”小警察义正词严纠正道。

“那个字念肖？啊？那你说，我是碰上女鬼了？整来整去成倩女幽魂了？”帅朗大惊失色，貌似紧张地问着木堂维，木堂维知道帅朗没好话，不屑道：“你是心里有鬼。”

“哦……”帅朗笑着，恍然大悟道：“那你们能治啊？”

“当然能治，治你没问题。”木堂维没省得进套了。

“厉害厉害……”帅朗一竖大拇指赞上了，“现代警察就是厉害，驱鬼也管。”

“你……”小警察立眉瞪眼，憋不出来了。

女警听不下去了，快步走着，木堂维顾不上和帅朗打嘴官司了，跟了上去。帅朗在背后边走看着男警献殷勤的衰样边笑，这哥们儿忒有意思了，估计是刚从警校出来，心眼儿没那么多，这套来套去，倒让帅朗更心安了，最起码知道现在警察根本没有什么有力证据，更知道整这么俩新人来回折腾，不过是抱着万一之想，碰运气似的想找点什么蛛丝马迹呢。

可能么？帅朗想到这茬儿又笑了，心里暗道，要真能找着，我还想见见呢。

上了车，不笑了，又驾车向下一站驶去，后座的帅朗拆着从公园门口买的一包烟，不料刚点火，那男警又犯病了，一刹车回头训着："嗨、嗨，有点公德心好不好，方姐最烦烟味了，一点都不尊重女士呀？"

那护花的表情说不出的正义凛然，看着帅朗如同看到阶级敌人般的仇恨，就这根烟似乎比案子还重大，帅朗皱着眉头，哭笑不得地摆摆手，好好不抽了，我怕了你了，掐了烟扔到窗外，那男警这才扭头坐正，驾车前行。

又过了十五分钟，到了客栈路中段的蓝凤凰咖啡馆，方卉婷翻着记录，据帅朗交代，俩人在这里曾经啜着咖啡谈情说爱，此时此处地方还在，招牌依旧，只不过门上贴了张大白纸，上书：空房转让，非诚勿扰，下面有一个联系手机号。

俩警察不约而同地回头盯着后座坐着的帅朗，帅朗正襟危坐，无辜的眼色中放射着诚实的光芒，不过在俩警察看来，越看越像成心了，成心干吗呢？成心消遣咱呗……

"我当时就坐在这个位置，你们的位置没有人，我可以看到斜对面的一女俩男，发生了什么我想你们知道，只是她上前来吻了我一下，自始至终，我都没有向三米之外的另一桌挪动半步，我相信你们是通过监控找到我的，不过那份监控同样能证明，我与此案无关，即便和你们说的什么女魈，也是偶遇……不管指认、排查，不管你们干什么，就即便是将来把女魈抓捕归案，也证明不了什么……就这些。"

帅朗指指点点，手势比划着当天的情形，小声地说着，对面就是两位警察，他们仔细地听着，不时地回头看当天案发的另一桌，桌上坐了一对情侣。

此时身处的是帅朗最喜欢的饭店，老中州烩面馆，坐的位置就是当天那个位置，中午了，熙熙攘攘的食客早把饭店占了个七七八八，嘈杂的人声中只有烩面的香味格外突出，没人注意到这三个人正在说一件两旬之前发生的案子。

如果是普通人，或者是来中州旅游的哪怕是外国人，这也不算什么大案子，不过有市政府领导出面打招呼，这案子就不得不引起重视了，只不过重视的结果依然是落空，在饭店的叙述和其他几个指认地点如出一辙，严丝合缝，无懈可击。

方卉婷盯着帅朗，一言不发，像在斟酌此人的表情、语言、动作，下意识手支在面前张合着手指，不过被帅朗盯了几眼自己的双手之后，又触电似的缩了回来，似乎这个可能泄露出自己心里游移不定的细微动作已经被对方窥破了似的。

肯定窥到了，方卉婷不经意捕捉到了帅朗嘴角歪歪一丝浅笑，心里暗暗地下了这么一个判断。

当然窥到了，这俩新警早被忽悠得晕头转向了，要不是面前坐的这妞实在可人，帅朗连说话的兴致都没有这么高，与天斗其乐无穷、与人斗其乐无穷，那与妞斗更是其乐无穷了，要不是警花的话，帅朗没准儿还真敢有试试深浅以及饱满程度之想。

点的面和菜上来了，两大一小，三盘菜肴，凉拌牛肉、素拼再加一份尖椒肉丝，端着碗帅朗可不客气，吸吸溜溜吃着，大块肉夹着，流星赶月地往嘴里塞着，不时地抬头看俩警察，俩人还没有动筷，正看着帅朗不雅的吃相，帅朗谑笑了笑不以为然，依然我行我素。

饭依旧，菜依旧，不过人已经不依旧了，低着头的帅朗吃着的时候，又莫名地回忆起了那天的情形，即便是为那个很香艳的吻付出今天的代价，帅朗依然觉得恨不起那个女骗子来，就像很多男人心甘情愿拜倒在美女的石榴裙下无怨无悔一样，即便是被骗了、被涮了、被玩了，爷们总还有一句“英雄难过美人关”来搪塞自己。没错，帅朗此时就用这句话安慰着自己。

上次被女骗子涮[redacted]句，帅朗可学乖了，这女警察嘛，调戏几句可以，动歪心思可不敢，更何况这妞对自己根本不假辞色，没准儿在心里一千个一万个不相信就抓住你的破绽呢。

吃着，大口地吃着，几片牛肉一挟狠狠地嚼着，如果说吃东西也算一种发泄的话，那帅朗此时绝对歇斯底里了，木堂维还没动筷子，被帅朗恶狠狠地挟着嚼着的那盘牛肉已经见底了。

“吃啊，方姐，我再要一份……”

木堂维劝了句，方卉婷也拿起了筷子，这位男警此时有点悻然，又是一无所获的一天过了一半了，喊着服务员交了钱又要了一份，尔后不时地看看身侧的方卉婷，看看对面的帅朗，有一搭没有一搭地往嘴里送着面条，吃相那叫一个文雅，帅朗注意到，这货半天都没有吃完一根面条，比方卉婷吃得还慢。

牛肉又上来了，帅朗又不客气地挟了一大块塞进嘴里，嚼着的时候，和抬头的木堂维正对了个眼，姓木的警察这会儿没啥脾气了，一言不发脸侧过一边，实在不想再见帅朗这张让他郁闷的脸。

帅朗眯着眼笑了笑，知道这小警黔驴技穷了，除了用目光表达愤怒已经没有拿得出来的东西了。

“帅朗。”方卉婷在叫。帅朗把目光移过来，只见方卉婷边吃边从随身的包里掏了张名片，很小心翼翼地贴在桌上，手动着，移到帅朗面前，示好地笑笑解释道：“这是我的名片，我都忘了，我们还没有正式认识。”

“嗯……”帅朗嘴里嚼着，拿起名片一瞧念着：“方芮婷，好名字。”

木堂维“扑哧”一声笑了，斥着帅朗：“大哥，方卉婷，花卉的卉，你听过花芮。”

“呵呵，sorry，sorry，我水平就这么高。”帅朗嘿嘿笑着，念错了美女的名字，这倒诚心地道了个歉。木堂维也给了张名片，两张都是警民联系统一制作的，看做工都差不多，帅朗把玩了片刻收起来，筷子不停，含糊地问着：“二位，什么意思？硬的不行，准备来软的？我还是强调一句，我真不知道她在哪儿，这里面有很简单的反证，[illegible]看我这穿着，你们看我的住处，你们可以再查一下我的经济状况，我要真和什么名闻遐迩的女骗子一伙，至于过得这么贫下中农么？请客还是木警官掏的钱，对吧？”

真真假假，大惊小怪几句，那顺来的钱帅朗自然不往外拿了。一提这茬儿木堂维气就不打一处来，刚下车帅朗就嚷嚷着要在这儿吃饭，吃饭当然不能让女士掏钱了，帅朗还装模作样付款，木堂维自然不能等闲视之，落下这个口实，抢着付了钱，不过付了钱看帅朗得意的样子，又让他觉得自己像个冤大头一样有被宰的感觉。

其实就是被消遣了一番，外加还请人家吃了早午饭，细数经过，可把木堂维给郁闷得不行，时不时地瞪帅朗一眼。

“其实咱们差不多。”方卉婷看帅朗开口了，笑了笑说道：“小木参加工作不到三个月，还没定级；我工作一年多了，不过就在市局宣传部打杂，我们这次调到工作组都是负责外围工作的，你如果还看得起我们两位小警察的话，交个朋友怎么样？”

方卉婷伸出手，笑吟吟地要和帅朗握手，不料帅朗得瑟上了，摇了摇头说了句，不敢高攀，尔后端着大碗喝汤，挡住脸了。如果为调侃而调侃，帅朗倒可以接受，不过这样有目的示好，最好还是不要接受。此时连木堂维也吃惊地看着方卉婷，不知道方姐何来如此几句，前倨后恭简直判若两人。

方卉婷尴尬地缩回手来，此时也在细嚼慢咽，给了木堂维一个噤声的眼色，边嚼边注意着帅朗的表情，那表情依然带着几分痞气，不过很无辜，而且方卉婷感觉得到帅朗很坦然，不管说的是真是假，从头至尾的表现都很坦然。在警官大学学习的心理学知识告诉她，心里有鬼的嫌疑人总会表现出某种不自然的端倪，可一天一夜，她愣是没有从帅朗身上发现任何一点端倪。

要么是根本毫不知情，要么是掩饰得滴水不漏。方卉婷揣度着，不过不管哪一种，她都毫无办法。

一想到这里，方卉婷看着帅朗突来一句：“我相信你说的话。”

这也是一个试探，试图从突击中看到帅朗的表情或者动作有所停滞，出现惊喜或者其他不自然的表现。不过她又一次失望了，帅朗喝着汤理也不理，咕嘟一声咽了一口汤，等放下碗，早吃得干干净净，他舔着嘴唇，笑道：“你信不信随便，我说的就是实话。”

“我当然相信。”方卉婷说，“我听分局的刑警说这个女魈很漂亮，能让美女倾情一吻的人，肯定有特殊之处。不过我有点眼拙，在你身上还没有发现。”

“甭下套，太不专业，案情以外的事我懒得理你。”帅朗翻着白眼，不客气了。

这表情太恶劣，木堂维刚要发作，脚底一动，是方姐踩着了，示意他别吭声，一出声就坏事。木堂维勉强压抑住了，就见方卉婷笑道：“对我们有意见是吧？为什么会这样呢？我觉得我们可以化敌为友，我们之间应该没有刻骨仇恨吧？”

“方警花，您是站着说话不腰疼呀。”一听这话帅朗不乐意了，凑了凑，边抹嘴边说着：“还是那句话，谁愿意和你们警察打交道呀？赔钱赔脸赔时间，和你们坐到一起，你们就用高高在上对待嫌疑人的厌恶眼神对待我，谁的心里会好受？还有，你不是知道我父亲是警察么？对于警察这个职业，我比你了解得更清楚，就我身处的境地而言，我如果不说，我的嫌疑很大，你们会拖着我不放；我说了，你们不相信，我的麻烦同样很大，你们同样要拖着我不放；我说错了，你们肯定要收拾我，我没反抗能力；我说对了……得了，更麻烦，没准儿要把我当同伙吃公家饭去，这像囚徒困境一样，我根本走不出去，你们这哪儿是办案，简直就是欺负人。”

“这……配合公安办案是公民应尽的义务，怎么叫欺负人了？”木堂维插了一句。方卉婷不悦地侧头瞪了他一眼，没来得及阻拦。

“是啊，配合是配合，生活都给毁了……幸亏我失业，否则我就不失业，也得被你们整失业，就这样跟你们耗着，一星期过去我连吃饭都成问题，你们有公务员工资，你们怕什么？咱们换位思考一下，你要是处在我的位置，你明明没涉案，被警察揪着不放，你能舒服了呀?”帅朗嘴尖牙利，几句质问。

这是两难，虽然配合警察办案是公民的义务，可这个义务未必谁都愿意履行，毕竟要拿正常生活的秩序来换，在现实中不阻挠就不错了。

“这是我们的工作，希望你理解。”方卉婷试图舒缓帅朗的不平情绪，一说帅朗立马接上来道：“你们的工作就是毁了别人的生活，对吧?”

“不对，是让更多的人生活得更好……我是学心理学的，我觉得你的态度有点偏激了，这份对警察的偏激态度应该来自于你的父亲吧，我听说你们父子关系很紧张。别生气，我无意窥探你的隐私……其实我们不比你强多少，小木定级后没准儿会分到郊区、远郊的派出所、刑警队什么地方。我呢，一工作原来的专业都荒废了，我们在工作组搞外围其实也是想多学点经验，没准儿对以后有所帮助，不过看来我们俩都不行，没白没黑忙活，里外都讨不得好……真是因为这案子影响到了你的生活，我道歉。”

方卉婷很诚恳地说着，一说这个木堂维眼睛瞪大了，不知道方姐何来这么谦虚的态度，而且是对一个自己怎么都看不惯的嫌疑人。更奇怪的是，这话明显是撒谎了，工作组的都讨好这位下基层镀金的方姐还差不多。

木堂维一惊，这表情让帅朗捕捉到了，帅朗一指木堂维顺竿爬了，教训道：“听听，美女多有素质，人家都道歉了，你也不吭声？总得表示表示吧?”

“我……”木堂维憋得眼睛瞪大了，看不惯帅朗这么嚣张了，不过霎时觉得脚底在疼，是被踩着了，一时不敢发作，硬生生把气憋了回去，很难为地憋了句：“……也道歉。”

“哈哈……我要告诉你，是我踩你了，你生气不？呵呵……”帅朗促狭地一问，吐着舌头，他早发现了俩人的小动作，踩了这货一脚，谁知道这货真改口了。又被调戏了，木堂维咬牙切齿瞪着眼，不料脚下又疼了一下，附带着方卉婷很生气的眼神瞪过来，这回可是真的，于是又愣生生把表情变得笑意盎然，摇摇头：“不生气……我不跟你一般见识。”

这笑比哭好看不了多少，尴尬的木堂维埋着头，不看帅朗了。帅朗抿着嘴笑得浑身直颤，现在他倒有点喜欢小木这警察了，确实是个小君子，粗话都不会说一句。

每每得空调戏小木几句，方卉婷有点无奈地摇摇头，对帅朗没招了，干脆直言问着：“帅朗，虽然小木对你态度不怎么好，你也不用这么捉弄他吧？你打他在先，这事要发生在派出所或者刑警队，我想你知道后果是什么吧？”

“无所谓，我皮粗骨头硬，挨得了揍，你想干什么随便，顶多拘留几天罚俩钱，你还能怎么样？”帅朗不屑道。

“我们不想怎么样，只是不想兜圈子了，我觉得我们俩最起码是以诚待你，其实就想换一句实话……很难吗？你说的，我实在不知道哪一句是实话。”方卉婷放下了筷子，凝眸脉脉地盯过来，直看着帅朗。

心理学上讲，如果要取得对方的信任，这个对眼，也就是凝视、注视对方的眼神至关重要，这一招，被方卉婷运用得纯熟了，最起码她有把队里那些光棍警察瞧得心猿意马的自信。

于是方卉婷对付男人的杀器使出来了，这一眼，看得那叫一个秋波殷殷，如同情人在用眼神表达一种复杂的感情；这一眼，扮得那叫一个百媚自生，眼波流转中似乎带着某种欣赏；这一眼，又有点像爱侣之间用眼神表达的诉求，是那么期待；甚至这一眼，凝视着的双眸，有一种让人无法拒绝的信任。

帅朗愣了，被警花猝来的一眼看愣了，斜眼看过去，然后又摆正姿势，诧异地看过去，很大胆、很无所顾忌地看着警花美眉，瓜子脸、丹凤眼、鼻如悬胆、唇线翘弯，沾着油迹的红唇很润，让帅朗瞬间感到有点眩晕。

吁……半晌帅朗叹了一口气，脸侧过了一边，叹了声，大有白菜虽好、可没咱拱的机会那种喟叹。一侧脸之后又回过头来，方卉婷惊省之后，有点讷言，不知道该说什么，似乎也正是自己俩人对此人苦苦相迫，如果再继续下去，恐怕正如他所说，即便他清白无辜，也要被这事毁了正常生活。

“你们想听实话对吧？”帅朗出声道。这句话引得俩警察顿时心神一凛，下意识地瞪着帅朗，帅朗叹着气道：“实话就是你们根本抓不住她。”

当然抓不住，连帅朗也栽了这么大的跟头，别说这俩嫩警了，帅朗见俩人脸上的诧异之色，无奈地笑了笑：“我不是贬低警察，而是以你们初出道的水平确实抓不住她，你们应该从她每次作案的环境、对象、手法、现场痕迹入手，研究她的出没和选择下手对象、时机的规律，她犯的案子越多，露出来的破绽就会越大，只要她不收手，总有失手的时候……你们的方向是错的，不去研究实际的案例、没有确定情况，就揪着个外围知情人死缠烂打，这是派出所的侦破水平，要是这么能找到人，就不是女魈了。”

呃……木堂维噎着了，噎得直瞪眼咳嗽了一声，这丫的专业素质快赶超警察了，童政委经常就这么教的，可说得容易做到难，能有几个罪犯是分析出来的？哪个不是连敲带打、顺藤摸瓜揪出来的。此时木堂维倒真怀疑帅朗有隐情未讲了。回头看看方卉婷，同样惊讶的眼睛一动不动盯着帅朗，此时证明了她心中的一个疑问，反骗警察的儿子肯定耳濡目染了不少案子，根本不像先前所想的那样，是个未经世事的小青年，一进门就把诸多不利于己的情况全部暴露出来。

“谢谢，我相信你……非常相信，我们确实和这个神出鬼没的女魈不是一个档次。”方卉婷压抑着心里的好奇，沉声说了句。

“别套了，我真的不知道她在哪儿，连我也被骗了……快点吃，吃完回去休息，你们还想查、还想审，随便喽。”帅朗无所谓地说，表情有点无奈，撇着嘴，找了根牙签，很没风度地剔着牙。

“不用了。”方卉婷低下头，同样无所谓地说了句：“你可以走了。”

“什么？”帅朗眉一皱，这回可真惊讶了。

“你可以走了，刚才我上洗手间的时候请示过工作组，工作组授予我决定权，如果有疑点，我可以再滞留你，直到四十八小时；如果没有疑点，可以让你离开……”方卉婷说着，抬眼微笑着看了稍稍吃惊的帅朗一眼，加重语气道：“我选择相信你，我觉得你很可信。”

说着话很信任的眼神从凤眼水眸中附送过来，帅朗愣了愣，顾不上放纵下流想法了，一扔牙签说了句：“早说嘛，瞎耽误工夫……”

帅朗腾声一起，起身就走，一刻也不愿停留，刚走两步，方卉婷出声叫着：“等等。”

帅朗一惊，一耸肩膀，人没动，只有脑袋贼忒忒扭过来，看着方卉婷和木堂维，笑了笑没吱声。像是在说，你敢试我，我就敢跑。

“你真不够意思，我本来可以威胁你的，最起码我可以以此作为交换条件和你周旋，不过呢，我觉得那样有侮警察的荣誉，所以我一概不用，小木也一样……你打了小木，小木还请你吃饭，我又在工作组组长面前极力采信你，你不至于连句谢谢也没有吧？”方卉婷揶揄地说着，此时没来由地很自信的感觉浮现在脸上，看着帅朗的时候同样在玩味地笑，甚至玩味到了暧昧的程度，帅朗有点消受不起了，客气地说了一句：“对，应该谢谢……那二位，多谢了啊。”

帅朗说了句，毫不客气地抬步就走，几步穿过人声鼎沸的饭桌，眨眼出了门厅，这回真溜了……

攘攘熙熙的饭店，来来往往的食客，都被热气腾腾的烩面和香飘溢桌的美食吸引着，只有领座的几位注意到了这一桌三个人刚刚的怪异之处，不过更愿意把这当成都市两男一女的三角恋爱的烂事，仅仅是报之以一个打酱油人等的旁观眼光，顶多再下意识地对这桌的女人多看几眼。

对，那个女人，颇有看点，此时她保持着遐思的姿势，优雅地把玩着修长的手指，手指和手背，手背和皓腕形成了一个优美的弧线造型，造型之后是浅笑着、眉飞媚生的眼，每每无意中看到此景的异性，都会不自觉地多看上她几眼。木堂维看着她不动，悄悄侧过头瞧了一眼，愣住了，每一个女人都有最美的一面，总会在不经意间绽放出来，而此时似乎就是，似娇而嗔、似媚亦美、眼波流转的方卉婷，每一个细微的动作似乎都有撩得人怦然心动的魅惑力，木堂维注意到，三米之外一位貌似中学生的自作多情了，嘴里吸着面条看傻了，以为美女青睐自己了；五米之外的两位爷们，心不在焉地吃饭，不时地偷瞟着这里……丝毫不用怀疑，如果不是环境嘈杂，这里会成为众人关注的焦点，会有更多的人停箸忘食。

半晌方卉婷回了一下头，诧异地看着小木发呆的表情，眉头皱了皱，小木惊省了，赶紧掩饰地问："方姐，你就这么把他放了？"

"不放你能怎么样？他说的比唱的还好听，到现在没挑出一点毛病来，再多滞留一天又能怎么样？"方卉婷低着头，挑着根烩面，面已凉，她干脆把碗推过一边，双手交叉着。小木很不解，感觉这俩人从对话到对眼，玄得有点神神鬼鬼的意思，又小心翼翼地问："那放就放，也不用对他这么客气吧？简直是低三下四了，至于么？"

看小木不服气的表情，方卉婷笑了笑，解释着："你真以为他是个普通人呀？根本不是我请示的，是童副政委专门安排的，要没找到疑点让咱们把人放了……我听童副政委的意思，好像还不是他爸打的招呼，没准儿还有其他人出面了，让咱们客气、客气再客气。"

"哇，不能吧，要有那么硬的关系，还至于这个样子，他自己都形容自己是贫下中农。"小木越听越迷懵了。

"他是什么人，咱们暂且可以别考虑，不过你发现了没有，小木，咱们……咱们忽视了最大的一个问题。"

"什么问题？"

"他父亲。"

"他父亲怎么了？"

“你想想，帅世才是个反骗行家，我刚进警校就听过他的先进事迹，那年打拐案件，在他们铁路系统全市一共抓获嫌疑人二百多人，有四分之一是他从火车上解押下去的，全部是当场识破，很厉害，我刚参加工作时到他们乘警大队学习过，非专业比专业的干得漂亮，甚至现在咱们市局和省厅的诈骗案都要调这个奇人……”

“那又怎样?”

“你想想呀，这么个行家的儿子从小能没有受点熏陶？能没有点耳濡目染？再说还没准儿遗传了他爸一点基因呢……要真是那样，他要存心误导咱们，还不是小菜一碟？你看他自始自终惊慌过吗？说话打过结吗？逻辑比咱们都清楚，我现在甚至怀疑他跟咱们说的有几句是真话，总不能这么多事，都是死无对证吧?”

方卉婷终于捋清自己的思路了，这也是和这位知情人打了几天交道之后最后的判断，结果是无法判断，一连几句反问，小木也省悟过来了，自言自语道：“对呀？他告诉咱们的都是无法证实的事，住店没记录，公园没旁证，咖啡屋关门了，就在这儿留下监控记录，还证明不了什么……这要是警察培养了个作案的，那出山可就是高手……”

小木愣住了，细细想想，还真有此患之虞了，他惊讶地看着方姐，方卉婷把玩着纤长的手指，有点自嘲地笑了，如果真是随口能诌出这么多无法证实的事来，就这水平都是一般嫌疑人望尘莫及的，现在除了帅朗的身份，剩下一切他所说，还真分辨不出真假来。

“那咱们接下来怎么办?”

“等着。”

“等着?”

“对，等着。我给了他很多暗示，不知道他会不会回来。”

“暗示？什么暗示?”

“心理暗示。”

方卉婷嘴角泛着微微的笑意，像是回味着凝眸中那种特殊的感觉，边回味这个另类的心理体验边解释着："我极力刻画我们的境况糟糕，是在激发他潜意识中的同情心，消除我们和他之间的隔阂，像他这种很要强很自信的人，硬来没有用，你看他的履历都知道，如果我们逼迫，只会引起更大的反感和仇视，有时候博得同情未必不是一种很好的办法，虽然不会帮警察，不过我想他不会介意帮忙境况糟糕的美女吧？我也暗示着他做过的事，比如打了你，这等于袭警惹了警察，虽然是示之以诚，可总归是让他知道我们没忘了这事，他这么个聪明人，肯定知道我们还会去找他……最关键的是，我还在暗示他，一位女人对异性的欣赏和信任……他要是个男人，我想他不会一点心思都不动吧？所以我觉得他会去而复返。"

说着，她下意识地摩挲着手指，这是在凝视中释放出的信息，女人要释放这种信息都是一种与生俱来的本能，说完了，她回头得意地看着木堂维。木堂维愣着眼，这玄之又玄的东西听不懂了，他苦着脸问："这样也行呀？"

"那我问你，男人最根本的理想是什么，不要想，直接说……"方卉婷突然来劲儿了，笑着压低声音凑上来问木堂维，小木对着美靥素面方姐一紧张，眼睛一动，方卉婷警示道："不要说荣誉和责任啊，刚上班还想这个，过两天你就没了。"

"那就没什么了，金钱、美女、权力、地位……就这些呗。"小木喃喃不好意思地轻声说着。

"这就对了。"方卉婷笑着赞了一句，不无得意地说："传说上帝用男人的一条肋骨制造了女人，所以呢，女人就成为男人无法弥补的一个软肋，如果有一位美女用眼神向他传递着欣赏和喜欢，又有这么多利害关系，你觉得他会无动于衷吗？"

"不会，肯定要想方设法和你接近……"木堂维笑了笑，认可了，要是这么说倒能理解了，不过这么说又不理解了，又笑着问："方姐，我怎么越听越像勾引，怪不得您刚才含情脉脉看着他，吓了我一跳……呵呵。"

"呵呵……要能勾引回来也算呀，他肯定能帮我们。"方卉婷没心思吃了，挪开椅子起身，此时她心神已定，觉得这个嘈杂和燥热的环境有点不适应了，边起身边说着：“走吧，面都凉了。”

“要是他不回来呢？”木堂维笑了笑，起身跟着方卉婷的步子。

“连女人的眼神也看不懂，连回来的胆量都没有，那就连勾引也不值得了……放心吧，你以为我名片白送的？过不了今天就有电话……我甚至怀疑他根本不会走，从进来开始，你觉得他害怕么？”方卉婷道，很自信，不知道是对自己判断有自信还是对自己的魅力有自信。

两个人出了饭店，方卉婷下意识地看着停车的方向，没人，只有车。归途上这回是方卉婷驾着车，有意开得很慢，似乎在期待停车场、路口，或者街边某处有去而复返的一位。

没有，早溜了。大晌午毒辣辣的太阳，要是有人一眼就看得见。

快开到二马路，快到单位了，看到方姐的脸色有点失望，还不时地掏出手机看看，小木打趣着：“方姐，我觉得他没有那么大胆，真敢回来骚扰你，那他要成警察公敌了。”

据说方姐的追求者涵盖了市局、刑警队以及交警支队包括省厅若干部门的同行，基本是多警种联合队伍，这么一说不无酸酸的成分在内，以他这个刚参加工作的小学警明显是机会少有，条件不够，说话的时候又倾慕地偷瞟了她一眼。

这句恭维让方卉婷很受用地甜笑了一下，摇摇头：“你错了，小木，你知道天下什么胆子最大？”

“什么？”小木一下子没反应过来。

“色胆呗，色胆包天……这点你不如他。”方卉婷打趣着，说得小木闹了个大红脸。

说的时候她不经意地又想起了在舒爽快捷酒店的一幕，没有解除嫌疑的时候胆子都那么大敢调戏，现在解除嫌疑了，要真是溜了回来也不敢，那就让方卉婷失望得厉害了，每每在和男人做这种心理游戏时，她自认都会占据着主动，鲜有失误。

又前行两公里，快到单位门口的时候，毫无征兆地车子猛一刹车，停到街边了，小木诧异地一侧头看方卉婷，此时方卉婷得意更甚，脸上浮着笑意，抬抬下巴示意了个方向，小木一看，目瞪口呆了，悻然说着：“哦哟……男人不能都这么没出息吧!？还真没走。”

方卉婷咬着嘴唇笑了，未置可否。

前方二十米外，树阴之下，黑黑的帅朗正灿烂地笑着，嘴里咬着根老冰棍，那样子像在街头物色对象的小痞子，看着车停了，招着手，过来了……

敲敲车窗，帅朗自己人一般不客气地上车，呼咚一坐，咯吱咯吱咬着冰棍，方卉婷和木堂维回头，都一言不发地看着帅朗，直到这货吃完，棍子一扔，这才抹抹手，得意地说：“惊讶吧？想不到我在这儿等着你们吧？”

方卉婷点点头，“嗯”了一声，貌似意外之喜。小木咬着嘴唇没敢笑出声来，此时真不得不相信美女效应了，看来还是卢副局长有眼光，下工作组调了市局的几位女内勤帮忙，这比下命令还管用，呼里呼咚就吸引了各单位一大帮光棍自告奋勇来了，现在貌似连嫌疑人也没逃过这个效应。

“咦？怎么了，你们这样看我……”帅朗没明白这俩人什么心思，还以为自己的行径让俩人惊讶，笑着解释道：“反正我失业，大热天回去也没事干，要不，咱们再遛一会儿？”

“可以呀，没问题。”方卉婷高兴了，似乎根本没有发生过先前的不快。帅朗一指张口结舌的木堂维问着：“怎么？你不愿意呀？”

“愿意，愿意。”木堂维乐了，点着头，这主动送上门了，没准儿真有什么惊喜。

“那……化敌为友了啊，以前啥事都不提了，甭拿袭警说事啊，我这人向来遵纪守法，违法的事从来不干，对吧……来来，握握手。”帅朗伸手握着木堂维的手摇着，搞得木堂维哭笑不得，不过也拒绝不得，点点头道：“得得，我就没当回事，你好意思提，我都不好意思提呢，都说了不跟你一般见识。”

“哎，那就好，省得我走了你们找后账……那，你呢？”帅朗手伸向侧头过来的方卉婷时，又是一种异样的感觉升起了，像夏日的清凉袭身，格外亲切。方卉婷款款伸出手来，笑着和帅朗握着，凉凉的小手让帅朗倍感舒爽，而且最欣赏这女警的大胆和泼辣，握着的时候根本没有抽回去的意思。帅朗看来还真受用那双眼睛的凝视，此时握着小手瞪着大眼，很玩味地看着方卉婷，似乎要再来一次眼相见、心相连的那种触电体验，方卉婷抿嘴笑道：“我想你都不会置我们不顾的，再怎么说你也是警察的儿子，对了，顺便说一句，你父亲是我的偶像。”

方卉婷原本想套近乎的，不料这句话一出，惹得帅朗不高兴了，腾地把手放了，不凝视了，怏怏不乐地斥道：“你谁不能崇拜，崇拜个他呀？告诉你们啊，要没那身警服，我爸就一暴徒，我就是在家庭暴力中长大的……还有，生活作风不好啊，娶了俩老婆，你是不了解，一了解你会很失望的。”

小木听得诧异不已，回过头看，看帅朗说得振振有词，又不解地看看方卉婷，这意思很明白，就没见过这么说自己亲爹的，简直是奇也怪哉……方卉婷倒知情达意，看帅朗不乐意了，笑了笑，转着话题道：“好，不提他，你是你，他是他……那你还回来干什么？不会又想消遣我们一下午吧？”

“我不放心呗，别回头找我后账。”帅朗强调着，瞟了方卉婷几眼，不知道是找托词还是醉翁之意不在酒，看看小木又强调了一句：“小木，你别怀疑我，我确实不知道女魈的下落，我真的是受害人。”

没戏，小木侧过脸没搭话，方卉婷索性来了个大方，款笑着安慰道：“这个不用强调了，我都说相信了。”

“我知道你们想干什么。你们够意思，我也不能太不够意思。”帅朗道。一句话很隐晦，小木和方卉婷心思一动，都注意上了，就见帅朗凑上来，神神秘秘道：“你们不就想抓几个骗子么？这个太简单了，一个女魈算个屁呀，我告诉你们一个超级骗子团伙怎么样？逮着了绝对比女魈轰动效应大。”

啊？小木眼睛瞪大了，方卉婷皱眉了，一个有点激动，一个有点怀疑。

帅朗见俩人没搭话，又加重了语气：“当警察不是你们这么当的，小木我看你第一眼就知道你是新人，胆这么小，打架都不敢怎么行？方姐你，我见面一看你就是个内勤，社会上这形形色色的人你们根本没见过……这犯罪要过瘾，那得做大案；当警察要过瘾，那得办大案，我爸说的……你们想不想办大案？”

方卉婷一听这口吻，直觉得什么地方不对劲，诧异地瞪着帅朗，一眨眼形象又被颠覆了，知情人更像嫌疑人了，此时又有点揣不准了，小木可来劲了，乐颠颠地问：“多大个团伙？”

“都说超级的，有一百多号人吧，涉案金额得几百万才打得住，那窝点我可知道，直接告诉你们，你们带队回头把他们端了，那可省大事了……这事真办了，你们俩牛大了，没准儿给你们整个全国优秀干警都说不定，玩就玩大点。干不干？”帅朗神情凛然地打着小报告，小木血涌上头，眼凸嘴撇惊住了，不过可当不了家，紧张地看着方卉婷，方卉婷倒是靠谱点，狐疑地追问着：“你确定？一百多人的骗子团伙，我怎么听着有点玄？”

“都知道了就轮不到你们插手了……你们不信拉倒啊，不过以后别说哥们儿不够意思啊……还有，再提袭警什么的事，我是一概不认啊……要不是怕你们找后账，我还不告诉你们呢。那我走了。”帅朗说着，不含糊，说走就要走，小木一急，“嗨、嗨”把帅朗揪住了，要再问详细情况，帅朗看样子也不是真要走，窝在车里，神神秘秘地和俩人嘀咕上了。

嘀咕了半天，方卉婷又打电话请示了很久，过了很久，车上的人下车，换了位置，这才重新起步，不过驾车的人，换成帅朗了……

第三章
“警方”的军师不好当

两点五十分，经过半个多小时的疾驰，车子进了临近机场高速的西杨树一幢新建小区里，一路上帅朗保持着几分神秘，没有揭底，而工作组童副组长也仅仅是让两位外勤负责核实一下情况再做定论，对帅朗都抱着不敢太信、可也不敢不信的态度。可恰恰此时工作组也没有更好的切入点，童副组长汇报给了卢副局长，也是抱着试试看的态度同意了方卉婷的建议。

建议什么呢？指认窝点呗。方卉婷又一次选择了相信帅朗。

车驶进小区，过了若干幢建筑，坐在副驾的方卉婷倒不觉得什么，小木就紧张了，宛如大敌当前般左顾右盼。这个小区离市区稍远，大热天的，下午比较宁静，处处还可见施工未清理干净的水泥、沙灰。理论上，像这样近郊的地区交通方便，治安力量相对薄弱，还真是藏身的好地方。正怀疑着，车停了，一看停的地方是楼侧面的拐角，还以为帅朗有动作，不料帅朗只是随意地扭过头，下任务了：“就在那个单元，小木同志，给你一个光荣艰巨的任务怎么样？”

“你说吧，没问题。”小木慎重地点点头。

不料帅朗呵呵笑了，一指单元门道：“你从现在开始数单元进出的人，数几个小时结果就出来了。”

"数人!?"小木眼睛一瞪，又觉得被调戏了。

"兄弟，别不相信哥，哥从五岁起看嫌疑人，要没结果，你把我抓进去。"帅朗正色道。

看帅朗说得不像开玩笑，小木不吭声了，还真靠着侧窗数上了，不一会儿就见四男一女从面包车上下来进了单元里，小木拿着小型望远镜瞧瞧，架着数码相机照了照片，不过看来看去，怎么着也没有帅朗像嫌疑人。

蹲守的时间最沉闷，不过今天可不沉闷。前面，帅朗趴在方向盘上，眼睛似笑非笑，侧头盯着靠在座位上无所事事的方卉婷，开着空调依然有点沉闷的车厢里，靠得如此之近，那沁着汗粒的鼻尖，那灵动的睫眉，还有那起伏的酥胸，解了颗扣子露着一片嫩白，都是如此触手可及。不知道是不是心理作用，帅朗总觉得一股如麝如兰的芬芳缭绕在身边，每每和方卉婷的眼光碰触时，总有一丝淡淡的暧昧似有似无，越抓不住，越让帅朗心里痒痒。帅朗可不懂非礼勿视、非礼勿言的诫言，色眯眯盯了一大会儿，直言不讳了："方姐，我发现我很喜欢你呀……特别是你那双眼睛真好看。"

呃……后座的小木噎了一下，有想呕吐的感觉，还真是冲着警花回来的，不过这赞美太没水准，就"好看"？哄乡下妞呢？

"扑哧"一声方卉婷也笑了，这是自己收到最坦率直接的一句赞美了，她笑道："谢谢，后半句我收下了，前半句还给你。"

嗯？什么意思，帅朗一愣，一想才明白"我很喜欢你"那句被还回来了，一想到这个嘿嘿笑了，越觉得这警妞有意思，拒绝都像在勾引，要不为什么边拒绝还边翘翘眼皮做一个好似调皮鬼脸的动作呢？

就像一个玩笑，帅朗一点也不介意，立马接上来了："喜欢有很多种形式的，我发现我们有很多共同点，比如我这人就和你们一样，疾恶如仇、急公好义，最看不得这些违法犯罪；再比如，你们是警察，我是警察家属，没准儿会有很多共同语言的……"

"是吗？我倒也有同感，这些是从你父亲那儿继承的吧？"方卉婷附和道。

“太对了，我是没当警察，要当了警察，我比我爸牛多了……他快五十才混了个大队长，我要到那年龄最起码得当个公安局长……”

“呵呵……像，很像，没准儿还真行，那你为什么不考警校？”

“谁说我没考？现代教育制度有问题，你看像我这么个优秀人才，他们居然不录取。”

“哈哈……损失，警队的巨大损失……”

帅朗没个正形，纯属瞎扯，而方卉婷像是很享受这种谈话方式一般，跟着调侃，后面的木堂维听得坐不住了，几次听着帅朗赤裸裸地恭维方卉婷的穿着、气质以及开朗的性格，甚至搬出沉鱼落雁、闭花羞月来。一搬出四大美女来，方卉婷脸上挂不住了，后面还坐着一位呢，直斥帅朗胡说，谁可知道帅朗应变很快，一转口说是方姐理解有误，现代四大美女是如花、芙蓉、凤姐再加上乱发照片的兽兽，把方卉婷逗得一会儿嗔、一会儿恼、一会儿又哈哈大笑，两个人说得热乎，几乎把后座辛勤工作的那位给忘到脑后了。

和妞在一块儿时间过得贼快，扯着扯着就快到六点了，小木提醒的时候帅朗才省过来了，不过照样让小木盯着，自己却邀方卉婷去吃饭，小木呢，甭管他，一会儿给他带回来。

俩人下车步行走了，虽然是并肩，可几乎是互挽，把小木给羡慕得呀，你说这人和人差别咋这么大呢？自己天天和方姐在一块儿都没几句话，敢情帅朗认识才一天，这倒成熟人了，说得这么热乎还一块儿去吃饭，再待两天，十成十得把人勾搭走。

有人在车里胡扯，烦。没人胡扯剩小木一个人了，更烦。焦烦中胡思乱想，木堂维倒觉得更应该担心的是身边这个帅骗子，一大会儿没见两位吃饭回来，甚至又怀疑方姐被帅朗拐走了。

焦躁地等了半个多小时，才见帅朗和方卉婷回来了，此时天色已渐渐暗下来了，上了车，方卉婷递过一份烧卖和一瓶饮料，好歹让小木感觉到了搭档之间的温暖，帅朗则坐到驾驶位置上优哉地吹着空调。小木生怕这俩又喷起来没完，赶紧问帅朗道：“哎哎，帅哥，先别摆龙门阵……咱们这任务怎么办？你让我看了几个小时了，照了一堆照片，你到底让我看什么？骗子在哪儿？”

“哦……照片上基本都是。”帅朗随意道。

“啊？”方卉婷和小木被雷击了，尔后方卉婷吓了一跳，要过相机，一页一页翻着数码照片，隔着二十余米，面部不是太清晰，不过看得出大概，坐车来的、步行的、独行的、三五搭伴的，多数是单裤或者短裤、半袖的清凉打扮，不过问题来了，都是普普通通的居民，和这里所有居民没有什么两样，这怎么会是骗子？

而且就是骗子，你有什么证据？谁脸上还写了个“骗”字不成？

“哥哎，您别消遣我们啊，我怕了你了，到底怎么回事？”小木呆住了，又觉得自己被狠狠涮了一把，没准儿这货就是想来勾搭方姐，胡扯什么团伙呢。

“这怎么回事，帅朗？”方卉婷虽有怀疑，不过口气很善，有些事还真看不懂，就像不拿身份证住旅店一样，你没见过，都不会相信就那么简单。

“这就是经验的差别了啊，要我爸在，早看出不对劲来了……”帅朗牛大了，俩警察的懵然无知似乎恰在他预料中似的，让他很得意，这就开始显摆了，他正色问着木堂维：“小木，你数过没有，这个单元，B16 幢，今天下午从三点开始一共进出多少人？”

“嗯，我看一下……”小木掏出小本子念着，“三点十六分，来了一辆松花江，车号豫 A，五个人进了楼；三点十九分，出来一对男女像是一对夫妻；三点二十三分，来了三位……三点四十二分，有辆五菱轿车……”

“等等……总人数，出多少，进多少，简单点。”帅朗道。

小木脑筋不错，嘴唇喃着大致算着，瞬间报出来了：“进去一百三十二人，出来二十一人……哟？”

灯下黑了，一瞬间，小木觉得哪里不对劲了，顾不上吃了，手写着计算结果，愣住了，可不知道哪里不对，方卉婷一看这个八层小楼，奇怪地问：“咦，这么多呀？”

“对啦，毛病就在这儿……你们看，这幢小区新建不久，入住率不到一半，门禁物业管理混乱，这个单元一共十六户，加上阁楼和负一层才二十户可住，哪来的这么多人？这情况正常吗？”帅朗故意问道。

愣了，这点可就是外行了，一个学心理的，一个学痕迹检验的，还真说不清为什么人这么多。小木看不惯帅朗的得意劲了，还真别扭地说：“他就这么多人呢，现在人家公司租房当宿舍的多了。”

“这就是接下来要干的事了，走，带你们参观一下团伙……”

帅朗神神秘秘笑着，先下了车，方卉婷和木堂维不敢怠慢，知道关键的时候来了，一前一后跟着帅朗，三个人到了 B16 幢对面的一幢，跟了几步才发现帅朗根本没有目标，而是四处瞅着什么，那样子像个来溜门撬锁的。俩人刚要问，不料帅朗示意着他们别吭声原地等着，稍顷目标出来，却是个随意的目标，帅朗若无其事走着，跟着那人，小木和方卉婷诧异地远远看着，看目标不过是个提着菜篮的半老太太，弄不清帅朗究竟想干什么。走了不远，那老太太掏出钥匙开了楼门，眨眼进门之后，小木一看帅朗，愣了。这货伸着脚掂着门，向俩人招手，敢情这是找机会开楼门进楼里呢。

进门的时候，小木怪怪地盯了帅朗一眼斥着：“哟？挺利索哎？以前练过？”

“甭拿有色眼镜看人啊，这办法贴广告、卖菜、推销的都会，不学这招怎么进楼门呀？别说这儿，你公安局有岗哨我都溜得进去，你信不？”帅朗不屑道。

“拽得你，有本事你溜看守所去。”小木噎了句，噎住帅朗了。

方卉婷被这俩斗嘴逗得掩嘴笑了笑，没吱声。帅朗带着俩人直上了九层，一指通往楼顶的天梯，先自己爬了上去，这会儿倒发现方卉婷不那么矫情了，二话不说跟在俩人后面，手脚并用攀着钢筋焊的天梯，直上楼顶。

两个人循着帅朗指示的方向趴到了楼角上，帅朗架着望远镜辨了辨方向，一指，把望远镜递给了小木，小木架着一看，一个激灵说了句粗话："我靠……牛！牛大了。"他两眼圆睁，激动和紧张全写到脸上了，方卉婷接过望远镜细细一看，半晌，目瞪口呆地放下了望远镜。

对面五楼，一屋子黑压压挤着人，像在上课或者特训，一会儿有人振臂高呼、一会儿群情激奋，男男女女挤满了房间，粗粗一看，两个单元住户要挤近百人了。虽然看不清面部，可那场面足够惊人了，特别是如此多的人聚在一个百平方米的居民住所里。

"这到底干什么的？不会是邪教吧？"小木紧张兮兮地凑上来问帅朗，帅朗笑道："邪教场面比这大，这是骗子，组团的骗子……是什么人嘛，不好说，你们调队警察查查不就知道了，聚这么多能有好人吗？哎，对了，别调派出所的啊，特别是西扬树派出所这一片，没准儿他们就知道，不敢来抓。"

"没证据怎么出警？再说我申请搜查证也得一段时间呀？"方卉婷为难了。

"要什么搜查证，查个暂住证就全露馅了，别的我就管不着了，不过你们看到了啊，咱们公安的治安方针是什么？打防结合，以防为主……这么大的治安隐患，就没事也应该查清楚来人吧？我敢打一百个保票，里头没有一个中州人，也没有一个有暂住证的……爱管不管，反正我指给你们了……"

帅朗无所谓地得啵着，学着他爹当年的口号，反正指给你们了，你们看着办吧。

这下揣不准了，木堂维和方卉婷互望着，心思相同，再笨也看得出这么多人聚集不会是什么好事，再怎么着这其中肯定有治安隐患，要是像帅朗所说的，是个涉骗的团伙，那就更恐怖了。想了想，方卉婷关了相机的闪光，拉到最大焦距照了几张，换了内存卡把图片压缩着发送了出去。她拨着电话给打抢防骗工作组：“童组，有点新情况向您请示一下……”

请示了很久，挂了电话，方卉婷又伏下身来，三个人凑到一起，谁也没吭声，又等了很久才收到了回信，短信形式的，方卉婷看了一眼小声说着：“童组让咱们原地监视待命，等待支援。”

黑暗中，一丝不易察觉的微笑浮在帅朗的脸上，像猎艳的淫笑，像得逞的奸笑，谁也没注意到这货正打着什么鬼心思……

当卢启明副局长乘着专车从家里急速返回单位时，和几乎同时赶来的童辉碰上头了，电话里已经知道大致情况了，边往四楼快步走着，卢副局边问着，童辉急速汇报着：

“现场传回来的照片正在分析，不过距离太远无法识别面部，小木和方卉婷都是外围新人，我没有让他们靠近，现在情况不明，我已经通知了治安支队，他们就近派遣一支三十人的巡警队到现场摸排情况……”

“对方有多少人？”

“据他们估计应该接近一百人。”

“你派三十对上百？”

卢副局瞬间停下脚步，回头斥着童辉，但凡出警，越是情况不明，越是要在人数上有压倒性的优势，可现在如此大的劣势，万一真是涉暴团伙，那就麻烦了。一训斥，童辉嘴唇喃喃没敢再吭声，卢副局一想，怨不着童副组长，工作组刚成立，核心人员刚配备，可动用警力以及隶属关系还没有明确捋顺，又恰逢这个突发事件，还真是一时无从抽调人手。

“这样，让治安支队能调多少就调多少……全部拉到西杨树，我来通知……”

卢副局想了想，还是治安上这帮人好使，协警多，出了问题也好处理。电话一拨，治安支队还是蛮好指挥的，一口答应，又从东新区调拨了一队三十人的队伍，不过这已经是极限了，再怎么着也不能把市区的巡逻警本职耽误。挂了电话，卢副局有点尴尬地回头看看童辉，进了大办公室，先期赶到的两位正收集着图片信息，边踱步卢副局长边心急火燎地问着："你估计这些究竟是什么人？不会出什么乱子吧？"

现在大局是以和谐为重，这团伙聚集实在不和谐得紧了，而出警特别是大量出警也存在这样的问题，既想建功立德，又怕捅出乱子，公安工作有个特殊性，没事啥都好说，有事直接下课还不带跟你含糊，别说童辉这个副政委，真有群体事件，就卢副局长都怕吃不了兜着走。

"按现场小方的估计，很像传销团伙。"

"传销？咱们中州几年前清理过之后，好像没有类似案例吧？"

"我也奇怪，咱们这儿不是传销的重灾区，即便有也应该是非常隐秘的，不可能明目张胆聚集这么多人呀？"

"这个……"卢副局对这个置疑了，几年前公安、工商几个部门联合清理非法传销，之后在内陆城市中州就少见类似影响大的案子出现了，倒是从通报上知道现在传销都聚集在沿海广西、广东一带，不过历经数次打击之后，取证、笔录、定罪的难度更大。

看着领导有点发愁地来回踱步，现在童辉倒有点后悔不该立功心切，中午答应这俩人出指认现场了，两个人一个内勤、一个新人，明显经验不足，要是看错了出了洋相，那连自己也难辞其咎了。

"宁抓错，别放过……一幢居民住宅聚这么多人，不会是什么好事。查！从暂住证入手。"

卢副局长看着放大后模糊的照片，甩着手指，决定了。

气氛略显得紧张，卢副局长巡梭着步子揣度着这事需不需要向市局汇报，想了良久还是没有拿起电话，情况尚未明了，惊动市局恐怕不好收场。这个工作组是应省厅的要求而成立的，迟迟没有展开工作，已经被省厅点名几次了，今天突来的这个百人团伙着实让卢启明兴奋了一下，不管传销、涉骗，涉什么案都行，只要查出点东西来，其实最怕的，就是什么事也没有，空跑一场惹人笑柄。

焦躁的童副组长终于等到经侦支队来人了，几个人同车，先期向指认窝点方向赶去了。

通往机场高速的石化大道上，两辆治安支队的巡警车疾驰着，车里的巡警只当是个临时协查任务没有当回事，还在嘻嘻哈哈地打闹着说着笑话……

西杨树村这个西杨小区的B16幢，里面热闹丝毫未减，正继续着丑态百出的表演，窗帘拉了一半，不过还能看到里面的人正手拉着手，在做着什么统一的动作……

B16幢对面楼顶，藏在黑暗里的三个影子，监视着这里已经很久了……

“治安队调过来两拨六十名巡警，第一拨就快到了，童组和卢局的意思是从查暂住证入手，核实这些集会人的身份。”方卉婷挂了电话，小声说道。

“我去给他们引路，别把人惊动了。”小木道。

“我也去。”方卉婷小声道。

“方姐，你别去，有危险怎么办？你在这儿守着，有动静通知局里。”小木劝着。

“那……你小心点。”方卉婷安排道。

俩人小声交流着，方卉婷原地观察，小木快步走了，爬着天梯沿梯而下，人影消失在楼顶入口处，不一会儿就看到了人影出现在单元门口，借着住户灯光的掩映，悄无声息地出了小区。帅朗只说是窝点，可说不清是什么窝点，搞得现在工作组是七上八下，人多了不宜，少了也不宜，只能采取这种从暂住证排查入手的办法。

等了这么长时间，知道人来了，方卉婷终于长舒了一口气，看看时间指向八点二十分，估计等到援助的治安队伍尚需一段时间，半晌从望远镜里没有看到来人，放下了望远镜，回头准备和帅朗搭句话，不料她一回头，怔住了。

帅朗趴在自己身边，一只胳膊支着脑袋，侧着头瞪着黑白分明的眼睛正看着自己，那样子早不知道看了多久了。光线昏暗，不用说这货没准儿正泛着什么阴暗想法。

哼了一声，扮了个美女的傲相扬着头，方卉婷笑着侧过脸，知道帅朗发花痴了，没理会。

帅朗确实是发花痴了，发了好大一会儿呢，借着弱弱的星光和灯光的映照，方卉婷白皙的面庞显得有点朦胧，微微凉凉的夜风轻轻吹过，淡淡的沁人暗香不经意地沿着鼻孔直钻到心里，帅朗怀疑方卉婷身上散发出来的馥郁体香，是从齐耳的短发、从白皙的颈项、从掩着的领口中散发出来的，诱惑近在眼前，却都无从证实。

妈的，我怎么越来越胆小了，要搁上初中，我敢拽女孩裙子，上高中，我敢堵女孩回家……为什么活得越老，胆子越小呢？发花痴的帅朗几次想来点什么动作，都咬牙切齿地按捺住了，可嫩白嫩白、吹弹可破的肌肤就在眼前，让帅朗心痒呀、痒呀……那叫一个痒，就痒得想伸手过去，可再一想这位是警察，几次又缩回来了。

半晌，帅朗终于鼓足勇气，凑到了方卉婷耳边，出声问着："哎，方姐，我给你指认了这么大个窝点，有奖励没？"

"嗯，那得请示后了……如果真是个涉嫌诈骗的团伙，我想应该有吧。"方卉婷回了句，直盯着对面的动静，不过人都到了楼层里，自己又没有带无线电，情况无从得知了，她干脆放下望远镜回头，一看帅朗期待的样子，又像发完花痴开始财迷了，惹得方卉婷笑了笑。

"我不是说你们单位，吃饭时候我都说了啊，要不是你这警花姐的青睐欣赏，咱还不带搭理你们警察呢，我可是冲你来的，你得给我奖励。"帅朗邀上功了，有点恬不知耻。

"甭想宰我，我一个穷警察能挣多少钱？请客可以，不过地方得我挑。"方卉婷调皮地回绝着，当是俩人开个玩笑。

"不涉及钱，我这人一向视金钱为身外之物啊……我说其他奖励，你答应不？"帅朗正色要求道。方卉婷却知道帅朗的鬼心思很多，警惕地问道：“你没说我怎么答应？你想要什么？什么人啊，办这么小的事，就邀上功了？”

还以为是要提个什么约会或者到哪里快活，就像身边所有追求者那个样子，方卉婷笑着，眼睛挤着，逗着帅朗，不料她小看帅朗的野心了，就见帅朗很严肃、很正色地说：“让我亲你一下怎么样？嘿嘿……”

正色说着，立马又呲笑了，方卉婷脸一红，可没想到这货这么直接，头后缩着警惕着，好在帅朗光说没敢动，这句话把方卉婷雷着了，有点语结地指着帅朗斥着：“你……你真不要脸……刚才傻乎乎的，就琢磨这个？”

“啊，我不琢磨什么，总不琢磨着亲小木吧？”帅朗笑道。

“呵呵……”方卉婷乐了，笑着指着帅朗，跟着眼一剜、嘴一翘，来了个不屑动作：“想得美，驳回。哼！”

方卉婷侧过头，不理会这货了。又是一次高傲的拒绝，这次拒绝得毫不客气，被拒的帅朗丝毫没感觉失落或郁闷，从模拟开房调戏开始，就一直感觉方卉婷与众不同，之后在饭店那秋波殷殷的一眼，即便含着某种目的，但那眼神传递的感觉让他感到如此新鲜和好奇，或许不仅仅是为了案子的目的，下午在车上聊来聊去，在越来越投机和熟稔中，总有一种朦胧、亲切、熟悉而又心跳的感觉挥之不去。

说复杂点，没准儿从心底里真有点喜欢这妞。

说简单点，实在是这妞长得有点馋人。

帅朗想了想，像在找着话题，又凑到跟前，讨好地说：“他们还得一会儿呢，要不……咱们谈谈女魈？”

“好啊……你不是不知道她在哪儿吗？”方卉婷无所谓道。

“对呀，可我能分析一下怎么找她，想不想听？”帅朗下钩了。

“那你说……”方卉婷侧过脸来。

一个很感兴趣的话题，自然而然吸引了方卉婷的注意，两个人靠着楼顶不到一米高的护栏，方卉婷蹲着，帅朗席地而坐，一见引得注意了，这就说上了：

“要分析嫌疑人，你最好把她做过的案例全摆出来。首先，你要通过为数不多的环境和她的行为特征来分析她这个人的人格特征。比如她喜欢朝英俊的小伙下手，很可能反映出她曾经和类似的对象有过某种交集；比如她选择的对象同样是涉案的人，就像这次黑吃黑，那就可能说明她有很强的反侦察意识，这种意识的来源或者养成，都有可能成为破案的契机，对吧……谁也不可能无缘无故踏入犯罪行列，这中间总要有个诱因，不管是诱因、动机，或者你能找到她首例作案的案情，一切就真相大白了。”

“嗯，有点意思，如果在全无线索的情况下，这不失为一种好办法……看来我没看错，你受你父亲的熏陶不浅……”方卉婷点点头赞了一句，帅朗其他没正形，说涉案很有专业水平。

“我比我爸强多了……还有呢，更厉害的一招，你可以学学犯罪心理模拟。”

“这个词你从哪儿来的？概念模糊啊。犯罪现场还原我倒听过。”

“我创造的……就是说，你可以模拟一下，你是犯罪者，把你放到作案的环境里，你会怎么样想，你会怎么做，或者你更应该模拟犯罪人的手法，最好亲身实践一下，有意见吗？”

“没有……值得尝试。”

方卉婷点点头，确实也感觉到帅朗估计从父亲那里遗传的基因不少，说案子说得虽然似是而非，可也头头是道，她笑了笑鼓励了句，再看帅朗，帅朗严肃的脸上泛出点小人得志的笑意，一摊手又雷了一句：

“既然你同意，那就得先亲我一下。”

绕了半天，又回到原地了，一刹那方卉婷瞪着眼，真有点生气了，剜着帅朗，没好眼色了，帅朗赶紧解释着：“你同意模拟女魈的手法，女魈可吻过我，所以你吻我一下，才能找到你是女魈的感觉……相当于犯罪心理模拟。”

先气、后愣、尔后惊诧不已，敢情绕来绕去动机没变，方卉婷哈哈咯哈地笑个不停，没见过脸皮这么贼厚的人，而且厚得贼坏，厚得可爱，呵呵地笑了许久，再侧头看帅朗似笑非笑，满眼欣赏地看着自己，方卉婷促狭的心思上来了，一指帅朗："闭上眼睛，给你一个吻。"

嗯，帅朗一嗯乐歪了，使劲地闭上了眼，方卉婷两指一进打了个弧圈一沾舌头，然后脸向前作势，但却是沾了口水的双指在帅朗的脸颊上轻轻一摁即离，然后调皮地拉开了距离，抿着嘴，笑着看着帅朗随即睁眼，感觉脸颊上湿湿的，对面的方卉婷笑眯眯的，很揶揄地在问："幸福吧？被中州第一警花吻过，这个美好回忆足够让你回味到七老八十啦！？"

"啊？这……"帅朗摸摸自己脸蛋，哭笑不得地说："方姐，忒忽悠人了吧，抹点唾沫也算呀？"

"哈哈哈……"方卉婷笑得前俯后仰，胸前乱颤，指着帅朗被调戏的傻样咯咯吱吱半晌笑个不停，直凑到这个色胆没有色心大的帅朗面前做着鬼脸质问着："那你没骗人呀……让你闭眼还睁着？"

一刹那间，方卉婷凑上来时，忘记了防备，如麝如兰的香气，如温如暖、如玉如脂的脸蛋，一刹那间挑起了帅朗最原始的欲望，瞬间他色胆膨胀，猝不及防地伸手抱着方卉婷，倒金山倾玉柱般直侧下头，在那香唇上狠狠地亲了上去。

嗯……哦……呀……方卉婷没料到帅朗敢做这么大胆的动作，她挣扎着、头摆着、乱抓着几次都没有摆脱几乎是虎吻侵略到自己嘴上的帅朗，气急之下，狠狠地咬了一口，帅朗吃疼捂着嘴分开了，一分开气急败坏的方卉婷扬手就打。

啪……一个响亮、清脆、重重的耳光，那反震力直震得方卉婷倒退坐着靠到楼栏，手隐隐作痛。

傻了……帅朗脸瞬间火辣辣的，嘴角渗血，一摆头烈性顿起，恶念更生，蹲起身来就要上来，继续未竟的香吻。

方卉婷又羞、又急、又气，心潮起伏着，大喘着气指着帅朗，并不恐惧地威胁着："你敢上来，我把你推下去。"

“怕什么不敢?”帅朗凑到面前，把有点畏缩、有点惊讶、有点抗拒的方卉婷抱住，不容分说，瞬间有如霸王抱姬的勇猛，重重吻了上去。

侵略……狂暴的侵略，方卉婷感觉到浓厚的雄性气息几乎让她窒息，那两片炽热的唇是如此狂野，几欲将她吻得喘不上气来。咬着的牙关，在略微的抵抗之后，被狂野的虎吻撬开了，肆无忌惮地在唇间、齿舌间侵略着，自己整个人被一双有力的臂膀紧紧拥抱着，仿佛被掳掠般，挣扎不得分毫。倾情间的激吻，感觉到了自己身上的战栗和他全身的颤抖，恍若要把自己溶化在他的身体里。

抗拒、抗拒，渐渐成了无谓的抵抗，躲闪着的方卉婷无法挣脱如此有力的拥抱、如此狂野的亲吻，被抱着的在痛哼、在轻吟，在放弃抵抗的时候渐渐不闻，那个吻，艰难如陷在泥沼中的跋涉，传达出来的每一个音节都蕴含着有力的节奏和力量，渐渐让方卉婷在这种浓郁的雄性气息中迷醉，两个人半坐靠着楼栏，贴紧着几乎溶化为一体。

最野的马需要最烈的骑手征服，征服与被征服都是一种快感的宣泄，两个人忘情地吻着，仿佛与生俱来就如此胶着在一起一般，脚下是几十米高的楼层，头顶上是深邃的星空。方卉婷不经意地睁眼看到帅朗依然沉醉的表情，两个人离楼外不到一米，就是粉身碎骨的距离，这个吻，就像悬崖上和深涧边的热舞，险与美、狂野和刺激全部化作心底的血涌，紧张、战栗、惊惧、窒息似乎都成为了快感的来源，让方卉婷刹那间迷醉着，心甘情愿地闭上了眼。

吻着，在征服和被征服的快感中继续着，方卉婷忽然尝到了一股咸咸的味道，是血……是被自己咬出来的血，血让这个吻蕴含了一种诡异的美，一种无可名状的美。她不知不觉中紧紧地揽着帅朗，享受着这个异样、强烈的刺激。

吻着，过了很久，当方卉婷感觉到自己几欲喘不上气、几欲被吸吮的力量淹没时，帅朗蓦地放开了她。一放开，他紧紧地扶着方卉婷的肩膀，低着头，不知道因为愧疚还是享受，也在大喘着粗气，两个人头碰头像石化的雕塑，方卉婷无法平复自己几欲跳出胸腔的心情，充实的感觉有点空落落的，手揽着帅朗的脖子，同样在喘息着。片刻帅朗抬头，近在咫尺的方姐双颊一片潮红，两个相触的额头能感觉到已经沁出了细细汗粒，看着，两个人的眼睛几乎抵在一起地相视着，从那深如夜空的眸子里，帅朗突然觉得自己有点自惭形秽，有点亵渎了如玉佳人，迎着那目光，不知不觉，几分羞赧地放开了手。

方卉婷没动，只是一字一顿地、恶狠狠地说："我要杀了你。"

"你杀吧，我认了。"

帅朗站起身来，豪气干云，在这个热血未凉的时候恐怕真不会后悔，一站直喽，那是笔挺的腰杆，如山如岩的伟岸，一瞬间方卉婷像发怒的母狮，又像被帅朗激怒了，上前一搭肩，然后是一个膝顶，帅朗"哎哟"一声吃疼弯下了腰，方卉婷重重一推……

没推下楼，只是推倒了，气无可泄的方卉婷骑在帅朗的身上，揪着帅朗的领子，看帅朗认命般地闭上了眼，重重地扬手一击。

啪、啪、啪……一个、两个，几个清脆、响亮、重重的耳光发泄着心里的羞愤，声音传了很远。

帅朗闭着眼没动，现在倒觉得被揍一顿更值，早知道揍这么轻就多亲一会儿……半晌，等着下一个耳光的帅朗没等到动静，悄悄睁开了一只眼，吓了一跳。屏着气、抿着嘴的方卉婷不知道什么时候，脸凑得很近正观察着自己，帅朗吃惊闭眼装死，不料被方卉婷揪着耳朵，摆正了脑袋，然后……然后……然后让帅朗无法想象的事发生了，他胸前感觉到了两团柔软的挤压，脸上感觉到了如麝如兰的香气，是方姐，很轻柔地触了触唇，压了上来。

女人的心思谁也别指望琢磨得透，前一刻还状如疯狮，眨眼又温顺如斯，前一刻还耳光相加，眨眼又香吻奉送，或许是狂野的一刻恰恰满足了女人心底希望被征服的企求，或许是莫名地喜欢这种如雷霆骤雨几欲窒息的强吻，更或许对那种异样的刺激感觉无法释怀。

于是，方卉婷抱着帅朗，很温柔、很温驯地吻上来，这才是一个真正的吻，在狂野、在刺激、在疼痛、在激烈之后，这样的温存显得如此清晰，狂烈的母狮一刹那又像温顺的绵羊，轻轻揽着倒地的帅朗，香兰般的舌尖像精灵探在帅朗的唇边齿间，被帅朗捉到了，纠缠到了，胶着住了，吻得轻柔、吻得甜蜜、吻得动情。像身处一个静止、温馨、深邃而美丽的世界，遗忘了所有的事，帅朗唯愿这一刻能持续到永久……

天当房、楼作床，夜幕作帐，仰躺在楼顶的帅朗幸福地抱着方姐，沉浸在吻的温存和甜美之中，或许真如先前的判断，这是一位很难满足的女人，从吻上都可见一斑，都过很长很长时间了，方卉婷还那样骑在帅朗的身上，一会儿嘬吻、一会儿鱼吻、一会儿又促狭似的轻咬着帅朗被打肿的脸蛋，两个人都没有说话，也没有再进一步动作，或许在这个不适宜的时间和地点，有如此倾情的一吻足矣。

时间静止了，因为他和她、因为这个吻。

时间并没有静止，轰……一声重响，打破了宁静。

清脆而猝来的重响，惊得沉醉的俩人所有的动作俱是一停，跟着又是轰一声，像重物坠地的声音，正是从 B16 幢传来的，方卉婷一惊，扔下帅朗，一起身，迅速趴到楼栏之上，一瞧，“啊”惊叫了一声。帅朗蓦地觉得身上一轻，听方卉婷惊叱，顾不上身上疼，一骨碌爬起来凑到栏前，拽过望远镜一看，同样“啊”轻叱了一声。

坏了，亲了个嘴耽误事了……事件并没有停止，而且向前发展了很多，那一段过程对于俩人都成了空白，不过此时结果出现了，不远处的五层能看到人群乱了，乱作一团，挥着拳头，抄着板椅，一群人挤搡着，看样子群殴得正起劲，刚刚的声音是什么东西砸了窗又坠到了楼下车上。

越打越激烈了，方卉婷拨小木的手机没人接听，这下她吓着了，惊住了，回头看看帅朗，顾不上说话了，起身就走，向楼口奔去。

“嗨，别去、别去，方姐，危险……”

帅朗一急，追着方卉婷的脚步，跟上来了……

“支援，支援，西杨小区 B16 幢……我们被打了。”

“我们遭到袭击，重复重复，我们遭到袭击，我们是巡警三队……哎哟……”

“闫队，是传销，肯定是传销，我们掏到窝点了，这些人急红眼了……”

“顶住……支援马上就到了，一个也别放跑。”

车载台指挥频道里乱糟糟的一片，听得童辉有点皱眉，这帮子治安巡警相互间的联络和通话毫无章法，最起码要比刑侦差了不止一个档次，不过此时现场的事揪着心，他无暇顾及这些，刚向卢局汇报过，汇报中间几个电话就打了进来，实在有点应接不暇了。

已通过小木的短促汇报确认是传销，而且找到直接的证据，只不过没想到能从传销上升到暴力事件，这下子让童辉对事件和自己的前途都有点迷茫了，几次催着司机加速往现场赶。

距离西杨村最近的城东高新区治安大队的警报拉响了，十数辆警车载着从楼上披着衣服、胡乱套着装备的人员，内外勤全部上阵了，风驰电掣地赶向现场，初步的消息是协查的巡警和聚会的传销人员发生了肢体冲突，已有数人受伤。

隶属特警行列，有丰富对付群体事件经验的防暴特警整装上阵了，盾、盔、棍三位一体的方阵，厚重的装备裹着，次递上了警车。

防抢反骗工作组的电话响个不停，卢副局长被两部办公电话和一部手机拴得死死的，这一猝来的情况喜忧参半，地方算是找对了，可准备工作太不充分了，慌乱中应接不暇地调动警力，对方究竟有多少人、事态严重到了什么程度、支援的警力能不能及时赶到现场都是问题，一堆问题搅得这位领导头昏脑涨，正对着电话发着雷霆，斥着童辉为什么还没有到现场，这边的事又来了，市局的刘、张二位局长闻讯赶来，秘书一汇报，他紧张地安排秘书守着电话，小步跑着下楼迎接去了……

三位公安领导感觉到事态严重，车边开边调动着警力，沿机场高速的方向，鸣着警笛疾驰的警车越来越多……

一时间，像油锅里倒进了凉水，炸锅了。

有些事就出得很突然，最起码让小警察木堂维觉得很突然……

十五分钟前，接到了第一组到场巡警，木堂维带着人沿着楼角、花圃和小区的荫处，一行人窝到了 B16 幢楼下，本来想学着帅朗的办法等着住户开楼门的，不料半天没等到人，这帮子巡警倒也训练有素，粗粗一问情况，干脆架着人梯从二楼的楼道窗户爬了进去，开了门，原本就是以为对付些坑蒙拐骗的小贼，这么多警力还不是手到擒来。

一队巡警直趋五楼，上下沿楼梯靠墙待发，带队的是个虎背熊腰的大个子，足有一米九高，队员都称呼他王组。这王组一队人可没那么客气，直接“咚咚咚”擂门，里面的人开道门缝问，当然是查暂住证了，谁可知道遇上硬茬儿了，隔着铁门一个梳中分头的男子要搜查证，不给证不让进屋里。这王组一队巡警进门串户查暂住证哪还有过搜查证，气急败坏地搬了一堆条款诈唬，而里面更横，你诈唬什么呀？深更半夜进老百姓家里，你们警察就特殊呀？

这年头敢跟警察理论的也不少，今儿就碰见了，两边对叫几句，人家里面那位根本不买巡警的账，几句话不投机，干脆“嘭”一声把门关上了，王组火了，挥着手一吆喝，队里出来位小个子，王组一指门：打开。

小木吓了一跳，可不知道还有这么执法的，悄悄一问，王组不在乎了，直说都不用你说，我都知道不是什么好鸟，刚才就听见里面哄哄攘攘的，不是聚赌就是群嫖，要不就是聚一块儿抽呢，就不会有什么好事，赶紧地，别一会儿进去把证据销毁完喽……应声上来那位掏着小工具，在锁眼里鼓捣了几十秒钟，“嗒”一声锁跳了，外层的铁门开了，这王组倒没来更狠的，擂着门喊着：“里面听着，不是我们闯不进去，铁门已经开了，我劝你们放聪明点，自动打开门接受检查……大不了核实身份办暂住证的事，花不了多少钱，别把你们都拘留回治安队，有你们好看的……”

声若洪钟、喊似炸雷，不过效果明显，里面的估计听到了铁门开的声音，知道无法善了了，终于“吧嗒”开了门，还是那梳中分头的，这会儿笑了，笑着躬着身请王组进去，边请边隐晦地说咱认识西杨树派出所什么什么人，一进门，王组吓了一跳，整个客厅沿着进卧室的走廊都站满了人，高高低低、男男女女，都报之以极度仇视的目光，一看真有这么多人，而且有市局的人在，王组公事公办了：“身份证……不是本地的拿出暂住证来，你叫什么？这么多人聚一块儿干什么？扰民呀？”

“警官同志……这都是豆制品加工厂的工人，刚招的，今天刚到，还没有来得及办……要不我们马上去办，怎么样？”带头的西装革履，中分头油光发亮，大夏天穿衬衫打领带，颇有几分成功人士之风，不过放在这地方看就有点奇怪了，王组大致一打量，刚问了句：“一共多少人？”

话音未落，外面的队员有人喊：“这间门开了，有人要跑。”

“堵住……一个也别放跑……”王组一听，偌大个子堵到门口，一看对门的铁门开了，喊了句，对门涌出来一堆人，“轰”声如潮而出，可没料到沿楼梯都堵着巡警，前后一挤一拥，胆大的和警察挤一块儿了，胆小的往回缩，和后面的挤一块儿了，上上下下冲撞在一起，骂声、叱喝声、脚步声、吃疼的哎哟声，一下场面混乱了，已经进到家里的王组几人刚回头，瞬间捕捉到有人窝着身子要朝卧室方向溜，刚叱喝着让人站住，不料有人煽动着，员工们，我们一起冲出去，这间的人也乱了，一下子群情激奋，涌到了王组堵着的门口，和几位警察扭打到了一起。

“堵住楼口，一个也别放跑……”王组大声喊着，喊了一声就被叫骂和扭打的声音淹没了。

“往楼下走……都往楼下走……”对方有人在指挥。

“嗷……嗷……挤下去，把他们挤下去。”一群人在喊着，趁着人多往楼下冲。

身着便装的小木沾了个便宜，钻在502室的人群里没有成为众矢之的，趁着人多眼杂混乱的场面沿着墙角窜了几个房间，不料却发现这层的两间是通间，两套三室一厅的住宅，哪间都有住人的痕迹。粗粗看过，他随手捡了几张混乱中丢下的纸张，那上面画着树状结构图，做到金钻、银钻、蓝钻的收入分别是多少，一看大致确定，就是一个传销窝点，警察来得太突然，没有来得及收拾，这都是学员的笔记。他又悄悄蹩了几个房间，意外地找到了铜版印刷的薄册子，一看如获至宝，就往怀里揣，边揣边电话汇报，不料恰被急匆匆往外跑的几位女传销分子发现了，一看、一愣，小木撒腿就溜，披头散发的女传销分子扯着嗓子就喊，啊，这儿有警察，揍他……几个悍女追着小木就打。

人太乱，没人理会这等尖叫了，此时都恨不得插上翅膀从五层飞下去逃脱樊笼，五层到四层，巡警堵着下面，传销的堵着上面，上不去也下不来，夹在中间的歇斯底里地狂喊着，人群半晌挪动不了，后面的谁又出主意了……都回房操东西，往下砸，谁也挡不住我们前进的步伐，员工们，考验大家的时候到了……喊的声音很大，蛊惑性更大，三层往上堵楼口的巡警瞬间就感受到头上、肩上火辣辣地疼，是五层的人返回去把垃圾、煤球、炉渣、拆了的板凳椅子腿当远程武器了，一会儿有人觉得目不视物了，一扯脑袋，居然还有把衣服内裤当武器扔下来的……

乱象更生，巡警劣势渐显，三十多位警察被打散了，渐渐地边挡边往下退。

方卉婷飞奔着从对面的楼里出来，已经听到了B16幢这个单元的混乱从房间蔓延到了楼道，男人的叱喝、狂骂、女人的尖叫、双方打斗对峙的趿踏声清晰可闻，不时有东西哗啦砸破了玻璃飞出来，原本楼底排放不多的车辆都叽叽喔喔地乱响。跑到了楼门口，对着锁着的单元门，方卉婷却无计可施了，重重地跺着脚，不知道该如何是好。

“让开……千万别进去。”后面跟来的帅朗上来了，把方卉婷拨拉过一边，然后在方卉婷眦目瞪眼中，把皮带解下来了，还未等方卉婷出声问，就见帅朗套着皮带，绕着门把手，绕了几圈套紧了，打了个死结，方卉婷一看急了，拽着帅朗斥着：“啊，你这干什么？咱们的人还在里面……打起来他们肯定吃亏。”

“要跑了亏就白吃了……快走，车钥匙给我……”

帅朗反手拉着方卉婷，情急之下的方卉婷头发散乱着，神情有点紧张，明显不同意帅朗这办法，帅朗顾不上废话了，拽着方卉婷摸着口袋抢过车钥匙来，一听混乱的声音已经到三楼了，顾不上说话了，拉着人直奔向坐驾。

开门，上车，方卉婷从副驾上来了，焦急地拽着帅朗：“不能走，小木还在里面……不能扔下他们逃跑。”

“呜”一声发动了车子，帅朗一侧头看到方卉婷如此紧张，在紧张、情急和焦灼煎熬中的方姐端得是另有一番风味，帅朗一翻眼睛凝视着方卉婷，看也不看方向，“呜”一声车打了个旋，急速地后退着，就听帅朗喊了一句：“坐好。你看我像临阵脱逃的么?”

方卉婷还未省悟，刚扶到车把手，就觉得“咚”重重一震，一回头，车背后顶住单元门了，一想这倒是个好办法，不过再一想哭笑不得了，门是往外开的，这下从里面是打不开了，堵着门让里面的开打呢。

“咱们的人还在里面呢。”方卉婷耷拉着嘴唇，愣声问着。

“谁让你们警察动作这么慢呢，后援跟不上，人一跑全完了。”帅朗道，拉着手刹，打上倒挡，干完收工，拍门下车招着手让方卉婷下来，方卉婷刚跳下车，“咚咚咚”几声重响吓了她一跳，接着就听门里有人粗嗓大喉咙在喊：

“谁他妈把门堵住了……快撞，撞开……”

“咚咚咚”的撞门声响着，不过无济于事了，方卉婷发了个怔，可不知这样也行，正愣着，自己的胳膊一动，一回头，是被帅朗拉着，她机械地跟着帅朗直奔了几步，不时躲着从窗户上飞出来的砖疙瘩煤球块，俩人飞跑着到了B16幢斜对面的一辆五菱宏光轿车前。帅朗放开了方卉婷，到了车前，一掀车前盖，正不知道帅朗要干吗的方卉婷还没出声，就见帅朗伸手抓了一把红蓝绿的车线路总成，咬着牙使着吃奶的劲一拉，嘭声拉断一多半……方卉婷苦着脸，怎么看这货怎么像个搞破坏的，这会儿还有心思兼顾这事，刚问了句“你这干吗”，不料帅朗不答话，拽着方卉婷又跑，直跑到了楼窗的凹角安全位置，这才蹲下身来，方卉婷喘着气，使劲掐了帅朗一把问着：“你这干吗？问你话呢？”

“问就问，掐什么……”帅朗摸摸被掐疼的地方，一看方卉婷射向自己那疾恶如仇的眼光，呲笑道：“这叫釜底抽薪……你忘了，这车是谁的？”

“哦……你是说……”方卉婷恍然大悟，指指五层的方向，下午就是这车往这里载了几次人，小木都留下照片了。

“对，想通了吧，知道怎么当警察了吧？要抓得抓住要害，这帮传销的黑着呢，把人从全国各地骗来，第一件事就是扣身份证，然后就关在这儿洗脑，洗完脑然后再让你去骗人……一般情况下，他们的人和东西都是分离的，这就是你们经常抓不住，就是抓住也没法定罪的原因。今天这个突袭可收获大了啊，没准儿楼上他们留了一堆证据，再加上车上的，再加上小木下午的照片，做个证据链绰绰有余，逮着带头的……我提醒你啊，这幢楼是个大黑窝，你们一会儿查查负一层、一层，还会有重大发现。”帅朗蹲着身子，注意着B16幢单元的方向，边白活着，水落石出了，现在不藏私了。说完还没邀功，“哟哟哟”嘴里吃疼喊着，却是被人揪着耳朵了，一回头，看到方卉婷的冷眼了，剜着不怀好意地看着帅朗，斥道：“你早知道，你不说？”

“方姐，你不会真不懂吧？我是为了你呀？连我这良苦用心你都不懂？”帅朗嬉笑着把方卉婷的手拿开，小声解释着：“都说了这么利润丰厚的事，真要是事前得知是传销，我告诉你，警察一窝蜂就都来抓了……哪轮得到你们俩新人，呐，这回没跑了，是你们先发现的，你居功至伟，对吧？”

“照你说，我还得谢谢你，是吧？”方卉婷一听，倒也有几分歪理，真要是案值巨大、涉案众多，而且可以查扣和罚没的金额很大的话，说不定还真像帅朗所说，连侦察也不会用自己和小木俩新人。帅朗笑着回过头来，不料方卉婷心神刚定，却看到帅朗淤肿的眼角、胖了一圈的脸蛋，她低下头，“扑哧”一声笑了。

紧张刚过、暧昧又生，估计是回忆起了不久之前楼顶上发生的那一幕，这一天是如此惊魂，让方卉婷怦怦乱跳的心儿欲出腔，现在才看清了，自己那几个耳光很重，不知道自己当时是怎么想的，又急、又气、又恨、又狠，不过在这些之后，又有点免不了喜欢的成分。她一笑，帅朗有点羞赧地摸摸自己的脸颊，不好意思了。

半晌，方卉婷故作不知，找着话题问着：“哎，你刚才说，负一层和一层，还有什么猫腻？我说你这人怎么这样？不能一次说完呀？”

“也没什么，这我可真说不清楚，以前我送饮料，经常来这一片，就见这帮人经常搬进搬出成件的货，我估摸着不是哪儿骗来的，就是偷来的，这负一层和一层，整个是个窝赃仓库……你们打开一查不就知道了。”

帅朗刚说完，全身一个激灵，轻“咦”了一声，下面的话断了，方卉婷一惊，顺着帅朗的目光一看，也惊住了，虽然堵住了门，可没堵住窗户，有个黑影正顺着三楼的楼道窗户爬出来，颤巍巍地站在楼沿，伸手触到了下水管，跟着手足并用，攀着下水管往下爬，方卉婷紧张地掩着嘴没有喊出声来，这个高度摔下来，起码也得半身不遂……

一惊讶，帅朗摸了块水泥块就要起身，方卉婷知道这货手黑，紧张地在后面拉着帅朗的衣襟，帅朗一回头，方卉婷摇摇头，示意着别去，时间到这会儿，后援快来了。不料帅朗促狭地回头，笑着说了句，没事，看我把他撂倒，说着话凑上来努嘴“啵”声亲了一个。紧张的方卉婷可没料到帅朗此时还有这心情，躲也忘躲了，被结结实实在脸蛋上吮了一口，一羞一气，回手捂着脸蛋，帅朗早嘿嘿笑着溜了，操着钵大的水泥块沿着楼角蹿了过去，不过不是下水管的方向，而是那辆五菱轿车的方向。

就在方卉婷不解之时，那黑影已经顺着下水管落地了，此时人声嘈杂，挤在B16幢单元里的人黑咕隆咚打闹得正热火朝天，不时有居民打开窗户，听着这边的叫嚣、骂声、砸声，开窗一瞧立刻就又闭紧窗户，在这个郊区小区治安不怎么好，谁也不想节外生枝。就在方卉婷惊讶的观察中，那黑影快步溜着，还真是去了五菱车旁，弓着腰，眨眼消失在车后……

开门，上车，扭钥匙……咦？没着火，再扭，咦？还没着火……车里人惊惶之下还以为自己拿错了，跟着凑上来仔细一瞧，不知道出了什么意外。

笃……笃……笃，车里人一惊，一回头吓了一跳，侧窗上出现了一个黑影，知道问题在哪了，一急恶向胆边生，嘭声重重一开门，帅朗轻松地后退一步，挡着去路，不料那人有点狗急跳墙了，冲上来，朝着帅朗挥着胳膊就是一拳……这一拳哪怕冲开出路也罢，打倒拦路的更好……一冲、嘭一声、“哎哟”一声惨叫。

帅朗还站着，手里拿着钵大的水泥块，打人的却是左手握着右手，吃疼地在“哎哟哎哟”乱叫，那一拳结结实实打到帅朗手上的水泥块上了，帅朗嘿嘿一笑挖苦着：“哦哟，别出手这么狠呀，知道害人害己了吧？”

“兄弟，哪条道上的，放条生路，我身上有银行卡，连卡带密码还有现金，都可以给你……”那人低声快速说着，捂着不听使唤的右手，站在帅朗面前，这是最后一道屏障了，他咬着牙才从三楼下水管上溜下来，却不料连车也被人做了手脚。

“来不及喽，再说你天天骗人呢，谁知道你是真的假的？”帅朗掂着手里的武器，不屑道。

此时，已经听到了警笛凄厉作响，大队人马将至，被堵的这位看无法善了，抱着一线希望掉头就蹿，不料帅朗猝间发难，学着掷铁饼的姿势轮了几圈胳膊，然后一声“看招”，声随手出，黑影猝飞出，前面的人没跑几步，后腰一疼，“哦哟”一声栽倒在地，方卉婷快步上来，就听帅朗大义凛然一句：“铐上！居然敢袭警，回头收拾你。”

方卉婷扭着胳膊，把这位逃脱的反铐到地上，怪怪地看着帅朗，哭笑不得地剜了他一眼。灯光下，帅朗嘿嘿哈哈得意地笑得直侧过了脸，有点不好意思了。

警笛声声，第二队巡警飞驰而至，方卉婷亮着证件，指示着方向，一群巡警围拢在B16幢前，把爬着下水管想溜的几位连扑带铐，饿虎扑食般地擒住了……

另一辆单行的警车呼啸而来，童辉副组长带着工作组人员从车上跳下来直奔现场时，B16幢已经被围得水泄不通了，后援来了，鼓噪着的传销人员退回了五层，还在不时地扔着东西发泄，和警察对峙。楼下堵门的车被移开了，王组带的一队巡警搀着、背着、抬着伤员从楼道里出来了，一看横着出来的不少，童辉直倒吸凉气，可没想到传销的还能狠到这程度……童辉边安排着叫救护人员、边现场布控，特别是普通居民，挨单元派人先把人都疏散回去，生怕围观……

又一队三辆大巴驶进小区了，一下车，上百面防暴盾沿B16幢排开，白盾、铁盔、整齐的方阵，在夜色中像古战场对垒般声势慑人。

直至此时，局面才算控制住了……

"……就这些，我们也没想到，这些人会暴力抗拒检查……对了，还有个情况，知情人说，这幢单元的负一层、一层，都是赃物仓库。"

"可以确认吗？"

"说不来，这里地处城乡结合部，人员成分很复杂。"

"呵呵……那个人是谁？你们这俩内勤可让我刮目相看啊。"

"这个人是从三楼管道上溜下来的，被我们拦下了，这是作案车辆，可能存有一些物证……"

方卉婷小声汇报着，示意着被铐着蹲在楼角的嫌疑人和那辆车。刺耳的警笛拉响在这个小区，警戒线直拉到了楼外，治安巡警外围驻守着，楼口、窗户以及楼道都被防暴警控制了，偶尔还有不堪忍受的传销人员从窗户里砸出来一些东西，都被楼底的防暴警用盾挡过了。童辉副组长临时担任现场指挥，等着市局来人，此时一听汇报，踱步上前，被两位治安警押着蹲在墙角的那位此时声嘶力竭地叫嚣着：

“为什么抓我？为什么抓我？我要控告你们野蛮执法，非法闯入民宅。”

看着这人，虽然衣着散乱污渍一身，不过却梳着半长的中分头，衣服和鞋子的质地都不错，而且身高有一米八以上，显得孔武有力。童辉没理会嫌疑人的叫嚣，回头诧异地看着同样浑身污渍、衣裤都灰土灰色的方卉婷，难不成还经过激烈搏斗了？难不成市局这位内勤还是个文武双全的奇女子？他轻声问着：“你抓的？”

方卉婷没吱声，手指另一个方向，童辉一瞧更诧异了，车子不远处还站了一位恪尽职守的，不是警察，而是前一天以传唤为由带回来的帅朗，知道这是此事的始作俑者，知道治安巡警和传销人员都没有造成人员伤亡事故，也知道市局的领导正在赶来，估计自己没什么事了，童辉心情一放松，这就笑着上来了，方卉婷笑了笑向几步外的帅朗解释：“这是我们领导，童副组长……”

“哦，领导来了……这个，这里面肯定有证据……方姐，相机呢？”帅朗很正色地问着，方卉婷又解释着下午三个人监视的情况。粗粗一览照片，又招着手把两位经侦叫过来了，开了车门，两个人没费什么劲儿把车里搜出来的东西摆到铺了一层油纸的地上，资料、收据、身份证，特别是身份证，足足装了一包，几乎都没动脑筋的经侦笑了，亮着证物袋说了句：“连公司章程都有了，不知道工商注册了没有……哟，收据都有？您这公章备案了没有？”

是传销，确确实实是一个大窝点，猝不及防地落网，这些本来不容易被抓到的证据全落到警察手里了，那位偶尔还叫嚣着的嫌疑人一看车里的东西被翻出来了，不吭声了。

童辉副组长笑笑，拍拍帅朗的肩膀以示鼓励奖，帅朗嘿嘿笑着示好，不笑还好，一笑让童副组长发现问题了，凑近了一看：“咦？你怎么搞成这样？这怎么啦……”

脸上划了一道、眼角青肿、身上灰土灰色，一问到这个，方卉婷莫名地心跳加速，帅朗不好意思地摸着脸上的青肿胡诌了一句：“被……犯罪分子打的，没事，擦点红药水就好了……蹭破了点皮。”

“哎哟，伤得不轻，我看看……”童辉关切地看了看，虽然不轻，可也不重，边看边说：“谢谢你啊帅朗，回头庆功会我得邀你来。可真没想到会这样。”

“不用……没事，领导，这点小伤对我来说不算什么，只要能把这罪犯绳之以法，我再受重点伤也无所谓。”帅朗拽了，一拽出格了，痛斥犯罪分子那表情比警察还疾恶如仇，童辉一愣，眉头皱着：“和他们这么大仇恨呀？”

“这是公愤，不是私仇，这些传销的简直坏透了，他们一级一级往下骗，把普通人洗脑洗成骗子，再无意识地去骗亲朋好友，多少家庭被拆散了，多少年轻小伙小姑娘给毁了，这是社会的毒瘤……和违法犯罪做坚决的斗争不仅仅是警察的责任，也是我们每个市民的义务，我爸从小就这样教育我的……”

帅朗挺着胸膛，此时像自我催眠一般，几乎要把自己当成警察的一分子了，不过这话说得童辉无颜以对，一天之前还把这么个良好市民当嫌疑人呢，感动之下，握着拳擂擂帅朗结实的胸膛赞着：“好同志，好小伙，不愧是警察的后代……”

帅朗那个乐呀，快要乐歪了，方卉婷心里那个别扭呀，快别扭歪了，几次眼神剜着示意帅朗噤声，可这货早乐得忘乎所以了，得啵着自己身上那点伤表功呢，再往下说就成做英模报告了。好在这会儿事情多，不一会儿，市局领导的电话来了，童政委告辞先行迎接去了，方卉婷本来要走，不过又想起什么来，掉头朝帅朗走来，帅朗灿烂地笑着迎接着，只等美女上来温言细语甜甜问候自己一下，不料蓦地脚上一阵生疼，龇牙咧嘴倒吸凉气，眼往下瞟，却是方卉婷不动声色地把高跟鞋的前部重重地踏在自己脚上，看看左右无人注意，方卉婷咬着嘴唇，凤眼如电、声音从牙缝里出来了：

“再胡说小心我阉了你……你那伤是怎么来的?”

一瞪、一剜、一离，帅朗如逢大赦，咗咗吸着凉气抬脚要揉，刚要发句牢骚，方卉婷早跟着童政委的脚步迎上去了。

“哇!?这么快就想上哥们儿那个部位啦?”

帅朗揉着被踩疼的脚面，瞪着方卉婷窈窕的背影腹诽了一句，不过看那长腿摆胯、腰细颈长的倩影，在警察堆里那叫一个亭亭玉立加鹤立鸡群，撤出来的治安巡警窝了一堆，都看着场地中央这位美女，被方姐电眼扫一下，没准儿身上都不疼了。帅朗也不例外，下意识地抬头看看俩人缠绵和狂野过的楼顶，心里尽是旖旎的念头，想想两个人是多么动情缠绵，激动得帅朗直搓手早忘了脚痛了，搓了半天看看自己的手，再看看离去的倩影，突然间又涌起一个非常非常遗憾的念头：

咦?对呀，看把我笨得，怎么光顾亲着，忘了摸了，也不知道肤质如何，手感如何……

谈到现场情况，自然免不了有方卉婷表现的机会，而谈到事态的初步分析，也少不了童辉政委的发言机会了，再谈到整个任务的组织和实施，当然免不了卢副局要插几句，卢副局长表现得很谦恭，说完了情况和警力的配备，又来了一番自我批评，主要是对形势估计不足云云。

其实都估计得很足了，既没有找错地方，也没有找错嫌疑人员，而且更没有造成伤亡事故，也没有造成更坏的影响，预计的意外都没有发生，可没预料到的证据却都有了。市局刘局长挨个拍拍现场同志的肩膀慰问着，辛苦了、辛苦了来了一圈，到了方卉婷和几位受伤者的面前，握手时不忘来一句干得漂亮、好样的之类的话，局长本来难得一见，如此亲临现场、慰问下属，倒也着实让小警察们、特别是治安队这帮激动了一下下。

接下来，按部就班了，楼层的平面图铺到车前盖上，局长、三个副局长、防暴直属大队长、治安巡警支队长，再加上仓促赶来的特警支队一位政委，围成一圈，估摸着在商讨解决问题的方案了。

“就这么办……按闫队长和常队长的提议，先喊话，实在不行，让防暴警和特警强攻进去。这个窝点，一定要干净、全面、彻底地扫清……”

刘局长指点着平面图，手指敲着，下着命令，看看腕上的表安排道：“现在是21时22分，22时准时进去，把人都带出来，注意不要造成人员伤亡……”

两位大队长领命而去，一听时间还有这么久，几位下属心知肚明，管机关事务的紧急通知市局宣传部的来人全程录像，打了电话又回头请示领导，是否通知媒体，刘局长斟酌了片刻，点了点头，这边的几位也按部就班安排上了。这么能彰显警方雷霆行动、打击非法传销的典型事例，少了媒体炒作可就有点遗憾了。

正要离开，刘局长招手叫着，又把童政委和卢副局叫了回来，小声问着，是关于那个负一层、一层不确定的窝赃点情况，卢副局长小声地和领导交流了几句，回头又和童政委小声交流了几句，再然后，童政委和治安支队的来人又交流了几句……这奇妙的一层一层传达都是口头的，方卉婷笑了笑，无言了，这恐怕是要以“合适的方式”扩大不确定的战果了。

果不其然，不一会儿，两三位巡警在童政委的带领下进了单元楼，过了好大一会儿，出来了，又是附耳一级一级向上汇报，那神神秘秘的表情，肯定是有所发现了……

发现了什么？一直旁观注意着的方卉婷心里打了个大大的问号，看看B16幢这个单元是对开的住宅，两层差不多有四百平方米，要是个窝赃地点，空间可够大了，会是什么呢？她想了半天无从得知，此时才想起帅朗来了，站在两幢楼的中间搜寻了许久，才发现帅朗站在救护车旁边，紧步上去，一看却惊了一下，小木头上打着绷带，脸上贴着创可贴，小正太受伤了，正坐在车屁股后拉着帅朗的手，很哀怨、很感伤地问着帅朗：“你怎么也成这样了？”

“被犯罪分子打了呗，看见没，那个蹲着的，哥们儿逮的，没准儿是个小主谋……哎，小木，你挺机灵的啊，好几个抬出来的，你自己走出来了……脸怎么都成黑的了?”帅朗安慰道，不由伸手触着，现在他对这个入行不深的小警察一点恶感都没有了，毕竟这位是为理想和信念奋斗的人，比自己强不止一个档次。

“哎哟，别碰，煤球砸的呗，亏是在家里，要在野外我今儿都回不来了。”小木躲了躲，万幸地说：“幸亏我没穿警服，讨了点便宜，要不也得被抬出来……你看王组，多大个子，成啥样了。”

帅朗支着脖子一瞧，吓了一跳，救护车上躺着的那位已经输上液了，“哎哟哟”龇牙咧嘴呻吟着，这么老大的个子占了快半辆车了，愣是被人群挤着你一拳我一脚揍成这样了，回头一看小木郁闷，帅朗安慰着：“这有什么可郁闷的，警察的天职就是打击罪犯，受点轻伤算什么，光荣，非常光荣，祖国知道你，人民记得你……你是光荣的人民警察。”

很慷慨地教育着小木，说得比局长还激昂，不过这教育听得小木捂着脸害羞得直往车里钻，都不好意思说是被女传销分子追打成这样的了。帅朗正奇怪不能说句鼓励的话都让小木这么害羞吧，哎哎叫了两声，不过没喊住小木，再回头却不知道方卉婷何时站在自己身后了，这才明白小木不好意思摆着受伤的脸见方姐了，帅朗嘿嘿笑着，指指说着：“我……安慰小木呢。”

“过来……什么话让你说出来，我就觉得味道变了，你就不能闭上嘴安生点?”方卉婷勾着手指，招着帅朗趋了几步，这地方接近警戒线的外围了，隔着不远不近的距离，方卉婷小声问着：“下两层是个什么窝点?”

“不知道啊，你们打开不就知道了，这犯罪窝点我哪敢去探。”帅朗道，很无辜地说。

“已经打开了，看样子我们领导很重视……”方卉婷道，想了想，理论上应该不知道。

“哦，那我看看去。”帅朗想往B16幢跑，不过一看警察林立，又不敢抬步了。

“你离现场远一点，我看着你犯病……到警戒线外，这儿都是警察，你瞎转悠什么呢?”方卉婷低声说道，不理会这货了，说完就朝指挥车走去。

情意绵绵转眼间成了冷眼相加，可把帅朗给郁闷坏了，总不能一点旧情都不念吧?看着方卉婷，总觉得俩人关系热得那么突兀，而现在冷得突兀了，又觉得不适应了，帅朗想着，很不切实际地想着，又看见方卉婷远远地挥手，指指警戒线外的方向，那是生怕帅朗惹眼，打发他走呢。

此时一队警察又开拔到了 B16 幢楼下，喊话很大声，无非是你们涉嫌非法传销，已经被包围了，马上放弃抵抗的话……看到现场人越聚越多，连黑衣特警也来了一队，帅朗悻悻然退出了警戒线，和警戒线外围观的居民站到了一起，淹没在人群中了。

结束了，一切都处在警方的严密控制之下，除了被擒的七名疑似传销骨干分子，大量的传销人员被堵在五层两间住宅中，楼底、楼道、楼顶都站满了警察，前后窗边都架上了绳网气垫，在这种天罗地网的布置下，就是想寻死都没机会。

结束了?真的结束了?似乎还有什么谜没有解开，这个谜似乎只有很少的人知道，在很少的几位中，恐怕知道谜底的只有一个人：帅朗。

等……我等……淹没到人群中的帅朗看着 B16 幢出事单元的方向，等了很久，不过他注意的不是五楼。很久没有出现预计的动静，他边看着时间，边有点焦躁了，帅朗在等什么?

等，再等等……再耐心等等，看看手机的时间已经快十点了，就在几乎快要失望的时候，一层两幢住宅的灯亮了，有人进去了。帅朗的眼睛也跟着亮了，灿烂的笑容浮在脸上，又一次乐歪了。

喊话继续着，围观继续着，电视台的采播车架着天线被警察放进了警戒线内，估计对这个非法传销团伙的落网要来一个大做秀了，此时小区聚集了数百警察，声势端得是惊人，几乎把 B16 幢围了个严实，处处是警灯闪烁的红蓝光线，知道的、不知道的、一知半解的居民都在窃窃私语，指指点点议论着。

帅朗走了……很轻松得意地走了，从人群中直走过几幢住宅到了小区口上，一路上注意着楼边、通道林立的警车边上那些民用车，找了半天都没有找到目标，直到小区之外公路边上又走了十几米，才看到一辆白色的马自达，看看车里没人，帅朗毫不客气地朝着车“通通”踢了几脚，车里警报器呜哇响着，帅朗靠着驾驶的位置悠闲地等着。

等什么？

很快就出现了，一位足有俩人粗的人影挪着从小区出来了，看到自己的车边站着人，就小跑着上来了，边跑边哼哼，不是非要哼哼，而是实在胖得不堪重负，那小跑像挪步。走近了一看，又是丑得不堪入目，腮帮子上的肉鼓得取代了五官特征，来到了喘着气看着帅朗，不知道是喘得说不上话来，还是惊讶得说不上话来，帅朗笑着问：“看爽了吧？哥中午说灭他们，你不相信，现在信了吧？”

“嗯，信……信……”那胖子一连几个点头，惊讶到了惊惧的份上，不时地回头看灯光通明、警察满地的小区，再愣眼瞪着帅朗，说是信，其实还是留着几分疑惑。

“给钱……光看着爽不用掏钱呀？”

帅朗一伸手，不客气了。这才是今天拼死拼活替天行道的目的……

胖子大号程洋、小号程拐，坑蒙拐骗的拐，除了胖得不堪重负、丑得不堪入目，据西城书市的零售商反映，还有一个特点是坏得生疮流脓。那市场里有点良心的书商多少有一半正版，无良的书商偶尔也搞点正版充充门面，程拐属于卖书几年根本不认识正版为何物的货色，原先在西城书市有门面，不过某次中州郊县某学校八年级地理练习册出现装订错误，夹了几页《凌辱女友》的小黄书片段，媒体报道揭露后一片哗然，一查二查，查到程拐头上，把店给封了。

店封了之后不久，程拐摇身一变，从零售商改行成批发商了，越挫越勇，还是孜孜不倦投身于山寨文化事业。

此时程老板瞪着伸手要钱的帅朗，有诧异、有愕然、有惊讶、有怀疑，看得浑然忘我，当然连掏钱也忘了。帅朗可没耐心了，抬腿“嘭”一声直踢这货臀部的厚肉叱着：“程拐，装什么孙子？一让你掏钱，你就手足瘫痪是不是？”

“不是……不是……这这这……”

胖程洋捂着臀部，半天没想好这话怎么说，瞪着帅朗似乎不认识一般，其实俩人熟稔得紧，从穿开裆裤上铁路子弟小学的时候就认识，虽然这胖子比帅朗大两岁，不过程洋经过几次努力留级之后，两个人从同伴又多了一层同学关系，直到后来成人，又多了一层合作伙伴关系。中午程洋接了帅朗的电话，帅朗说要带人灭了西城书市何老白的地下仓库，这事程洋根本没当真，每次喝高了哥俩都这么吹嘘，谁可知道这会儿成真的了，左想右想不对劲，他小心翼翼地问着帅朗：“我说忽悠，你不是想忽悠哥口袋里的银子吧？我怎么看着是抓传销搂草打兔子，弄了何老白的仓库，和你有什么关系？”

“这叫双管齐下，你分不清主次，是端盗版窝搂草打兔子抓了传销，你猪脑袋呀，怎么会和我没关系，要和我没关系，我中午就能知道？还不怕告诉你，这就是我举报的，人都是我找来的。”帅朗这会儿拽了，一看程洋不太信，一把揪着这货的前襟叫嚣着：“嘿，你什么意思？说话又不算数是不是？不是我给你忽悠来这么多警察，能端了何老白的仓库？你自己报警试试，看有没有人管？对，老子还没朝你要医药费呢，看……”

帅朗凑着脸，把因为非礼某妞光荣负伤的脸凑到程洋跟前，这成了举报受伤的铁证如山了。程洋打着打火机瞧了瞧，吓了一跳。帅朗知道这货心宽体胖最怕暴力活动，旋即痛心疾首指着程拐表白着：“程拐，兄弟我容易么？为了帮助你成为西城书市最大的卖家，我他妈被人打得鼻青脸肿，刚刚要不是我腿脚快，早被人打得生活不能自理了……你说我这么为兄弟两肋插刀，你王八蛋连钱都不肯出是不是？”

“不是……不是……我说，别介……我我……辛苦兄弟了啊。”

程洋手足无措地安慰着，搓搓肥手，可不知道怎么着更好地安慰，或者讲讲兄弟之情压压价，帅朗一瞅这货的样子，马上话锋一转：“甭讲价啊，中午说好的，两万，少一毛钱我把你也举报了。”

“哦哟哟……不能一点兄弟之情都不讲吧，兄弟情没有还有同学情呢，同学情没有咱俩好歹还有穿开裆裤的交情呢，哪有这么咬死不放口的，少点少点，哥亏待不了你……你又不是不知道现在生意多难做，咱出的毛书就比纸钱稍贵点，能有多少利润？”程洋果真是如此想法，觍着脸，不敢不给，又舍不得全给。那毛书就是盗版的意思，其实就是个纸钱而已。

帅朗一听，手叉在胸前堵着车门，不屑地说：“少来了，何老白占西城书市一半货量，这回丢一仓库存货，再被警察捋来捋去几次，一两年他翻不了身，那西城书市还不就数你了，这等于把多大的一块市场蛋糕送给你了，别说两万，二十万都不亏……”

“耶耶耶……你到哥身上削两块膘得了，还二十万……这不要命么？”程洋发着牢骚，打着小算盘。

“少废话，给不给吧？警告你啊，你敢说话不算数，我就敢说话算数，你不是不相信这些人是我带来的，对不？要不我把他们带你窝里查查？”帅朗威胁道。

程洋瞪着眼：“你敢，抓了我，你丫是同伙，我那货你销出去多少？”

帅朗刺激他道：“同伙也分主次，我就一马仔，一举报你立功，连罪都抹了。”

“妈的……鳖孙，真你妈鳖孙，亲兄弟你都下得了手……”

程洋气着了，瞪了半天眼，权衡着其中的利害，知道这价码不好搞了，拨拉过帅朗开着车门，帅朗坐到了后座，前座的程洋艰难地摸索座位下，帅朗正奇怪这货怎么敢把钱放车里呢，起身的程洋一扬手，一摞钱递过来，看来确实愿意为竞争对手倒台买单。帅朗得意地在手里掂了掂，拿着钱朝程洋的脑后吧唧就是一下：“还有呢？”

“明天给不成呀？谁身上装那么多现金。”程洋无奈道。

“中午都约好了，你猪呀，不知道取上？”帅朗叱道。

“你每回喝高了都说帮哥们儿砍何老白呢，谁知道真的假的。明儿给你打卡上。”程洋道。

“这个不谢了啊，明儿收不到钱找你。差一万啊。”帅朗数了数，不客气地揣进兜里，提醒着数目，嗒一声开了车门，程洋伸出脑袋来：“哎，别走呀，昨天还说你袭警，今儿怎么跟警察穿一条裤子了？这到底咋回事？”

“你忘了我爸干吗的，警察，知道不？天下警察是一家，乘警和巡警那是哥们儿，招呼一打，看见没，拉来好几个大队，连传销带书仓全端了……拽吧？没见过这么大阵势吧？敢欠我钱，下回收拾的就是你。”

帅朗下车凑到车窗跟前吹上了，哥儿个不喝酒一吹都是黑社会，喝了酒再吹都是本·拉登，一个比一个拽，不过是话吹得大，事办得少，这次办了这么大一件事，帅朗岂能不拿出来扯扯虎皮，一吹听得程洋倒是更确信了儿分，不过他想到了个问题，置疑了句：“你爸不是不管你了吗？又管上了？”

“再不管也是亲爸，真有事他能不管么？算了，不跟你扯了，这警务内部信息，你知道得太多了没好处，回去赶紧卖你的毛书去吧啊……这段时间小心点啊，肯定要打击你们呢。”帅朗一听，差点露馅，挥着手打发着，正好手机响了，一看是个陌生号码，又看这陌生号码很熟悉，是方卉婷，就嘘了一声把程洋的话堵了回去，转过身一接，故意在程洋面前显摆似的：

“方警官，您说，还有事吗？哦，我在小区外面准备回家呢，哦，知道了，我马上到……查出来多少，哟，20 多万册呢，好好好，非常好，没事，没事，我不累……”

其实从“马上到”一句之后，帅朗早摁了电话，对着手机瞎白活呢，说完了，一收手机，在程洋面前扬了扬，拽得成了公务繁忙的警察，不耐烦地说：“看看，多忙，一点儿闲工夫都没有，还得和警察一块儿办案，现在警察他们离了我就成聋子、瞎子了，没哥们儿我，他们不行呐……啊，你回去吧，我走了。嘴牢点，别跟人说啊。”

这回可真把程洋忽悠晕了，又有警察家底，又有真实事，再加上这电话来得及时，程洋原本还打算赖着一万拖拖看看，此时不敢不信了，开了车门下车，拽着帅朗警惕地看看四周小声商量：“哎哎，要不，咱再商量个事……中原街上那个小书市，我知道他们黑窝在哪儿，给哥端了，再给你一万……那块市场够肥，管得松。”神神秘秘，凛然一脸，直竖了一根肥手指。

说什么来着，人不能太有能力了，一有能力这压力立马就来，被程洋这坏水冒的样子看得噎了一家伙，帅朗翻着白眼，抿着口水推拒着：“得，先把尾款付了……其他事都好说，一个小书市算个毛，多大的我都给你办了……嗯，先回去吧，我处理完这里的事，咱们再商议着，有哥们儿这层关系在，迟早你是中州最大的山寨书商。”

“哎，好好……我等你啊，余款明儿一准儿给你。”程洋点点头，乐了，直恭送着帅朗进了小区。

恰恰在这时，小区里“砰砰砰”响了几枪，帅朗听到枪声，一下子吓得站住了，惊讶得不知道又出了什么变故，一回头喊着程洋：“发什么呆，警察开枪了，今天是要重拳打击你这号无良奸商，还不走等什么？”

程洋这才省悟过来，应了一声，钻进车里，一溜烟跑了。

帅朗几乎是小步奔着回到B16幢现场，到了现场松了一口气，估计是鸣枪示警呢，看看时间十点刚过，此时现场人更多了，巡警沿着四辆大巴组着人墙，B16幢楼前黑衣特警和防暴警荷枪实弹押护着，从楼道里次递出来了双手举在脑后的传销人员，没有更大的冲突发生，脑袋洗得再邪恶也知道挡不住警察的攻势，从周围人窃窃私语的讨论中知道了，原本还对峙着，不过警察鸣枪示警后，就都投降出来了。

现场虽然人多，可井然有序，出来的传销人员被警察分批押上了车，一旁的采访车上架着摄影机，录着这个现场。另一头灯光通明，对着B16幢打着探照灯，是电视台的一男一女正对公安局的领导采访，估计明天就要出现警方迅速出击捣毁传销窝点，再加上个净化文化市场的新闻了……

一层和负一层的灯光都亮了，估计这是黑仓库要大白于天下了，其实何老白书仓在这儿很久了，和传销窝点屁关系都没有，如果不是帅朗恰巧知道这儿有传销的、如果不是程拐愿意为何老白的书仓被端买单，恐怕帅朗不会有这么一次见义勇为了，不过现在摸摸心口想想，这事办得挺不错，这么多传销分子都落网了，要少坑很多人，再怎么说也是件好事。

对了，摸着心口位置，那儿硬邦邦的正揣着一万块钱，其实啥都是虚的，就这东西左右着人类的道德水准高低。

人群里的帅朗看着眼前的场面，那份得意洋溢在心底甭提多爽了，四顾找着方卉婷的身影，不过人又多又乱，好不容易看到人了，她正站在警戒线后也搜寻着，帅朗乐滋滋地奔上去，刚到警戒线跟前，看着平时不怎么顺眼的巡警也亲切了，不料乐得忘乎所以了，刚靠近，那巡警脸色一沉，手一摆：后退后退，没看见警戒线呀，说你呢……

对了，咱现在是个外人，帅朗赶紧退了几步，不想惹着这位，摸出手机拨着方卉婷的电话，稍顷方卉婷奔过来了，亮着警证把帅朗带进警戒线内了，刚走几步就埋怨着："去哪儿了你？不找你，你在眼前晃悠，找你，你又不见人了。"

"不是你让我走的吗？你看我犯病，我看着你就舒服呀？"

帅朗没好话了，刚才被警察拦了一下，太拿咱不当自己人了。一听方卉婷这么冷言相加、问候也没有一句，不客气了。这句噎得方卉婷眼凸了凸，非常意外地瞪了不以为然的帅朗一眼，好像在记忆中没有哪个男人敢这样不客气地说话，一瞪帅朗正好回眼看，一看不客气到底了，干脆道："咱们之间虽然是相互利用，也不用这么给我脸色看吧？"

对了，对妞别客气，特定的时间和环境可能发生不特定的事件，在大多数时候，一个无业青年、一个警队之花，恐怕很难再见倾情搂着亲嘴。再说方卉婷从楼上下来已经判若两人，那态度变化让帅朗很难接受，估计有一腿的机会已经微乎其微，与其低三下四，倒还不如忽悠了程拐俩钱，到外面整个双飞呢。

"你……"方卉婷牙缝里迸出了个字，可没料到的事太多，没想到帅朗出去一会儿态度就如此恶劣，如果不是周围人多，那一脚早实打实踹上去了，好容易压抑住了怒气，她边走边说：“懒得跟你计较，我们领导要见你……见了领导别胡说啊。”

说着附耳上来小声教着，敢情是从负一层和一层发现了一个地下仓库，有书、光盘、磁带，据说里面还有淫秽制品，正等着文化和工商部门来鉴定，其实不用鉴定，巡警都知道那什么玩意儿……不过帅朗听来听去，却很意外的，连工作组也被置之事外了，市局要以此事和工商、文化部门统一口径，搞成什么文化市场打击盗版“红五月”专项行动宣传，毕竟这么大的地下仓库也不多见。

帅朗很不客气地白了方卉婷一眼。这一眼白得方卉婷有点讷言了，说起来连她也觉得不舒服，一旦搞成统一行动，自然都是几部门联合的功劳了，恐怕连工作组的作用都要弱化了。作为警察，顾全大局服从组织安排自然是没有二话，可把这话换个方式告诉帅朗，怎么说怎么别扭。当然，这是工作组的安排，是怕知情人这里有不同的声音出现。

方卉婷说着，生怕帅朗难堪，措辞很委婉，当然是顾全大局一类了，不料说来说去，直到站在楼角说了半天，帅朗却一点反应都没有，方卉婷压低了声音奇怪地问道：“……听明白了没有，你好歹给点反应呀？”

“反应？什么反应？”帅朗不以为然，根本没把这事当回事。

“也就是说对外宣传时是警方的统一行动，这次传销和地下仓库涉案金额都不小，也是出于对你保护的目的，你能理解吗？”方卉婷小声问。

“理解呀，这有什么不理解。”帅朗无所谓道。

“真的理解？”方卉婷不相信了，侧头看了看帅朗的表情，根本无动于衷。

“你看你这人，也太小看我的觉悟了吧，对于这件事，你们有个人的目的，我是没有的。”帅朗摇摇头，很淡定、很坦然，也很无所谓地说：“小木一直说我这人没道德责任感，我想在你心里，我一定也是个没道德责任感的人，不过将心比心，我比你们强一点点，所以我无所谓，所以我理解。”

说话的时候他瞟了方卉婷一眼，不过无动于衷的帅朗此时心想的是，这些虚名都是浮云，哥要的是实惠。再看方卉婷蛾眉凤眼，秀靥素面的样子，又有点觉得在楼顶弄的实惠少了点。

无从知道帅朗做了手脚的方卉婷可愣了，不但看不懂此时帅朗为何得意洋洋，更听不懂帅朗说的什么道德责任感的话，愕然追问着：“你……你发什么神经，什么意思？”

“真不懂啊，这个传销窝点存在半年多了，我告诉你，和你穿一样衣服的肯定有人知道，没准儿还参与分红了；这个仓库也有很多人知道，据说是个很有钱的老板，靠卖你们查出来的东西发家的……这样的人和这样的地方能发展成这么大的规模，要不是你们俩小警察半懂不懂误打误撞揭出来，恐怕还要发展下去……你觉得谁比我更有道德责任感？传销的？卖盗版的？还是你们？”帅朗张着大嘴，揶揄地说着，不无调侃，听得方卉婷无言以对。帅朗呵呵笑了笑，总结发言了：“连这些都理解得了，也接受得了，你觉得还有什么我理解不了？”

方卉婷听出点味道来了，敢情这货根本就一清二楚，说起来一切还真都是无意之举，如果真是层层上报、级级压任务的话，恐怕还没有这些收获，只不过那什么道德责任的话让方卉婷听得别扭，十分别扭，她有点诧异、有点愕然、有点陌生地看着帅朗，不过怎么看也像个能冒坏水，而冒不出浩然正气来的主儿，半晌，不跟他扯了，一指车停的方向：

“好……看来你是觉悟挺高，那就好……去吧，那辆车里，童组长会跟你谈的……”

“没啥谈的，发个见义勇为奖，那是骂我呢，我都不敢要。”

帅朗发了句牢骚，循着方卉婷的指示到了车前，敲了敲车窗，上了车，和车上的卢启明副局长、童辉政委说上了。

押解的队伍陆续离场了，工作组、治安支队、防暴大队以及西杨树派出所分别滞留了一部分人，接下来肯定是庞杂的取证笔录工作，真的接近尾声了，这些事方卉婷都不操心了，一有这种案子，各单位肯定都是抢着办，到时候挤到表彰通报上都有一份。

这些都是耳熟能详、见怪不怪的事，不过此时看来，让方卉婷觉得好像又一次暗合了帅朗那句带着痞味的调侃，案子和嫌疑人浮出水面了，民事、刑事责任都有人负了，可存在如此之久，发展到如此规模和危害，肯定和邻里的漠视有关、肯定和执法不力甚至徇私枉法有关、肯定和知情人的瞒报有关，那么谁又来为这种道德责任买单呢？

帅朗理解，方卉婷想着却又有点不理解了。怔怔地想了很久，才见帅朗从车上下来，一下来，人又大变样了，耷拉着脑袋，像被雷击电打了一样，有气无力、无精打采地朝方卉婷走来。

郁闷了良久，方卉婷终于“扑哧”一声灿烂地笑了，终于抓住这个机会了，她上前几步，小声幸灾乐祸着：“刚才有人还拽高尚来着，怎么样？有点想不通了吧？告诉你，白干了啊，奖金都没有……”

嗞……帅朗噘着嘴吸着凉气，眼剜着方卉婷，咬牙切齿要揍人的表情，方卉婷吓了一跳，急忙躲开两步，就见帅朗恶狠狠地说：“稀罕呀，就你穷警察那俩工资还不够我塞牙缝呢，谁在乎这个？哎，我说，谁他妈出的馊主意把我爸叫来了？当我是小学生呀，出点事还通知家长？不知道我爸脾气不好吗？真再揍我一顿多丢人，我告状的地方都没有。”

方卉婷可不知道来了这么一茬儿，哭笑不得地看着帅朗发飙，可看不懂帅朗这么胸怀坦荡、这么大义凛然，却还怕老爸。迎着帅朗瞪眼的样子，方卉婷促狭地指指帅朗身后，帅朗一惊噤声回头，却是卢副局和童组也下来了，一下子话咽肚子里了，不敢发飙了。看样子车上谈得不错，童辉笑呵呵地把车钥匙递给方卉婷，安排方卉婷把帅朗送回工作组，俩领导意犹未尽，又对帅朗一番鼓励安抚，一个表扬好青年、一个夸奖好同志，一个说这孩子挺识大体，一个补充说这孩子很有前途，俩人旋即又异口同声断定，这是当警察的父亲教育得好，归根结底帅世才同志受党教育多年，受组织培养多年，看来效果很明显，都延伸到下一代了……俩老警察夸奖得帅朗直腹绞胃疼脸发烧，不迭地告辞跟着方卉婷上了车，气咻咻地躲在后座，连方卉婷也没兴趣搭理了。

第四章
父子相会公安局

父亲，对于帅朗是一个无比熟悉、又极度陌生的字眼。

成人之后，很多儿时的事是无法忘记的，比如记得小时候一家三口骑一辆破自行车，老爸蹬车，后面带着老妈，前面带着儿子，一家三口到黄河边上钓鱼，那时候的阳光明媚和欢快笑语，几乎定格在帅朗的记忆中成为永久的幸福画面。其实帅朗一直标榜自己很纯洁，这是千真万确的，自己小时候是蛮纯洁的，最起码在那个幸福的环境中，永远是无忧无虑的纯洁。

后来，发生了很多事，懵懂的儿子不知道为什么父母会疏远，于是记忆就变成严峻肃穆的乘警父亲经常拉着未懂事的儿子，来往在铁路线上，幸福的记忆被锁在心底最深处，换成了冷冰冰四面玻璃的乘警室，经常所见的是暴怒的父亲把在车上偷抢拐骗的嫌疑人铐回来，有很多呼天抢地或者血淋淋的场面，是被偷被抢的无辜者、是作案被抓的嫌疑人、是执法受阻的乘警，幼小的帅朗过早地目睹了善与恶最激烈的角逐。

再后来，父母的婚姻走到了尽头，儿时的幸福也走到了尽头。

都说万爱千恩百苦，疼我孰知父母？可一个扔下家庭的母亲和一个日渐消沉的父亲，让帅朗再也体会不到曾经的幸福和温暖，在乡下爷爷奶奶家断断续续住着，很有限的印象，只剩下风尘仆仆出车归来的父亲，偶尔回家、也是一屋子酒瓶和不出工就喝红眼的父亲，再或者就是抱着自己，眼睛里含着泪，叹着气抚摸儿子，让儿子总也看不懂的父亲。

我恨他吗？

帅朗经常恨得咬牙切齿，初中寄宿、高中寄宿，当奔波在外的父亲无意中发现儿子已经会逃课了、会喝酒了、会抽烟了、会打架了、会进派出所了，唯一的教育方式就是手铐、就是皮带、就是暴怒之下拳打脚踢，很多次打哭了、打跑了儿子，再找回来，关起门来，又一个人抹泪，孤独地哭泣。

见父亲悄悄流泪很多次，就是想恨，帅朗也恨不起来。甚至唯一怨恨的，是那个让父亲的脸上再有了笑容，让父亲的生命里再有了记挂的后妈，尽管帅朗觉得自己不应该这样，可总免不了要生出一份怨恨，怨恨这个女人，夺走了自己仅剩的那一点父爱，哪怕这点父爱是以皮带和身上的疼痛为代价的。

那么我和父亲之间还有爱吗？

帅朗忽然间眼睛发酸，忍不住想捂着脸号啕大哭，举目无亲地走出家门，被人轻视过，被人侮辱过，被人殴打过，被人欺骗过，挣扎着生活在这个冷冰冰的城市里，苦过、累过、伤过、痛过，同样像父亲那样悄悄地哭过，躲起来悄悄舔着伤口。这些都不算什么，唯有在年节合家团聚的时候，那份冷清和孤独的煎熬，每每总让帅朗喝得酩酊大醉，在醉里抹一掬泪，把忘不了的，强行忘却。

可这些东西，忘得了吗？

毕竟是他抚我、育我、顾我，毕竟是到现在仍会来看我的父亲，我忘得了吗？

车行到了市内，一路上方卉婷注意到了帅朗的怪异表现，隐隐地知道这对父子关系不好，有意地放缓了车速。此时，繁华的街市、耀眼的霓虹、如织的行人、似流的车海，一切都是那么美好，和西杨树发生的事完全是两个场景，帅朗无言地看着车窗外世界，心里满满当当充斥着这份说不清道不明的感觉。有很多次，在过年团聚的时候，帅朗忍不住想回家，忍不住想见那位恨儿不成龙的父亲，忍不住想把自己这两年的苦楚痛痛快快地倒出来，痛痛快快哭一场……可最终他忍住了，忍住了回家的渴望，不想再去破坏那个新的家庭，不想再把失望带给刚刚从消沉中挺过来的父亲。

唏嘘的声音在后座响起，帅朗用袖子擦着泪水，过去太久了，那种感觉虽然清晰，却不像刚开始那么强烈了，或许时间真会冲淡一切，就像他已经快忘了母亲的样子。

蓦地，眼前一晃，帅朗一惊，是方姐伸手过来了，手上捻着一包纸巾，要递给帅朗，估计是听到了声音，预防措施就先来了，帅朗没好气了，不耐烦地道了句："你给我这干吗？"

"未雨绸缪呗，我听说你和你父亲两年多没见面，能告诉我因为什么吗？"方卉婷问道。

"不能。"帅朗坚决拒绝了。

前面的方卉婷缩回了手，哧哧笑了，剩下俩人独处了，又变回了那个知情达意的方姐，或许是在西杨树现场对帅朗的认识又深了一层，她笑了笑，驾着车，很慢，找着话题道："帅朗，别闷着呀，我给你讲个笑话，想不想听？"

"随便。"帅朗以从来没有的干脆利索回答道。

"话说呀，有一位美女……"方卉婷用揶揄的口吻说上了，停顿了一下，见没有引起帅朗的兴趣，话锋一转直达主题："嗯，这个美女呢，结了婚、又离了婚，她觉得自己很郁闷，很难过，好像被世界抛弃了……"

"啊？你已经二婚了？"帅朗突来一问，惊讶道。

"不是我，我说的是别的美女……听笑话你都能想到我身上，真可以啊你？"方卉婷斥了句，接着讲故事道："有一次偶然的机会，她遇到了上帝，上帝要满足她两个愿望，于是这个美女告诉上帝，把负我的前夫狠狠揍一顿，然后再把我最爱的男人带到我面前……你知道后来发生什么事吗?”

“这女人呀，心真毒，都离婚了还打人干什么?”帅朗看到另一个侧面，方卉婷笑了笑道：“错了，你这人很没趣啊……故事是这样发展的，上帝满足了她的愿望，然后这美女发现，出现在她面前的是鼻青脸肿被上帝揍了一顿的前夫。”

“……你想告诉我，其实爱和恨都是一体的?”帅朗一下子捕捉到了方卉婷的心思，暗赞这妞倒也不愧是学心理学的，恐怕已经窥破了自己此时的心态。

“对呀，爱之深、恨之切嘛，童副组长托我劝劝你，这事其实和我无关啊，这次的防抢反骗铁路是个重点，免不了地方公安和他们协同办案，卢副局长也有点私心，想让你父亲这个反骗专家给我们地方反骗组指导指导……所以呢，童辉副政委就想了这么个切入点，其他的我不知道，不过我听说你父亲一知道这事，大老远就赶来了……”方卉婷说道，帅朗心里没来由一跳，不知道哪股血有点往头上涌，惊讶地离座凑到驾驶位置旁，紧张、结巴地问着：“真……真的?没骗我吧?”

回头瞥了一眼帅朗，方卉婷笑了笑：“当然是真的……看来你也想他?”

“哼，不想。”帅朗瞬间发现自己失态了，摇摇头，又回身坐下了。

“我没骗你，是你自己在骗自己……”

方卉婷悻然说了句，这清官都难断的家务事，恐怕是自己帮不上忙了……

当方卉婷走进工作组办公室时，稍稍吃了一惊。同组从市局、刑侦、治安方面来的几位年轻小警察，正围着一位上了年纪的警察，在观摩着一份什么录像，一看，又稍稍吃了一惊，是疑似女魑的录像，从老中州烩面馆提取到的，其实放起来，不过几分钟的时间，那两位嫌疑人到现在都说不清自己的钱怎么丢了。

录像放了两遍，几位初涉此道的警察看着居中而坐的帅世才，方卉婷也悄悄地注意着这位凝神观察、一言未发的前辈，传奇中的人物好像并没有什么特异之处，鬓间发白，额上的皱纹很深，皮肤很黑，眼睛很亮，人很消瘦很精神，对比着帅朗，觉得这爷俩挺像，不过表情上差异太多，帅世才是一脸正气，而儿子帅朗是痞气一身。

“这个……小刘，这个让我发言合适不合适？毕竟我家这臭小子涉案，按理应该回避，你们这几个年轻人，不通过领导就把我拽上了？”帅世才笑了笑，笑容倒和他儿子蛮像，很亲切，带着狡黠的亲切。

“没事，帅前辈，我们组长还要请您来给我们讲课呢。”一位小警察说。

“对，帅朗早解除嫌疑了，您儿子怎么会是嫌疑人？”另一位附和着。

还有两位也在劝着，骗子的案例不少，但真正能抓到、能定罪的占总案例的比重那是太小了，特别是从各大队调回来的资料，加上中州饭店这份清晰的视频，就放在眼前看着，都说不准是怎么骗的人，有这么一位专家来了，自然是要请教了。

“这是调包，同伙有三到四个，录像里看到的人，最少有她的同伙两个……你们看。”

众人一讶，这是一个全新的论点，都提高注意力了，帅世才很正色地解释，倒着视频指点着：“让兑汇的看完真钞之后，此时有一位女人起身离开，你们看，她走的方向，正好背对着监控，再看她的包……她穿的是一件宽大的披肩，正好遮住了……再看这个细微的动作，虽然没有看到她换包，不过你们看她的右肩动了动……是换走了，手法很利索，是个老手。”

仔细、仔细，再仔细，屏幕上的人影来回动了几次，哦声四起，四五个警察这才恍然大悟，是同伙把真钞换成假钞了，都向这位一眼窥破玄机的专家投之以羡慕的眼神，帅世才笑了笑，继续道：“第二次，继续换……你们看，此时进来一位警察，两位兑汇的回头看了一眼……看这儿，女嫌疑人用餐巾纸掩护，做了个手脚，把百元换成一元的了……这个警察是假的。”

“假的?”众人吓了一跳，技侦的人放大的画面实在看不太清，既然看不清，怎么可能判断是假的?大家有点不太相信。帅世才指指画面问大家：“我问你一句，这样一大碗烩面，你们把碗端到面前，要吃的时候，第一件事是干什么?”

“拿筷子。”一位小警察道，众人呵呵一笑。

“不对，脱帽……你们看，警帽的檐很低，要像这样埋头吃面，不但不方便，而且容易沾碗里，烩面碗有多大你们知道的，再说，正常警察别说吃烩面，上饭桌的第一件事，都是脱帽……你看他，自始至终都压着帽檐，连面部表情都没有拍清……”帅世才从另一个角度发现了疑点，脱了自己的帽子比划着，一想确实如此，谁吃饭还穿得这么正式。

“哦，对对对……”调屏的技侦恍然大悟，知道答案，找疑点就容易了，把录像往回退，退，直退到门口，有点失望，还是看不到面部，不过看到个发光的亮点，一看自己胸前，灵机一动，把小亮点放大了，去着马赛克，虽然模糊，可足够这位拍案而起了，啪声一拍桌子：“厉害，假的，你们看，他胸前的警号，虽然看不清，可位数不对……”

“哇，冒充警察作案?”几个小警察大跌眼镜，凑上来一看，面面相觑。

“这有什么稀罕的，骗子最会揣度心理。”帅世才笑着释疑道，“他们最喜欢扮演的就是警察、医生、公务员或者那些容易取信于人的职业，比如在这个案例里，其实假警察根本不需要动手，只需要现身一下，然后让兑汇的俩人心神稍稍疏忽，为调包的赢得哪怕几秒钟的时间就够了。”

“几秒钟就够?”一位诧异道，有点匪夷所思了。

“是呀，屏幕上都看不到这女骗子怎么动的手。”另一位看了半天，反应迟钝了。

“这样吧，我给你们当回骗子演示一下……谁身上钱多，拿出来，用一下马上还。”帅世才笑着，要实战了，今天没来由的心情格外好，不知道是不是因为这个臭小子的缘故。一说这个，年轻人都有劲了，掏着衣袋，技侦那位身上钱不少，拿了一摞百元大钞，数了数，十六张，一千六，笑着递给帅世才。此时知道帅前辈要玩把戏，大家都瞪着大眼盯着，连方卉婷也忘了此时的目的了，凑在人群中看着这位童心大起的老同志逗大家玩。

一张、两张、三张……数了十六张，帅世才提醒着：“一千六，十六张啊，别一会儿问我多要啊。”

小警察们呵呵一笑，帅世才问：“你们看清了，我捣鬼了没有？没看清，咱们再数一遍。”

一张、两张、三张……数了十六张，就在众目睽睽之下，都看到了帅世才的动作，和自己数钱根本没有什么两样，数完了，大家正不知道这怎么玩的呢，帅世才呵呵一笑递还了钱，那人机械地接过，就听帅世才为难地说：“哟哟哟，同志们，好长时间不练了，手生……要不咱们改天再来一个。您先拿着钱，十六张啊，您的钱。”

“那怎么行？”

“帅前辈，你不能逗我们玩呀？好容易来一次。”

“就是……给我们来一把，都说您是反骗奇人……”

几个小警察追着帅老头不放了，不料帅世才爽朗一笑，笑眯眯地看着众人，此时方卉婷两眼一亮，想到一种可能了，笑着一指拿钱的那位喊着：“小乌，你的钱够不够？”

“啊……”小技侦赶紧把已经装回口袋里的钱拿出来，数了数，张口结舌地看着帅世才，惊讶道：“少了五张。”

“在这儿。”帅世才反手一亮，钞票正夹在小指和无名指间，明明就看着数够了的十六张，可不知道有五张早被藏起来了，一干警察大眼瞪小眼，这才知道把戏在数钱时早耍完了。惊讶之极又佩服之至，要不是穿着警服，没准儿当成个玩魔术的。

“拿来拿来……我教你们这一招，不过不许乱用啊，这是换汇的，也就是绰号牵金马人常用的手法……”

帅世才又重新全部把钱拿到了一起，一张、两张、三张，放慢了动作数着，此时大家凑一块儿才看清了，数的时候已经把几张叠回来了，上面数下面塞，在背后能看清，可面对面的话，根本不会注意当面数的还有这么大猫腻，嘻嘻哈哈学了一招，帅世才递还了钱笑道：“江湖上的奇闻秘术可多了，未必咱们没见过就不是真的……前两年我见报纸上报道有宗嫌疑人脱逃案子，咱们警察出的消息是嫌疑人打开手铐脱逃，社会上很置疑这个说法，不过事实确实如此，老式的黄铜手铐，齿、锁之间的间隙，用纸币塞进去在它们之间搭个坡使劲抽，还真能打开手铐……其实骗术和其他一样，越是大师的手法越简单，华尔街最大的骗局，和咱们民间集资的手法一样，都是拆了东墙补西墙，补不起来的时候，就是案发的时候。搞诈骗案一定要细心，看穿了，什么都不神秘。”

说得有理有据，都是这帮坐办公室基层的警察闻所未闻的事，这下子群情更热烈了，端茶倒水的，递烟打火的，都缠着帅前辈讲讲乘警大队刚破的那个列车诈骗案。据刚刚接到的通报，在京广线列车上专门勾引单身女青年或者少妇，尔后用迷魂药迷倒，劫走随身行李和贵重首饰的一伙嫌疑人落网，省厅发通报表彰，不料提及此事，帅世才却摇摇手不说了：“同志们，甭提这事，一提起来我都觉得反胃，江湖讲盗亦有道，骗亦有道，要是设个局别人看不穿，这种骗子很让人服气，就是被骗的人都自认倒霉；不过用迷药、逮谁骗谁、骗不成就偷就抢，还危害事主的性命，这就下作了，这种人根本上不了台面。”

嗯？又是一个奇谈怪论，骗亦有道的奇谈，众警察随即笑了笑，没有往下追问，不过明显兴致来了，又要问什么，被方卉婷挡住了，笑着劝大家，马上西杨树现场解押的人回来了，要准备预审和其他工作，众人一听各自准备着东西，方卉婷笑吟吟地请着帅世才道：“帅叔叔，跟我来……”

“您是……”帅世才眼生，皱了皱眉看着方卉婷，不过依言起身了，方卉婷边走边道："我叫方卉婷，卢副局长安排我把帅朗带回来了。"

"他在哪儿？"帅世才问道，声音不像刚才那么开朗乐呵了。

"在对面的公安招待所……203房，我带您去……"方卉婷道。

在前面踱着步趋行着，方卉婷不时回头看着，这爷俩的表现好像一样，都是在一瞬间讷言了，严肃了。像是遇到了什么为难的事一样，几次看到帅世才皱眉，抿嘴，和他儿子一样揉揉鼻子的细微动作，那是无计可施的表现，方卉婷莫名地感到有点可笑，这父子俩相互都是无计可施，真不知道这对父子俩怎么了。

"帅叔叔，能……请教您个问题吗？"方卉婷轻声道，回头看帅世才盯过来，没等问出口，帅世才自嘲地笑道："您是问我们父子俩有点奇怪吧，不像父子俩？"

"呵呵……"方卉婷笑笑，不吭声，这老警察和他儿子，眼光一般锐利。

"哎……怨我了，这事怨我呀，对他有点太狠了，两年多了不闻不问……啧，可这小子实在是没出息得厉害呀，上学就打架、酗酒、抽烟、偷东西，我真不知道哪辈子造孽养了这么个坏种，我辛辛苦苦供他上大学，上了大学还是打架，差点被开除，还没拿回毕业证来……哎……"帅世才再提儿子，还是一肚子气，两年了，怒发冲冠成了唉声叹气。

方卉婷笑了笑，要这么说，应该契合帅朗的性格了，不过还是有点不理解地问了句："那……那您把他赶出家门了？"

"啊，基本算是吧，我没赶，不过话说得难听了点，他没脸回来，我也不找他，不过活了这么多年，就那回我倒觉得这小子挺有志气，愣是没再回来向我要钱，愣是摸爬滚打混下来了……有种，我现在才发现我看错他了，这小子有种……"帅世才眼睛亮了亮，很赞成而且有点自豪地说。

老头一自豪，方卉婷更看不懂了，皱了皱眉喃喃道："这……"

"我知道你理解不了，我也不期待我儿子理解，不过当爹的苦心我想总有一天他会理解的，他是男人，总得成家、总得立业，总得自己活吧，他爸这个穷警察管得了一时，管不了他一世，活好活赖还得靠他自己……他这次要是犯案被你们抓了，我看都不来看他。”

帅世才说着，有点黯然，黯然中似乎还带着几分欣喜，欣喜之后又有几分遗憾，甚至那破碎家庭和父子之间的尴尬又多少让他有点难堪，说了句，摇着头。方卉婷笑笑，没有再说话了，她领着帅世才出了监控中心的大门，迎着微微夜风，忽然涌起个很怪异的想法：

溺爱是爱、严厉是爱、慈爱是爱，其实这个把儿子赶出家门的举动，恐怕也是一种爱……

“在二层，203 房间……这边走，帅叔叔……”

方卉婷带着帅世才进了公安招待所，在前面指引着方向，从帅世才越来越不确定的神色和越来越放慢的脚步里，同样看到了和帅朗一样的踌躇，她引着路先行，背过身暗笑了，愈发觉得这父子俩不但模样像，连性格也像，刚刚帅朗也是这个样子，原本准备直接领到监控中心的，不过帅朗死活不进单位，坚决强调就不想见他，不过方卉婷给了这个缓冲之后，帅朗转眼又听从安排了，敢情是怕人多难为情呢。

会发生什么呢？方卉婷上楼的工夫，揣度着这一对奇特的父子，忍不住要从自己心理学专业的角度来揣测接下来将会发生的事，彼此思念，两年未见，说不定会相见泪眼涟涟，说不定会一见恩怨尽泯，说不定彼此无言，说不定会和好如初……不管怎么样，方卉婷觉得童辉副政委安排这件事，倒是蛮有意义的，对于这位一直身在基层的前辈，很有几分尊重，对于即将见到的那位，让方卉婷又有一种无可名状的感觉。两个人的亲密发生得那么突然，以至于她现在都没明白自己是怎么会那么有激情，虽然说不清真正的感觉是什么，不过肯定不是厌恶，如果厌恶，没准儿情急之下真敢把他推下楼。

其实不光这父子俩复杂，方卉婷的心情也很复杂，特别是看到帅世才那双火眼金睛时，有点做贼的感觉，生怕随时会被帅世才窥破一般。

笃……笃……笃……轻敲着门，没人应门，房间号 203，普通的老式旧木门，这个招待所的条件不怎么好，主要目标客户群体就是嫌疑人家属和来公安局办事的各地同行，方卉婷抬头确认是自己刚开的房间，诧异了一下，不是跑了吧？一惊一推，门应声自开，根本没有上锁，一开门，放心了，帅朗正坐着，拿着个冰袋敷着脸和眼角。看到父亲和方卉婷同时进来，他默默地、缓缓地、很艰难地站起来了，那眼神，说不出的复杂，绝对不是单纯的喜悦或者忧伤、欣喜或者黯然能表述得清楚的。

全泪行即将上演，方卉婷笑着道了句：“帅朗，看谁来了？”说着一回头，看到了笔直挺着的帅世才表情肃穆，像站在党旗下宣誓的表情，浑然不似刚才和警队那帮年轻人开玩笑的轻松样子。

不对，好像戏份不对，方卉婷看父子俩的表现，觉得自己错了，错得很离谱，刚刚自己是以常情揣度，而这俩人都是特例，帅朗看着父亲的眼睛定格着眨也不眨，而帅世才看到儿子时，同样是不动声色，就像要接受任务一般，还不忘整整警容，一时间让方卉婷也看愣了。

片刻的三角互愣，帅世才有动作了，几步上前，仔细地看看帅朗脸上、眼角上的伤，那眼神里倒不缺关切之情，这下子让方卉婷反倒觉得有点心虚，毕竟那是自己的手笔。

“怎么搞成这样，谁打的？”帅世才开口了，口气严厉，咬字短促，像……像审讯。方卉婷心里一跳，想回避，又觉得似乎挪不开步子，只是一个瞬间，更让她诧异的，帅朗想也不想脱口而出：“传销那帮人打的。”

“这是女人打的……手印小，面积不大，指甲的抓痕这么清楚……你不会又干什么坏事了吧？”帅世才瞪着眼，一刹那就从专业的角度驳斥了儿子撒谎的疑点，背后站着的方卉婷霎时间心跳加速，可没想帅世才的眼睛能锐利到这种程度。她看了帅朗一眼，不料帅朗像没事人一样随口应着：“那传销只能男的做呀？女传销多了……你又不是没接触过那帮人，早被洗脑了，一急火就不要命了。”

方卉婷终于长长地舒了一口气，心落肚子里了，不过眨眼又想到了一个很严重的问题，帅朗说这些的时候眼睛都不眨一下，和正常人谈话一样，敢情……敢情这是撒谎成性，张口就来呀？敢情……那这两天的询问要是他隐瞒了什么，没准儿自己还真是什么都没发现。

“不能吧？”帅世才一听儿子解释，冷着眼拉着椅子坐下了，好像也不是警察打的，没有警察会蠢到往脸上招呼的程度，不过他再聪明也想不到打人者就站在屋里，只是对儿子置疑着：“你好歹也身经百战了，我就不相信几个女传销分子能把你打成这样？还专打脸？你跑得不比谁快？”

“那我说是警察打的，你信不？你给我找回面子来？”帅朗故意说了句，瞟了眼方卉婷，方卉婷没来由的心里咯噔了一下。

“更不可能。”帅世才驳斥道，“哪个警察会笨到专往脸上招呼的程度，找不自在呀？”

“那不就得了……还是传销分子打的，你都相信干吗问我？”帅朗翻了个白眼，呛了老爸一句。帅世才明显全身一凛，有要生气的迹象。

这工夫方卉婷站不安生了，没料到父子俩会是这么个见面方式，赶紧上前劝帅世才道：“帅叔叔，您消消气，帅朗这次协助我们捣毁了一个传销窝点，在行动中受伤了……这个我们有责任，您就别责怪他了……这个，要不，我先回避一下？”

“谢谢您，小方……”帅世才对这位温文有礼的姑娘很有好感，起身握着手，方卉婷笑着和父子俩示意了一下，蹙着脚步，轻轻掩上门，然后抚着胸口，喘了一口大气。

得，看来理论指导不了实际，自己的猜测哪一种都不是，这父子俩一个榔头一个钢，碰到一块儿，恐怕要梆梆响了。

屋里没有外人了，而且外人又给了一个合理的解释，总算让帅世才不再追问儿子脸上的伤了。不过他对于儿子这次表现并不嘉奖，反而投之以一种不太确信的审视眼光。电话里童政委和卢副局长把帅朗都夸成花了，让帅世才实在不敢相信那见义勇为、协助警方端掉传销窝点的会是自己的儿子。

方卉婷一走，坐下来的帅世才无言地掏出烟，点了一支，没外人了，他反而不知道该说什么了。其实父子俩已经习惯了这种火药味颇浓的对话，这是以前两个人惯用的方式，不过此时帅世才觉得有点别扭了，毕竟这是两年来第一次见面，看着尴尬低着头敷冰袋的儿子，半晌才憋了句："要不是这次的事童政委打电话告诉我，你是不是还不准备联系我？你能了啊，还交了骗子当女友，大庭广众下耍流氓。"

"我没犯事，就是犯了，现在也没有流氓罪这一说了。"帅朗不服气地扭着脑袋，不看老爸。

"你要真犯了事，有人教育你，我都不会来见你了……别跟我犟嘴，那份监控我看了，你的情况我也了解了一下，这个疑似女魑的女人到底是谁？你和她真有什么关系？"帅世才没意识到自己的语气回到了若干年前的样子，他这个样子最容易激起儿子的逆反心理，而帅朗在思绪中仿佛又回到了父子俩相依的时光，那个心态让他几乎不加考虑地脱口而出，很坚决的反驳、很呛的语气："别人看不出来，你还看不出来？我真不认识她，她不过使了个障眼法，找我当替死鬼。"

"那你为什么不如实反映？还编一套什么一夜情的故事，就改不了你瞎扯的毛病。"帅世才训道。

帅朗不以为然道："我要说我不认识大庭广众上来亲了我一口的女人，谁信呀？他们追着我不放怎么办？"

"所以你就撒出个传销窝点，给警察找点事干，转移视线，对不对？"帅世才证实了自己的一个想法。

"嗯……"帅朗点点头，不应声了。

"呵呵……臭小子。"知子莫如父，听到此处帅世才看儿子郑重点头，不知道是被逗笑了，还是被气笑了，伸手大巴掌扫过儿子脑袋，笑骂了一句，看儿子表情也轻松了几分，帅世才突然省悟到了一件很严重的事，讶声自言自语道："不对，不对……"

知父莫如子的帅朗吓了一跳，生怕被父亲揪着不放，这里头的猫腻大了，别的不怕，就怕这个当乘警的父亲，他从小到大闯了祸办了坏事，稍有点蛛丝马迹都逃不过父亲的眼睛，他赶紧解释了一句：“又有什么不对了，我真不认识……”

“不是这个……”帅世才伸手制止了他，诧异地看着儿子，很犀利的眼神盯过来，突然间出声问：“我是说你从进门，一直称呼我什么，‘你’!? 就这么直接和我说话?”

帅朗可不料有此一问，一怔，果真还真是如此，看着父亲质问、生气、瞪眼、示威那样子，不知道为什么，让帅朗觉得有点幸福、有点可笑，然后有点羞赧地轻声说了句：“进门就审嫌疑人，我还没来得及叫呢。”

儿子一笑，灿烂中的温馨让帅世才的脸虎不下去了，撇着嘴无可奈何地笑了笑，然后帅朗也笑了笑，父亲又跟着笑了笑……父子俩从未如此谦和对笑。

这一笑的温暖，直让一切恩怨尽泯，直让一切思念如愿，直让帅朗觉得状如孤船的心，靠近了伟岸如山的父亲。

笑着，帅世才突然想起自己好像从来没有对儿子这么谦和、这么慈祥地笑过，从上学开始就是打、打、揍、揍……每一次不是从学校保卫科领人就是从派出所领人，每次都气得暴跳如雷，每次都把儿子打到求饶不已才会罢手……直到有一天发现棍棒教育不出成果来，自己连动手的心思也没了，儿子走了没回来，那时心想着容他、凭他、随他、尽他、任他、混到什么地步都算他，却不料没过两年，再看到儿子，最先涌起的不是思念，而是自责。

“抽吧……”帅世才掏了根烟，递给儿子，帅朗猛地想起第一次抽烟被老爸逮着挨的那几个耳光，他摇摇头，不抽，不料父亲并不是测试，笑了笑指指帅朗的手道：“看看你的食指和中指中间，夹烟的部位皮肤色暗，抽吧，知道你戒不了……”

帅朗愣着接过了烟，怪怪的，边看父亲边点火，点了几次才点着，重重抽了一口，父子俩在吞云吐雾中，弥漫着淡淡的亲情……帅朗看着手里的烟，十块钱的黄金叶，和几年前比提了点档次，那时候供着个消费巨大的儿子，父亲甚至一度戒烟，可和儿子一样，毛病还是没改了……帅朗悄悄地打量着两年未见的父亲，看得出有家的男人变化还是明显的，以往总是郁结在脸上的皱纹舒展开来，总是邋遢的父亲现在里外整整齐齐，衬衣的领子干干净净，光滑的脸颊一点也不胡子拉碴，甚至让帅朗有了那么点错觉，觉得父亲好像比以往年轻了几岁。

看来和后妈过得挺幸福……帅朗心里酸酸地想着，不知道为什么心里又被重重刺了一下，亲切和幸福之后难受的感觉格外强烈。

“这两年，过得怎么样?”帅世才轻声问着。职业性的不动声色早渗透到生活中，只有儿子能感觉到淡淡一句之中的关心，帅朗勉力地笑了笑道：“挺好。”

“挺好?”

“嗯，挺好。”

“那想过以后干什么吗?”

“没有。”

“没有?”

“挣钱呗，啥挣钱干啥。”

“那立业呢?成家呢?总得有个固定职业吧?”

“爸，你又不是不知道现在工作多难找，公务员就甭想了，效益好的国企想也白想，现在大部分毕业生还不都在民营私营里混?饿不着就不错了。”

帅朗说着，很无奈。父亲一听笑了笑，这倒是实情，现在打破铁饭碗，打得很彻底，彻底到谁也不会对哪一个职业有归宿感。而且也未必是能力至上，就是有能力都未必能碰到合适的机会，更何况帅世才知道自己儿子就不是那块料。

还以为父亲又要斥自己几句上学不学好、工作没处找之类的老生常谈，不料此时让帅朗发现父亲真的有点变了，即便听儿子这样的话也没有责怪，笑了笑，又像小时候那样摸了摸儿子脑袋，这摸得让帅朗有点怪怪的感觉，那种感觉已经很久远了，记忆中总是揍的比摸的次数多，抚摸过了，帅世才舒了口气，解着上衣的口袋，掏着一份叠着的纸张，一看那东西帅朗心跳了跳，是自己寄回家的，在拿到毕业证的时候复印了一份，连带着两年攒的钱都寄回了家……此时再见到在父亲手里出现，让帅朗没来由地为那份含金量不怎么高的毕业证多少有点自豪，不管怎么说，总算毕业了，总算为父亲完成了那个要培养出个大学生的夙愿了不是？

打开了，果真是，白纸复印的毕业证和红色的存折，用父亲的名字存的，两年攒了三万，帅世才同样有几分自豪地看着复印件，又看着存折本上那不多的金额，笑了笑问道："光把东西寄回去，人不见面……什么意思？"

"我……"帅朗一看父亲笑了，反而语结，难为地说："不好意思回去。"

"有什么不好意思的，因为你走的事，你兰姨责怪了我好多次，认识的知道你不成材，不认识的还以为后妈把亲儿子逼走了……我就奇怪了啊，我以前抽你揍你，都没见你走，那年我只是说了句重话，你就两年多没回家，脾气什么时候长了？什么也别说了，跟我回家……"帅世才下着命令。不料这个命令不奏效了，他抬头看儿子，一瞪眼，帅朗为难地嗫嚅道："爸，还是别回去，多难为情呀，我知道你们过得很幸福就行了，天天看着我，你不添堵呀？再说兰姨那么年轻，屋外屋内一大小伙住家里，多不方便……我，我还是别回去了……再说工区也没地方打工呀？"

"呵呵……大了，真的长大了，不过你总不能一直不回去吧？"

"我有时间回家去看看不就行了。"

"那好，不勉强你，这个呢？"

"这个……这个给您的，我糟蹋家里的钱不少，我那个……就给您攒了点，那个……要不给英子吧，上学用……"

英子叫帅英，是父亲和后妈爱情的结晶，帅朗上大学那年生的，现在算算有六岁了，说起来那家已经成了一个幸福的三口之家，不过不包括帅朗，说到此处，帅朗心里有点酸酸的。

知道这是个借口，帅世才举着那本存折，不多的钱，沉甸甸的，看着儿子有几分羞赧地说不清楚，当父亲的自然知道这其中的复杂，是难以言表的复杂，不过儿子这样，让帅世才多少有点感动，他默默地摩挲着凸凹的存折本，叹了句：

“父母给儿子都是无怨无悔，谁又会在乎从儿女身上索取点什么。别怪爸，虽然爸对你狠了点，可那是怕你成不了材，养活不了自己，爸一个小警察，给不了你一世的财，也管不了你一世的事。你走了，我想了很多，子不教，父之过，我知道我和你妈妈的离婚对你伤害很大，我的工作又特殊，生生把我个好儿子给毁了……这些不是你的错，爸不该那么打你，那么铐着你，现在一想起你被打哭的样子，就让爸这辈子都原谅不了自己……不管你怨、不管你恨，爸都不怪你。”

“爸……没事，都什么时候的事了，您还想着……”帅朗有点手足无措，他从未见父亲如此动情、如此慈祥地说话。

帅世才无言地把存折塞到了儿子的口袋里，很鼓励地拍拍肩膀道：“好，不想了，有种，我儿子有种，比窝家里啃老的崽子有种，知道心疼爸不容易……不过爸可不忍心花你的辛苦钱，等你成家时候，爸和兰姨还准备再给你攒一笔……”

“爸，你又来了，管那么多干吗？我又不是混不下去向你要钱来了。”帅朗别扭着，有点不能听到兰姨的名字，有点不能看到老爸说兰姨时那么欣喜的表情。

帅世才笑了笑，不以为忤，摆着手说：“好好，不说了……需要的时候跟爸开口，只要是正事，爸都会支持你的。”

“嗯……谢谢爸。”帅朗说，抽着口袋里那本存折，想给父亲，不过又有点拿不出手的感觉。这不拿还好，一拿让帅世才又想起个事来了，推拒了儿子的钱，又开始以警察的职业眼光审视了儿子一眼，问道：“帅朗，你给爸说实话，你这钱怎么来的?”

“我打工挣的。”帅朗道。

“不能吧?现在打工一个月挣三两千撑死了，你租房、吃住都在外面，这得多少开销，还有你往回弄毕业证也花了不少钱吧?对了，还有你交女朋友，这肯定要花钱的吧?你跟爸说实话，没干什么坏事吧?”

“我……我干什么坏事啦?”

“那没干你能攒下这么多钱呀?你从小学习不动脑，干其他事小脑忒发达，高中就和一帮子弟偷道轨钢卖，你不回家别的我倒不担心，就怕你在外头坑人害人……”

“我……我这也错啦?”帅朗张口结舌，拿着给父亲的存折目瞪口呆，要说这些钱，当然有辛苦钱在内，也有小脑发达钻空子顺来的，虽然拿得不一定都心安理得，不过肯定也不至于疑神疑鬼。被父亲这么一怀疑，帅朗有点生气了，揣进兜里不服气地说：“又来了，审问是不是?证据呢?你证明不了我是非法的，那就是合法收入，早知道不给你寄了，还落埋怨。”

“你怎么成这样了?爸不是担心你，怕你学坏吗?”帅世才气愤道。

帅朗被激，反驳道：“担心也没见你找我……你怀疑我的收入非法，我还怀疑你的收入非法呢。”

“什么?”帅世才吓了一跳。

“瞪什么眼，我现在不求你也不靠你，就是讲法律我也独立责任了……我就不相信你那时候供我这个三本生、再娶个后妈、再生个闺女，这收入都合法，没有一点灰色收入……”帅朗呛着。

“你，小兔崽子……反了你……”帅世才乍听此言，伸着大巴掌扬起来就要揍人。不料手直直地僵在空中落不下去，迎着自己的，是儿子有点委屈、有点不服的目光，目光像刺一样直刺着自己，帅世才不知道想起了什么，默默地放下了，尴尬地站在原地。帅朗在父亲的目光中却坐不住了，干脆拉开被子蒙头一盖，声音从被子里传出来：“爸，你走吧，我一个人过得挺好，你和兰姨一家过得也挺好，干吗非要找不自在……你走吧，我不想见你……”

声音不重，很沉、很闷，让僵住的帅世才手足无措，不知道怎么逆转此时的尴尬。破碎的家庭就像一面打碎的镜子，即便人在一起，心也如破镜，再难重圆，更何况现在自己已经组成了一个新的家庭，在亲子和续弦之间的帅世才尴尬，而在后母和亲父之间帅朗更尴尬。

婚姻破碎伤害最深的不是夫妻，而是儿女，站着的帅世才有点自责不该这样，每每想起儿子孤身一人，他总会有一种深深的自责，尽管他对付什么样的嫌疑人都不缺手段，可在对待儿子的事上，这个不称职的父亲从来不知道该如何处理，甚至此时的关心，他也没料到能激起儿子如此的逆反。

尴尬，保持在父子之间，帅世才不知道说什么，帅朗蒙着被子不吭声。

电话铃声响了，半晌帅世才反应过来，机械地接着电话，应了几声，是工作组的几位回来了，要见个面，他答应了几声，转身要走的时候，又不忍了，站在床前，看着一动不动的被子，停了半晌才说：

“帅朗，收到寄回来的东西，爸很高兴，本来想七月份再找你的，这次碰上了，那就直接告诉你……七月份中州铁路局有一批招工指标，有一部分照顾职工子弟，其他好的工作爸也没那本事给你找……要是你愿意，到时候爸通知你，你回来报名吧……”

儿子没吱声，一动不动。

停了很久，帅世才转身离开房间，轻轻地掩上门。

又过了很久，帅朗一骨碌从床上坐起来，空荡荡的屋子人已去，他唏嘘地抹了一把，被子湿湿的，很大的一片。

西杨小区的巨大收获让工作组开始连夜转了，而且足足忙碌了一夜都没有结束。直到第二天上午吃早饭的时候，方卉婷兴冲冲地来到招待所，那个从管道上下来被擒的嫌疑人果真是传销的骨干分子，这一窝逮了112

个人，大早上就轰动全市了。只不过兴冲冲来的方卉婷敲了半天没人应门，再问服务台，才得知人昨天晚上就走了。

走了，是无声无息地走了，那一刻，方卉婷呆了呆，有种很失落的感觉涌上心头……

上午，刚起床，伦敦时间……

光明里小区某幢五层，租住户平果、田园、韩同港三位排队在卫生间门口，提着裤子、捂着肚子。即便最重形象的韩同港也被憋得龇牙咧嘴的，指指卫生间问另外俩人："老三，敲门、敲门，看你二哥是不是淹马桶里了……"

提裤子的田园早憋不住了，嘭嘭乱敲一通，喊着："快点……快点……吃一顿都用不了这么长时间。"

"憋着，让你们都睡懒觉……"里面的人吆喝着，正是帅朗。

外面仨人火急火燎，又无计可施，一到早上这个时间，兄弟几个都是不到最后一刻不起床，恰恰起来的时候，都凑一块儿挤这儿了，于是这会儿就成了四个人排队的"轮蹲"，所以叫伦敦时间，平时倒也不算紧张，不过今天帅朗钻进卫生间十几分钟没出来，成功地造成拥堵了。

"忽悠哥，你不是便秘了吧？出来先整点菊花油，别让我们光等着呀？"小平果喊着。

"不会有难言之隐了吧？出来让兄弟看看……"田园拍着门，刺激上了。

"帅朗，再不出来我们仨冲进去拍照了啊……老三，把我的相机拿过来……"韩同港也在催着。

"嘭"一声门开了，平果和田园抢着，一瞬间把帅朗挤过一边，俩人卡在门上，还是田园人肥力大，生生把平果挤过一边自己先进去了。平果气愤地朝着田园的肥臀踹了一脚，骂了一句，不过突然闻到了什么香味，一转身，韩老大正直勾勾地盯着帅朗，就凑上去了，敢情香味在帅朗身上。拽着忽悠哥一瞧，"咦"了一声眼亮了，帅朗小脸刮得甭干净，口气刷得甭清新、头发刚洗还没准儿用了多少洗发液这么大味道、穿的衬衫雪白雪白，没准儿帅朗还喷了什么东西，平果伸着鼻子嗅了嗅，讶声道："我猜猜，这是准备泡妞去？"

"啊，对呀……"帅朗整整衬衫，斜了一眼，很拽。在家里待了三四天，他的脸上伤迹已淡，能见人了，而让老大不理解的就在这里了，老大拽着帅朗问："哎，帅朗，你不找工作啦？"

"我得好好犒赏犒赏自己，好好休息休息，辛苦两年多了，还没好好玩几天呢，我得学会享受生活……今天我约雪娜妹妹去中岳庙玩，成了正式女友再请兄弟们啊……"帅朗得意地白话着，一脸喜色，兴高采烈，见到父亲之后，多年的心结解开了大半，次日查了查银行卡，程拐倒老实，余额全部到账了，还催着帅朗把中原街上的小书市给办了。不过他哪知道帅朗这半吊子水平根本就是胡吹大气，得了余款根本没下文。而帅朗细细数数，过了年，这两个月虽然没怎么正经干，可好像收入比往年多了几倍不止，心情大好之下，工作的事扔一边了，一心一意地要追个妞。

田园一脸惬意地出来了，平果顾不上和帅朗扯淡，赶紧往里钻，韩同港又落后了，后悔不该看帅朗。这俩人刚说完，田园也注意到了帅朗的打扮，跟着帅朗回房间，咦哟……套上刚熨过的牛仔裤、绑好旅游鞋带、起身再站到门后看看自己的打扮，往嘴里塞一块口香糖，得意洋洋地极度自恋着，看得提着裤子的田园大眼瞪小眼问道："哎二哥，真认真上了？我记得你是御姐控来着，不是喜欢熟女片么？"

"其实哥的隐藏属性是萝莉情结啊……去去，别瞅着我看，我嗝应。"帅朗推着田园，把他赶出卧室了。

门一关，上卫生间出来的仨人断断续续听到了屋里的口哨声，像是放羊调子，很欢快，一会儿又是翻箱倒柜的声音，恐怕还在收拾打扮。泡方便面的田园回头看了正打开水的平果一眼，两个人此时的心思一样，相视笑了，春天要来、哥要发骚，这丫是什么也挡不住的。

"果儿，你觉出来没有，二哥这次回来性情大变啊，从开朗成功发展到发骚的地步了，工作都不找了，专职泡妞去了。”田园笑着说道。

平果却找着原因了，说道：“见到老爷子高兴了呗，没听二哥说吗，老爷子要给他找份铁路工作，看把他给乐的。”

“来来……我先吃，今天我的事忙……”韩同港趁俩人说话的工夫得了便宜，端着田园刚煮好的方便面就跑，一下子把田园气着了，张口结舌大叫着：“这……这……这老大不能这么当吧，上厕所跟兄弟抢，吃饭抢兄弟的……”

一喊，平果觉得这两件事合在一块儿蛮有乐子，哈哈笑着，韩同港呼啦啦拨拉着面，顾不上理会，田园骂骂咧咧地又煮了一份。不一会儿煮好了，三个人各端一份，吸吸溜溜地快速拨拉着，连话也顾不上说了。

早饭是胡乱吃的，太迟了就不吃了；午饭在单位凑合吃，晚饭才有时间好好吃一顿，紧紧张张的一天就这么过的。前几天帅朗被警察带走，着实让兄弟们都着急了一阵子，不过事一过，又回复到这种日常生活了，唯一不同的就是帅朗的变化很大。这不，正吃着的工夫，帅朗开门出来了，白衬衫估计不舒服，又换了身格子衬衫，笑吟吟地一招手道：“回见啊，兄弟们……晚上回来让你们看我和雪娜妹的亲密照啊……”

“不吃了啊，二哥？”平果关心了一句。

“路上吃……光吃方便面没营养。”帅朗说了一句，走了。

留下三个人互望，又来了个奇也怪哉，都是一个意思，这货骚包得连方便面也吃不下去了。仨人一愣，又埋头吃着，胡乱吃完，扔下碗，各自上班去了……

对于城市里忙碌的很多人，这是紧张的一天，而对于逍遥的帅朗，这是阳光明媚的一天。

快到中午的光景，背着四五个大包，气喘吁吁的帅朗终于站到了中岳庙中华门口，倚着门大喘了一口气，抹了一把额上刷刷往下流的汗，心里暗道：上当了、上当了，大爷的，被这群妞给涮了……

那群妞呢？身前四位、身后三位，前面是花花绿绿一簇、后面是姹紫嫣红一群，身着红色小坎肩和牛仔裤的雪娜妹就在后面，偶尔几个姑娘掩着嘴，笑靥如花地看着帅朗，忍不住让帅朗觉得没准儿是在讨论自己。而讨论肯定没啥好话，前一天送雪娜妹回家，一听说雪娜和一群女同学要到中岳庙游玩，帅朗自然是自告奋勇护花来了，本来雪娜妹拒绝了，可不料回头电话又来，勉强答应了，把帅朗给乐得……

等今天上午到了校门口，一起走挺高兴，确实就自己一个男的，本来他在车上和雪娜坐一块儿聊得还挺乐呵，谁知道到下车时才发现问题了，这七个妞一人背个包，一会儿就有人叫苦了，帅朗乐颠颠地替姑娘们背包，得，一会儿包不知道怎么着全到自己背上了，走到半山腰，从那些促狭的眼神中帅朗恍然大悟，这不是给他当情夫的机会，而是给他当脚夫的机会……

"给你……累不累？"

正喘着气的帅朗眼前蓦地出现了一瓶果汁，跟着是一只小手掏着纸巾在给他拭额头的汗，是雪娜妹，帅朗乐了，打肿脸充胖子，摇摇头道："不累不累，一点都不累……"

说着他拧开瓶盖使劲灌了一口，王雪娜看着帅朗这个充好汉的傻样每次总是那么乐呵，呵呵笑着也不揭破，只看着帅朗喝完喘了口气，笑了笑，继续往里走。

王雪娜促狭似的问："怎么样？帅朗？"

"什么怎么样？"

"我同学呗，喜欢哪一位，我给你介绍？"

"嗯，都介绍给我得了，呵呵……"

"那位怎么样，高个子，叫冬梅；和她一起的叫杨爽，荆湘妹子……后面和妍慧一起的叫茜子，还有前面那位特文静的叫杜小艺……"

王雪娜不知所为何来，笑吟吟地介绍着自己这几位同学，一介绍，帅朗里里外外一看，好话出来了："你这都是些什么同学呀，那冬梅瘦得跟豆荚棍棍样，那杨爽看谁都傻乐，整个一傻妞，妍慧我不敢评价啊，小艺净会装深沉了，茜子还不错吧，但不能开口说话，一张口就是多层次户型……”

“什么多层次户型？”

“这儿呗……你没发现呀？”帅朗呲笑着，做了个咬牙的鬼脸动作，王雪娜瞬间明白帅朗是说这位女同学的牙不整齐，笑着啐了一句，小拳头重重地在帅朗肩膀上擂了几下，不料她一擂帅朗更来劲了，瞅着雪娜妹正色道：“对呀，你自我介绍介绍算了……你把你介绍给我不行呀？”

“不……行……”王雪娜笑嗔道，扬了扬头，不屑帅朗了。

“哎哎，问你个私人问题行不？”帅朗凑了凑，笑着小声问道：“你理想中的男朋友是个什么样子？”

“嗯？”王雪娜侧头见帅朗笑眯眯不怀好意的样子，很正色地摇摇头叹气道：“好像……不是你这个样子。”

“那是什么样子呢？”

“嗯，有点才华，但不要超过我太多；不要太有钱，有钱的男人容易变坏；可也不能太穷，太穷了人缺志气；他得懂人心意，会疼人、会迁就人……”

“嗨、嗨，我怎么觉得你是说我呢？”

“有吗？”

“有啊，比如我就没才，肯定超不过你；也没有足够让我变坏的钱，而且我很懂你的心意……”

“切切切……”

帅朗得意洋洋地把自己往雪娜妹择偶标准里套，听得王雪娜闭着眼嘴里直迸“切……”字，一位是脸皮太厚，一位是脸皮太薄，却不料这太厚和太薄互补型的，有时候蛮能说到一块儿，怎么说呢，两个人打情骂俏，总得有个不害臊的吧？

正说着，后头关妍慧和茜子追上来了，招呼着众人，游玩正式开始了。

这地方也不轻松，粗粗一看介绍，十万多平方米，殿、宫、楼、阁、坊、亭、台、廊庑、门庭等古建筑四百余间，可有的看了，未到节假日人虽不多，可天气这么热，从中华门进了天中阁一段路程，帅朗又是额头见汗，累得够呛。不过每每看到玩得高兴、时不时上来问候几句的雪娜，帅朗的疲和累，霎时就都烟消云散了。

看了魏碑，唐碑；看了宋代的古柏，看了金、明朝代的铁狮；看了中岳名闻天下的木刻，偶尔还听听衣着光鲜的道人讲几句“五斗米道”的典故，以帅朗这水平自然欣赏不了这么有内涵的古建筑，不过可欣赏得了在古迹前流连忘返的雪娜妹。

每每王雪娜驻足，帅朗都会就近倚上某处，托着腮很深沉地思考，眸子的中央永远是王雪娜娇小玲珑的身影，今天雪娜的装束稍变了变，盘着的长辫子周围，又多了几条俏皮的小辫子，水绿色的衬衫、猩红色的小坎、淡蓝的牛仔裤，再配着白色的方口鞋，那叫一个漂亮，走得急了脸变得白里透红，偶尔拭把汗，藕白小胳膊玲珑的巧手，那叫一个撩人。不得不承认情人眼里出西施，现在一群姑娘站在一起，帅朗怎么看，怎么都觉得雪娜最漂亮，要往回拉一个，绝对不会挑花眼。

就这么看着，让帅朗都觉得是一种享受，一种如沐春风的享受，即便众姑娘拉了壮丁，他也觉得这趟挺值，特别看到雪娜和她的同学们一起叽叽喳喳讨论听到的典故，听到黄皮仙的传说、山精的故事那等似信而疑，然后再紧张兮兮进庙恭恭敬敬磕个头上炷香的样子，总让帅朗觉得是那么可爱……帅朗可不信这玩意儿，混得久了，连人都信不过了，别说信鬼了。

从日出当午直到日薄西山，喊着累、叫着饿，姑娘们终于踏上返程的路了，出得庙来，气温已经降了不少，山野之地清风和着鸟叫，听着隐约的诵经声，倒也确实让人心里的俗事烦恼消散不少，下山、上车、返城……姑娘们累得不轻，上车互相倚靠着时，关妍慧居然瞌睡了，被众人取笑了一回。

校门口下了车，各自告辞着，今天她们都对帅朗这个脚夫的表现很满意，最起码背了一路没发牢骚，几位女生取着自己的东西笑着谢过帅朗，尔后又做着鬼脸和关妍慧、王雪娜告别，几位的脸上都不乏得意之色。其实都说泡妞泡妞，但最终谁被泡了都不一定，大学里经常贴个“美女出游，诚征男伴”的小广告，还就有些傻乎乎的男生应征，然后乐得屁颠屁颠呼哧呼哧背一路包，这回更简单，小广告都没贴，可不知道雪娜从哪儿找了这么位老实花痴，背了一路包不说，还把门票买了，大家岂能不得意?

众姑娘笑吟吟地走了，关妍慧也颇为得意地小出了一口气，直等帅朗送到教工楼不远，便告辞回家了。离王老师家的单元门只有几十米了，俩人慢慢地走着，不经意间王雪娜的脚步停下了，帅朗回头，“咦”了一声，顺手递着最后一个包：“不让送啦？那就送到这儿吧。”

“对不起哦……”王雪娜突然很不好意思地来了一句，有点很难为情地看着帅朗。

“怎么对不起了?”帅朗奇怪道。

“昨天我回家，关妍慧正好在我家，本来不想让你去，可她非逼着我叫上你……其实女生结伴出去的时候经常拉个壮丁，又有脚夫又有保镖……呵呵。”王雪娜说着笑了，不好意思吐吐舌头，看到帅朗不介意，心才放下了。

“那有什么，吃亏就是讨便宜，我觉得挺高兴……下次叫我，我还来。”帅朗得意道。

王雪娜笑着，知道帅朗的心意何在，不过此时她还无法接受这份心意，微微的感动流淌在心间，对于来自这位异性的关心，每每觉得很亲切，就像家人那么亲切，以至于很多时候都忽略了他身上的缺点。

或者，他的缺点并不是很多……王雪娜笑着和帅朗说了几句工作上的事，五月中旬她就要回学校了，准备毕业论文和其他事，聊了几句，有点不忍，又有点非要如此的感觉，稍稍指着家里的方向：“那我……回家了，累了一天，你早点休息……”

“嗯……回去吧，我可不累，你是真的累了。”帅朗笑道。

帅朗笑着看着雪娜妹轻盈地走了几步，进单元门时回头招手，顺手撩着鬓间的乱发，帅朗瞬间感觉几乎忘了招手再见，蒙蒙的灯光下，轻身而去和羞走、倚门回首的雪娜妹，那份想见不敢见、千言万语而欲言又止的羞怯娇态，除了秀色可餐都无法准确形容，否则帅朗此时怎么会有点馋涎欲滴的感觉?

不过就是觉得小妮子太单纯了，单纯到帅朗不知道如何下手的程度……帅朗自顾自地想着往回走，自从见到父亲之后，他又电话问候了一次，虽然短、虽然淡，不过那个心结解开了不少。这数日的精力全放在王雪娜身上了，送妞回了两次，加上这一次，五天见了三回，这么下工夫，端得是帅朗生活中从未有的事了，虽然还处在不远不近的距离，不过在帅朗看来，已经足够了。

其实泡妞享受的就是这个患得患失的过程，享受的是对妞身上的部位一无所知的时候那种懵懂的憧憬，真要是开了房办了事之后，没准儿都没这心劲了……帅朗亦正亦邪地想着，踱步在环境幽静的中大校园。出到校门的时候，帅朗还在揣摩着俩人的关系怎么更进一层。

出了校园帅朗微怔了一下，数日之前在这地方打了三个人……而此时，同样站立着一个人，一看，好心情被破坏了……是古清治，好久不见了，这老头站在灯影下，负手而立，笑吟吟地看着他，也像刚泡了个妞一样那种得意劲道。

“哟，挺得意啊……不认识老朽了?”古清治打趣了一句。

“很陌生啊……还是不认识的好。”帅朗说着又迈脚步，只当路人经过，边走边谢着：“谢谢啊，古大爷，听我兄弟们说，我进去时您来回找人帮忙……”

“别客气，没帮上忙……怎么就走呀，不聊聊?”古清治身形未动，笑着示意。

“咱们没共同语言，聊什么？各忙各的啊。”帅朗道，站到了路口，不理不睬准备拦辆车。

“聊聊女人怎么样？我感觉你和刚才那位姑娘……”古清治一如既往，话只说半截。

有效了，帅朗没转身，倒退着几步，倒着走直倒到古清治身侧，斜眼觑着，只穿了一个大褂子的古老头此时如同饭后出来遛弯的闲人一般。帅朗撇着嘴恶言道：“说完了？你想干吗？和那姑娘没关系啊，古大爷，我敬你年长而且有点义气，你要真玩黑的，咱试试，你招一帮骗子，我能找一帮痞子，谁怕谁呀？”帅朗瞬间火了，一副凛然不可犯的态度。

“误会误会……看来我的说话有问题，你对我个人的成见深，我只是兴趣来了，想和你讨论讨论女人，怎么？你要没时间，咱们改天聊？”古清治温文客气，可比帅朗的态度要好多了。

“好啊，和你聊聊……不过古大爷，我提醒您一句，您知道我对您、对您的钱，兴趣都不大，你既然下工夫了，就应该知道我爸是干什么的了，咱们之间根本没有什么，我给您当了当龙套，您一伙吃肉，我蹭了点汤，至于阴魂不散地追着我吗？”帅朗质问道，很生气，一而再、再而三，让人反感了。

“我保证这是最后一次，而且我保证就是简单的聊天。帅朗，平心而论，我似乎没有对不起你的地方？为什么对我这样一个老朽恶言相加呢？”古清治笑着，不愠不怒。帅朗想了想，还真是如此，老头从来都是一副温文谦恭从不发火，让你有气都没地方撒，想了想笑着回道：“没有恶言吧，你都知道我就这么个德性……好啊，聊聊女人，只谈风月，不说诈骗啊，您知道我一向遵纪守法，违法的事我可从来不干。”

“聊女人不算违法吧？”古清治道，俩人相视一眼，一老一少，年龄、身份、阅历差异如此之大，却在说这样一个话题，俩人都感觉有点怪异，帅朗一揣度，没准儿人到这年龄还喜欢这调调不成？帅朗一想到这，嘿嘿笑了，古清治不愠不怒，笑着开口了，一开口，还真是这个让帅朗很感兴趣的话题：女人……

女人是什么，谁能说得清。

可以是美的化身，于是有了沉鱼落雁、闭花羞月；可以是恶的本源，于是有了红颜祸水、祸国殃民；可以好到极致，于是有了蕙质兰心、璞玉浑金；同样可以差到极致，于是又有了蛇蝎美人、毒辣心肠。

可以罗列出很多美好到华丽的字眼都和女人相关，比如明眸皓齿、比如秀外慧中、比如善解人意、比如天生丽质、比如倾城国色，即便眼前没有比喻的本体也想象得出，那是怎样一位绝代佳人；可同样能罗列出恶毒的字眼与女人也有甩不开的联系，比如冶容诲淫、比如水性杨花、比如河东狮吼、比如残花败柳、比如红杏出墙，即便仅仅是想象，也想得出那又是怎样一个淫娃恶妇？

虽然圣贤书云：窈窕淑女，君子好逑；可同样有圣人在喟叹：唯女子与小人难养也。

五千年只出了一个坐怀不乱的柳下惠，剩下的人恐怕都在美目顾盼兮留恋过，在缈缈倩影兮徘徊过，在玉体横陈兮沉迷过，未必能说得清色之一途的真谛。

帅朗肯定不行，顶多在生理上勉强了解。

古清治行不？这也是帅朗觉得有兴趣的地方，他每每和同龄的狼友谈论带色的话题，总能说得津津有味、乐在其中，而和古清治这么老的狼友谈女人可没有尝试过，难不成这老家伙也是久经沙场的人物？

好像是……帅朗几次瞥目观察，老头的身体还算硬朗，估计俯卧撑做十个八个没什么问题；要是去掉皱纹和白发，老头勉强也能算个老帅哥了，没准儿到广场练舞场勾引个扭秧歌的大婶不是什么大问题；要加上身家不菲……哟，还别说，真找个二十郎当的小妞暖床好像也非常有可能，现在老少配那叫时尚。

古清治即便窥通阴阳，恐怕也想不到帅朗这等阴暗的揣度，负手前行着说：“秀色可餐的美女，是世界上最靓丽的风景，也是赏心悦目的由来。

可能我的观点和你的要有点出入，不过我是从欣赏角度来看的，知道历史上的一笑可倾城、红颜足乱国的美女吗?”

“说西施呢?”帅朗随口应道。

“算一个吧……始作俑者应该是商朝的苏妲己，据说此女有妩媚摄魂的容貌，而心肠却阴毒残忍，‘炮烙’之刑自她而出。纣王一世枭雄，被其玩弄于股掌之间。之后是烽烟戏诸侯的女主角褒姒，据说她倾国倾城、晶莹剔透，幽王为博佳人一笑不惜赔上了江山；西施你就知道了，据说她体态轻盈，身着素衣，清如芙蓉出水，恰似幽兰含羞，其美足以颠覆两国之势；昭君知道吧，史书形容美艳绝伦，如花似玉，眉如轻烟，口似樱桃，云鬓高耸，兰佩低缀，腰细款款，投足如风摆细柳，举手似雏燕凌空，一曲昭君出塞名传千古……知道环肥燕瘦吧？其中燕瘦这位赵飞燕，据说此女艳若桃李、冷若冰霜、瘦削玲珑、身如轻燕，而且舞技绝伦，翩翩如风……还有爱美人不爱江山的张丽华，再有香消玉殒、魂断马嵬的杨贵妃……还有沙枣香飘宝月楼的香妃，传说体带异香，能令人神魂颠倒、流连忘返……”

“等等……”帅朗听了几句，打断了，正兴致盎然说美的古清治怔了一下，这已经是穷思殚虑投其所好了，可不知帅朗到底想听什么。

帅朗倒不是不想听，而是有点听不下去这等文绉绉的话，哪有和哥们儿讨论深喉、口爆、内射、千人斩之类的刺激话题，一打断就不屑了：“太抽象了吧？说的都是我没见过的美女，让我怎么相信……都说咱们没共同话题了。”

“谁说没有？通古而晓今，从我刚才讲的美女身上，你没发现我要说的她们的共同点?”

“漂亮?”

“错了，美貌只是表象。”

“那是什么？淫荡?”

“什么?”古清治听呆了。

“淫荡听不懂呀？对，就是淫荡，你看啊，西施有好几个男人，最后跟陶朱公私奔了不是？杨贵妃更猛，嫁了儿子嫁老子，还什么千古佳话，整个就是乱搞，还是重口味的……还有王昭君，老公一死，后妈直接嫁给儿子了……我记得还个什么来着？蔡文姬，才女啊，被匈奴人抢走了，小孩都生了才被曹操赎回来。历史你以为我不懂呀？鲁迅说的二十四家史，其实就是这些二十四家姓抢地盘抢权抢女人的故事，对吧……”

帅朗以自己独特的眼光解析着同样的事，说完了侧头看着古清治，古清治却愣了，可不料凄婉的美人故事在帅朗这里能理解得如此乱七八糟，本来以为帅朗是故意开玩笑，可再看帅朗的眼神却很正色，敢情还就是这样理解的，愣是让满腹经纶的古清治接不上下文了。

帅朗却不以为然道：“不对呀？秦统一六国的时候，第一件事就是把诸侯美人钟鼓，全弄到阿房宫自己玩去了。贞观之治的李世民杀了兄弟，抢了兄弟媳妇呢，不都是史实……还不就那么回事吗，至于说长篇大论么？”

古清治一愣，这倒是硬邦邦的史实，再一咂摸，猛地仰头哈哈大笑了，笑得爽朗之极、笑得开心之极，帅朗也笑了，感觉这老头倒也不是一味地假道学充大爷，能听进去自己这种荤素不忌的话，倒也不是没有共同语言。

两个人走着，身后被大学路的路灯拖了两道长长的身影，天黑了，进进出出校园的学生不少，都对这位爽朗大笑的老头投之惊讶的目光，不过都是匆匆过客，纵有诧异也是一笑而过。

人行道上走了几步，终于忍住了笑声，古清治笑着道：“说得对，对极了……其实咱们殊途同归，我要表达的意思和你要表达的意思是一样的。”

“一样吗？我怎么没觉得。”

“一样，我要表达的是，自古美人都是依附于强势的存在，你说的还不是一样，谁厉害谁就把美女抢走据为己有，其实社会的丛林法则直到今天都没有变化，就单纯从性资源来讲，这个字眼很时髦啊……年轻一点的，穷一点的，恐怕你连一个女人也养不起、娶不起，可强势一点的呢，比如当权的、有财的，养十个八个甚至更多都不在话下，不管你怎样谴责这些人腐化堕落，性资源的流向是不会改变的。”

“这个很正常，大家都理解，谁不想过舒服点。”

“这就是我刚才第一句要说的话，既然你理解何必还跟我龇牙？我只是以现行的价值观判断，你和这位姑娘最终的发展已经明朗化了……”

“什么？怎么就扯到我身上了，我和她什么发展？”帅朗奇怪了，绕了一圈回来了。

古清治解释道：“悲剧呀，这就是发展结果……你一无所有，即便倾你所有，恐怕连辆像样的车也买不起，更别说现在高昂的房价了，更何况，我觉得你也没帅到让她死心塌地的地步，没准儿想发展个短期朋友都存在一定问题……我说得对吗？”

又是一句锥心出血的话，一句锥得帅朗哑口无言，这榔头敲到心坎上了，其实刚刚他也在揣度这事呢，除了吭哧吭哧费点傻力气花点小钱献献殷勤，还真想不出更好的办法，现在也就这种没经事的小姑娘还吃这一套，要在社会上，人家妞要见你没房没车没钱啥都没有，没准儿你得个正眼瞧的机会都难。

蓦地，帅朗停下了，驻足在街边，古清治注意到变化，前行了两步回过头来，两个人面对面了。古清治以女人入题绕古到今终于把自己的意思表达出来了，或者仅仅是为了解释帅朗对自己的误解，不过可让帅朗郁闷了，翻着白眼瞪着老头不客气了，手一指叱道：“趁我现在还对你留有一点尊敬，叫您一声大爷，您赶紧走啊，别惹得我火起话里带把啊……我心情好好的，怎么一遇着你就郁闷得不行？纯粹给我找不自在是吧？”

“哈哈……表面上自傲、骨子里自卑；对现实明明有很重的无力感，为什么要否认呢？你一直在失业边缘徘徊，难道不是在期待改变？”古清治道，微微地伸伸头，加重了“改变”的语气。

不料此话一出，帅朗呵呵笑了，贼忒忒盯了古清治一眼，像瞬间调整了这种郁闷心情一般笑着挖苦道：“别费心机了老头，你想利用我对现实的不满情绪，拉我一把上船对吧？可你难道没注意到我对现实生活很满意？有小钱挣着、有小妞追着、有小酒喝着，有什么不满的，你真把四大美女都拉到我眼前，我都不知道该挑哪个回家呢……”

“还用拉吗？你已经在船上了……”古清治猝来一句，看着帅朗微微诧异了，就指摘道：“我不过是想办法抬高了墓地价格，你说下作……你把两万多瓶劣酒都卖给人下肚子里，这就不下作了？还有啊，卖小厂饮料，不是不合格就是没检疫；卖盗版书，坑了多少学生？听说你还卖过药是不是？你敢说你是童叟无欺，药里没问题？”

“咦？你……”帅朗一愣被问住了，本来质问这货怎么知道，不过一想肯定是自己进去时，田老屁和平果给老头漏的馅，被老头问住了，帅朗正正了身子理直气壮地说：“我那是没办法，我得混下去，我得吃饭呀，为生存而战，都是可以原谅的，再说我就想干点正经，这也找不着不是？”

“哎，这就对了，环境如此，不是说谁非要当骗子……”

古清治就着帅朗的思维顺着说：“如果要说骗子，那我们生活就剩下骗和被骗的关系……比如你上学，交了高价学费学的是无用知识或者根本不学，是不是学校和老师在骗你？工作了，中州大大小小的公司成千上万，真正货真价实的产品有多少？公司无底线逐利，你作为员工站在公司的角度把虚高的东西卖给别人，是不是在骗人？再往大处扩一扩，书本上教育你的是遵纪守法、勤劳致富，但现实……”

就像对古清治的话来一个反证似的，正在帅朗听着这话似是而非的时候，街边的两位上年纪的小商贩推着辆麻辣烫的手推车，吃力地走着，喊着让帅朗和古清治让一让，估计是趁着晚上时间到大学门口挣俩糊口的小钱，古清治和帅朗侧立到了一旁让着路。这是一对夫妻，男的暴露着青筋虬结的大手，花白的头发，烟熏火燎的脸色，旁边一同推车的老伴系着油污的围裙，只是漠然地看了这两位路人一眼，又吃力地前行了。

帅朗若有所思地注视着他们，掩不住沧桑的脸和挺不直佝偻的腰就是辛勤的代价，甭说劳动最光荣啊，甭说消灭阶级差别啊，就这个阶级干的这活谁会觉得光荣？要是大白天，没准儿会被城管追着满街乱跑。

“算了，古大爷，咱甭聊了，走，我请你喝酒……喝迷瞪了，回家睡吧，好过赖过都是瞎过，咱扯这些实在没什么意思，对不对？”

帅朗抬步走着，一摇三晃荡，朝着大学城旁边的夜市走去，古清治笑了，跟着来了……

帅朗给姑娘们献了一天殷勤，看样子确实累了，也饿了，几十串羊肉串抓了一把，就坐在街边捋着吃着，偶尔就着啤酒和古老头干一下。那几句话实在触动他的心弦了，其实很多事都是不得已而为之，其实谁毕业出来进公司，即便知道了公司的猫腻谁又吭声了，还不都为那俩薪水瞎混着。帅朗此时暂时忘了古清治的骗子身份了，其实真没什么，说起来，自己也是骗子行列里小有成就的一员。

古清治细嚼慢咽着，好像年轻了几岁似的，喝得蛮高兴，只待帅朗两瓶啤酒下肚，烤羊肉串的又送过来一把，这才委婉地转着话题问：“帅朗，我三番五次找你，你知道真正的原因吗？”

“拉我入伙呗……现在想拉我入伙的人多了啊，卖盗版的，哥们儿有门路走货呀；卖饮料的，哥们儿在铁路上能说上话，他们那货想怎么走就怎么走，别人查不着……好多家拉我呢。”帅朗边吃着边摆活着，其实没几家，不过肯定也不是一家也没有，一听这个，古清治诧异道：“那你还愁工作呀？还到人才市场找？”

“你是真不知道还是装糊涂，那活儿能常干呀？不出事是不出事，出个事麻烦着呢，还是捞一把换个地方安全，我从来不在同一个地方卖……”帅朗无所谓地说了一句。一听这话古清治笑了，没错，这个顺手牵羊的根本不认为自己也是个骗子。帅朗压低声音说：“古大爷，我知道您是个人物，可咱俩不是一路，要说不眼红您弄那么多钱是假的，可您那活儿咱干不了不是？各走各的，甭费心了啊……”

"哎……"古清治听着不悦地叹了一声，很正色地说："你对我一直有误解，包括我的来意，我只是发现你天生异禀，想指出来让你发展发展，这是一个很大的优点，甚至于可以成为你将来的职业……都说了，不谈骗子啊，和骗无关。"

"优点？有吗？"帅朗被啤酒噎了一下，瞪着古清治，不相信地问。

"当然有，你没发现而已……"古清治道，看引起了帅朗重视，这就开播了，右手放下酒瓶，一指帅朗的脑袋道："你这儿，异于常人。"

"胡说，我不瞒你啊，我前两天去什么猎头公司，人家给我做智商测试，89分。我靠，白痴水平呀，把我给气得……"帅朗悻悻然道着，猛灌了一大口啤酒，对那次的智商测试怨念不浅。

"呵呵……那是他们不识货而已……你真的不知道你身上这个特长？"

"你觉得这儿有特长呀，你说其他地方倒有可能。"

"这么说吧……呵呵，人在观察事物的时候，是通过大脑中的神经元来完成的，正常的情况下，通过感觉神经元感知，比如听和看；然后通过中间神经元传递；最后通过大脑分析反馈，做出判断……你的感觉神经元异于常人。"古清治正色道。

一说这个帅朗乐了，摸摸自己的脑袋，惊异地问道："照您这么说，我是个有异能的人？"

"呵呵……这不是异能，而是本能，是通过某种很特殊的长期实践锻炼出来的，比如长期逃亡的人，对危险会产生一种超乎感知的直觉，非常敏感；比如长期从事军警工作的人，对危险的环境或者潜在的危险人物也会有这样一种直觉，就比如你父亲，他对于嫌疑人很可能就有异于常人的直觉，对不对？"

"对呀！哎，我告诉你，我爸那可真叫牛，一节车厢走过去，只要有划包的、下套的、人贩子，他差不多就能看个七七八八。"帅朗懂了。

古清治笑了，和帅朗说话不费劲："这可能就是你感觉神经元突出的根源所在了……"

“对呀……”帅朗摸着脑袋，有点恍然大悟了。很小的时候，记忆中乘警室外铐着的嫌疑人，那种种目光像在脑海里镌刻一般抹不去，有闪烁不定的、有戾气逼人的、有阴鸷深沉的、有深藏不露的、有狠色外泄的……一双双眼睛像在表达着这个人的所知所想……后来上学，每每打架斗殴，总能让他从对方的眼睛中看到屈服、嚣张和危险，于是打得过就打、打不过就溜，鲜有吃亏；再后来，在一群人精里混来混去，那些眯着眼打小算盘的、满眼诚实装孙子的、眼里无辜扮好人的、明明心虚装大款的，种种所见就像有心灵感应一般，帅朗会很快对这是个什么货色下个判断。

“对呀……这个方面我确实有长处，谁他妈是个什么货，还真瞒不过我。”帅朗越想越有意思，敢情从小被关在乘警室、上学打架斗殴、出来混吃骗喝，也不完全是一无是处，最起码无意中还修成了个貌似异能的本事，更乐呵了，拽着古老头追问：“哎，古大爷，那您说咱这本事有用么？”

“都说了是个宝藏，当然有用，其实古人讲天生我材必有用很有道理，每个人都有异于其他人的长处，关键在于你能不能把自己的长处发挥出来……不过我看在你身上呀，是暴殄天物了……”

古清治说着，没来由地站起身来，帅朗正侧耳听着，眼睛随着古清治的身形往上抬，不料老头神神叨叨说着就要走，咦哟，可把帅朗气着了，借着酒劲站起来拽着老头说：“嗨，说话就说完，哪有这么吊胃口的？活这么多年，好容易发现咱这个长处，你给我说清楚，你怎么发现的？我和其他人确实不同吗？”

“哈哈……这个还用说嘛，你想想，第一次见面，你看我第一眼，眼神就不对，估计一开始你差不多就知道我是个什么人了，之所以听完，只是有点好奇，想找证据支持你的判断，对吗？”古清治提起俩人的初见了。

帅朗一笑道：“那是，你说天下有未卜先知的事，鬼才相信。”

古清治再道：“对喽，这是其一。第二次你到寇仲水产公司找工作，其实我早看到你了，你足足在公司门口转悠了一个多小时，你的疑心比别人都大，进门的时候来回看，观察得特别仔细，比普通人办事都小心……”

“那是，我是被骗怕了，刚毕业出来交了好几回培训费、资料费都被骗了。”帅朗一提这个有点无奈。

“呵呵，应该有这种原因，上当多了就学乖了……在祁圪裆村，你居然发现我下山虎风水布局上的问题，可以告诉你，我是有意留下的，这是一个盲点，如果华辰逸发现的话，我准备告诉他对于我寻龙地师而言根本不忌邪物入室之说……不过他根本没发现，那样的话我可以直接判断他是个风水盲，可以大胆地跟他白话……”古清治很嘉赏地说。

“……”帅朗一愣，无语了，这丫老奸巨猾得厉害。

“还有，咱们打赌那次就免提了，再让你多知道哪怕一点线索，通盘估计你就猜得出来了，我唯一失误的地方就是没想到你会窥破我的出身，而且还顺手牵羊蒙走了黄晓的车，接着还用车抵押，又在嘉和超市捞了一笔……呵呵，你不但感觉神经元发达，而且大脑功能特殊，怎么，就满足于这俩小钱？不想堂而皇之、合理合法地挣笔身家？我就告诉你我炒坟了，我违法了么？你敢告诉别人你卖假酒、卖盗版？还把奖池掏了？别奇怪啊，现在的抽奖多数都掏奖池，我想你肯定要用这一招……”古清治指摘着，带着几分质问的语气。

“这……”帅朗愣了愣，似乎自己也很下作。

“我不是骗子……即便骗子，我也没有犯诈骗罪，谁能奈我何？就像你卖盗版、卖假饮料、卖劣质酒，我比你干得还合法。如果非要用骗子定义，那你说说，你身边还有几个不是骗子，或者从来没有撒过谎、骗过人的人？”

帅朗目瞪口呆了，这几句话温文而来，端得是震耳发聩，句句在帅朗听来，好像都无懈可击。是啊，你身上穿的，说不定就是冒牌的山寨货；碗里盛的，说不定就有某种致命的化学成分；寻医问药吧，有白衣天使手术刀和药价在等着你；出行更不用说了，有车的被油价宰、没车的被油价间接宰，但凡出门总得多留个心眼儿，怕被宰、怕被偷、怕被抢、怕被骗。其实说到底，人就像生活在一个大骗局里，有意或者无意扮演着骗子或者被骗的角色。

此时，一直迷懵的帅朗对这种感觉格外清晰，即便有一千种一万个理由为自己这两年的所作所为辩解，也无法回避自己也是其中一员的事实，可以逃脱法律制裁的人肯定有，无视道德规范的人也不缺，但是能逃脱社会法则的人，恐怕没有。社会法则就是弱肉强食，社会法则也是你在骗与被骗的角色中必须选择其一，而且只有选择，没有回避。

从来没有细究过这些，帅朗愣了，扪心自问着：对呀，好像我就是这么过的，好像我也是个彻头彻尾的骗子。

身边攘熙的声音似乎都消失了，只剩下这两个人，帅朗看着古清治，同样是那双眼睛，以帅朗的识人之能，从这双老态而明亮的眸子里，看不出有阴鸷、恶毒，或者有其他不祥预兆的成分，甚至那目光都不像一个骗子，或者就是个骗子，帅朗也不知道他想骗走自己什么。

半晌，没见帅朗吭声，古清治话锋一转，回到原题了：

“好……再回到原题上，咱们说女人。简单一点，男人喜欢女人在眼里，只要足够漂亮都不介意和她上床；而女人喜欢男人在感觉里，即便不是帅哥没准儿她也会喜欢。刚才我看你和那位小姑娘的样子，两个人若即若离，我能百分之百断定，你恐怕连泡上的可能性都微乎其微……不管怎么发展都是悲剧结果。”

“那你说怎么办？其他事我还有点把握，就这事心里没底，感觉她又像喜欢，又像不喜欢，有时候像喜欢，有时候像讨厌，喜欢吧一直和我保持距离，不喜欢吧，她没拒绝我……”帅朗愣着眼，终于开口了，想起手里还提着酒瓶，机械地灌了一口，看着古清治，不无求教的意思。

“好办，改变呀，你不是一直期待着改变吗？从现在开始改变，把你这个唯一的长处发挥到极致，如果你愿意，给我三天时间，我把你从里到外，从言谈到气质变一个样，马上激发出你这个特异之处的功效来。”古清治道。

帅朗一惊，脱口而出道：“你不是教我骗人吧？”

“你就是个小骗子，还用教呀？”

“那你教我干吗？”

“教你如何识破天下骗局；教你如何养成一双洞悉世事的眼睛；教你如何培养一种独特的气质。”

“真的假的？我怎么感觉你现在就是骗我呢？就我这样，培养成痞子还差不多。”

“真假你自己分辨，还有一个特效，人一变之后，气质也跟着大变，说不定三天就会来个大翻盘，让这个小姑娘倒过来追你，或者你可以随心所欲地去追求你喜欢的女人，大多数情况下会达成心愿。你相信吗？”

“不信。”俩人针锋相对，帅朗说不信，其实是半信半疑，这老家伙连蝙蝠都招得来，没准儿还真有什么稀奇古怪的办法。一句不信帅朗很肯定，不过一说不信，古清治二话不说，转身就走，走了好几步。帅朗只当是试探，没吭声，不料老头不是试探，是真走了，走了很远，出手拦着车，上了车关门看样子就要离开。这当会儿帅朗才急了，扔下瓶子奔着拦在出租车前，把车逼停，上前不顾司机骂着什么，敲着车窗问着古老头：“哎，大爷、大爷，我相信……您说完成不？甭这么吊我胃口。”

“爱信不信，想试试明天来找我，不过我不在家……司机，开车，别理他，喝多了。”古清治似乎生气了，扬长就走，车一动帅朗喊着：“你不在家我上哪儿找？”

“找不着不正好，省得你见着我烦。以后我都懒得来烦你了。”古清治撂了一句，摇上车窗，这回真走了。站在街头发癔症的帅朗半天没动，即便他真有古老头所说的那种异能，此时也分不清究竟是真是假……

第五章
和大师赌一局

阳光明媚的次日，当帅朗闲适地散步溜达进中州公园湖边林荫路上，再一次看到古清治时，笑了。

两个人很有默契，帅朗鬼使神差地第一站就到了俩人初见的地方，几乎没有通过大脑思考就找到了这儿，而古清治也恰恰就出现在这里。

是心有灵犀导致不约而同？抑或是俩人根本就是一路。

帅朗说不清，如果不见此人也能不想，不过每每一见之下，总是免不了好奇，明明就是一个招摇撞骗的货色，可横看竖看都像一位出世高人；明明就是一个奇诈奸巧的货色，可言谈举止偏偏比帅朗见过的任何人都显得坦荡无私。甚至帅朗还真不敢肯定，古老头是不是有什么匪夷所思的办法把自己从里到外改变一番。

于是好奇心驱使着帅朗，主动寻访来了。向着长椅的方向走了几步，帅朗下意识地停下了……

古老头不是一个人，而是围了一堆人，一堆人站着坐着，正在听古老头白话着什么，不是普通的一堆人，而是一堆中老年妇女，你一句我一句，那笑意盎然的表情、饱含倾慕的语气，实在让人怀疑是在向古老头表达爱慕之心，帅朗笑了……笑着的时候，有一位坐在古清治身边的人站起身来，千恩万谢的样子，不知道被古老头怎么给忽悠住了。

看这会儿的光景，你不得不怀疑，这老家伙年轻时没准儿忽悠过多少黄花大闺女呢。

帅朗悄悄地蹙上来，古清治只是回眼瞥了一下，状若不识，尔后又很有风度地示意着众人：“各位老嫂、大妹，难得到此一见，相见便是缘分，说好了，一日三课，还有一课，谁来卜……”

一问，还穿着红绿秧歌服和白色太极服的老太太、大婶们互视着，似乎都还有点难为情地笑着，几个人都未凑上来，而其中一位招着手向一直站在人群外的一位说：“王家妹子，快来……让古大仙给你算算，你不是找他好多天了。”

这一位身着普通衣服，不像来公园晨练的，倒像慕名而来久等的，帅朗粗粗一看，黑里夹白的头发，别个老式发夹，脸上有几分怯意，莫名地显得有点不自然，乍看像小商小贩被城管逮着了那般愁苦，被众老娘们推到前面，跟上席相亲一般硬坐到古老头身边了。

“大娘……这干啥咧?”帅朗凑到一位拎着水绸巾的老太太跟前，那老太太回头一看是个半大小子，神神秘秘地小声附耳过来说：“算卦呢，古大仙卜课。”

“算卦都是骗人哩。”帅朗故意凛然小声道。一听这话，老太太唉了一声很不乐意，小声责怪帅朗道：“你小娃懂个啥？古大仙是咱这一带有名的卦仙，隔三差五才来一趟，能遇着都是福气……刚刚刘大姐算的儿媳妇啥时有喜，古大仙算得年不出二，必添一丁，算得可准了……这婚丧嫁娶，古大仙一卜就准。”

老太太凛然试图纠正帅朗对老神仙的态度，可帅朗一听古老头这事也掺和，却无言地笑了笑，又顺口阴阳瞎扯淡了，这两年之内生了当然正中卦言，你就三年、五年有了也说得通，是啊，年是不出二，可要出三、出五呀?

反正这是来回话，就是顺人心意说个喜庆，看把一帮老太太给乐得，假牙都龇出来了。那位要卜卦的刚坐下还没吭声，旁边倒有帮腔的，说道：“古大仙，给王家妹子算算，儿子今年能考上大学不？”

话音刚落，另一位就接上来了：“对呀，王家妹子在公园转悠好多天了，逢人就问你咧。”

“大仙……这个能不能算？”算卦的大婶有点怯色地问。怯生生的眼、干瘪显得缺血的嘴唇，额头的皱纹聚了个“川”字，那样又像来民政局寻求救济的低保贫困户。

一眼扫过让帅朗觉得有点不忍，丫的，古老头不是连这种受压迫的中老年妇女也不放过吧，这位明显是未老先衰，被生活压得快喘不过气来了。

“能……不过我丑话说前头，要算出来不合心意，别怨我啊。”

古老头一口应承，不过先打着预防针，那大婶明显有点踌躇，似乎还有难言之隐，可架不住旁边的几位老太太催促，想了片刻，点了点头。

问了生辰八字，拉着大婶的手，不知道是古老头在揩油还是摸着命相，摆活了半天，又是闭眼捏诀来那套翻天印了……帅朗看得可笑，几次捂着嘴差点笑出声来，趁着古老头闭眼捏印扮神仙把老太太唬得一愣一愣时，他又小声问旁边这位聚精会神盯着的老太太：“大娘，这算一卦多少钱？”

“不要钱。”

“是今天不要，还是一直不要？”

“一直就不要，不过谁要真给，他也要。”

“那他是不是骗大家钱哩？”帅朗压低了声音附耳问道。

不料这句话惹人了，那老太太像见到有人说自己老伴坏话一般剜了帅朗好几眼，然后干脆撵鸡仔一般小声说着：“去去……嘴上不长毛，说话气乱跑，你才多大，懂个啥……”

说啥来着，群众不能惹，帅朗可没料到古老头在这群中老年妇女心目中的形象如此凛然不可侵犯，这老太太一惹了不得了，连剜带训愣是把帅朗羞得换了个站的位置。

再凑到边上，细细数数，帅朗心里轻咦了声，敢情老头艳福不浅，椅后四个，椅前三个，包括椅子上坐的那位，八个大娘都直勾勾盯着古老头的动作，眼睛眨也不眨，偶尔有两位小声嘀咕，那声音帅朗断断续续地听到了，一位说什么这老头算卦可准咧，上回算徐校长有久病之虞，这不一眨眼，老徐躺医院起不来了……另一位问哪个徐校长？这一位小声解释着，就咱们老年大学的校长呗，脑溢血，还不知道能下床不……

不动声色地旁观着，让帅朗暗生狐疑，虽然不相信真有未卜先知一说，不过古老头这处处表现出来的怪异，还是让他多有几分好奇，有些事不亲眼目睹，也确实说不清这老家伙究竟是怎么捣的鬼。比如这回，掐着指头足足一袋烟工夫没动，把一干老妇人等得快要不耐烦了，才见古老头蓦地一睁眼，那眼睛亮得，帅朗明显地看到几个老妇女身子一震，似乎被老头帅气的样子电着了。

开始了，不料这开始得是如此黯然，古清治很客气、很难为地握握算卦人的手安抚着："老妹子啊，你娃是个天曲星的命，不是文曲星的格，这是名落孙山之像，不是金榜题名之卦……你呀，还是另谋出路吧啊。"

名落孙山，不是金榜题名。这话说得，帅朗也嗝应了，咂摸了这话里没有歧义之后才觉得不对味，这丫不是当头给人家父母一榔头么？

果不其然，那妇人一听这话，就着袖子，抽抽搭搭地抹上泪了，一眨眼苦泪涟涟，可把古清治尴尬上了，而且这干老太太也看不过眼，反倒埋怨上古清治了，正是那位赶帅朗的，凑上来叱着："我说古大哥，恁不能这样吧？还没考咋能这样说呢？看把王家妹子气成啥样了……"

"就是呀，古大仙你这次算得肯定不准……"

"对，不准……不准……"

"王家妹子，别哭……哭啥么？"

几位老太太的怜悯之心颇重，都凑上来一边安慰着那位算卦的妇人，一边埋怨着刚刚还尊崇无比的古神仙，古神仙顿成众矢之的了，帅朗乐得看笑话，不知道这种情况下老头还能不能圆回来。看来这丫确实不是一般算卦的，经常给自己找点不自在。

不料古老头神色庄重，对一切质疑置若罔闻，反倒加重了语气一扬手压着众人的声音说：

“我不光能算出你娃落榜，还能算出你娃忤逆不肖，还能算出你男人长年不在身边，要不干脆就是离了……大妹子，我劝你呀，苦心父母天下多，孝顺儿孙自古少，不要太耽于这事了……回去好好养养身体，你自己也久病缠身了，越操心愁事越多……”

那妇人一听，愣了，不哭了，瞪着古清治，这回才像真见神仙了，眼睛里带着几分愕然和敬畏，甚至有点恐惧。

众老太都不埋怨了，一听娃落榜、娃忤逆，再听还算出男人不在身边，算卦的人也有病缠身……得，都把目光盯向王家这个妇人了，那妇人脸上青一阵，白一阵，尔后二话不说，咬着嘴唇压抑着要哭的脸色，起身、低头，一言不发地走了。

算对了，还是错了？

恐怕要不幸言中了，几位老太窃窃私语着，有位在嘀咕好像就没见王家这位大妹说过男人的事，没准儿还是个小寡妇……又有一位小声说着，她家娃是淘得厉害，学习也不咋样，可把妈愁坏咧……几个老太太嘀咕着，都以异样的眼神看着古清治，那眼神虽有点埋怨不该这么着实话实说，可是也免不了诧异，这些连大伙儿都知之不祥的秘事，这老头怎么知道？

原因嘛，很简单，算出来的呗，这都算得出来，可把一干老娘们算得眼里惊异更多了几分，这会儿没人埋怨了。

“好了好了……各位老嫂大妹，今天就到这儿啊，献丑献丑，得罪之处请大家多多包涵……”古清治起身拱着手，向几位围着小声讨论的老妇辞行。这些老太太虽然尊敬，可不客气，簇拥着老头，你一句我一句地请教，一会儿是儿子的对象问题，一会儿是孙子的学习问题，敢情是刚才亮的这一手，虽然让大婶难堪了，不过可信度却提高了不少。

众人追问，不料老头恪守规矩，强调了一日三课，绝不多卜。得，老太太们可不讲那么多规矩，这个伸着指头数落古老头两句，乡里乡亲的你拽什么呀？那个拽着古老头的袖子郑重安排几句，那是预约下次算卦呢，把古老头折腾了一番，得了保证，这才嘻嘻哈哈到空地上晨练去了。

古清治好容易脱身，不敢停留，踱着步溜达着直往公园门口走去，一路上免不了和照面的人打个招呼，不时有人追上来问老头卜一课如何，老头一律婉拒，直出了公园大门，到了中州大道上。

古清治放慢了步子，走出去不远，帅朗谑笑着追上来了，看着老头的样子，脸笑开了一朵花似的指着说：“大爷，当明星被人追的感觉挺好吧？我怎么看你有点应付不过来了？”

“哎，失策失策，什么东西都不能免费啊，一免费就遭抢，这个地方我都不敢常来了，一来就哄一堆人……说两句好话吧，都兴高采烈，说两句不好听的吧，不收钱都落埋怨，唉……”古清治笑着自嘲道。两个人随意地踱到了一起，状如老友，似乎昨天晚上并没有发生过不快之事，就像邀约到一起的朋友。

怎么开始呢，帅朗没想好，正斟酌着怎么开口，不料古清治像是已经忘了昨天的事，反倒示意着帅朗问：“帅朗，刚才有什么想法？”

“想法？”

“那一卦，你看到的，算得对，还是错？”

“应该是对的吧。”

“你从头到尾看了，我怎么算对了？”

古清治像考较一般问上了，这下子问得帅朗挠头了，一下子愣了，像答案隐约已经到了嘴边，可就是说不上来的那种感觉。

“唉……”古清治停下脚步了，回头很失望地看着帅朗道：“真没看出来？我问你，那位算卦的女人是什么身份，你看出来了吗？”

“没什么身份吧？听口音像郊县农村的，看样子像在城里哪儿打工的……”帅朗回忆着，印象最清晰的是那人脸上的忧色，想了想补充了一句：“是不是从乡下来给儿子做饭的……现在这种情况多了，娃在城里读书，爹妈租个房给娃做饭，空闲时间就干点零活儿。”

“你都看出这些来了，还不知道我怎么算出她儿子落榜的?”古清治反问。

“咦？对呀……不过还没考试，怎么证明?”帅朗反问。

“你差的那一步就在这儿。想不想知道我怎么算她娃落榜、她娃忤逆不肖、她丈夫不在身边?”古清治问。

一问都是帅朗有点怀疑的事，他不由自主地点点头，这个好像比“父在母先亡”高了个层次，就听古清治摆活着：“第一，我提醒你啊，她在这儿转悠了好多天，就为找个算命的给她儿子算一卦，算算能不能考上……这说明了什么?”

“哦，她心虚，八成认为她儿子考不上。”帅朗道。

“对……很简单嘛，她都告诉咱了。而且你看她的脸色，是什么感觉?”古清治问。

“哦……”帅朗恍然大悟道：“发愁，愁得厉害，没准儿儿子差得厉害，九成考不上了。”

“对！已经差到无计可施问鬼神的程度了，你以为他能考上呀?”古清治很高兴，帅朗这么一点就通，能接班了。

“那儿子忤逆不肖怎么算的?”帅朗问题又来了。

“要是个孝子，能把当娘的愁成这样？再说现在十七八的小娃娃，有百依百顺、听妈话的吗？这叫杀口，杀准一个口，十次能对九，大势所趋。”古清治道。

帅朗蓦地笑了，这下算蒙的，不过要这样蒙，十有八九还真能蒙对了。剩下的也能想通了，他笑了笑道：“那你一定是看到她面色灰暗、愁容满脸，判断她的性生活不和谐，然后又杀了个口，说她丈夫长年不在身边，对吧？哎，我说大爷，您不怕错了呀，万一人家是更年期来了呢?”

“你看见我这个动作没有?”古清治有几分得意地扬扬手，修长的手指做了一个握手的动作，不过帅朗却没看明白，一看帅朗发愣，古清治却也不藏私，笑道：“忘了告诉你，我以前当过几年走方郎中，一般的脉相我还摸得准，她气滞郁结，脉结紊乱，不是更年期，应该是肝火上升，长期胃气郁结消化不良所致。再加上她面色老相，未老先衰，除了愁事缠身我还真想不出其他可能来，中年妇女能愁什么？还不是上愁老子、下愁小子、中间愁汉子，既然进城来了，那把老子一剔除，就剩下小子和汉子了，还能有什么？”

倒是有几分歪理，不过帅朗有点不服气地辩道：“那还有票子呢？就不能是愁钱呀？”

“我说你怎么这么笨呢？对女人而言，汉子在还愁票子么？这不一码事吗？一看那样子还不是家里缺挣钱的，儿子又不争气……真是。”古清治一言以蔽之，懒得再解释了。帅朗咧着嘴“耶嗬”了一声，十成十的不服气，可再也辩不出来了。

边说着边不知不觉走着，古清治看帅朗的表情很诧异，就缓缓解释道：“真正的周易卜卦传得神乎其技，能不能未卜先知我不懂……不过单从算命而言，这是一门很有趣的心理学，你可以从对方的眼睛、表情、体态、动作、衣着、说话的语气、口吻来判断，老话说三岁看大、七岁看老，其实这些外在表象已经足以告诉你对方是什么人了。这还用算嘛，真相都在眼前了，你说出来就行了……”

“呵呵……厉害，敢情这功夫全在嘴上啊。”帅朗笑着挖苦了一句。

“对喽，老话讲，好马都在腿上、好汉都在嘴上，现在哪一行你觉得是哑巴能干成的事？”古清治不以为忤，只当是表扬了，说着话掏了本薄薄的几页册子，巴掌大小，随意地递给帅朗道：“看看，能看懂么？不传之秘，学会以后纵横天下、无往不利。”

“不会吧，别告诉我你有葵花宝典啊。”帅朗呵呵笑着接到手上，不料一眼扫过，脚步站定了，脸色凝重了。前行了几步，古清治看出点意外，又返身回来，愕然地盯着帅朗，不知道所为何来。不料帅朗拿着那翻也没翻的巴掌大小册子不屑地说：“这是江相派骗子的不传之秘《英耀篇》，对不对？”

古清治眉毛一颤，眼睛一愣，这一回结结实实惊呆了，既然是不传之秘，帅朗又如何知道？

“你读过《英耀篇》？”古清治瞪着帅朗，像初见此人一样，因为愕然而声调提高了几分。

“一入门先观为意、即开言切莫踌躇；天来问追欲追贵、追来问天为天忧。八问七，喜者欲凭子贵、怨着实为七愁；七问八，非八有事，定然子息艰难……士子问前程，生孙为追古，叠叠问此件，定然此件缺……神暗额光，不是孤孀亦弃妇。妖姿媚笑，倘非花底定宠姬。满口好好好，久居高位；连声是是是，出身卑微……啧啧啧……”

似乎是很久以前看过的了，帅朗勉强凭着记忆念出几句来，此时东西还拿在手上根本没有翻开，当年父亲给自己开玩笑似的讲过这些江湖秘闻，一般情况下，只要不涉及数理化公式和英文单词，帅朗的记性还是蛮好的，比如要问金庸小说里哪一回韦小宝和众老婆大被同眠了、谁谁谁用的什么武功路数了，帅朗都说得出来，上学主要学的就是这玩意儿，当然也包括乱七八糟的东西。

从来没有想到过这些东西还能用得上，更没有想到能把古老头震惊成这个样子，那眼睛凸得，不由自主地伸着脑袋，像只老鳖探头般地直勾勾盯着帅朗问：“你能理解？”

这就是江湖暗语了，“天”指父母、“追”指子女、“八”指妻子、“七”指丈夫，一解释其实并不难，这几句就是讲父母向卜者问儿子，是希望儿子多福多贵；儿子向卜者问父母，八成是为父母担忧；老婆向卜者问老公，高兴者欲凭子贵，不高兴者估计是为老公发愁，当然具体情况要靠算卦者自行判断，这东西总的来说还是有借鉴意义的，比如说“花底”是指戏子或婊子，宠姬是指小老婆，一句“妖姿媚笑”，短短四字，说得何其形象？

帅朗大致几句，把古清治说得目瞪口呆，眼光游移不定地看着帅朗，这小子每每在不经意的时候都会给他带来意外的震惊，虽然《英耀篇》在这个时代已经没有传说中那么神秘了，但也不至于到了烂大街的程度，等闲之人还是无法窥得门径，可帅朗连这几句隐语也说得出来，这就让古清治是一千个一万个想不通了。

“奇怪吧，古大爷，您要就这两下，我还真看不上眼，这东西我上学的时候就看过，您给我这玩意儿，是想让我接你的班，当个骗子？”帅朗咧着嘴，那东西看也没看，直接扔回给古清治。宛如扑克牌大小的东西在古清治手里打了个转，一拉，是一封连体折页的古籍，蝌蚪大小的字正反两面，一拉随即又合上了，他在手里摩挲着出声问道：“那你知道这英耀为何意，为何叫英耀篇？”

“这个……我不太清楚，我知道这是江相派当年的秘本，我听父亲说，建国前南有江相、北有一贯道，都是骗子帮，特别是江相派很神秘，里面出来的都是神骗高手……古大爷，我终于知道你的准确来历，敢情是江相派的遗老？不应该呀，要那样，您起码得八九十岁啦？”

帅朗取笑道，上上下下打量着古清治，他面色红润，虽然稍有皱纹，可并不深，不看头发和眉毛，差不多就是五十开外的样子……帅朗突然发现有点不对劲，怎么不对劲呢？老头今天穿的是件丝制的花衬衫，旧式对襟口，难得地穿了双深红色的皮鞋，配条黑色丝裤，怎么看着有点别扭……对了，头发，头发黑多白少，看着年纪小了不少，顶多五十开外，而且显得雍容大气，就像那号人老钱多没地方花的老头。

“咦？不对呀，古老头，你没讨我便宜吧？你到底多大了？”帅朗看了半晌，说了句让古清治难堪的话，此时才从惊讶中省过来了，他笑了笑，没回答年龄，却说道：“看你也是道听途说，所谓英耀，‘英’指家底、‘耀’指知悉，合在一起是指以高明的手法探知问卜者的家底，对症下药。”

“还是骗术，再装神弄鬼也是骗人，我以为你有什么稀罕玩意儿呢。”帅朗站着没动，不过大失所望了，神骗不是指骗术超人的骗子，而是指以封建迷信施术的骗子，传说江相派就是靠这个混饭吃的，对于这套东西，帅朗明显缺乏兴趣，一想到此处，笑了笑推辞道：“对不起啊，大爷，您要想教我骗人，那就算了，这东西还用你教呀，我爸就研究这个的。”

“不是为了骗人才去研究骗术的，我教你骗什么人呀？难道你父亲研究《英耀篇》也是为了骗人？”古清治反问道。

“那倒不是。”帅朗摇摇头。

“拿着……我相信你就算看过也是残本，《英耀篇》全文369个字，字字珠玑，我问你，急打慢千、轻敲响卖，知道什么意思吗？十千九响，十隆十成，知道什么意思吗？先千后隆，无往不利，知道什么意思吗？能悟通这些东西，对于你的察言观色、识人善变都有很大帮助，知道天下眼光最好的是谁吗？是骗子，他们有在人群中迅速锁定目标的能力，更有不知不觉把你兜里的钱骗走的本事……想眼光犀利，你首先就得超过骗子。”古清治说，看把帅朗问住了，把《英耀篇》接在手里了，这才转身而走。

“真是，有必要么？”帅朗暗道了一句，看这小本子做工蛮不赖，揣进兜里，几步追上老头，边走边问：“喂喂，大爷，你叫我就干这个？不是说好什么改变来着，准备怎么开始呢，总不能在这儿闲逛吧？”

“已经开始了。”古清治道。

“什么？什么时候开始的？”

“刚才在公园里呀，你连那么简单的判断都没看出来，怎么教你高深的？”

“啊？那也算呀？”

“其实骗局无时无刻不在发生着，只是你不觉察而已。对了，告诉我，你对骗了解多少？”

古清治稍稍停步，又负手前行，这一问，把帅朗又问住了，这天天坑蒙拐骗吧，真要给下个定义还是蛮难的，就像天天目睹这些街道楼市一样，似乎觉得这东西就那样，可就什么样呢，具体却说不清了，想了半天才组织着语言道：“还不就那几样，跑单干的、仙人跳的、放白鸽的，再不拎包的、兑假钞的、卖假货的……反正就那几样……”

“错了，不是这样定义的……自古以来骗术高明机巧，纷杂多端，最早的记载可以追溯到先秦典籍中，如果要具体分一下类，可以按手法分：

串骗、色骗、诈骗、拐骗、诱骗、奸骗、装骗、法骗、货骗、文骗、彩骗……比如你说的仙人跳，就是色骗的典型例子，串骗、拐骗、诈骗、色骗是到现在仍然惯用的伎俩，哪一个骗局也不是单纯的一种手法，往往是多种手法并用的……”

“我靠，好博大精深噢。”听老头快速罗列了一堆，帅朗吐着舌头，大赞了一句，笑着看着古清治，那戏谑的目光像在反问着，丫的，还说你不是个骗子，这么精通。

“不要觉得这东西没用。”古清治道，看帅朗孰无正色，笑着回头反问了一句：“你父亲都不算入行，不过学了点皮毛，在省公安厅都挂号了，成反骗专家了，我相信要是你父亲的话，他会不惜重金买走我给你那本《英耀篇》，至于这番谈话，恐怕他是求之不得……还想听吗？不想就算了。”

“说说……说，说得挺牛的，咱不当骗子，将来当个反骗专家也行呀……”帅朗笑道。听老头这么解释，倒是对这么解释骗蛮有兴趣的。

古清治笑了，侃侃教道：“天下骗术虽然纷杂，但无论如何变幻莫测，就其本质而言，脱不出四个范畴。第一是以假充真，通过造假，争取主动，这个好理解，现在有些假货充市，挤完了民族品牌，再挤世界品牌，已经成了山寨文化潮流了，比如你卖盗版，就属于这一类……第二种是以真充假，以是充非。简单一点，仙人跳、比如戳包、放白鸽的，色骗男女双方实施过程中，这个过程都是真的，比如给你女人、比如让你为所欲为一番，直到最后一刻才现出真面目来，不是卷走你值钱的东西，就是逼着你掏钱……第三种是以假乱假，通过不断地变换假戏手法，最终达到目的，还是给你个简单例子，比如现在非法集资，空手套白狼的把戏，一切都是假的，今天给你个投资建议，明天给你个赚钱项目，后天来个上市宣传，全是假的，操纵者手里根本就是一无所有……

“第四种是以真乱真，示人以真，以求乱真，职业骗子经常用这一手，典型的有公司之间的货骗，这种事现在中州还有，比如外地来了采购商，被供货商带着看厂房、看仓库、看存货，都是真的，可等你付了预付款或者再笨点付了货款，好，一夜之间就全消失了。或者翻过来，也有采购的骗供货的，找一家信誉稍好的公司，大大方方很慷慨地付了预付款，然后货一走，余款就没音了，骗到什么程度，能骗多少，就在于骗子的底线有多高了……”

说了半天，帅朗很罕见地一句话也没插，古清治介绍完这四类，回头再看帅朗脸上显现出狐疑、愕然、诧异的表情，古清治沉声问道：“很反感?”

“不是不是……”帅朗摇摇头，用很异样的口吻问着：“大爷，您骗了多少年?”

“什么意思?”古清治微微不悦道。

“我是说，这都上升到严谨的理论高度了，那得多少实践支撑您这理论水平呀？这说得也忒好了，以假乱真、以真乱假、以真乱真、以假乱假……成大师水平了。”帅朗颇有几分钦佩之意，要纯粹讲理论水平，感觉古清治比自己父亲高不止一个层次。

“不是我的理论水平高，而是历史就是一部骗史，你信不?”古清治停下来，促狭地问帅朗，帅朗可不料来了这么一句，有点哭笑不得地靠着街边的垃圾桶笑道：“我看出来了，你今天是非把我说愚了，历史怎么成了骗史?”

“呵呵……我问你，历史上说魏文帝曹丕出生时，车盖状的青云在他头上笼罩终日，是不是骗人?”

“咦，这……”

“历史上说唐太宗李世民出生时，两条小龙在门外玩耍，你说真的假的?”

“……”帅朗翻白眼了。

“汉高宗刘邦，传说是他妈碰上蛟龙，然后就怀上他了，真的假的?人和蛟龙也能来那玩意儿?”

帅朗一听，咧开嘴乐了，这肯定是扯淡。不是古老头扯淡，而是史书在扯淡。

"辽太宗耶律德光，出生时黑云覆帐、火光伴着雷声；宋太祖出生时异香龙庭；隋文帝杨坚出生时手心就写了个王字；还有南齐高帝萧道成出生时遍体麟纹……其实一直就是欺骗老百姓，哪个朝代有过例外？骗本身就是一种文化现象，从古至今一直被传承下来了。"古清治宛如顽童般和帅朗开着玩笑，一说到文化，帅朗早笑得掉下巴了，指着老头道："古大爷，我看您就像文化大师。"

古清治前面走着，帅朗一会儿吸吸凉气、一会儿舔舔嘴唇，这丫半懂不懂的话，倒是多少有点道理。就像现在迫不得已生活在骗局中一样，有意无意地扮演着骗和被骗的角色，也许很多人都不认为自己在骗人，只不过大家都这么干，都习以为常了，比如电脑装的软件，有免费的谁花那几千块买正版的；比如推销的书，有三折的谁愿意买八折的；卖者逐利、买者图便宜，谁还当回事？

当然，就算帅朗觉得古清治说得不对，人家是引经据典出来的，想反驳自己好像还缺那么点水平，就沉默了，说愚了，机械地跟在古清治背后。看到老中州烩面馆，帅朗才发觉俩人已经走了很远，追了几步问着古清治："喂，古大爷，这是去哪儿呢？"

"见识一下无所不在的欺骗。今天我要找出很多种你根本没见过的欺骗，你信不信？"古清治头也不回地说。

"不信。"帅朗道。

古清治笑道："别太高看自己了，从古至今的智慧发展有两个走向，一种上层发展，成为官术；一种民间发展，成为诡术，骗就是诡术中的奇葩，你别小看人民群众的智慧，一个小小的骗术，少则养家糊口，大则发家致富，你只要有一点点眼光，何至于两年还混成这样？"

"大爷，甭拿我说事行不？现在不如我的人多了，咱出身不行呀，我爹要是个身家亿万的，我现在怎么着也是个商业奇才；我爹要是个大官，我现在怎么也混个小官了，最起码能当个公务员吧？咱自己奋斗管屁用呀，想上班你没后门没本事就没好工作，想做生意你没钱只能做小买卖，没准儿还得赔本……我以前相信励志故事，想着拼上几年没准儿能挣点身家，干了两年才知道，打工打工，打到头还是一场空……”帅朗无奈道。

“所以，你一直在寻求改变，所以我就应运而出了，我是你命里的贵人呀。”古清治开了个玩笑。

“你也别忽悠得这么起劲，我是这段时间正好没事干，我也不准备再打工了，真不行回铁路上找个安稳工作瞎干着。我首先声明一点啊，我是不会跟着你去骗人的。”帅朗道。

“你又错了，我今天是来给你创造被骗机会的……看前面，去买几斤水果，看那群卖水果的能骗得了你么……”

古清治停下脚步了，抬头示意着前面，又是一个不太理解的意外，帅朗想了想，这里头顶多在秤上捣鬼，要不找零钱时做手脚，一般情况下还是蛮公平的，大不了买一斤扣你二两。看了一眼街边拐弯的四五个水果摊，帅朗回头不解地问道：“这也太小儿科了吧？”

“试试，买买试试……过来告诉我他们怎么骗人的。”古清治笑着，激着帅朗。帅朗撇撇嘴不屑了一句，大摇大摆地上前了。

古清治这个老神棍，要拿卖水果这事情来考验咱的智商？来就来吧，谁怕谁啊！

不过水果这东西，可不是什么好玩意儿。

看那个大溜圆的苹果，会不会想起农药残留来？换着看看橘子吧，好像有什么寄生虫来着，就是橘子里生的。西瓜更别说了，就这季节，肯定是膨大剂催的；最好看最眼馋的樱桃都不用怀疑，都是转基因的，本来小不丁点的樱桃个顶个催得像山楂，看着人都有点怵。

其实帅朗很少买水果，最起码很少买这种反季节的死贵死贵的水果，不光是水果，自打卖过饮料之后，他出门连饮料也很少喝，要解渴只剩下白开水和纯净水了。这些东西不一定能吃死人，不过就是听得多看得多了，免不了对食品有那么点心虚。他前行了几步，回头看看古老头，老头旁若无人地在街边溜达着，给帅朗留了一个戏谑的笑容，笑得帅朗心里很不自在，不过要说在这么小点的阴沟里都翻船，那就有点小觑帅朗了。

帅朗又走几步，打量着水果摊，摊主四男二女，一共六个摊，沿着街角正好拐了个弯，红红黄黄绿绿大大小小的果子摆在人力车上煞是好看，一个袒胸头戴凉帽的男子吆喝着，帅朗直接略过；第二个眼珠子很明很亮，帅朗直接略过，一看就是精明过人的主儿；第三个摊主是中年男人，笑吟吟地介绍着红绿相间的油桃，帅朗也直接略过，无事献殷勤，肯定没好货；第四个摊主只顾着招呼顾客，没注意到帅朗……正在无法决定从哪家购买最方便最安全最省事时，帅朗注意到街边最前的一个摊位，是一位绾着头发的妇女，三十多岁的年纪，边照顾水果摊边不忘捡个街边行人丢下的饮料瓶子，塑料的，能卖一毛钱一个那种……等她回身塞到车帮的网兜上，帅朗注意到那儿已经捡了好几个，再看那摊位，明显要比几个大户差了很多。

要不就这家？帅朗打量着那位妇女，毒辣辣的太阳晒得她不时抹着额头的汗，皮肤黝黑，她挽起袖子，胳膊比脸上的皮肤还黑，脚上穿的是农村人常穿的那种方口塑料底鞋，处处都显出劳动人民的本色。不知道是不是心理作用，一刹那让帅朗想起了公园那位儿子不肖、丈夫不见的女人，没有多考虑，几步走到摊前，摊主笑着示意，帅朗看了一眼摊上的水果，指了指问道：“大姐，给我称两斤橙子……多少钱？”

“四块一斤……”那摊主拎着秤，帅朗随意地捡了几个，秤被拎起来了，一般猫腻都在这儿，不过帅朗倒觉得这么朴实个乡下媳妇，倒不至于坑人坑得太黑吧……似乎发觉了帅朗眼中的不定似的，摊主淳朴地笑了笑，把秤往帅朗眼前递了递，嘴里说着：“看高高的两斤啊……再给恁（你）加个，一听恁（你）就是咱中州人，是不？”

她说着又从摊上捡了个橙子塞进塑料袋里递给帅朗，听口音都是老乡，秤称得高高的还再给加了一个，这还有啥说的……帅朗笑着应了声，递了十块钱，那摊主翻着包，捡了一张崭新的两块钱纸币给帅朗，附带给了个朴实无华的笑容，即便黑脸、即便不是个动人美女，那笑容也让帅朗看得觉得亲切。

提着橙子，重重的，一袋子称了七八个，难道这里头还有什么问题？帅朗边走边看，随意拿了一个准备掰开尝尝，不过又怕没了给古清治的证据，又扔了回去。走了不远，古老头正倚着街边的护栏，笑吟吟地看着帅朗，那笑跟摊主的差远了，净是奸笑，帅朗走到他面前，鼻子哼了哼，递了袋子上去问："给了十块，找了两块，这能看出什么来？"

古清治笑而不答，把橙子提在手里，右手变戏法似的拿出个笔式的秤来，把袋子一挂，称上了，看得帅朗大惊小怪了一句："耶？你出来还带这玩意儿？"

"刚买的。"古清治笑着说，一称，问题来了："看看，少了半两多，一斤九两稍多点。"

"没给用六两秤算不错了，那几个里头，我看就那位大姐实诚，没准儿刚进城的。"帅朗撇着嘴无所谓了，这小商小贩岂能没点问题。

古清治抬头看了看，几十米外的水果摊，尔后笑着小声问帅朗："看得出你这心地还是挺善良的啊，是不是见那位小媳妇生意不好，想照顾照顾？是不是看见她还捡塑料瓶，让你生出点怜悯之心来了？是不是觉得晒得一身汗、一身油，穿得土里土气，让你感觉这是个实诚人，对不？上当了吧？"

"我说大爷，人家二斤就短了一两，至于么？"帅朗竖着一根食指，质问着古清治，觉得古老头也算个小富人了，怎么会在这事上斤斤计较，帅朗不屑了："就上当了怎么着，我愿意。"

"是一两的问题么？"古清治笑着，把塑料袋刨着，在帅朗诧异的目光下，手飞快捡着，瞬间找出了问题，一拿出来，直递到帅朗眼前，帅朗浑身一激灵，嗝应了，是个烂的，橙子的底部已经烂了指头肚那么大，变色了，拿到手里掰开，里头全变色了……帅朗回头再看那水果摊，气咻咻地把烂橙子往垃圾桶里一扔，拍拍手骂着："大爷的……这小娘们忒缺德了啊。"

想起来了，是最后给加的那个有问题了。古清治一拎笔式秤笑了："看看，少了四两多，用的是八两秤……哈哈，都说你眼拙了，你不相信。"

“多大个事，算了算了……送给你了，你吃吧。”帅朗无所谓地拍拍手，有点受伤了，倒不是心疼那四两，而是觉得不应该如此，好好的心情给破坏了。古清治兴致可好了，剥了一个边吃边走着，笑着教育帅朗：“这就是最简单骗术的雏形，你别小看这几两几钱，中州大道这地方人流量这么高，一天卖几百斤一点问题都没有，你也别觉得人家可怜，没准儿人家收入比你高多了……要不你说他们被城管追来赶去，都拼着命还要往城里挤呢，这就叫利之所驱、义无反顾，一拎秤就骗几毛，告诉你，养家糊口绰绰有余。”

“算了算了，用得着这么长篇大论讨论么。”帅朗反驳了一句。虽然事小，不过就像吃了个苍蝇，感觉总不是那么好，说起来现在街边的小商小贩还不都这德性，有时候看他们被城管追得凄惶可怜，可有时候办的这事吧，还让人觉得他们就活该。

帅朗说算了，古清治可不想算了，笑了笑指摘着：“哎，还别算了，每每这些小事都闪烁着智慧的光芒。寇仲你知道吧，这小胖子小时候是卖菜收破烂的，比如他卖萝卜，五分钱一斤进价，卖的时候也是五分钱一斤，除了他吃了、除了坏了的，他卖完还有赚头；收回废旧报纸书再卖的时候，他把中间一浸湿，要不抹上点水泥，一车能多卖好几百，哈哈……这缺斤短两玩到极致，那可了不得，足够成就你一项事业了……”

古清治说着，终于把帅朗说不耐烦了，他招呼着帅朗，拦了辆出租车，帅朗想了想，悻然钻进车里，上车还没忘提醒老头道：“车钱你付啊，把我橙子都吃了……”

这回坐车走得可不近，足足开了二十分钟，到了华山路口停下了，下了车，帅朗看着这一带，记忆中好像没来过，中州毕竟大得很，住了二十几年未必能把所有的地方都逛过了。古清治行动稍缓，付了车钱，下了车，先来了个扩胸动作，笑了笑，看看时间，快十点了，帅朗出声问着：“到这儿干吗？”

“嗯，那儿……”古清治指了个方向，是华淮区的菜市场，一条街道上就看得那地方涌着的人多，一想不对了，帅朗追着老头的步子问着：“大爷，您不是让我去买菜吧？这么小儿科的事有什么意思，就骗人我也不至于去干那玩意儿？给点有难度的看看。”

“呵呵……说什么来着，现在的大学毕业生都眼高手低，大事干不了、小事看不起，其实这满地都是就业机会，就看你会不会找了……不是买菜，不过你不得不承认，在这方面，你的眼光未必会强过一个家庭主妇，对不对？”古清治指摘着。

“对呀，可我就没想着去当家庭主妇呀？”帅朗辩道。

“差矣，世事洞明皆学问，所谓事虽小，不为不成；路虽近，不行不至。再小的事……”

“你烦不烦呀，我文化不高行了吧？我听不懂行了吧？”

“听不懂你还跟着我？”

“我其实就想看看，你有几把刷子呗，好奇呗……”

“那……看吧，告诉我真的假的。”

走了几步，离菜市场还有一段距离，古清治停下了，指着前方，帅朗愣了愣，又是一个司空见惯、难辨真假的事：乞丐。

不是一般的乞丐，而是一位小姑娘，穿着校服的小姑娘，十六七岁的样子，长跪在人行道后，低着头，身前铺了个纸板、一个饭盒，来来往往的行人一多半是提菜篮的主妇，有的无视、有的看过几眼之后也无视了，不过也不乏顺手把零钱往饭盒里扔的人。

“这是个……骗……子吧？”帅朗小声和古清治说道，不过声音明显地有几分不确定。

火车站经常见缺手缺脚还专门露出来让你看着乞讨的人，大街上偶尔也有穿着像《神雕侠侣》里洪七公那类的人物钻垃圾堆刨食的，有时候街头巷尾不经意也能碰见一两个蓬头垢面的，或者长途车站那片，也不缺装得可怜兮兮、身上路费全丢了的大学生……乞讨随处可见，不过多数已经不是为了果腹，而是为了挣钱。

“去观察观察再下定论……”古清治头抬抬示意，不动声色地说。

于是帅朗就上去了，这种样子的不太多见，他几步走到那小姑娘身前，看不清脸庞，头低得很低，只能看见她脑后梳着的小刷子，年纪肯定不大，不知道是真的还是找了个道具，背后还背了个书包，身前的饭盒里已经扔了几张纸币和几枚硬币，数目都不大，不过更引起帅朗注意的是身前的那块纸板。

只见上面稚嫩的笔迹在诉说着一个凄惨的故事：各位路过的爷爷、奶奶、大叔、大婶、大姐、大哥……我叫某某某，沈秋孙营村人，我们村外人都叫“癌症村”，全村四十七户都是收破烂的，不是我们非要背井离乡，实在是现在的家乡没法住人了，山秃了，地没了，水黑了，小造纸厂造的孽，办厂的人发财了，发财的人走了，把祸害全留给村里人了，我们村二百多人有一百九十人都患了癌症，我爷爷得的是肝癌，两年前去世了；我爸妈都是胃癌，爸爸已经下不了床了，家里现在只剩我和妈妈了，我没钱，给爸妈看不起病，各位路过的好心人行行好，谁帮帮我，我想治好爸妈的病，我想上学……

看着看着……帅朗突然感觉到一种莫名的悲情萦绕在胸前，气闷，郁结。周边围着指指点点的人，都是凄然一脸，可怜的花季少女沦落至此，怎不让人扼腕叹息。窃窃私语间，都谈到了这个癌症村的事，这些靠小厂小矿发财的人比什么都可恶，对于地方而言，简直是灭种。

帅朗观察了一会儿，除了偶尔有几位扔下一块两块的零钱，其他人视若无睹。他左右看看，伸进口袋里的手没再伸出来……对呀，大家都不掏钱，你好意思呀？

或者对此还存有一分疑惑，帅朗莫名地出声喊了一句：“小妹妹，你说的是真的假的？我怎么常见你在这儿？”

这是诈也！

一句话诈得周围路过的十几位男男女女都驻足了，都盯着乞讨的小姑娘看。却不料那姑娘重重一揖，头触地磕了个头，郑重地、抖抖索索地摆出一张《大河报》，是对沈秋癌症村的报道，报纸的旁边又排着几张老人的照片，再然后一抬眼，帅朗微微愕然了一下，是一个面黄肌瘦、未成年的小女孩，那脸是如此凄然可怜，长长的睫毛上挂着晶莹的泪珠，黑白分明的大眼看得人心疼，她一躬身，带着稚声说："这是我爷爷，死的时候胳膊都烂了，污染了的水沾上全身都烂……这是我爸爸，现在下不了床，这是我妈妈……大叔、大婶、大哥哥，谁行行好，救救我们，我想给妈妈治治病，我想上学……我不是乞丐，要是有一点办法，我妈妈也不让我们出来讨饭，我是瞒着家里人出来的，谁行行好救救我们……我给您磕头了……"

声如稚莺、凄婉可怜，和着两行滚滚而落的泪水，几位买菜的妇人抹着眼睛，轻轻地放了几张大大小小的钞票，摇着头、叹着气走了。小姑娘的一句话仿佛一个催化剂，帅朗身边这几位有点踌躇的，都掏着口袋，有一位居然扔下一张百元大钞，那小姑娘几分感恩，几分凄楚，边抽泣着边给行人磕头……此情此景，让人情何以堪？纵是铁石心肠也要被感化几分，帅朗抹了把酸楚欲滴的眼睛，受不了了，掏着钱包，抽了张一百块的，狠狠地放到小姑娘的饭盒里，一咬牙想扶着姑娘起来，又踌躇了，这丫弄回来自己可养不了。一扭头，咬着牙头也不回地走了……

世间多有不平事，奈何我是蓬蒿人。对于力不从心的事，除了一声叹息，除了抱之以几分同情，恐怕也再做不出什么有力回天的事来了。帅朗长喘着气，低着头，很难受地往回走。

这一切，都落在古清治的眼底，待帅朗急促奔回来，再看古老头笑眯眯的，帅朗龇眉瞪眼地叱了句："老头，不是我说你，干吗让我看这个，让人受得了吗，这小姑娘多可怜……你丫有没有点同情心？这癌症村以前我听说过，挺可怜的，一村人百分之九十患癌症，都是小造纸厂、小印刷厂造的孽，造孽的有钱了，老百姓受罪了，这他妈叫什么事呀？要是我，我他妈一把火烧了狗日的……"

"嗨、嗨……先别激动，我让你去干什么了？"古清治反问道。

这一问，帅朗愣了，不吭声了，他这是去观察了，不料没观察，倒赔了一百块。他挠挠脑袋，撇撇嘴，无奈地说：“看个啥，不管乞讨的是什么人，我一般都不忍心看……再说这姑娘才这么大，你看，大家不都掏钱了么？”

“哎，本来想着你能过好几关，结果这一关都没过去，你就没想如果是假的呢？”古清治支身瞪眼问着。帅朗一愣，再看那姑娘长跪着的姿势，再一想要是没有切齿之痛，总不能说得这么动情吧，不相信道：“不可能吧，乞讨的我见过，这个不像假的……那癌症村是真事。再说人这么可怜……咂……”

动了恻隐之心了，有点不忍看下去了，帅朗苦着脸，实在想不到支持自己的理由，不过更不能苟同古清治这副根本不动声色的样子。古清治看着帅朗，长叹了口气，本来很严肃，不过一看帅朗这么着倒被逗笑了，笑道：“本来不想打击你，不过看你傻到这程度，我实在是忍不住想提醒你一下……跟我来……”

古清治说着话转身负手而行，不知道这货要干什么，帅朗几步之外缓缓地跟着，近了，越近越觉得长跪着的小姑娘不像个骗人的乞丐，直到古清治站到人群之外，帅朗都不愿上前再看。可不料有心比石头硬的，古清治负手站在摊前，提高了声音说：“小姑娘，你那书包里装的钱不少吧？我好像在二七广场见过你。”

一句话搅了好事，四周围观的人都看着古老头，又看看跪着没动的小姑娘，正不知道怎么回事呢，古清治笑了笑道：“一年多前见过，那时候就是爷爷两年前去世了啊，这过了一年多了，这纸皮都没换啊。哎，这照片这么眼熟，不是哪儿的采访报道上剪下来翻拍的吧。哎，你们看看是不是？这男的女的根本不是一家人嘛……我说小姑娘，差不多就行了，收容站的来了，你再不走就来不及了。”

耶喃……几个围观着的人瞪着眼，目光直盯向低头的小姑娘，帅朗这才注意到有问题了。那小姑娘头发掩着前额，别人看不见她的表情，可她抬眼皮能看到眼前的形势；再一瞧那书包不对了，瘪瘪的，根本就是方便装乞讨回来的钱呢；再一看那鞋也不对了，学生式的运动鞋，不过洗得干干净净，跪着的时候看那鞋帮根本没有磨损，那就根本不是长途跋涉来中州的，即便来了也不至于有心情洗得这么干净；对了，还有衣服也不对，这哪儿像三餐不济的，简直就是洗得干干净净扮个学生样乞讨来了。

说时迟，那时快，古清治一搅和，众人窃窃议论，有人眼尖也发现了某些疑点，那姑娘的某个手指头还染着指甲，根本不像学生。这回算是砸锅了，就在此时，只见那姑娘手脚利索，蹭一声一卷纸皮抱在怀里，回头狠狠地剜了古清治一眼，转身就走，几乎快步飞奔，不理会后面人的指责、喝骂，眨眼间拐进菜市场，不见人了……

“嘿，这腿脚这么利索，哪像癌症村出来的？”

“这小骗子……你说现在的人怎么这样？”

“得了啊，机场都有扮大学生诈骗的，这算什么……”

“……”

众人谴责着，不过谁也没有想过要追上骗子问个究竟，毕竟人少骗的钱也不多，再说总不能一群大人追孩子吧，骂了几句，讨论了一番，打酱油的群众陆续散了，古清治回头，忍俊不禁笑了。

此时的帅朗，嘴唇耷拉、两眼发愣、表情呆滞，似乎犯了不可弥补错误一般，愣在当场了……

“传说三国猛张飞，当阳桥一喝能退十万兵，不过最后却被名不见经传的小兵割了首级；传说汉飞将军李广令匈奴闻风丧胆，最后却不忍刀笔小吏的侮辱自己割了脑袋；十面埋伏的淮阴侯，不也钻过人裤裆么？当英雄都有怂蛋的时候……”

人走了，古清治温文戏语，学着豫剧的腔调，说戏词一般文绉绉来了几句，回过头来，好像是在安慰，在给帅朗开脱，不过眨眼间话锋一转，到了帅朗面前又变了：“帅朗，不过这就有点说不通了，这是一个连普通人也骗不了的拙局，你看看刚才来来回回，十个人里头能有一两个扔个块把钱就不错了，你是怎么了？故意做给我看，表现你有爱心？”

帅朗抿抿嘴，没承认，也没否认，看古清治这么略带质问的语气，附带征询的眼神，帅朗反感了，切了一声，头扬过一边。

古清治笑了笑，帅朗向来就是这个我行我素的态度，你要和他别扭，他还懒得理你，而且这身上的特异之处还真让古清治哭笑不得，常人窥不破的局他能看破，而常人都不中的招，他却中了。古清治一笑，轻声道："我想，是不是你也有过这种求人不应、恨不得给人下跪的感受……所以对小姑娘跪着哭了一鼻子泪特别有感觉？"

蓦地，帅朗回过头来，有几分诧异地盯着古清治，或许真有这种成分在内，刚刚他站在那里，根本没有去想这是个骗子，装着可怜相在骗钱，而是想到了自己也曾经四顾茫然、毫无目标地走在城市的大街上，在陌生的面庞和冷漠的目光包围下，那种孤立无助的感觉又何尝比长跪乞讨的小姑娘强过多少？所差只不过一个站着、一个跪着而已。

另一个差别在于，一个跪地哀求，一个永远打肿脸充胖子，即便觉得古清治说到了心坎上，帅朗也不屑地嗤着鼻子摇摇头："没有。"

说完，帅朗抬着眼皮，很复杂地看着古清治，补充了一句："没有什么感觉，也没有看出来，我都告诉过你了，我的智商就是白痴水平。"

"啧……"古清治摇摇头，看着帅朗那双带着复杂和反感的眼睛，有点揣不准了，恐怕反感的不是骗人者而是自己了，他斟酌着语气解释着："这和你的智商无关，而是你这人感情太过丰富了，每个人心里都有羁绊，你的羁绊就在这里，你明明也知道这里面有作秀的成分，其实你哪怕多注意看上几眼，也应该知道这是假的，可你还是选择了上当……为什么呢？"

"凡事非要问个为什么呀？我愿意，不就一百块么？你要跪在那儿乞讨，我也给你一百……"帅朗翻着白眼。

古清治被结结实实气了一下，摆摆手道："好好，我不问了，其实我在见到你同租的室友时就感觉到了这一点，重情义很难得，不过这往往会成为你最大的软肋。你应该明白我的意思了吧？这就是你需要改变的地方，哪怕你带着一丝感情的因素去思考和观察，都会影响你准确的判断力……"

古清治说得中肯，很难得地有这种耐心和一个晚辈说清楚用意，却不料帅朗不领情，根本不苟同古清治的话，他辩道：

“老头，我说你这人怎么这样？人心都是肉长的，不到难处不落泪，不到苦处不下跪，人都这样了，就是骗，也肯定有不得已的苦衷，好好的一个姑娘，不是真有难处，谁能没皮没脸跪这儿乞讨？要是你闺女，但有一点奈何，你舍得呀？我说你干吗就非把人家揭破，显得你能呀？即便是职业骗子，人家跪这儿一天容易么？你有钱你不在乎，可像这些无依无靠的人，在这狗日的城市能找个活下去的方式，她容易么？最终选择这种最没有尊严的方式，她肯定有她的苦衷，你还骗死人钱呢，倒看不惯人家骗活人钱的了……”

帅朗很生气，非常生气，似乎不是在生那位小女骗子的气，而是在生古清治的气，在生自己的气，声音短促而铿锵。听那三位被打得头破血流的回来说这个人很横，此时古清治才领略到了，不但帅朗的选择出乎他的预料，固执同样出乎他的预料，恐怕再来一次，他还会这样，别人左右不了他的想法。

两个人钉对钉，铆对铆，没有那么容易契合，古清治一言不发，负手前行着，帅朗想了想，一声不吭，跟在老头背后。这一前一后、一高一矮、一老一少，一个传统派头很有范、一个现代打扮很差劲，像游手好闲的小子在街上跟踪目标一般，说不出的怪异。

过了华山街，过了秦岭路，又拐进了棉纺路，两个人都是一言不发，脚步很快，大上午的日头加上城市的热岛效应，天更闷热了，两个人谁也没停，直到了棉纺路，古清治才喘了口气，回头看着几步之外还跟着的帅朗问道：“都生气了，还跟着我干什么？”

“我闲着没事呗，你不是要改变我吗，我都说了不相信，改变真那么容易呀？我想把你改变成沿街跪着乞讨的，你说可能吗？”

古清治道：“有什么不可能，逼到山穷水尽，杀人放火都不在话下，何况沿街乞讨。”

“不对，即便到了山穷水尽的时候，你一定会选择杀人放火而不是沿街乞讨，一个人的性格决定了他会去干什么事和不会去干什么事，你一直拿这些事试我有什么意思？不管是卖水果的大姐还是乞讨的小姑娘，都是可怜人，虽说可怜之人有可恨之处吧，可也不至于非像你那样端了人家的饭碗呀？何必呢？人家讨生活碍你什么事？”帅朗还是一副余怒未消找老头理论的态度。古清治给整郁闷了，不料走了半个多小时，这孩子还揪心着这事呢，他赶紧支手做个姿势喊道：“停停停……好好，我认错，是我不对，不该揭了小姑娘的骗局……这你操什么心吗，一转眼她换条街还能讨钱……好，到此为止……”

说着话，古清治有点力遏地停下了，在街边的长椅上坐了下来，再看帅朗的时候，仍然是那副看不透的表情，很诚实的眼神，如果初见面，谁也不会把这张诚实的脸和骗子挂上钩。在这字字句句中，没有哪一点是古清治预料过可能发生的情况，几乎是通盘出乎意料，在古清治心里的定位中，已经把这位定位成一个很有前途的小骗子，不过此时看来看去，又觉得不论从哪个角度看，好像自己都走眼了。应该是一位很有感情和同情心的小骗子，连古清治也道不清这孰好孰坏了。

“你也坐下呀，就坐那儿……”古清治笑着拭了把汗，示意帅朗坐下，帅朗跟着大摇大摆地坐到了椅子另一端，看看时间，已经是上午十一点多了，心里盘算着今天要不欢而散了，半天没见古清治回话就提醒着：“哎，大爷，那我看咱们也就这样了，你对我也很失望，其实我也没抱太多希望，啥也甭说了，一会儿请你一顿午饭，吃完饭各回各家，谁也甭打扰谁……说多少次了，咱们就不是一路人，走不到一条道上，我看出来了，您这人也不赖，最起码对我不赖，咱喝一顿好聚好散……”

“谁说失望了？”古清治斜靠着椅子，早已平复了心情，不动声色地反问道。

“哟？”帅朗一怔，“那您这是？”

“改变在继续呀，等下一个骗子呀……”古清治道，笑着看了帅朗一眼说："我都说了，让你见识形形色色的骗局，想不想上当是你自己的选择，你愿意谁管得了你。"

"咦？你比我还别扭呀？"帅朗愣了愣，可不料老头这么有耐心。

没话了，古清治笑着搭着二郎腿点上了一支烟，烟燃得多，抽得少。帅朗也点了一支，却是抽得多，燃得少，两个人各自抽着，谁也不搭理谁，有两支烟的工夫，古清治一指椅子右方，说了句："来了！"

帅朗直眼一瞧，笑了。

来了个方外之人，双手合十正和一位路人搭话，灰布的袈裟，手上一串念珠，不过刚和路人搭了一句话，那位三十多岁的男子一摆手，不屑地打发这人，而那位方外之人也不懊恼，依然是面带微笑，寻找下一个目标。

"这是个真秃驴还是个假和尚？"古清治两眼犀利，盯着那人的手势、动作、脚步，出声问着。

帅朗随意一瞥，笑道："和你一样，都是大师。"

"那你觉得这位大师如何？"古清治笑着靠上了椅背，很悠闲的样子。

"干得比你辛苦，挣得没你多。"帅朗随意道。

"你说他会不会把你当目标？"古清治问。

"恰恰相反，不会是我，而是你……他们的目标都盯在中老年人身上，这号外地混生活的假和尚胆子不大，顶多蒙你个十块八块香火钱，多也不过三五十。"帅朗判断道。

"你怎么知道他是外地人？"古清治问。

"看他的行为，不敢对路人过分纠缠，有点怯；穿的条绒千层底黑鞋，这不是中州周边乡下的打扮，中州周边的都喜欢胶鞋……你再看他合手作揖的姿势，双手的位置在胸以下、腹以上，有点不专业了，中州这一带临近嵩山，佛教兴盛，就是假和尚作揖都很正规……还有，是个农民，是农闲时间出来混的，领口以上的部位都晒黑了，这是长年干农活的标志；你看他步幅比一般人大，左右肩膀不平，应该是干过挑担一类的重活……还想听吗？这是个新人，几处穿帮了他自己都不知道，而且选目标的目光很迟疑，这人的胆子不大……”

帅朗轻声点评了一堆所见，这些都是从小在火车上和长期出来混练就的本事，或许此时真是心里没有什么羁绊，眼光才如此锐利老道，不过这也没啥稀罕的，现在忽悠人的花样翻新迅速，别说穿袈裟的和尚，娇滴滴的小尼姑不经意都能碰到。

帅朗随意说着，古清治可目瞪口呆了，这看到的、想到的和判断出来的，粗粗几句却比他自己看到的还多，他奇也怪哉地回头道：“你到底聪明还是傻?”

“有什么区别？傻人也有聪明时候，聪明人照样犯傻……看，没说错吧？盯上你了。”帅朗笑了笑，故作不知，头侧过一边。

古清治再回头，得，还真被盯上了，那和尚笑吟吟地走上来，双手合十，有点谄媚地笑着，正要来个施主金安，小僧来自某某地某庙，不料古清治眼睛一瞪，明显厌恶的眼神，让和尚打了个冷战，话全给咽肚子里了。

知道人家根本不吃这一套，和尚也知趣，转身就溜，不料帅朗招手喊着：“嗨，大师大师……过来过来。”

一回头，帅朗笑着拍拍身边座位，那和尚看这位慈眼善目、忠厚老实，就趋了上来，没坐，躬身来了个很不专业的揖：“阿弥陀佛，施主万安。”

“不是免费送平安符、护身符么？拿来……甭费嘴了。”

帅朗笑着倒先替和尚说了，中州街上多有这类人，一搭讪，这些方外之人先是一句“送你一句话”，你不搭便罢，一搭上给你扯半天四季保平安，咱方外之人行善积德，要送你个佛啦像啦的小东西，据说祈福免灾、祛病避邪，当然，别指望真免费，送完了就开始化缘，你都拿东西了总不好意思不行善积德吧?

原本循规蹈矩的故事情节，被帅朗一伸手打乱了，那和尚一愣，傻了……不过帅朗这么诚心主动要，和尚倒也老实，赶紧掏着口袋，真给了帅朗一个似玉的小挂件，长长的红绳子能套脖子里，帅朗笑着接到手里，看和尚还愣着，就追问着：“傻看什么，接下来该干什么你不知道呀？不化缘了？”

“这个……化……化缘，小僧乃五台山出家之人，奉师命下山送符，化缘重塑庙宇菩萨金身，万望施主布施一二……”和尚文绉绉念了几句，裤腰上解着功德袋子，开要小费了，他期待地望着帅朗，不料帅朗笑着反问道：“你明明是安徽口音，咋个在五台山出家，五台山在陕西哩，你跑那么远干啥？”

帅朗操的是标准的安徽方言，不过和尚没听出这话里有话来，或者根本就不知道陕西和山西有啥区别，反而高兴地不迭作揖问着：“老乡啊，小僧家穷，幼年被父母送上山出家，有些年没回去了，万望老乡积德行善，布施一二……”

“呵呵……这个好说。”帅朗掏着口袋，摸了拾块钱，给和尚塞进功德袋里，那和尚也不嫌少，又作了揖，正要告辞，不料被帅朗揪着了，帅朗操着安徽口音唆导着：“老乡，你刚来中州吧？”

“对呀，你咋知道？”和尚愣了愣。

“一看就知道，你不能说是五台山出家的……一说五台山出家的化不到缘，你是不是化得没你师兄弟多？”帅朗正色再问。

和尚更诧异了，摸摸脑袋：“对呀，这咋回事？”

“唉，你从哪儿听了个五台山，那山上都是小庙，这儿人不知道。”帅朗释疑着，很诚恳地指出了这位出家人的错误，那出家人没有防着，愣了愣，挠挠光头皮懵懂地问了一句：“那咋办？”

“你得说你是中岳庙出家的，本地出家本地化缘，大家都念个好，给你布施不是？”

“哎，对，有道理啊。”

“还有，你送的这东西呀，不能光说避邪消灾，你得说是中岳庙方丈，叫古龙大师开过光的，而且你不能找年纪大的，你看这老头，他们不喜欢这东西。得找年轻的小男小女……一说准行，不信你试试……”

“谢谢施主……谢谢施主……多谢施主……”和尚一听这么个古道热

肠的老乡，不迭地谢着，又多给了帅朗一个挂件，帅朗却之不恭，笑着接下了，那和尚直被帅朗忽悠得乐颠颠地走了，没准儿又要找下一个目标了，不过要是找个年轻人说中岳道教观出家当和尚、古龙大师开光，结果会是什么可想而知了。

“看吧，又上当了……大爷，您说这是何必呢，你就揭破他的身份有什么意思，还不都是出来混俩小钱贴补家用，你就把他揭得灰头灰脸有什么用，转眼换个地方还不照样装和尚……”

帅朗傻乐地说着，这个笨和尚真不知道能骗到几个比他还笨的，估计也就能哄几个老头老太太的块把零钱，还不能碰上古清治这号人。帅朗说完了饶有兴趣地把十块钱换得的俩挂件挂到脖子里，回头再看古清治，古清治却眼不眨地盯着自己，帅朗无所谓地说：“我就这号人，您老看不惯呀?”

“谁说我看不惯，你会几地方言?”古清治没理会帅朗的别扭，问了其他话题，帅朗笑着拽上了：“那可多了，我们铁路职工可是山南海北哪儿的人都有，不过也不是全有，听懂的多，藏语和维语就听不懂。会讲的嘛，也不少……”

说着帅朗童心大起，一摆京腔：今天爷就站这儿了，你丫动我一试试。别看你丫个儿不小，逼急了老子，拿板砖拍你丫挺的……一转口音，又是纯正的陕西味道：今天饿奏立到这儿，你娃司伙把饿动嘎子，保看你娃陪瓜子美，把饿兜急咧饿，端直猫个砖赔到你萨哈！

古清治眉头一皱，帅朗眼珠一转又成了天津卫的痞话：近儿我揍赞借害儿了，你动我一四四，甭看泥葛大，逼急了我自接那钻头拍泥脑袋……等古清治再一叹气，帅朗却是青海话又憋出来了：谨天脑（我）就占刀这哈巴留，你把脑（我）咚给一挂适当个。保球看你知么大自国爱，着粉留喝脑直接头大上一快板状，拍球航道。

连着数种方言，都表达着一个意思，这其中倒不乏借方言骂人之意，说得帅朗乐呵地看着古清治的脸白一阵、红一阵哈哈大笑。陕西方言学得最好，那是田园和平果俩陕西货经常对骂，不想学也会了，山东方言却是向老大学的，也比较纯正，剩下乱七八糟的，连帅朗也说不清跟哪个狐朋狗友学会的，差不多都是骂人的痞话。大学同学也是五湖四海，混在中州同样是四海五湖，久而久之，学得帅朗有时候说话都不像中州人了。

“哎……怎么生出你这种怪胎来？”古清治拉拉衣襟站起身来，无奈地笑了笑，没治了。老头起身一动，帅朗倒不好意思了，笑着问：“咋，准备走啊……”

“你不说请我吃顿饭呀？怎么，忘了？”古清治揪了帅朗个话头，耶嗬，把帅朗诧异得，客气一句吧，这老头还真当真了，帅朗拍拍屁股起身提醒着：“地摊啊，一人一碗烩面，喝酒二锅头，超过标准不招待了。”

“好啊，蹭点算点……”古清治学着帅朗的口气，两个人又继续往前走，这小摊到了晌午时间胡同口上就有，古清治边走边说：“帅朗呀，你觉得今天见的这么些骗子，赚钱不？说正经的，别开玩笑。”

“能整多少呀？这骗也是辛苦钱，看这天气，看这太阳，差不多点谁愿意干这事，怎么？您老有意改行？”帅朗开着玩笑。

“看来作为业内人士，你还是挺同情这些同行的，对吗？”

“大家不都是逼到这份上了么？你说真是有个像样工作，有份固定收入，谁抹着脸出来败这兴呢？还不定能讨到多少钱，站哪儿都是招白眼吐唾沫，遇上你这号人还得砸人饭碗，人家容易么？你想给了，给点；不想给就当没看见拉倒，何必呢？”

“哎，眼光呀……眼光……还是差一小截啊……”

古老头叹着，不置可否，帅朗也懒得理会，走了不远，看着棉纺胡同里的烩面招牌，喊着古清治进了胡同，这还不带客气了，两碗烩面，一瓶二锅头，准备打发古清治这么大身份的神仙了……

国人都喜欢饭桌上说事，而饭桌文化也由来已久，不可否认，看一个人的吃相和作态也确实能反映出点问题来，比如吃得是狼吞虎咽还是细嚼慢咽；比如喝得是小杯细斟还是大杯猛灌；比如这环境选的是幽静闲适还是嘈杂纷乱，都看得出一个人的出身和修养来。

不过别指望从古清治和帅朗这顿饭上发现什么修养，胡同口的小摊是拉开凳子便坐，报饭的时候是大声吆喝，开吃的时候是解开扣子、捋起袖子，大筷子捞着烩面，旁若无人地吸吸溜溜往嘴里送，喝酒也简单，两瓶半斤装的，杯子也不用，边吃边碰瓶闷一口，和周围横披衣服，脚搭凳子以及吃饭时不时擤个鼻涕，粗手指头剔牙那些爷们实在看不出什么区别来。

没有什么意外，和古清治预料的几乎一样，帅朗就是个土生土长的市井爷们，有点小聪明，有点小同情，有点小坏水，是那类连他也说不清自己是好是坏的小市民。反观古清治可就强出不止一条街了，品山珍尝海味一般，细嚼慢咽只吃了半碗，酒也喝得不多，大多数时间是饶有兴致地看着帅朗的吃相。

很有意思，这么好的年纪和这么好的胃口，让古清治不羡慕都不可能。饭很香，路还很长，两个人吃完，借着微醺的酒意，逛得更起劲了……

五城南路沿街人行道，偶尔会有几个摆象棋残局钓鱼的，秦岭路边草坪的后头一堆人，经常有扑克牌猜红黑的，帅朗即便喝得眼睛有点迷离，照样指得清哪一位是坐庄的，哪几位是扮托的，几个人装模作样一玩一吆喝，总能把过往闲散的路人招惹几个凑上来玩，不管你怎么玩吧，反正你兜里的零钱估计是带不走了，就这小生意，好光景一天赚两三百，就不行也能挣百儿八十，说起来倒比上班强多了，帅朗还有几分羡慕……

到了电厂路这一片呢，形式就变了，电厂周围的民房胡同和电厂的光棍一般多，每每总有抹一层浓妆的大嫂装嫩扮靓站在胡同口上招徕过往解决生理问题的顾客。一半是童叟无欺、看货论价，另一半就够呛了，没准儿是把你引胡同深处来个仙人跳翻板什么的，等出来没解决生理问题不说，身上肯定连饭钱也没了……路过此处，帅朗嘿嘿笑着给古老头开着玩笑，还不忘顺口调戏胡同口站着嗑瓜子的大嫂两句，不过被大嫂们当小痞子直接无视了。

帅朗嘴上一跑火车，古清治自然就看得更清楚了，估计也就是这种光怪陆离的环境，才培养得出帅朗这号怪胎来。

溜达到了西环路，这条路上的中介机构比较多，租房、婚介、找保姆，大大小小的广告把沿街的招牌、路边的电线杆、甚至休息的长椅都占得满满的。帅朗数起这些东西来更是如数家珍。怎么忽悠人呢？第一步，条件能说多好就说多好，反正是先忽悠得你交了定金，定金一交，下面的事就好办了，签协议有什么出入、实物和广告有点差别，都不是问题了，大不了拿定金威胁一下，十有八九能把顾客诈唬住，就真诈不住非要解约，好，定金不退了。不服气想维权呀？好，你去告吧，告到你筋疲力尽，还没准儿那点定金能要回来不!?

这种事就不好说了，你说这是骗局，还是小市民烂人的赚钱智慧。你说是骗吧，他未必违法；就是违法你也未必提供得出充足的证据；你说是赚钱的智慧吧，实在听得人嗝应，怨不得上当的人经常来这儿发泄，那中介处的玻璃最多能支撑一个月不换就不错了……古清治倒是诧异帅朗怎么对这些如此清楚，细问之下才知道，这货就在中介里干过一段时间，而且还恬不知耻地说干的还是婚介，说是婚介，其实就是找职业相亲女，要不干脆雇个小姐，专门和那些三十好几四十郎当的傻光棍见面，勾引得他们交介绍费，交完介绍费，顶多再吃顿饭，一准吹灯拔蜡，到时候他们只能怨自己长相太对不起人，根本不好意思回来要定金，所以这是稳赚不赔的生意。

当然，这事也不能多干，帅朗干了没多久，捞了一笔就溜了，说这钱挣得人心虚，直怕那些傻光棍们想不开寻死觅活，那麻烦就大了。这话逗得古清治笑得打颠，眼前这位是个既吃羊肉又嫌膻味重的人物，就骗而言，基本是票友性质的，甚至有些东西就是出于喜好，连他自己也没有意识到自己在干什么。不过不可否认，玩票的时间久了，有时候免不了达到专业水平的层次。

逛到下午五点多的光景，古清治提议到环南路，还有其他事要办，而且要带上帅朗，晚上一块儿吃饭回请，俩人在西环路半天没招到出租车，干脆挤上公共汽车。一上车，古清治觉得后面帅朗在拽自己，没明白怎么回事，接着帅朗附耳上来听得又是耸眉而动，敢情这车上还有贼呢……一扫稍显拥挤的公车，让古清治大叹自己眼拙，很久不坐公汽了，连这上的道道也快忘了。两个人又是饶有兴致地看着车里，三个贼，一个瘦里干巴的插在兜里找目标，另一装腔作势看报纸，还有一个女人斜挎着大包，找准了目标一前一后挡着，那瘦巴男人使的是医用长镊子，挟一位中年男的钱包……

没吭声，谁也没吭声，看见的头扭过一边，装作没看见，偏偏这贼笨得厉害，夹……夹……夹了半天没夹出来，倒把那中年人惊得省悟过来了……不过这位被偷的只是捂着裤子口袋转了个身，明显看到那贼恶狠狠地瞪了他一眼，似乎埋怨你丫装得真不是个地方，那中年人也只当没看见。

于是仨贼又寻找下一个目标，不料无巧不成书，盯上帅朗了，女的斜挎着大包朝帅朗这边蹭，仨人一动一动地都向帅朗蹭过来了，帅朗一愣，瞧了瞧古清治，不料古清治这老家伙看笑话似的，反而躲开了点，给仨贼让出路来了，眨眼间三个人有意无意呈品字形把帅朗包围到中间了……哦哟，把帅朗给郁闷的，这实在是缺乏专业和敬业精神，偷东西的不好好苦练绝技也罢了，拿个镊子都使不好；这女的更差劲，背那恁大的包，到谁跟前谁都要警惕，偏偏这妞儿还装无辜似的就喜欢跟人凑。帅朗笑了笑，做了一个动作，一个一个地把口袋翻出来，等小偷上得前来，帅朗猛地一回头，双手一摊直翻白眼，那样子在说，看吧，哥的兜比脸还干净，你找错人了……气得那仨贼一伙狠狠地剜了帅朗两眼，似乎没找对目标都要怪罪到帅朗身上似的。下一站，三个贼次第下了车，车上此时才议论起来刚才下去的是贼……

一个小小的插曲，谁也没有什么损失，都说得蛮来劲，有的大叹世风日下，公德尽丧，这小偷都能光天化日为所欲为什么的，说得公交司机哼了哼谑笑着嗤鼻，听得古清治也微微笑了笑不作评论。帅朗看着那位发言的，也是位中年人，就在离自己不远的位置，刚才的这几个动作都落在他的眼底了，不过这话听得真让人反胃，这货刚才看见了，他干什么去了？

于是在这个不咸不淡、司空见惯的小插曲的延续中，公交车到了目的地，帅朗和古清治下了车。

这里已经是中密路的三环交叉口了，天虽敞亮，行人却稀，古清治向路前后瞅了瞅没见邀的车来，看看下车酒意已醒、正掏着烟斜着点火的帅朗，问了句：“帅朗，今天觉得有收获吗？”

“没有啊，这些东西还不都常见……”帅朗说着就坐到街边，抽着烟，跷着二郎腿，看着古清治，诧异地问着：“嗨，我说大爷，你精神头儿不错呀，溜达一天了，你准备去哪儿？”

“等车来，一会儿你就知道了……”古清治道，每每帅朗表现出这种状似二流子的德行，他就看不惯，踢踢帅朗示意让他站起来，帅朗扭着屁股挪了挪不理会，古清治叹了口气指摘着：“哎，我说帅朗，你不能让我白费劲吧，这看了一天，敢情你真没有什么感觉？”

“没有啊？你有什么感觉？”帅朗反问。

“啧，今天所见的都是市井流行的骗术，你没觉得出里头的深意？”

“深意，这里头能有什么深意？”帅朗依然不解，司空见惯就有点熟视无睹了。

“我本来想告诉你，同情和怜悯是一钱不值的，可恐怕你接受不了；本来想告诉你，骗和其他事也是一样的，是一个集腋成裘、积少成多的过程，即便最小的手法能做到极致，同样是一个发家致富的途径，可我估计你也不会相信……记得我说过你身上的长处吗，其实凭你个人的才智，三十岁小富、四十岁发财，老了逍逍遥遥一点问题都没有，可我估计你同样不信，是不是？”古清治缓缓说着，某种诱惑被很巧妙地放进话里了。这么说话帅朗倒一点也不反感，愣眼瞧着古清治，跟着一掐烟，一骨碌起身来劲了，很正色地看着古清治问道：“你说的我信，可我没发现我的长处呀？我现在连我干什么都不知道。”

“呵呵……这样吧，咱们用事实说话。挑个最简单的事，中午碰见的那个笨和尚，你觉得像这种方法能做到多大？或者说能赚多少钱？”古清治征询地问道。

“那能有多少，逮个人蒙上十块八块了不得了。累死也就那样。”

“那乞丐呢？”

“这个……听说里头有发小财的，不过那事谁干得了。”

“呵呵……车来了，走吧。”

古清治看到一辆桑塔纳从路上驶来了，招着手，帅朗想知道的下文没有了。车来了，驾车的人认识，正是在名流墓园见过的冯山雄，四十岁光景的年纪，估计是发了点财，人看着精神头儿很足，小头梳得油光水滑，车一停，伸着手在车里给古清治开车门，客气到了谄媚的程度。

早知道这些货是一伙，冯山雄的出现倒没有让帅朗觉得意外，唯一意外的是不知道这是去什么地方，不过即便不知道也并没有让帅朗有丝毫的担心。所谓礼下于人必有所求，古清治这么谆谆教诲、冯山雄这么客客气气，让帅朗很有那么点亲切感，更何况感觉好像古清治想让自己看到什么，就像每件事到了最后，始作俑者都会很得意地亮出让人意外的结果。

那么今天是什么意外的结果呢，一路上，帅朗还真没想出来……

意外结果出现了。

车疾速行驶十几分钟，出城约二十公里，拐上村道时差不多就看到结果了，是个很让人不解的结果。沿着村道两旁有两座巨大的垃圾山冒着烟，不远处还有三轮车驶到这里倾倒，一眼看过满眼乌七八糟的生活垃圾、厨卫垃圾、医用垃圾以及各色塑料袋包裹着的不知道什么垃圾，从来没有看到如此壮观的垃圾山，看得帅朗浑身起鸡皮疙瘩，而且就在这垃圾山上还有人在刨着什么，鸡皮疙瘩上又带上了一层凉意。几分钟行驶进村，一排低矮的厂房出现在眼前，帅朗好容易从憋闷中憋了过来，赶紧开车窗想透透气，却不料一开，一股比烟还浓的呛鼻气味直冲进车里，又不迭地关上了车窗，咧着嘴直出粗气。

“你们这冯泉村怎么成了这样？”古清治也微微皱眉。

“没办法，钱害的呗……这儿去年建了个泔水养猪场，养猪的天天拉城里的泔水。村口是垃圾厂，村里还有收废旧轮胎和炼油的，一烧火满村都是烟，一到晚上就进不了人了。”冯山雄随意地道了句。

再看看，还真没有夸大其词，过了泔水养猪场就是满堆着废旧轮胎和破烂的住户小院，几处大院里燃着火，村道上也有几处冒烟，到这地方。帅朗贴着车窗玻璃瞧了瞧，不经意地见到了某院成桶的液体正往三轮车上装，脑子里灵光一现，侧头问道：“炼的是地沟油？”

“既然收泔水，当然就有地沟油了……这泔水也有成本呢。”冯山雄不屑地回了句。

“哎……城里人给乡下人的蔑视、轻慢和垃圾；乡下人给予的是同样的回报，呵呵，泔水、垃圾扔回乡下，乡下再把泔水炼油养猪，把垃圾加工，油和猪肉再运回城里，这个循环绝无仅有啊。”古清治几分嘲弄地笑着，叹了口气，靠着椅背仰着头，像在回忆着说：“我记得很早以前这儿还是土路，一村处处树荫，这才多少年，咱们从以前非常崇尚节俭的文化理念过渡到疯狂消费的时尚，只用了几年时间，城市和农村，都快不堪重负喽……”

老头就是这个冷眼旁观的德行，说得帅朗心里多了几分嗝应，冯山雄却笑着解释道：“没办法，把地变成垃圾场比种地还挣钱，没地了又有不少人没出路了，不想辙谁养活他们。”

车停到村北头地势稍高的空地上，古清治手里拿着什么东西，叫帅朗下了车，冯山雄敢情也嫌弃这地方，根本没下车。说实话帅朗真不愿意下去，这村里的味道比十年没打扫的厕所还冲，边捂着鼻子边追着古清治问：“大爷，咱们到这儿到底干吗呢？这有什么看头，黑工厂谁没见过。”

走到高地上看清了，垃圾山后，泔水养猪场在村口，靠东一片都是废旧轮胎加工的，往西一片八成都是炼油的，好几个院子堆着汽油桶大小的器具，其实到这地方拍摄个世界末日类的大片，几乎都不用布景就能直接开机上镜。帅朗诧异一问，古清治持着望远镜看了个方向，把望远镜递给帅朗笑道：“这个够震撼，不过我让你看的是其他……是你见到的。”

帅朗狐疑地拿着望远镜，顺着古清治所指的方向，出村不到一公里的邻处，独立的一个大院，院门口停着辆双层大巴，一看车上下来的人，帅朗愣了愣，手抖了抖，然后放下望远镜，盯着古清治，很复杂、很愕然、很不相信的眼光……然后又架起望远镜，仔细地看着……

和尚，车上下来的、大院里进出的，都是和尚，准确地说是假和尚，高倍数的望远镜看得很清楚，院中间生着火煮了几口锅估计快开饭了，院子里穿僧衣的、光膀子的，正在洗漱着，看样子在说笑，没准儿是在白话各人今天都赚了多少。石桌上排着几件啤酒，估计要等着开饭大块朵颐呢，甚至人群里还看到几位戴着尼姑帽的，身材颇小，应该是尼姑了。

“哇噢……僧尼开会、光头荟萃啊，哪来这么多出家人？”帅朗边看边愕然地说，声音惊讶得变了调，看进进出出有百把号人了，这地方当然不是寺庙，就是寺庙也不至于和尚尼姑同时出现吧？看了半天放下望远镜，帅朗很无语的表情凝视着古清治，愕然问道：“跑这么大老远，你其实是要告诉我，连这都是个发财途径？”

“差不多吧，丐骗和僧道骗由来已久，中州每年农闲时像这样成群租车来的假和尚队伍少也有数百，多要上千，以安徽一带为多，这样的聚集地我能找出七八个来……还有乞丐，其实在现在城市的环境中，单个的人乞讨，很难生存下去，乞丐也成群结伙的，大部分都归在一个或几个丐头手下，在哪儿乞讨，活动范围有多大，这都不是随意想怎么干就怎么干的……你上午见的那位小姑娘，是乞丐里比较成功的一位，每年哪儿有灾，她老家就是哪儿的，不光她一个人，她组织了一村几十个人在中州抢了块地盘……这就是我说的你眼光上的差距，任何一个小骗术做到极致都是非常了不起的。不管是垃圾变废为宝的、泔水里捞油的、轮胎里取钢丝、磨颗粒的，还有这些扮和尚讨钱的，都是……”

古清治娓娓而谈，就像说着和自己不相干的事，而帅朗早惊讶得咧着嘴忘了此时身处毒气包围中了，实在这僧尼聚会的场面超出他的想象了，而这个村的恐怖更出乎他的意料。一见帅朗吃惊，古清治故意问道："怎么样？人心是最阴暗的地方，可同样是最脆弱的地方，现在觉得你的同情和怜悯有多可怜了吧！利用人性中善良的一面来达到某种目的，是一个屡试不爽的办法，表演得越好，所得就会越多，哪怕只剩百分之一的相信，这东西就有它的市场……你现在觉得你上的当还值吗？"

帅朗咂吧着嘴，有点反驳不上来了，眼前回忆着上午见的那位楚楚可怜的小姑娘、回忆着那位貌似憨傻的假和尚，其实最可怜最傻的，不是人家，似乎是自己。

"走吧……这地方的空气实在够呛，这些我就不点评了啊，放十年前恐怕没人理解得了，现在嘛，找个理解不了的倒不容易了……"

古清治玩笑似的说着，回到了车上，关上车门，冯山雄驾着车快速出村，遭遇了村口几位拦着检查，估计是怕外人拍照暗访什么的，一见冯山雄是熟人，这才放行出村。

行驶了几公里，车停下来了，停在路边四门大开，好容易喘了口气，身后依稀的烟尘还能看到，身侧不时有垃圾清运车驶过。一辆满载着垃圾的车引起了帅朗的注意，低矮的车栏之内，放着一块压缩成形的垃圾，肯德基的垃圾，整块都是肯德基大爷那个笑眯眯的脸，帅朗下车问着冯山雄，不解地指着这东西说："冯师傅，这东西到村里怎么处理？"

"打成浆就做成纸杯了，咱村还做一次性筷子呢，厨卫垃圾一般都能派上用场……"冯山雄侧立在车边，笑着解释道，帅朗咧着嘴不敢往下问了，眼不见为净、眼见了烦心，这会儿觉得肚子里有点犯嗝应，隐隐作痛，有点怀疑中午那顿饭，没准儿油和筷子都是这村里的产品……

足够颠覆认识了，如果在此之前仅仅是隐约听说过的话，那么这次所见足够让帅朗重新认识了。返城途中帅朗一言未发，坐在车后不知所想，快到环城路的时候，古清治才递过支烟来，一车仨人都点着烟，只见古清治笑着回头问上了："怎么样？现在总该有心得了吧？"

"别提了，不看还好，看了明儿都没勇气到摊上吃饭了。"帅朗撇着嘴，余味未消。

“呵呵……不是专门给你找不自在啊，只是想让你看清一些真相，这不是谁都可以看得到的。其实今天还有一个目的，就是让你认识这多种骗术背后的事，你有发现吗?”古清治再问。

帅朗没吭声，摇了摇头，被那地方雷倒了，暂时失去思维能力了。

“其实你已经看到这种破绽百出的丐骗、僧道骗，戏法骗，是骗术中很精粹的一种，为什么说它精粹呢，因为这种骗术根本归不到法律范畴的诈骗一类，所以就没有什么危险，久而久之，就产生了一种凭这种市井骗术赖以生存的群体，或者你也算其中一位。都说撑死胆大的饿死胆小的，这句话我不敢苟同，胆子太大肯定要被撑死，不过胆子小、有所敬畏的，未必就会被饿死……你就属于那种有敬畏的胆小人。”古清治解释了几句，看帅朗眼珠骨碌转着，确实有所改变了，不那么针锋相对地质疑了，估计是看到了真相的缘故，停了一下，古清治又征询道：“骗术做到极致，破绽百出这是一种，想听另一种吗?”

帅朗蓦地一愣，看着古清治，机械地点了点头，这老头的理论不是一般的强。

“另一种就无迹可寻了。”古清治欠身道，“既然无迹可寻，很多时候根本就没有人意识到发生了骗局，比如炒坟，多数人会认为是土地紧张、成本高昂等市场原因引起的价格上涨，觉得这是市场规律；比如炒房，从卖地修楼到售房全程都是猫腻一堆，可有人会认为这是骗局吗？比如股市期货，无非是大户设局套散户的投资……这种骗，赚了的心安理得、赔了的自认倒霉，谁也不觉得是个骗局……古话说得好，香饵之下，必有死鱼，我想，这点你应该很明白……”

帅朗没有吭声，难得这几句都听进去了，此时，好像也有一个香饵、一个诱惑、一种欲望，慢慢地撒出来了……

第六章
越是美女越能骗

心情是随着环境的变化而变化的，次日又是一个大晴天，早晨出门的帅朗没有乘车，从大东关慢跑到了新东区龙湖植物园，楼宇、街市、匆忙的行人、来往的车辆，在阳光明媚的天气里显得如此和谐，最起码和冯泉村那个造假地方相比，不管怎么看都是和谐的。

慢跑了几公里，当感觉到额头上沁出细细的汗粒，全身微微发热时，帅朗的步子渐渐放缓了。东新区是个新建区，经过的运河桥、内环路，这一带的绿化不错，大清早看着清凌凌的河水，听着偶尔的鸟叫声，不经意地还能见到闲逛的老人或者闲适的妇人推着童车，童车里坐着不安生的娃娃牙牙学语，所闻所见的一切都化作了脸上欣慰的笑容。谁也无法否认，即便心里再阴暗，也感受得到这些俯拾可见的美好。

帅朗慢慢朝着龙湖植物园的方向走去，今天的目的仍然是去见古清治，和昨天一样，没有明确的目标，没有明确的行程，老头只说今天会在龙湖植物园晨练，于是帅朗就溜达着来了。这一次好像是自觉自愿的，虽然一切都不明确，可让帅朗隐约地觉得，老头每每异于常人的言语总能撩拨到自己内心深处，几句短促的针砭，总是暗合了自己想说又说不出来的话，而时不时表现出来的对传统、对文化、特别是对骗术的了解，免不了让帅朗心生向往。

这种心态如何解释呢？简单一点说，一个人的悲剧不是肚子里没货，而是肚子里就那么点货，状如鸡肋般食之无肉、弃之可惜。比如帅朗，已经感觉到了自己这个百样通的尴尬，拿着不疼不痒二流大学文凭，考公务员走官路吧没路子，进好公司谋高薪吧没门，真老老实实打工吧，心里又有所不甘，这么不上不下吊着也确实不是回事。特别是昨天的见闻，对帅朗的震撼恐怕比古清治想象中还要大，人家破纸板上写堆煽情的话都能讨生活、剃个脑袋扮和尚都能做成项事业、甚至于垃圾堆里泔水桶里都能找到产业，咱这正规大学毕业，寒窗即便不苦也熬了十几年，到头来却连工作都成问题。这相比之下何啻于天地之别，情何以堪？

有想法？当然有了，帅朗昨天晚上辗转反侧夜不能寐，破天荒地好好琢磨了一番那本《英耀篇》，从头到尾看了若干遍。没错，几百字并不是十分深奥，比如一句“急打慢千、轻敲响卖”八个字包罗了数种察言观色的技巧，“打”指突然发问使对方措手不及，在仓促间吐露实情；“千”是指刺激、威胁；“敲”指旁敲侧击；“卖”指掌握对方资料后，从容不迫让对方惊异并折服。八个字把虚虚实实、真真假假的言谈技巧很形象地表述出来，其实这就是平时运用的一些手法而已，帅朗能和自己从事过的保险、推销之类的工作契合到一起。其实所谓的骗术圣经实在没有什么特异之处，净讲怎么看人下菜、察言观色了。

看着，琢磨着，慢步向前走着，此时是上午八点的光景，植物园外的林荫道上鸟语花香，浑然有点忘我的帅朗根本没注意到身边过往的行人，不经意间有人在喊帅朗的名字……很怀疑、惊讶带着几分喜气的声音。

嗯？帅朗一怔，侧头看到一位运动装束的女人，挽着头发，额上一片汗水，看样子像晨跑的，不过一怔之下，又愣了愣，好像不认识。

那姑娘和帅朗差不多相当的年纪，她停了脚步，活动着脚腕，笑吟吟地向帅朗打招呼，不料得了帅朗这么个愣眼相看，她皱皱眉很不悦地说：“不会吧？你真不认识我了？”

“那您……是……”她一皱眉把帅朗皱愣了，好像确实没有什么印象，再看这妞儿中等个子，瓜子脸型，不知道是运动的缘故还是胸前就大，那地方一起一伏的，格外让人怦然心动。迎着那姑娘质询的眼光，帅朗有点挠脑袋瓜了，还真想不起来，这两年混的地方不少，见的人也颇多，还真从记忆中找不出自己认识这么一位女人来。

“王薇薇呀……你不记得了，我在中文乙班，和韩同港一个班，你老去我们班溜达。”

那姑娘很嗔怪的眼神剜了帅朗一眼，哟，可把帅朗搞得很不好意思了，这是大学里同系不同班的同学，可不知道自己哪个地方出奇，还让某女暗恋自己？一念至此，帅朗有点不好意思地说：“有点印象，记不清了，这都毕业好几年了。”

“就知道你们男生只关注校花，肯定要忽视我们这类丑小鸭啦。”那姑娘撇撇嘴，很不满意了，帅朗一听赶紧解释道：“不是，不是，绝对不是，我那时候就喜欢和男生一块儿瞎折腾，根本不是女生的关注对象，当然，我也不太关注女生。”

“是啊，你一点都不出众，当然没人关注你了。”那姑娘直截了当一句，刺激得帅朗有点不悦了，瞥了一眼这位扮相并不出众的妞，挽发素面，蓝色运动衣，除了身材凸凹了点，也未见得就很出众。腹诽还没结束，谁知这妞儿笑吟吟地看着帅朗，久别重逢后一样喜悦地说：“不过我很清楚地记得你，你那时候打架的样子真帅、真拽……中文系那娘娘腔帅哥十个也不顶你一个。”

咦？不知道这句有什么魔力，让帅朗心花怒放了，说什么来着，天涯何处无芳草，没准儿咱也是哪个香闺的梦中人呢。心里乐开花了，不过表面上却装得很不好意思地摆着手：“别提了，那洋相都出大了，大家都以为我是黑社会呢……”

“才不呢……我就觉得你人不错，不过你也太眼高了吧？居然想不起我来。”王薇薇嗔怪着，几分埋怨，面对面地站在帅朗面前，边拭着汗边说。一到这个距离，让帅朗没来由地心跳了，眼睛正对着姑娘的额头，眼珠稍往下移个角度就对着胸前，目光正好从拉链口子进入到白皙的地方，这姑娘虽然不是美得倾城倾人，不过这样子挺可人的，那时候怎么没发现还有这么可人的一妞呢？帅朗笑了笑道着歉，边压抑着怦怦乱跳的心房，边笑着解释道："我想起来了，怎么可能想不起来？经常听我们韩老大提起薇薇怎么怎么啦，我还纳闷谁呢……你变化挺大的啊，比在学校时漂亮多了……"

"真的？"王薇薇乐了，一笑露出一排贝齿。

"当然真的。"帅朗也乐了。

"不过你可没什么变化，感觉还那样。"王薇薇笑着说了句。

"那当然，本色依旧嘛。哎，这几点了，你不上班呀？"帅朗问。

"我住的地方离公司不远，就在龙湖小区里，赶得上。"王薇薇笑道。

"哟，这环境可老好了啊……"帅朗闲扯着。

"你还好吗？怎么两年没你的音讯呀？"王薇薇笑着问。

"我呀……一言难尽……"

"……"

俩人并肩走着，状如好友般闲聊着，几句之后让帅朗的感觉颇好，感觉越好，遗憾越大。上大学时缺少女人缘的帅朗除了吃和睡，就是玩，好像隐隐约约记得韩同港提过有一位叫什么薇薇的，不过那时候女生出来就是一堆，还真对这姑娘印象不深，遗憾也就在这儿，大学时候咋就没发现自己还有这位可人的崇拜者呢？要是那时候发现多好，说不定都能发展一段凄婉动人的校园恋情了。

暗暗地怀着这种坏坏的心思，几步踱行，帅朗悄悄地瞥眼观察了好多次侧面的妞，一说话胸前起起伏伏，那叫一个娇喘微微；一轻笑满面花开，那叫一个花枝乱颤；一嘘寒问暖，那叫一个温婉可人，直能暖到人心底。帅朗注意到王薇薇的睫毛很长、每每轻颤得让人心动，注意到了她白腻的鼻尖还沁着几滴细汗、像花瓣上的晨露清新而宜人。乐呵呵地说着，那姑娘也不追究帅朗的粗心大意了，直问帅朗到这儿干什么，现在从事什么工作，几句寥寥，温言软语，让帅朗对当年的遗憾更深了几分。

几分钟的工夫，似乎让俩人重拾了当年情谊，不过邂逅苦短，又要回家换衣，又要赶着上班，到了植物园门口分别，站定之下回头，王薇薇很俏皮地抿嘴一笑问："带手机了吗？"

"带了。"帅朗乐了，赶紧掏出手机递过来，知道要干什么，王薇薇摁着号码，给帅朗留了个联系方式递回来，笑着威胁道："有时间联系我啊，再把我忘了，小心我不客气。"

"不会不会，怎么可能。"帅朗乐呵呵地应着，似乎已经看到交桃花运的先兆了，俩人很温馨地告别，看着王薇薇慢跑着，不时地回头招手示意，直到人影消失了很久，帅朗还在回味着此次的邂逅，忍不住要哀叹茫茫人海，相遇一回是多么不容易了。这电话呀，肯定是要打的，否则就对不起人家姑娘这么朝思暮想、念念不忘自己了不是？

阳光明媚，心情开朗，情绪大好，王薇薇走得不见人影了，帅朗才溜达进了植物园，在洒着树荫和阳光的林荫道上吹着口哨，高高兴兴地走着，心里装得满满当当的都是邂逅之后的遐想。话说这人一辈子要有几年运气旺，一旺二旺啥都旺，这段时间的财运旺，没准儿这桃花运也会很旺的。

乐滋滋地想着，进了植物园走了很远，到了龙湖边上湖心亭四顾找了找，才发现古清治戴着凉帽，坐着小凳子，在湖边垂钓呢。咦，这老头，不得不服这丫挺会生活，高兴了就去公园人多的地方哄哄中老年妇女骗俩小钱，不想去就找这样没人的地方钓钓鱼。帅朗心情大好之下直趋到湖边，站到古清治身后，老头背后长眼一般很淡地说了句："来了。"

"嗯，来了……古大爷你兴致蛮高的嘛，会不会钓鱼呀？"帅朗笑着一屁股坐到湖边问着。

"已经钓上条大鱼了……你的兴致也不错嘛？怎么了，今天好像心情蛮不错嘛，有喜事？"古清治随意问道。

"那当然，亏得我今天来了啊，门口遇到个大学同学，美女哎，差点擦肩而过。”帅朗道。不料这么一摆活，老头却没下文了，笑了两声，很不以为然地笑，半晌没见回音，帅朗就凑上去问：“哎大爷，今天就学钓鱼呀？这钓鱼和眼光也有关呀？我怎么没看出来呢？”

“今天呢，想让你见识见识骗术中最上乘的手法，篡改记忆，听说过吗？”古清治道。

帅朗仰着脖嘿嘿笑了笑，叱道：“瞎掰吧？你咋不给我搞个人工智能呢？”

“那你是不相信喽？”古清治笑着问。

“废话不是，谁信谁脑子有病。”帅朗笑着一屁股坐下来了。

“都说了你眼界太浅，没见识过的东西太多了，你没见过，未必就没有。”古清治笑着摆活着，不过眼光却注意着鱼漂的方向，看也不看帅朗，听着帅朗没接茬，又出声问着：“帅朗，你那位女同学漂亮不漂亮？你不会又见色起意了吧？”

“男人不流氓，思想不正常……我想想又怎么了？现在不想，到你这年龄再想，也不顶用了呀，哈哈。”帅朗没大没小开了句老头的玩笑，不料玩笑一出，老头却没音了，帅朗凑上去，侧脸看看是不是老头生气了，不料看到了一张面无表情的脸，让帅朗讶异了一下，刚缩回来，老头出声道：“你……真的不明白？”

“明白什么？”

“明白你该明白的事。”

“什么意思呀？”

“就是我刚才说的意思。”

“这……这什么跟什么呀？哎，我说大爷，你不是老年痴呆了吧，大清早一见面就神神叨叨的？”

一个问、一个懵，俩人尿不到一壶里了，一问到此处但见古清治很失望地回头看了看仍然沉浸在喜悦里的帅朗，很不悦地斥道：“我倒没痴呆，就怕你犯傻了……我问你，刚才你说遇到一位你的女同学，是什么人啊？”

古清治突然一问，语速很快，帅朗想也不想，以为老头埋怨自己见色起意呢，快快不乐地辩着：“同学呀，倾慕我的女同学……我发现一个问题啊，大爷，您不能老拿怀疑的目光看待世界上一切事物吧？”

“呵呵……看样子你对这个女同学有点意思啊？”古清治蓦地笑了。

“有啊，关你什么事？”帅朗不客气了。

“哦……”古清治轻轻地来了一句：“应该关我点事吧，这女的是我雇的，好像不是你同学，今天我这里的事就结束了，你还是不合格。”

“啊？什么？你雇……的……”帅朗吓了一跳。

“我雇的。”古清治重复了一遍，很复杂的眼神看着瞬间被惊呆了的帅朗。帅朗回忆着王薇薇的一颦一笑，愣了，实在不像啊，不过，要说这么巧合，也说不准，猛地见古清治脸上掠过一丝谑笑，帅朗出言诈了句：“不可能，诈我？”

说不清了，确实对这个女同学没什么印象，可一聊之下，又想当然地认为这就是自己大学时候忽视的一位女同学，只不过……帅朗瞬间恍然大悟，对了，两个人光扯淡话，光说现在了，那女人仅仅是说了个韩同港的名字，并没有多聊大学时候的事，难道，难道真是老头雇的人调戏自己？

一看古清治那不屑的得意样子，完了，帅朗省悟过来了，十有八九又被涮了一回。

“这就是我说的篡改记忆了，如果我不提醒，你一定还认为这位是你的女同学，即便我说了，你仍然有点怀疑，不过事实就是我雇的……这是一位形象设计师，人家都月薪上万了，你什么时候有福分和人家是同学啦……你不是想改变吗？这也是一个最需要改变的地方，恐怕你到现在都不知道她是怎么骗了你的吧？嗯，给你，有兴趣去找找她。”古清治说着，头也不回地递过来一张名片。

帅朗被说愣了，这左右摇摆真说不清究竟怎么一回事了，看古清治这么肯定，倒有点相信自己刚才没准儿真认错人了，一接名片，名字不是王薇薇，不过那手机号……对，手机号，帅朗摸出手机一核对，完了，嘴夺拉下来了，愤愤地说道：“耶嗬，我怎么自打遇上了你，智商就直线下降呀？连小妞都能蒙我一家伙？”

“都说了有篡改记忆你不相信，你在短短几分钟内被她成功地篡改了记忆，误以为她是你的同学了，这是一个人的思维和记忆的盲点，去吧……去见见你的‘同学’，保证你对会话和识人技巧会有全新的认识……”古清治揶揄道。

帅朗在背后翻了半天白眼，又把王薇薇留下的手机号和名片核对一下，事实就是事实，号码一致而名字对不上号，恐怕自己刚才在心神飘摇之下，还真没往那个方面想，不过谁能想到老头会吃饱了撑的来这么一下呢？

“不服气是吧？告诉你啊，女人是天生的谎言制造者，科学研究表明，46%的女人在撒谎的时候心跳都不会有太大的异常，特别是对待感情问题，94%的女人都撒过谎，在骗子这个群体中，女人的成功率要大大高于男人……知道你的眼光为什么一直停留在表面吗？因为你不了解人心。知道你为什么一直打光棍么？因为你不了解女人的心……去不去在你啊，我还委托这位姑娘给你设计个形象，没准儿会有惊喜啊……”

古清治听得背后没音，头也不回地说着，话里不无诱惑。

半晌，帅朗看了一眼名片，塞进兜里，一言不发，转身走了。

名片上的地址和人名帅朗确定不认识：盛小珊，凤仪轩美容养生会所形象设计师。

什么叫篡改记忆？记忆也能篡改？

乘着出租车循着地址到凤仪轩美容会所的路上，帅朗又把冒充王薇薇的盛小珊前前后后回忆一遍，给韩老大打了个电话确认了一下，确实有个叫王薇薇的女孩，只不过连韩老大也不知道这个同学的去向，应该是回县城了。这其中的过程倒不难理解，古清治已经知道自己的底细，要是想办法找个冒充的人名不是什么问题，可问题是……帅朗回忆了好久才想起问题在什么地方了，不但不认识她，而且也不太记得这个王薇薇，可为什么她说她叫王薇薇、而且她说她是咱的同学，咱明明不认识，为什么还就相信了呢？

对，老头说得对，女人就是天生的谎言制造者，这妞儿根本不认识我，装得跟真的一样，谁分辨得出来呀？从小学到中学到大学，同学里阿猫阿狗多着呢，谁能记得清那么多人？说起来这还真是个记忆盲点，除了特别靓的女生、特别坏的男生，谁能记得了那么多。

给自己找着借口，不过脑海里能回忆到的，似乎在那个时候，那个场景，有什么东西让他怦然心动了……呸呸，帅朗想了想，努力不去想这事，说这事又得质疑自己身上存在的容易精虫上脑的问题了，说不定那个时候自己光顾看脸蛋、看胸前了，压根儿就没多想这里头还有什么篡改记忆的问题。

不对不对……不是记忆盲目，而是眼光的惯性。

不经意地头侧向窗户，正给自己找借口的帅朗恰好看到了街上几位短裤裸腿高跟鞋的女人一闪而过，修长的白大腿都能让他多盯一会儿，看过两眼之后他猛然省悟，夏天看女人身上的部位已经成了眼光的惯性了，在这个惯性的驱使下，根本不用篡改记忆都管用，要是再漂亮点，说不定连思维也停止了，又何谈记忆!?

于是帅朗笑了，对于自己的记忆被篡改也不那么介怀了，要是天天有美女来试图篡改咱的记忆才好呢，同学也甭装了，直接一丝不挂地来，不用考验都知道咱经不起诱惑……

在这种胡思乱想里，不一会儿到了黄河路和南阳路交叉路口的目的地，帅朗刚掏出名片来看地址，不过手马上停下了，凤仪轩美容养生会所就在对面街上，整整一栋楼都是美容养生会所，拐进去的停车场有数百平方米，一溜儿宝马、日产、本田、丰田之类的进口车黑白红蓝相间地停着，过街的当会儿有进有出的都是穿着很入时的女人，很让帅朗想起《英耀篇》里所谓的“花底宠姬”，就这地方，普通的工薪族未必敢来。

什么环境来什么人，不过这种环境好像不是帅朗来的，快走到门厅的工夫，迎宾的妞儿微微一个蹙眉动作让帅朗不自觉地低下头审视着自己。

条纹衬衫吧，要是不看已经洗不太净的领子还凑合；裤子吧，薄牛仔，不知道合不合乎这儿的风格；鞋吧，坏了，今天出门就穿了个破凉鞋，还是去年买的，深红的颜色和这儿的环境比起来顿觉老旧得厉害，更甭提款式了。一下子让帅朗稍稍踌躇，这会儿不自觉地观察得细，反倒发现《英耀篇》其实无处不在，就这门口的迎宾都会两手，一眼都看得出帅朗根本不是来消费的主儿。

帅朗摸出名片的时候好歹有了点胆气，直迈步进门了，那迎宾妞足有一米七以上，又穿着高眼鞋，比帅朗还高，好在还有点职业素质，照样是鞠躬迎人，进门往前台迎着，前台职业正装的靓妹点头笑着问道："先生，请问有什么能帮您的?"

"我找盛小珊。"帅朗直截了当，不卑不亢，只当是路过打酱油的，你甭想从哥口袋里掏走钱。

"有预约吗?"服务员很客气地问。

"还要预约?"帅朗诧异了句。

"对，没有预约，不是我们凤仪轩的 VIP 客户，盛设计师不会接待的，很抱歉。"服务员道。

帅朗一笑道："我不用预约，是她约我的，打电话通知她，让她出来接我。"

拽了，帅朗拽上了，知道这是古清治的有意安排，那咱当然就不会低三下四还给服务员说好话了。不过服务员可有点不理解了，似乎看到了不装钱就来吃霸王餐的那号主儿一样，诧异地盯了盯。帅朗无所谓地笑道："你可以不通知，要不我打电话叫她下来，说被你拦住啦?"

这句管用，服务员一个激灵拿起电话了，帅朗却是名字也不报，大咧咧坐到了休息区的沙发上，装模作样地拿着报纸瞅，这报纸根本没啥看头，都是美容养生的内容，他扔到一边，换了本铜版杂志，也没啥看头，净是女人的脸蛋胳膊腿，配着美容产品的广告，也扔到了一边，来到这美女如云的地方，活人如此之多，谁还看图片不是？等待的时间里粗粗一览这个地方，却在心里暗暗惊讶了。

如果不是玻璃窗之外的街景，会让人产生恍然超前十年进入另一个时代的感觉，光可鉴人的地板自不用说，隔断和柜台不知道什么材质，映照着的各色灯光煞是好看，这是商品的包装帅朗倒是知道，这么干，就是里头装自来水没准儿都能卖个高价。另一侧，标着香水吧的地方更吸引人，几行倒挂的玻璃瓶像手榴弹一般，几个美女围观着正在配制着什么香水，偶尔凑到鼻子前闻闻，跟男人们喝酒喝到兴处一样，满脸喜色窃窃私语。整个大厅有近一千平方米，分成了几个区，都是钢木玻璃的装饰，显得简约华贵，环形的墙上几处点缀着油画和人物的放大肖像，入眼舒适而不显繁赘，再配上进进出出的美女，得，有看头了，看得帅朗眼光来回转悠，现在很明白刘姥姥进大观园那叫一种什么感受了：美不胜收呀！

等待的时间不长，一会儿工夫“蹬蹬蹬”的清脆高跟鞋声音一来，帅朗一侧头就看到了自己的“同学”，正笑吟吟地走过来，不过那笑除了职业性的微笑还带了几分戏谑，款款走到帅朗坐着休息的沙发前，做了个请的姿势，弯腰、鞠躬、侧头、伸手，标准的请的姿势。这么庄重，除非是这个店的VIP会员才能享受的待遇，而且是盛大设计师亲自来请，得，把迎宾和前台的俩服务员看傻了，稍稍庆幸没惹着这位其貌不扬的主儿。

帅朗其实也有点傻，站起来的时候有点不知道该说什么，这个优雅的环境无形中把他变得也有点优雅了，总不至于起身就指着问几句吧，而且更诧异的是，此时出现在自己眼前的盛小珊已经换下了运动装，身着短袖衫配小马甲，印花的长裤腿，脚上镶着几朵绿色的图案，宽大的裤幅露着小巧的脚尖，头发披散着盖着肩头，整个人显得修长而挺拔，可人之外又多了几分性感，丝毫不比进出的裙装华贵的女人们逊色，哪儿还像两个小时前见过的“王薇薇”。

没错，女人是善变的，不但善变，更善骗。一个是出校未久的学子、一个俨然是大牌的形象设计师，这前后的差别，让随着人走的帅朗都摸不着头脑。

设计室在四层，盛小珊和周遭不同类型的美女打着招呼，领着帅朗进了电梯，草草地介绍着凤仪轩，自然是致力于实现众多女性的美丽梦想，秉承着高端、高雅、高尚的团队精神，将国际、国内最好的团队带到中州，倾力打造五星级美容旗舰之类的话。盛小珊像拉生意一般给帅朗介绍着，一楼是大厅，二楼分浴区和护理区，三层是养生区，出了电梯正进四层的办公区，领着帅朗到了设计室的房门前，推门请帅朗进去……

哇噢，很开眼，接近一百平方米的工作室，衣架放了十几个，挂着五颜六色的裙装，展览柜七八个，都是各式各样的美容用品，大大小小的瓶罐摆了若干层，空气中荡漾着幽幽的香味，洒进来的阳光能照到多半个房间，红色的办公桌、白色的笔记本电脑、造型独特的靠椅，就在窗户光线的正中央。粗粗一览让帅朗有了几分羡慕之意，看人家这工作环境多好，哪像咱打工，不是油墨味的书库就是霉味的仓库，差得那叫一个天上一个地下。

“请坐……喝水……”盛小珊依然笑意盎然地请帅朗坐下，端过来一个纸杯盛着的水，不过帅朗一看一次性纸杯，想起昨天冯泉村的事，立时没有喝水的欲望了，只是手拿着做了个样子，看着盛小珊坐到了转椅上，电话安排着前台上午不招待顾客了，放下电话，又很揶揄地笑着看着帅朗。

没说话，直到现在帅朗还没说话，盛小珊只说了一句，也不说话了，笑吟吟地等着帅朗开口。看看时间，整十点，两个小时前谈得格外热烈，不过那是基于俩人久别重逢的基础上，而现在，知道了根本不是同学、人又变得如此陌生、环境又变得如此奢华，让人有种无从开口的感觉。

“你不准备问我点什么？”盛小珊按捺不住了，主动出声问道。

依然是温文可人、笑意盎然，淡施粉黛的脸上有微微香气飘来，不过却看不出化妆的痕迹，这个亲切和活力的样子，肯定要比楼下那些花钱买美丽的娘们差不少了。只是此时帅朗无心欣赏了，杂念抛过一边，直接问道：“直接点，告诉我，篡改记忆是怎么回事？”

“嗯，这个嘛，是个很模糊的概念，由于现在每个人社交范围都无限地扩大，见到的人和事很多，不可避免地会出现记忆和感知上的失误，于是这个误区有时候会被精明的社交者采用……比如我想认识一位重要人物，不管我通过别人介绍还是自我介绍，从认识到谈话需要一个渐进的过程，篡改记忆的原理就是抛开这一切，直入主题。比如我可以直接上前握手，说一句‘好久不见了’、‘您好，还记得咱们在某次聚会上，我对您的印象很深刻’……就这样，给对方的记忆造成混乱，对方在无形中可能把怀疑归结为自己记不清了，甚至表演得体的话，对方会真的以为谈话者和他有过某次相遇……这就叫篡改记忆。高明的社交者和推销员都会使用。”

盛小珊侃侃介绍着，声音婉转悦耳，偶尔配合着几个很合适的手势，即便被骗过了的帅朗，也不觉得对此女有更大的反感。说完了，她睁着大大的眼睛征询帅朗，似乎在问帅朗听懂了没有，帅朗想了想，指出了问题：“如果对方记忆特别好呢？”

“你认为你的记忆如何？”盛小珊反问道，眼色里多有几分得意。

这一反问倒把帅朗问住了，要说起来他的记忆算不错的了，见过的遇过的除了特别不起眼的人，就说不出人名来好歹总能想起个大概，只不过这次糊里糊涂把对面这女人认作同学，帅朗倒不好意思说自己记忆很好了。

似乎看出帅朗稍有羞赧的心思，盛小珊笑了笑，主动示好道：“其实这里面有很多细节，想不想知道这个设计的全过程？”

“好啊，这么处心积虑就为逗我玩玩？”帅朗无所谓地说。

“说处心积虑很对，因为我对此事准备了很长时间；说玩玩就不对了，其实要达到这个水平很复杂……首先，你想认识对方，就要对对方有所了解，当然，这一点是古先生提供的，我走了捷径，挑选了当年你们大学里一位其貌不扬的女生名字……在两个人会话相识的时候，第一印象很重要，行为心理学的研究表明，7% 取决于谈话内容；38% 取决于说话者声音；55% 取决于说话者容貌，如果穿成现在这样，肯定会吓你一跳，所以我把自己打扮成了一个很朴素的姑娘……那，就这样……”

盛小珊说着，随意地一挽头发，再一披衣架上换下来的运动衣，脸上戏谑的表情消失之后，扮着惊讶和异样的惊喜表情，给帅朗来了一句：

“呀，你是帅朗吧？还记得我吗，我是你同学王薇薇呀？”

眨眼又成了植物园外的“王薇薇”，一下子把帅朗逗乐了，就是小孩的把戏一般，又逗人又好玩，而且就是穿帮了问题也不大，难道谁还忍心和这么一位娇巧可爱的姑娘过不去。

“接下来，在你对我的容貌、声音并不反感的时候，就取决于谈话内容了，我之所以扮成你的同学，是因为同学这个群体中最可能出现被遗忘的个体……谈话的第一句最关键，还记得我开始说关于你的第一句是什么吗？”盛小珊道。

“你说我不出众。”

“对，很好，这是贬义的。旨在引起你的注意，第二句呢？”

“你说我打架很帅、很拽。”

“对，就是这样，先抑后扬。西方对异性之间的谈话做过研究，直接赞美、直接贬斥、先扬后抑、先抑后扬四种谈话方式，只有先抑后扬这种方式会给对方留下深刻印象，而且这种方式很容易博得对方的好感……所以，我就博得你好感了。”

“呵呵……”

盛小珊摊手一解释，帅朗被这俏皮而流利的解释逗笑了，事实也确实如此，当时听到还有如此倾慕自己的女生，那感觉真叫一个爽，恐怕对方就是再丑一点，帅朗估计也不怎么会介意，更何况是这么位有点姿色的妞呢？

“当然，还有一个距离感，俩人谈话的最好距离是五十厘米，这是个容易博得好感的距离，太近容易暧昧，太远容易生疏，在社交范畴里，这个距离相当于黄金分割的重要性。你回忆我和你当时的距离是多少……”盛小珊回身挂着运动服，笑着解释到了第三个过程，每一个细节都被她刻意地描摹，说到这些时免不了有几分得意。一问帅朗，帅朗却翘着嘴笑了笑。不置可否，回身再坐下的时候，盛小珊估计对没有引起帅朗更大的重视有点不太满意，手指敲击着键盘，说了句：“还有一个因素在不知不觉中扰乱了你的心神，直接说出来也许你不太相信……有兴趣做个小小的试验吗？”

“可以呀，我这两天就一直当试验品。”帅朗自嘲道，笑了笑。

“好，告诉我，你对哪一类女人的印象最深？”

盛小珊搬着笔记本，放着短片，帅朗一听对女人印象，倒没拒绝，两个人都侧眼看着笔记本屏幕，盛小珊操作着，都是剪辑的短片。第一个场景是时装展示，长腿的妞儿在炫耀着披肩；第二个场景是化妆品的广告妞儿在说着广告词；第三个场景是车模，那身上比车还光溜；第四个场景是一位金发女郎过吊桥，颤巍巍的样子……四个妞儿都绝美，四部短片都是几秒钟而过，眨眼放完，盛小珊撕着便笺拿着笔，递给帅朗说了句：“写下来，别让我看到，也别告诉我。”

帅朗拿着笔，狐疑地看了盛小珊一眼，又回看屏幕上静止的画面，刷刷写了几笔，刚刚停笔，盛小珊笑着问：“我猜是第四个，吊桥上走过的美女，别告诉我真猜中了啊。”

说完她直视着帅朗，看着帅朗眼中的惊讶再生，估计是十有八九猜中了，盛小珊颇为得意地笑了笑，这其中的奥妙，又将何在呢？

种种的惊讶如潮而来，在给帅朗全新感受的同时，也让他一时无所适从了……

洒满阳光的工作间，相对而坐的两个人，自信的盛小珊和等待释疑的帅朗，刚刚播完的短片里四位女人还停留在电脑屏幕上，从帅朗惊讶的眼神里，盛小珊得到了更进一层的自信，看着帅朗发懵，盛小珊笑着侃侃解释道：

“在美国曾经进行过这样一个试验，实验者让很多男性走过一座位于高处且看上去非常不安全的吊桥之后，然后让他们和同一位女性见面，结果有七成男性表示见到的那位女性非常有魅力，知道这是为什么吗？”

帅朗摇摇头，求教的眼神，这里面的稀里古怪还真不清楚。

“这就是有名的‘吊桥效应’，原因是大部分男性把横渡吊桥时因为紧张所致的口渴感以及心跳加速等生理上的兴奋误认为性冲动，自以为对那名女性产生了兴趣……我是把这个实验颠倒过来了，其实处在惊险、刺激和危机场景里的女人更容易赢得异性的青睐，好多美国大片里就经常用这一招，比如飙车的时候、枪战的时候、冒险的时候，貌似娇弱的女人出现在这种另类的场景里，会给人留下更深刻的印象，现在你身处的这个实验，绝大多数人都会选择这个场景……”

没错，颤巍巍的吊桥上走过一位风韵万千的女子，不是让观者担心人掉下来，就是让人期待风把她裙子吹起来，印象不深刻都不可能，比车模、比广告妞儿都要多那么一份隐含的诱惑。盛小珊看着帅朗眼里还是怀疑的目光，干脆举着实例道：“还记得今天早上刚刚见面吗，你刚刚慢跑停下来，血液循环和心跳都在加速，乍一见到我，你回忆你见到的场景，一点怦然心动的感觉也没有吗？我看到你在打量我，上上下下打量，在那一刹那，很容易混淆你真正的感觉，记得吗？”

“哦……记得，有意思。”

盛小珊一问，直到此时，帅朗眼睛一凸，才有了恍然大悟的表情，敢情那怦然心动不是看见妞儿了，而是跑得心跳加速。就是嘛，大街上看见美女顶多多瞅几眼，过后就忘了，哪至于见到个美女就忘了自己……知道了结果，帅朗惊异之后倒是坦然了几分，笑了笑评价道：“这也太简单了吧？”

“别觉得这是个小把戏，其实这种现象的用途很广。”

盛小珊见帅朗惊讶之后马上就是不屑，反倒揣不准他的真实想法了，延伸解释着这个吊桥理论道：

“比如在英国有过一个骗婚者，他经常使用这种技巧，技巧是‘在令人兴奋的场所’搭讪，这不是指可疑场所，而是指令人心跳的地方，比如游乐场乘坐飞车之后、在网球场、在某个惊险和刺激的运动场所，高明的骗婚者都会利用这种运动过后的心跳感觉，因为这种感觉会让对方把生理上的兴奋和性兴奋混淆一气，更容易陷入情网……你可以试一试，如果你想追那一位女孩，带她到游乐场玩，等刺激和兴奋到尖叫，比如她会高喊‘哇，好酷！’、‘哇，太帅了。’之类的话，往往会把这种兴奋感归结为对男友的好感，通常会有不可思议的强烈效果……”

亮了亮，是帅朗的眼睛亮了亮，似乎在回忆着什么，对，那次挤得满身大汗遇到了王雪娜，是不是也是生理兴奋误以为性兴奋了呢？不久前上中岳庙，感觉似乎王雪娜的眼睛里比平时多了几分含情脉脉，是不是因为生理兴奋导致了性幻想呢？一念至此，帅朗的想象太多了，直等盛小珊停下了，帅朗乐了：“有意思，很有意思，盛设计师，您说得很有道理，这招泡妞的时候我得试试。”

有收获，收获不小，帅朗乐了，越想越有兴致，还真想试试带着妞儿找心跳的感觉，看看效果能强烈到什么程度。帅朗这番打算当然逃不过盛小珊的眼睛，不过这家伙肯定没安什么好心思盛小珊自然也看得出来，她耸耸肩转移着话题：“好了……可以告诉我结果了，你选的哪一个？”

不料问到这个，帅朗泛着一脸坏笑，“啪”一声拍到了盛小珊的面前，盛小珊一看，眼睫一动，瞪着眼，状似生气地看着帅朗，一个意想不到的意外产生了。

便笺上不是选的第四位，而是写了一句：一腿二脸三胸四臀。

帅朗嘿嘿呲笑着，盛小珊好歹识人多矣，没有被整脸红了，愕然问着：“你……你这是什么意思？”

“很简单呀，模特的腿、广告妞儿的脸、车模的胸和吊桥女人的臀，这就是我看到印象最深的，不是所有人的眼光都停留在一个女人身上，一个女人也不可能所有部位都完美无缺……”帅朗笑了，几分捉弄盛小珊之后的谑笑，笑着白话了一番眼光问题，心里想着，其实哥这眼光，最喜欢的还是全裸的，目光肯定是直射女人的凸凹部位，谁还注意劳什子环境问题？

帅朗说着笑着，让盛小珊大有受挫感了，皱着眉，撇着嘴，一副难以启齿的表情，似乎和对面这个不太熟悉的男人讨论女人身上部位的问题很别扭，帅朗倒也没再刺激她，反而话锋转了回来劝着：“别失望呀，盛设计师，我本来想选第四个的，而且我对你的理论很有兴趣，不过我在选的时候突然看到你那种胸有成竹的样子，好像一切都在你预料之中，被你忽悠一回就够呛了，再被你牵着鼻子走一回就说不过去了……再高明的心理专家也揣不透所有人心里的想法。”

“你……”盛小珊诧异地重新审视他。帅朗那似笑非笑、似谑非谑的笑容，倒也和在植物园见的那位诚实娃区别蛮大，或许是此时色心已去，本色外露，那份狡黠让盛小珊颇觉得意外。盛小珊也回忆起来了，刚刚他表露的那份惊异也是做假，假得让你得意和自信之后，再泼你一瓢冷水……审视了若干眼，在帅朗这张没有任何突出特征的群众脸上，当然也发现不了能表露心迹的特征，蓦地笑了笑，盛小珊突然道：“看来，古先生说得没错，这单生意未必好做。”

“生意？对了，我还没问您呢，您这么大美女和一糟老头瞎白话什么呢？”帅朗问道，不再纠结篡改记忆的事了，这其中的奥妙得经过实践才能证明，思维反应过来之后他想到了另一件事。

“没什么，对我来讲就是个生意，我是做形象设计的，古先生给我提供了个机会，让我做你的形象设计师，给你设计几个形象，当然，前提是我能说服你，同意我这么做。”盛小珊说道，期待中带着几分不确定。从刚刚的细微表现觉察得出来，这是位非常有主见的男士，既然有主见，而且没有被自己那一番说教侃晕，同意不同意就两说了。

不料意外无处不在，帅朗一听，愣了愣奇怪地问：“为什么不同意？同意，非常同意……不过您还没开始说服我呢。我倒觉得我这个形象蛮不错的嘛。”

“呵呵……是吗？同意就好。”盛小珊虽有意外，不过还是保持了那份矜持，好歹没给帅朗泼凉水，笑着拉过来电脑，敲着键盘，边敲边说：“经过凤仪轩包装的男士，自信、气质、身份都会提高一个档次，你的形象是没有特点，不过这个样子也正适合包装……您这形象嘛，您觉得像这样包装出来，比现在如何？”

电脑屏幕再一次对着帅朗，帅朗又一次惊讶了，屏幕上显示着一堆层次分明的图片，全是帅朗自己的照片，坐豪华客厅里的，显得很华贵；坐在书橱前的，显得很文雅；穿礼服的，显得很绅士的；穿运动装的，显得很有活力的；开车的，显得很拽的。就这堆照片，谁看也不敢说是失业青年的生活照，整个就像一大资阶级的私人影集。

“这……这是我吗？”帅朗半晌才从惊讶中省悟过来，大眼瞪小眼问着：“你什么时候偷拍我了？”

“古先生提供了一张，我只是根据你的体型和体态 PS 了一部分……别介意，这些前期工作必须做好，免得开始时手忙脚乱……坦白地说，您的形象很一般，太普通太大众化了，不过正因为这种普通和不起眼，可以随意地变化成某种你想要的形象，比如这一张，很有气质的金领阶层；这一张，气宇轩昂；这一张，很具自信的成功人士；还有这一张，彬彬有礼的绅士……”盛小珊说着，极尽言辞形容着，说了半天气质可以养成、形象可以改变之类的话，见帅朗只是微眯着眼笑不表态，又有点拿不太准了，小心翼翼地征询着：“能告诉我，您期待自己是哪一种形象吗？”

“呵呵，您要真想我给包装个形象，那就给咱造一个‘谁见谁说帅、妞儿见妞儿都爱’的形象怎么样？”

帅朗眯着眼，看着屏幕上自己的肖像，促狭地给设计师出着难题，尔后笑吟吟地看着女设计师。不料盛小珊微微笑了笑，很肯定地说：“这就是我的工作，也是今天让你来的目的。”

咦？这居然也行，倒把帅朗说愣了，看盛小珊又恢复了那份专业的自信，再看看屏幕上 PS 出来的照片，配着车、房、楼的场景，那样子确实很帅，再想想设计师所说的这一堆让人心里免不了打小九九的理论，帅朗有点揣不准了，直觉应该是古清治一手操纵，不过一时又琢磨不透老头的用意何在？

难道是嫌自己寒碜，给整个新形象？咱又不是他女婿，下这工夫干吗？或者是给他变个新形象，让他干点什么他不想去干的事？可是以古老头的身家，似乎没必要请自己去干什么事呀？

帅朗心里小九九打上了，看着盛小珊，却在想着这其中的猫腻何在。而在盛小珊看来，好像帅朗对形象还疑义似的，边指点着照片边白话道：

“其实很多事没有你想的那么复杂，气质，或者通俗点讲叫‘范儿’是可以慢慢养成的，比如一个拥资亿万的企业家，在白手起家之前，他和普通人没有区别，谁也未必能看得出他身上的特质，但在财富积累之后，那种极端的自信和自负就催生了他气质的产生，让别人从仰视的角度来看他……比如一个官场中人，没提拔是个小职员时同样泯然众人，等官位坐得久了，在颐指气使的环境中也容易养成一种气质，或者可称为官威……其实你想变得帅一点、变得自信一点、变得潇洒一点，又有何难？美容行业存在最重要的理由就是帮更多的人找回自信，否则为什么那么多人来这儿消费呢？”

盛小珊劝道，看帅朗狐疑地盯着，下意识地指头抹过嘴唇，很客气地伸手拉着帅朗的胳膊直接放下指摘道：“这个动作就得改，在女士面前抹鼻子下方很不雅观，而且这个动作能表露出你缺乏自信……怎么用这么怀疑的眼光看着我，有问题吗？”

“有，问题不少。”帅朗道。盛小珊客气地做了请的姿势，帅朗定定神，伸了一个指头：“第一，有男人来美容吗？”

“呵呵，当然有，现在男士美容、做形象设计已经蔚然成风，占到我们业务的三成多一点，这也是将来美容业发展的趋势，在某些行业里，形象几乎会决定事业的成败。”

“第二，这个收费不低吧？”

“当然不低，不过对你不是问题，已经有人替你付了，古先生办的是VIP卡，如果你不消费，反正也兑不成现钞带走。”

“时间呢？可别弄上十天半个月，我可耗不起。”

“一个下午怎么样？让您的形象从头到脚来一个天翻地覆的变化。”

“……”

所有的问题都不是问题了，帅朗眼珠骨碌转着，从来没有经历过这样的事，在他的臆想中不止一次憧憬过自己变强变帅，变得人见人爱，看着电脑屏幕上那些很拽很拉风的形象，还真有点忍不住想把设计画面带到现实中看看效果了。他缓缓地站起身来，盛小珊从他的眼睛里看到了意志的松动，很知人达意的设计师没有出声问，只是优雅地做了个姿势："请!"

于是帅朗跟着盛设计师的步伐，出去了。

听着觉得很神秘，看着觉得不很神秘，亲自体验一下，很不神秘。

热水浴泡了一个小时，舒服到惬意，午饭就在这儿吃的，营养配餐，直送到房间里的，现在第三产业都非常专注服务了，这服务确实极显尊崇，而且这儿确实很正规，没有帅朗曾经想象的异性按摩，浴区都是男士服务的，很专业。

午后一时，理发，一个板寸就理了一个小时，理完又冲了一次。

午后二时，敷面，据敷面的女护理师讲，男性爱美不等于伪娘，咱的口号是，要干爽不要油光，愣是给帅朗贴了个貌似白无常的面膜，在护理椅子上躺了一个多小时，期间这个女护理师非常敬职敬业，给帅朗讲了一番皮肤深层清洁的问题，以及要注意的事项，比如不能过量饮酒、不能抽烟、不能手挤痤疮痘痘、不能熬夜，让帅朗很郁闷的是，这些毛病好像自己都有。

敷完面做美手，十根指头被女护理师拨弄了半个小时。三时一刻，修眉，此时盛大设计师亲自出手了，在帅朗那对浓黑堪比扫帚的眉毛上打线，然后连拔带刮，惊得帅朗生怕人家给剃光了没脸出去见人，隔一会儿就照照镜子……不过效果似乎不错，很浓很黑很普通的扫帚眉被修成了剑眉，本来有点贼忒忒的眼眉，怎么看怎么星眉朗目，摄人心神，光看这眼睛眉毛，帅朗的信心暗暗增添了不少。

四时，洗牙……烟酒不忌的帅朗第一次发现牙还能洗得如此白，白森森的，一咧开嘴和肤色形成强烈反差。五时，脊柱拉伸护理，这是防止佝腰驼背影响形象的方法，不过躺在护理床上被固定四肢，生生地让帅朗感觉像车裂刑一般，拉得是龇牙咧嘴，拉完了反而腰酸背疼……

一个下午就这样过去了，休息了一个小时再回到护理区房间的时候，一套整齐叠着的衣服赫然放在房间的床上，竖条纹式的衬衫，薄料西装、未拆封的内衣、皮带、钱包，再加上一双棕色的皮鞋……盛小珊一言不发，微笑着悄然闭门而去。在屋子里犹豫片刻，帅朗一件、一件饶有兴致地套上了这几件从未尝试过的形象外包装。少顷敲门声起，盛小珊再进来的时候，同样是眼前一亮。

常挂在帅朗脸上的慵懒、痞相、戏谑已然不见，笔直站立着的帅朗寸发精神，表情严肃，竖条纹的衬衫彰显得个子不那么矮了，对着镜子左一侧身、右一摆头，这范儿似乎已经颇具雏形了。盛小珊笑着问道："满意吗？"

"嗯……不错，非常不错……"帅朗得意地瞧着，这形象确实提高了一个档次，不过一半是美容的功能，一半是衣服的功效，想了想又稍有失落地说着："盛设计师，这形象可都是钱撑起来的，一回半回成，时间长了谁消费得起呀？"

"那你就努力赚钱喽，这也是一种生活方式，下午你做护理时就看见了，进出养生的男士也不在少数。"盛小珊玩笑了一句，不过对于帅朗更像是刺激。这地方嘛，要花自己的钱来才有病呢，不过帅朗没说出来，只是笑了笑，随意地问着："接下来呢？这就完了吧？"

"没完，我请你吃饭。"盛小珊笑道。

"哟，现在六点多了，算了，我回去自己吃吧。"帅朗婉拒着。

"NO……那可不行。"盛小珊坚持着，笑道："其实这也是设计中的一个内容，我准备带你到一个全新的环境里，让你感受一下形象的内涵问题，吃饭中间咱们可以聊聊关于篡改记忆的心理话题，那个环境里美女很多，我还可以教你如何和不同层次的女人搭讪……或者你还可以亲自实践一下，如何很巧妙地把自己的形象插入到你心仪女人的记忆中……怎么样，没兴趣？"

"兴趣嘛，不算很大。"帅朗不动声色，揶揄而期待地看了看盛小珊，不知道今天怎么着就学会矜持了，明明想得不行，偏偏还装了个兴趣不大的样子，稍顷才话锋一转，委婉地说："虽然兴趣不大，不过为了证明你设计这个形象的效果，我决定还是听您安排……”

“请……”

又一次，帅朗跟着盛设计师款款的脚步，上楼，提东西，下楼，在大厅众人眼光的注视中两个人并肩出门，那迎宾的妞估计根本没认出来这是上午来的那位失业男，对帅朗和盛设计师深深鞠了一躬，说了句欢迎再来的话，那一刻，不知道咋地，让帅朗特有满足感……

古老头说得没错，盛设计师不是一般人请得动的，人家的座驾是红色本田，第一回坐女人车里，让帅朗多少有点局促，第一回被人这么捧着，虽然很不习惯，不过那种来自心底不知道什么地方的满足感一直在逼着自己习惯这种受捧的感觉。

这恐怕是人的劣根性，被人捧着总比被人鄙视强吧。帅朗被人鄙视已久，对于享受到的这种尊崇印象格外深刻。车行了不久，过了农科路和经三路，霓虹映耀的“萨莉西餐咖啡”赫然入眼，停了车，盛小珊下车，很自然、很悦色地挽着帅朗，两个人如同一对情侣走进了西餐咖啡厅……

每每在华灯初上的时候，喧嚣的城市就会展示出另一种稍显静谧、温馨的景色，即便看不到月上柳梢头的风情，却也不缺灯红酒绿的诱惑，更不缺徜徉在欲望和迷情里的红男绿女。就像这里，萨莉西餐咖啡厅，从街外能看到金碧辉煌的餐厅里闲坐着的男男女女在相对的凝眸中浅笑、在摇曳的杯中慢品，是在品尝细斟的美酒？还是品味彼此眼神中的暧昧？

说不清，旁观者未必说得清当局者所为何迷。

餐厅对面街边，停靠着的一辆商务车里，两个身影隐没在贴着反光膜的车窗后，对着这个餐厅看了许久，不过并不是被餐厅中的男男女女吸引着，而是注目着靠着厅窗的一位长发女人，很久了，她依然是轻挹着咖啡勺细斟的动作，没有动……

“梁哥，人在这儿……你们怎么还没来？……哦，知道了，我们等你来……”

一位拨着电话说着，挂了电话向另一位示意道：

“梁哥说让咱们别动，这娘儿们滑溜得很，别惊走了，再找就麻烦了。”

另一位点点头，两个人继续注视着这个餐厅，注视着这个女人。

沿着拱形的玻璃门厅登堂入内，光可鉴人的地板、林立的厅柱装饰上了一圈闪烁的华灯，米黄色的靠椅、深黑色的餐厅、洁白的餐布、银色的餐具，全部饱含异国情调的元素扑面而来，轻柔音乐缭绕在身畔，刀叉的轻响和着男女的喁喁私语，都在这种华贵而优雅的环境里享受着舒适和惬意。

好像这才叫生活。

帅朗用稍显笨拙的手法切一块牛排，叉起细嚼时，抬眼看着周围的食客、看着对面的盛小珊，此情此景恐怕让他要感触良多了，前一日他还徘徊在冯泉村那个造假地方目睹着垃圾场、嗅着恶臭，今天却坐在如此金碧辉煌的地方陪美女用餐，两相比较，让他有点怀疑自己好像不是身处现实之中。

“学得挺快嘛……”盛小珊看帅朗的动作，手指捏着杯脚，不像刚开始时抓西红柿一般握高杯肚，笑着赞了句。她一赞，帅朗拽了个绅士式的微笑。反观盛小珊就娴熟多了，她边轻啜着酒边闲适地问着：“帅朗，你和古先生什么关系？”

突来的一问，让帅朗微微诧异了一下，轻声道：“没什么关系呀，怎么了？”

“没什么，有点奇怪而已，他这么费尽心思想把你变成绅士，我以为你们有血缘关系。”盛小珊道，报之以一个不太相信的眼神。

“哪有那么容易改变。”帅朗坦然说了一句。

“是吗？其实你已经在改变了。”

“有吗？”

“当然有了，你看看你自己，形象变了，不再邋里邋遢；动作变了，不再冒牛莽撞；说话变了……最起码，今天下午没听到你说粗话。古先生说你满嘴都是粗话，我没听到啊。”

盛小珊提醒了一句，哟嗬，帅朗眼一亮，惊省了……对呀，好像今天一下午说话都没带把，平时挂在嘴边的他娘的、大爷的之类的话今天好像忘了，一惊讶倒真觉得自己道德水准瞬间提高了一个档次，满脸喜色，很为这种改变惊喜。

盛小珊笑着解释着：“那，这就是改变，环境可以造就人，环境同样可以改变人，不管你身处凤仪轩那个都是美女的环境还是在这个高雅的餐厅，大家都很文雅，所以你也就变得文雅了……是不是也不好意思掏烟抽了？”

“呵呵……嗯。”帅朗点点头，默认了，乐歪了。

笑了，很惬意地笑了笑，估计是感觉不赖，盛小珊看着帅朗形象变化后的脸，修后的眉很有型，显得眉骨轮廓出来了，带着整个脸也觉得有型了，敷过了面扑了层粉底，偏黑的肤色显得滑润而健康；再加上板寸头发，怎么说这人工也没有白费，总算把这张大众脸修裁得像个帅哥了，如果有喜欢健康肤色、喜欢户外运动的美女，那帅朗这个样子没准儿就能充个数当男伴……想到此处，又回忆起帅朗那个“谁见谁说帅、妞儿见妞儿都爱”的理想，盛小珊不由得抿嘴轻笑了。

一笑把帅朗笑愣了：“笑什么？”

“没什么，可以开始晚上课程了。帅朗，以前和美女搭讪过么？”盛小珊道，强调了一句：“陌生的美女，很出众的美女。”

“这个呀……有！”

“我不信。”

“为什么不信？”

“就你以前的形象？很难让人相信哦。”

“我真有过，而且是很爷们地在自习教室门口堵住我们校花，直截了当一句，哎，欣蕾，电话给哥，周日约你……”

“你惨了，她拒绝你了？”

“没有，她没拒绝……她给了我个 QQ 号，我上去了，她经常不在线，嘿嘿……”

“呵呵……”

几句玩笑，帅朗说得轻松之至，盛小珊也轻笑着，揣度着晚上的事怎么开头，她想了想，正色问帅朗：“你对搭讪怎么认识的？”

“还不就勾搭妞儿呗？”帅朗轻声道。

“是不是你这样想过……”盛小珊没有反驳，往前凑了凑，很郑重的脸色，帅朗不由得竖起耳朵听了，就见盛小珊很有气势不过却压低声音学着爷们的口吻道：“我想要什么别人管不着，并且我不以耻，当一个女人躲避我的眼光时，我就要更卖力地盯着她的胸部，我不在乎女人怎么想我……女人穿紧身、性感和裸露的衣服，不就是让我看吗？我想看哪儿就看哪儿，不喜欢就滚……我是一个真正的男人，那样看漂亮女人是理所应当的，不那样看才是对美女的侮辱……”

几个转折那叫一个跌宕起伏，全说到帅朗心里了，几句豪言听得帅朗那叫一个兽血沸腾，可没想到这位气质美眉也于自己心有戚戚焉，听着，看着盛小珊很决绝的脸色，帅朗竖着大拇指，重重地点头：“对……就是这样，说得太好了……”

“啧，就知道你会这样想，对什么对呀？抱着这种想法的男人，在女人眼里就是垃圾。”

盛小珊回身坐下，斥了一句，一句如当头凉水，泼得帅朗瞠目结舌，看着状如生气的盛设计师，有点懵了，狐疑地说：“没什么不对的呀？我就一直这样想的呀，我那群哥们儿都这样想啊，没什么错吧？”

“错了都不知道错，这就是你点背的原因，你这是男人普遍存在的嫖客原始思维……你换位思考一下，男人的财相当于女人的胸，如果一个女人这样想……”盛小珊调整情绪，来了一个兰花指，然后用贬斥的神态对帅朗轻声叱道：“当一个男人让我别盯着他的钱的时候，我偏要盯着，我才不在乎男人怎么看我，我就喜欢看他的钱、看他的豪宅、看他的法拉利，我想看哪儿就看哪儿，他不喜欢就滚，天下有钱男人多得是……嗯？

怎么样，如果你遇到这种女人，感觉如何？是不是很垃圾，这正相当于你作为男人的那种想法。”

“哦……有些事不能太赤裸裸了。”帅朗点点头，诚恳地说。

“对呀，男人都不觉得自己是傻瓜，凭什么认为美女都是白痴呢？”盛小珊反问道。

“有道理，其实根本不是胸大无脑，胸越大没准儿越有脑，盛设计师您就是……”帅朗恭维道。正端着酒杯准备碰一下的盛小珊被重重雷了一下，哭笑不得了……再看帅朗，虽然形象已改，但那份坏坏的笑容却难改，一瞧他眼中闪烁的狡黠，盛小珊知道这货是故意的，干脆放下酒杯，直入主题：“考考你……看你对女人的认知有多深，现在进来的这一位是什么人？”

俩人坐着的位置在大厅正中央，侧对着门厅，帅朗闻得此言侧头一瞧，一位身着短襟白衫、挎着长带包、挽着波浪发的女人，帅朗一眼扫过说：“上班族，白领。”

“为什么？”

“紧衣束身，脚步匆忙，步幅大，挺胸昂头，自认为高人一等，其实活得比谁都累。”

“呵呵……说得好。”盛小珊乍被帅朗的眼光和评价逗笑了，这眼光确实蛮准，几乎和自己的判断一样，不过她还是像出难题一样又拿眼光瞟着方向：“我左侧有一位结账的，是什么人，快说……”

“不是二奶就是小蜜，反正不是什么好货色。”帅朗一看是对老小配，貌似二十出头的妞儿挽了个大腹便便的男人，这想都不用想，盛小珊笑了笑道：“差不多，不过没有那么准确，我看呢，她提的 LV 坤包、穿的是罗马鱼嘴女鞋、右手戴了三个钻戒、不过衣饰的搭配实在太烂，脸上妆又化得太浓，眼睛里又是那么一种旁若无人的倨傲，越傲越浅薄，说不定连二奶的资格都不够，是被包养的……又进来一对，你看这一对如何？”

谁也没有发现俩人把这里变成了察言观色的实战场地，帅朗闻声侧头瞟了一眼，也学着盛小珊的口吻道：“这是一对夫妇吧，你看他们表情闲适、步态从容、穿着随意，应该是寻找生活的情调来了……别考我这个，我当过推销员，一般人逃不过我的眼睛……”

“嗯，很准确。”盛小珊瞟了几眼，也说不出更多的看点了，就是一对夫妻，三十多岁的年纪，男人伸手揽着女人，很随意从容，服务员领着俩人坐到了刚刚收拾好的位置，男人不忘先给女人放好椅子后自己才坐下，女人的神态多有几分幸福。这是一对相敬如宾的夫妇，让盛小珊的眼睛里也多了几分羡慕。不过羡慕是一闪而逝，再看帅朗还在专心致志地嚼着牛排，配着红酒，尝着沙拉，这倒又把前一茬儿忘了，本来到这地方是讲情调来的，不过看样子帅朗是饿了，只等帅朗稍歇的工夫，盛小珊出声问道：“那这就奇怪了，你看人看得这么准，还找不到女朋友，看你的样子和美女搭讪是个缺陷，你说这是为什么？我在这个大厅指个女人，你敢不敢去搭讪？”

“这个……”帅朗抹抹嘴，摇摇头，难以启齿了，迎着盛小珊的询问的目光，有点说不出自己那种感觉了。

害怕？好像不是。害羞？好像也不是。反正就是有点怯。还以为盛大设计师给咱介绍呢，谁知道是让咱自己去猎艳，都没学三招两下，这上场不找刺激不是。

看来还得实战指导理论，盛小珊用叉子随意一指：“那儿，那儿有一对大小美女，去和她们聊聊。”

“啊？这就上场？”帅朗讶声了一句，生怕说话声音大似的看看左右，再看盛小珊所指的那一对，哟，一个卷短发、一个盘头髻，短发的穿了个裸肩装、盘头的穿的是蕾丝裙，两个人轻抿浅笑在谈着什么，像一对闺蜜说悄悄话，不过这温文雅致的样子让帅朗大摇其头了：“嗯……不去不去，大庭广众的，人家要白咱一眼，多丢人。”

是啊，很丢人的，所以咱经常拦妞儿的时候是在半路上。帅朗一摇头，盛小珊一笑道：“把搭讪当作骚扰是不对的，要是觉得女人会反感更是错误的，女人喜欢被搭讪、渴望被搭讪，而且很享受被搭讪的感觉……”

“嗯，不去不去……等我准备好再说。”帅朗摇着头，看了那两位大小美女一眼，小声道：“人家表面不说，背后骂咱白痴呢。”

“你更错了，有时候听到女人谈论今天遇到的那个搭讪的多么幼稚，就像隔壁阿姨总爱埋怨房子太大，打扫很累一样，这是炫耀，不是抱怨……”盛小珊给他打着气。

“这个……”帅朗被说得有点动心了，不过还在踌躇，眼愣愣看着那两位姿色尚算不错的美女，说实话要有搭讪机会鬼才不愿意去呢，不过……不过好像在这么正经的场合，总觉得这腿脚吧，有点挪不动的感觉，有点不知道该说什么的感觉。看到了帅朗的迟疑，盛小珊打着气道：“搭讪本身就是一种自我提升的方式，和不同的陌生人、特别是陌生的女人很愉快地交往，会给你带来强大的自信，会让你的人生态度更积极，也更有热情……你不像个胆小的呀？”

“打架和搭讪能比吗？这……万一人家知道咱是什么东西，那多丢人。”帅朗终于找到支持自己的理由了，还是那种表面上的自傲、骨子里的自卑，恐怕在他那双利眼看来，这两位打扮入时的女人根本没有交往的可能。

“不知道你听说过台湾的搭讪教主没有……平民出身、貌不惊人，却在世界各地都得到了女孩子的青睐，十分钟就能赢得陌生人的信任，进而得到对方的姓名、电话等基本资料……拜托，帅朗，你不能形象变了内核不变，你现在身上穿的是价值四千八百多的亚麻衬衫，腰里系的是头层牛皮手工制作的皮带，意大利产；脚上蹬的是骆驼皮鞋，美国产；腕上还戴了很有品位的瑞士表，这一身行头值两万多，虽然不豪绰，可也不会掉价……你以为你还是失业青年？”盛小珊直视着他，像在质问，不容别人置疑自己的作品似的那种质问。

一听这个，帅朗喉结明显地噎了一下，艰难地咽下了吃着的东西，噎得眼睛直往外凸，原本想着不过几千块的行头，没想到会这么贵……一噎之后，诧异地看看自己，确实不同凡响，腕上金表灿灿，很炫却不觉得俗，悄悄挪挪腿，裤子笔挺、皮鞋锃亮，这身上挂两万多，这会儿才觉得有点不那么舒服。为什么不舒服呢？就是啊，咱们今天形象这么拽，这么牛，怕什么呢？没准儿一站出去别人把咱当富二代了，投怀送抱都说不定。

“我身上行头这么值钱呀？”帅朗偷偷笑了，看着在二层楼梯离吧台不远的大小美女，小九九打上了。

“当然，你以为呢。你现在这么帅，这么拽，不搭讪几个美女，那不明珠暗投了么？而且不搭讪是双重痛苦，懂吗？”盛小珊见帅朗松动了，给这窝囊货鼓着勇气，很正色地唆导着：“去搭讪被拒绝的痛苦是假设性的，假设对方很高兴，而且愿意和你做朋友，痛苦会变成快乐和自信；但不去、羞于去或者根本不敢去，那痛苦是必然的，在‘有可能的快乐’和‘必然的痛苦’之间，很难选择吗？”盛小珊刺激道。这一句刺激得起效了，帅朗放下刀叉，起身就要走，不料盛小珊赶紧拦着：“等等，你打算怎么说？”

“我就说，你真美，做个朋友怎么样？”帅朗贼忒忒小声道。盛小珊一听，脸色如饮中药般苦楚，赶紧摆手示意帅朗坐下，这课小声上起来了：“千万别带着你这淫笑去搭讪啊，自然、自然，最高的境界是自然……注意你的眼光，千万别上上下下打量人家全身，上午看到你那种眼光，我直想踹你，要正视，很自然地正视，保持微笑……千万不要企图有肢体接触啊，五十厘米黄金距离，还记得么？人和人之间隔着一道无法逾越的铁栅门，撞不开打不开，但你学会巧妙地去叩门，它会自然而开的，不要把搭讪看作技巧，这是礼仪，与陌生人交往的礼仪……微笑，自然的微笑，别龇牙咧嘴，那是傻笑……”

两个人喁喁细语，做着小动作，帅朗的眼睛和脸上的表情随着盛小珊的指摘不断变化着，这趟临时抱佛脚的搭讪课程几句说罢，隔着餐桌，盛小珊又轻声耳语了几句什么，听得帅朗喜色一脸，频频点头，喏喏称是，帅朗终于站起来了。而此时那一大一小两位美女已经叫着买单结账，向着第一步前进的方向，向着两位陌生的美眉，帅朗从容、大胆、自然地走上前去了……

搭讪美女要比搭讪丑女的成功率大，因为丑女缺乏自信，对于外来者警惕性很高，而美女则不同，她们已经习惯成为人群的焦点和搭讪的对象，对于礼貌的欣赏者和仰慕者，即便拒绝，也是很委婉的……

帅朗走了两步，回头看了一眼，盛小珊正用鼓励的眼光看着自己，于是想起了她这句话，扭过头，朝着那两位等着结账发票的大小美女走去。一位显得活力四射，一位显得庄重大方，如果加上盛小珊，三位女人坐在一起，恐怕设计师要稍逊一筹。

无所谓把戏的优劣，其实谁都知道怎么回事，女人被情绪左右，男人被欲望支配，如果要实现自己的欲望，那么首先得学会如何控制女人的情绪……搭讪，只是登堂入室的第一步。

帅朗想着，步履坚定了几分，到达目标要经过四个座位，从来没有在大庭广众之下公然搭讪美女的经历或者经验，免不了心里有点忐忑……更近了，近得能看到短发美女裸肩上白皙的皮肤，能看到长发美女亮得反光的耳钉，以往像这种穿着入时、拎着名包的女人，帅朗仅限于远观而意淫之，哪敢有亲近之想，此时要付诸实施了，随着越走越近，像做贼一样，心咚咚直跳，几乎要从喉咙里蹦出来……

女人天生善于发现细节，同时也会被细节吸引……帅朗走着，想到了下午数小时的形象设计，对自己的信心增加了几分。

为什么好白菜都被猪拱了，因为猪敢于去拱和善于发现拱的机会，你不敢和不善于，永远轮不到你……即便被人拱过的白菜也轮不到你……盛小珊的话，像督促、像激将、像刺激……帅朗快要走到桌前的时候，耳边还是回响着，当迎面短发妞诧异的眼光盯过来时，帅朗突然觉得，心不是那么跳了……

只是一个游戏而已，现在的正妹见过的男人没准儿比你吃过的盐还多，谁还会在乎一个厚脸皮搭讪的人，搭上了窃喜有乐子，搭不上谁也没损失，有什么可怕的……

旁观，在乎旁观干什么？十分钟以后，没人会记得你……

帅朗心更定了，站到桌前的时候已经稳如山岳，笑吟吟地给了短发妞一个自然、亲切的微笑，就像期待她买保险或者准备兜售给她丰胸膏一样那种极具亲和的微笑，而右手这位刚刚看到帅朗，脸上微微表现着不悦，对这个突兀出现的外来者略为不悦，毕竟餐厅不像夜店，打扰人家总是很不礼貌的。

三秒钟法则，绝不能犹豫，帅朗不等两位反应，笑问道：“不好意思，打扰二位一下……我坐 C12 座，那位是我表姐。”

一个奇怪而莫名其妙的理由，两位美女朝盛小珊的方向一瞅，盛小珊当灯泡了，远远地举着杯子笑着示意了一下，两位女人回头用更奇怪的眼光看着帅朗，帅朗笑道：“两位别误会，我表姐说，您的 GUCCI 鳄鱼包造型很奇特，既有复古味道又不缺现代元素，这样的款式很少见，不知道二位方便不方便告诉我在哪儿买的？”

那包，帅朗根本就不认识，都是盛小珊教的……不过是给俩人一个炫耀的机会而已，这个小小的请求，如闲人问路一般，而且是位不太讨厌的男士，短发妞儿浅笑，抿嘴，咬着下嘴唇，凤眼如水地盯了帅朗一眼。这会儿帅朗看清长发妞儿了，窄脸高鼻梁，像个很有韵味的新疆妹，一听帅朗这么说，笑着拿着自己的包状似遗憾地说：“你表姐很有眼光，不过中州买不到，是代购定做的……今年的新款，在国内没有发售。”

“哦……太遗憾了，那这位，您的爱马仕铂金包不会也是定做的吧？”帅朗稍显失望，又把目光投向那位短发妞儿。短发妞儿很友好地笑了笑，接了一句：“这款不是，不过中州也买不到，我朋友从国外捎回来的……这位帅哥，你眼光不错嘛，女人的包都认识？”

声音清脆，莺莺入耳，表情玩味，养眼之至，不过这话里不无炫耀之意，炫耀之余还不忘取笑帅朗两句。

“呵呵，我表姐是位形象设计师，我受了点熏陶而已……看来我要空手而归了。”帅朗一耸肩，来了个刚刚学会的无奈姿势，很绅士的微笑。两位姑娘互视笑着，或许真如盛小珊所料，包不包无非是个借口，给对方一个骄傲和炫耀的机会，当然，是不是能换来电话号码和姓名，那就得看你把姐们忽悠得乐意不乐意喽……两个美女笑而未语，仿佛介于接受和不接受之间时，帅朗进了第二步了，正色示意着短发妞，想起什么来似的说了一句：“对了，我差点忘了，太不礼貌，应该给二位留个名片，方便的话一定要请教二位，如何选一款适合自己的包……”

帅朗说着话，随即掏着裤兜里的皮夹，棕色的，据说这是个很有型的铜徽钱包……细节，细节，盛小珊精心打造的细节落到两位女士的眼中，很优雅地掏着钱包，那只手臂麦色偏黑的肤色显得很健康，腕上的表是劳力士的机械男表，运动款的，不算奢华但很般配。只不过，从钱包里抽出来的两张并不是名片，而是两张便笺上撕下来的纸，印花的纸，透着淡淡的香味……这是盛小珊急中生智给出的馊主意，撕了两张便笺写了个名字和电话，充当名片。

短发妹和长发妞儿接到手里一看，一个捂嘴、一个抿嘴浅笑，咯咯吱吱笑着看着歪歪扭扭的名字和电话号码，两个人还互拿着比对着，一般般的模样，职业写着“五好青年、暂时失业”，又看看仿佛对此还颇为自得的帅朗，乐子大了，恐怕这是她们收到过的最另类的名片了。

“实在对不起，我暂时失业没有制作名片，不过要是因为没有名片而错失认识两位的机会，那就更遗憾了，所以……”帅朗的话适可而止，保持着很庄重、礼貌的距离。两位美女笑着，丝毫不以为忤，反倒觉得面前这位颇有点幽默感，长发妞儿故意出难题似的说：“嗯，确实遗憾，我忘带了……”

另一位短发妞儿附和着：“哟，对不起帅哥哦，我也属于失业一族……没有名片给你哦。”

得，捉弄起搭讪的来了，不过好在她们觉得帅朗有点意思，俩人故意一整蛊，都无奈地看着帅朗，却不料帅朗很大方一笑置之道：“没关系，我相信你们一定忘不了我。”

“是吗？不会吧？”长发妞儿很傲地侧着头。

“哇，别告诉我你是开着劳斯莱斯来的啊。”短发妞儿估计见惯了炫富搭讪男，直接堵后路了。

“不不，我倡导低碳生活，我步行来的。”帅朗正色纠正道。一纠正，俩妞儿大眼瞪小眼，“扑哧”一声笑了，包袱越抖越多，这么一解释，连庄重的长发妞儿也按捺不住了，笑逗着问：“这么自信啊？不过我找不到忘不了你的理由啊？”

“那我给您一个……”帅朗笑着彬彬有礼道，“你们见过比我帅的有，不过恰巧姓帅的肯定没有；比我俊朗的有，不过名字单字朗的，好像没有吧……就前面两种有了，但恰巧叫帅朗的，总不至于还重名吧？”

一介绍，俩妞儿乐得脸上笑开花了，对这个搭讪的一点都不反感，大言不惭里带着几分极度自信，彬彬有礼间暗含几分叵测用心，侃侃而谈对答如流中不缺恭维，很直接且很自然，两个人笑着，互视了一眼，其实心里一样的想法，就这种打扮和品位，恐怕用这样的方式搭讪用心良苦，再怎么看也不像是个失业青年。不过好容易碰到了有乐子的机会，岂能轻易放过，短发妞儿开着玩笑又问帅朗的名字叫什么，表示自己记性不好已经忘了；长发妞儿一见帅朗给短发妞儿献殷勤，开着玩笑逗帅朗道：帅哥，你眼光不怎么好呀，没看出来我妹妹是拉拉哎，她和你一样只对美女感兴趣……

俩妞儿边逗帅朗边互相取笑，把帅朗给的“名片”收了起来，几句之下谁也不提留名片电话的事，不知道是看帅朗不中意还是故意在使着性子。此时服务员端着金属小盘上来了，把上面的零钞和发票递给长发妞儿，装起东西，两个女人同时推椅起身，这搭讪立马就到了结束的时刻，虽然高兴，虽然有乐子，虽然感觉不错，可到了结束还是屁事没办。眼见人要走，眼见短发妞笑着做鬼脸，帅朗急中生智，伸手一拦鞠躬的服务员很严肃地说：“服务员，剩下的服务工作一定要交给我来做，我送二位美女。”

服务员笑着点点头，估计这类献殷勤的男人不少见，帅朗代替了服务员，直请着二位从饭桌的通道间款款走向门厅……礼貌、大方、自信、不纠缠，帅朗本着盛小珊教的原则，一直保持着安全距离，两位姑娘说说笑笑，直到门口，帅朗笑着把迎宾请过一边，亲自开着门，做了请的姿势，依然是自然而然的笑容……现在他坦然了，反正咱经常被拒绝，再被拒绝一回也无所谓，倒不如留个好印象……感觉自己留的印象从来没有这么好过。

两位女士款款走到门口时，异象却生，她们不自然地停下脚步，笑着对视了一眼，长发妞儿掏着 GUCCI 包，一张精致的名片现在手中，很揶揄地看着帅朗，塞进把着门的帅朗口袋里，不忘取笑道：“你开门的姿势很帅，下次吃饭，一定请你当门童。”

“好啊，荣幸之至。”帅朗笑道，水到渠成，乐了。

短发妞儿却促狭地两手捻着名片递到帅朗眼前，忍住笑，很缓慢地把名片递给帅朗，故意斥了句：“可以和你表姐吹嘘了啊，你搭讪上了两位美女。”

“这个不能吹嘘……我得把美好的记忆留下来自己享受，不过肯定会辗转反侧难以入眠……”帅朗笑道。一句话让短发妞儿乐不可支地享受着这份恭维，招着手出门了，还不忘回头说了句：“电话联系，今天我们有事先走一步。拜拜……帅朗……”

“拜拜……”帅朗站到门厅口上，保持着很庄重，很像柳下惠的正人君子姿势，招着手再见着，直看着两位驾着车倒出了停车位置，鸣了声喇叭，短发妞儿还不忘从车窗里伸出手来招手……

帅朗乐歪了，掏出衬衣口袋里的名片，一瞅，长发的叫赵慧中，短发的叫孟琳楠，没有细看工作单位，看着名片仿佛两个倩影还在眼前晃悠，长发的赵慧中是如此苗条，短发这位又是如此活泼性感，如果要勾搭的话，应该是短发的成功几率更大一点……

帅朗把两张名片搓在手里，嘴唇使劲地抿着，步幅很大地走着，直到坐回盛小珊对面，还保持着这个表情，脸上的五官使劲往一块儿挤，那是想开怀大笑，但实在不敢放声出来的缘故。自得其乐了半天，才很使劲地竖起大拇指向盛小珊抖了抖，帅呆了，实在是帅呆了，轻轻松松把俩妞儿的电话忽悠出来了……

“嗨、嗨……注意场合。”盛小珊笑着，指头轻叩着桌面提醒帅朗。帅朗“哦”了一声努力恢复着正色，左右看看，心里更坦然了几分，吃着的吃着、喁喁私语的各自在说着，其实根本没人注意他刚才是成功了还是失败了，既然没人注意，那又有什么可怕的呢？看来还是盛大设计师厉害，一张废纸片都能当名片用，想到此处帅朗又忍不住要给盛小珊竖个大拇指，不料盛小珊不屑地看了他一眼轻声说：“都说了，很简单的事嘛……对了，帅朗，知道为什么你以前一直徘徊在失败边缘吗？”

“这个……行头的缘故吧？都是以貌取人的吧？”帅朗指指自己的形象。

“不对，这是很次要的一个方面，男人的帅在内涵上，在自信上，包括你的言谈举止，你的心理流露……告诉我，你刚才在和美女搭讪的时候想什么？”盛小珊问。

“没想什么呀？”帅朗愕然。

“这就对了。”盛小珊道。

“没想还对了？”帅朗愣了。

“对……女人的性在感觉里，男人的性在眼睛里，我相信以你的嫖客原始思维，在此之前你看到美女，首先想到的是性，因为你的动机不纯，所以你的行动就犯怯……而你这次没有想，什么也没有想，就带着自然而然的心情去礼貌地搭讪，所以你就达成所愿了……懂了吗？”盛小珊指点着。

“嘿嘿……懂了。”帅朗傻乐着。

“搭讪只是万里长征走完了第一步，离你实现欲望的距离还有很大一截，不过你看到了，一切皆有可能……好了，课到此为止，我已经买单了，接下来我要回家……你呢？”盛小珊说着。服务员把零钞找来了，她随意地放到包里，帅朗啜着口红酒，想也不想：“我也回家，搭你便车。”

“这么早回家的男人，是最没出息的男人。”盛小珊突然凑上身子来，叱了帅朗一句，看着帅朗一讶，设计师眼睛一瞟靠窗的座位，压低了声音说：“那儿还有一位落单的美女，我们进来的时候她就在那儿，据我观察属于心情稍有郁闷，碰上不顺心的事的那类……不想去试试？这种时候是女人心理防线最弱的时候，也是对外来关怀最敏感的时候，如果这个时候有一位风流倜傥、知意达意的帅哥主动搭讪、关怀、安慰，说不定会发生一段美好的故事哦……”

眯眼、长睫，极尽诱惑之能，帅朗看了看促狭似的教唆自己的盛小珊，又看看了临窗而坐、长发遮着侧脸的红衣女郎，咬着嘴唇，眼睛睁大了几分，乐颠颠地点点头：“想！不过你得帮我。”

“师傅领进门，开房靠个人……热身都热过了，还用我帮你呀？祝你好运……拜拜……”盛小珊唆导了几句，却不再支招了，起身把帅朗扔在原地，踏着喀喀的脚步轻声，走到门厅还不忘回头给了帅朗个握拳加油的姿势。

是啊，这没什么难的！

帅朗摸着口袋里的两张名片，回忆着长发的赵慧中和短发的孟琳楠，不过几句已经说得蛮高兴，要是单身又恰巧找刺激来的，没准儿真能勾搭上……眼看着临窗而坐、长发随意披洒在肩头的红衣女郎，帅朗的心跳没由来地又怦怦而起，想了想，咬咬牙，端着杯红酒，站起身来，摸摸自己的脸，找着那份自然和自信的感觉，朝这位目标潇洒地走了上去……

第七章 黑吃黑

十步……九步……六步……越走近越看清被长发遮住的半边脸，鹅蛋形的脸，侧面的发丝画了一条优美的弧线，长发的遮掩如同犹抱琵琶半遮面的风情，处在帅朗这个角度，能看到这位女人修长而白皙的手指在把玩着咖啡勺，慵懒、优雅、带着几分闲适的动作，像在百无聊赖中等待情郎出现，她的身侧就是霓虹闪烁的街市，灯光阑珊的夜景在她的身边仿佛只是轻盈的点缀……

美……很美……绝美……帅朗轻轻地从侧面走过，保持着安全的距离，压抑着心跳加速的激动，刚才一直聆听盛大设计师的搭讪教导，却没有注意到就在身边有这么一幅绝美的画面，他轻轻地走到距离美女还有一米的身侧停了下脚步，窃喜不失自然地问候着："这位女士，打扰一下，我坐 C12 座……"

"滚……"美女头也不回，打断了帅朗的话，帅朗气得"呃"地嗝应了一下，妈的，看都没看一眼就骂一句，忒不给面子了，搭讪搭了个女流氓。帅朗一下子愣在当场，那美女慢慢侧过头来，头是示威地自下而上抬，表情是如此厌恶，正准备给帅朗一个剜眼，吓跑这无聊搭讪的人……

只不过，当她看到帅朗时，表情由厌恶变成愕然，随即手一抖，咖啡勺“当啷”一声掉进了咖啡杯里，那美女惊得两眼发直，即便面前形象已经变帅了，也逃不过她精于化妆的眼睛，半天才带着几分愕然、几分不信狐疑地问道：“是你!?”

“是你!?”帅朗同样的表情、同样的语气，甚至于同样的眼神，同样手一抖，杯子一倾，半杯红酒轻洒出了杯子，洒到了俩人之间的地上。

是那个骗子，是那个换走钱差点让自己背了黑锅的女骗子，即便容妆大改，帅朗不知为何还是一眼认出来了，愣了。

是那个小子，追了自己几条街差点让自己栽个跟头的小子，即便形象大变，女骗子也是一眼就认出来了，同样愣了……

当这一幅僵持的画面出现的时候……

盛设计师正驾着车倒了回来，恰巧看到了红衣女郎侧看着伫立着的帅朗，帅朗的那份吃惊和讶异远远看上去，像目睹惊艳之后的手足无措。

“看来还需要锻炼……”盛设计师心里暗道了句，悠闲地驾着车离开了，至于帅朗会得到失败的教训还是成功的喜悦都无所谓了。男人只要克服了心理障碍，走出了第一步，剩下的就不用教了。

车走了，车又来了……一辆黑色的大众，像幽灵一样停在空出的车位，停在萨莉西餐厅对面的路牙上，从倒视镜里，正好看到了目标：一个红衣女人，意外的是，旁观还站了一位貌似很帅气的男子。

同伙？相好？情人？马仔？一连串的疑问冒上来，副驾上那位扭头透过车窗瞧着，揣不准了。

“这次看她往哪儿跑，咱们五个扭她一个……”司机轻声道。

“是两个……”后座的暗影纠正道。

“让憨强堵后门，咱们在前门堵……再叫几个人帮忙，把飞车仔拉过几个来，堵着街口……千万不能让她溜了……”

副驾上的轻声安排道，一位熄了火、一位打着电话，另一辆停了很久的车突然发动着，离开了原地……

僵持，持续了很多秒……

宽大的红色罩裙包裹着的似乎是一个有魔力的精灵，让帅朗瞬间如木雕石塑般呆立着。

很美，不管多少溢美的言词，似乎只能迸出这个最直接最能表达心境的两个字：很美。

沿着脸颊飘洒下来的几缕秀发，零乱地遮掩着颈项，银色的项链闪着光，猩红带着光泽的双唇翕合着，让帅朗下意识地抿着嘴，似乎还能回忆起不久之前的那个香吻，即便此时没有媚意的双眼，依然是眸黑如墨、眼亮如星，恰如一副静止的美丽雕塑，每处都蕴含着深深的诱惑。

不对，这丫是个骗子……帅朗在沦陷的一刻泛起了最后的清醒。

不对，这小子想溜……红衣女郎从帅朗惊讶之后的逃避眼神中也看穿了帅朗的心思。

“对不起，认错人了……”帅朗说走就走。不料想走没走成，人像拴住一样一步没挪动，一愣一低头，有只玉手掰着自己的腰带。帅朗一瞪眼尚未发作，那女人已经浅笑挽留着：“别走呀!？你不是拼着命追姐们……怎么？好容易见着了，不坐下来叙叙旧?”

“放开……”帅朗冷声道，眉头一皱，威相顿生，指着那妞儿掰着自己腰带的手，那妞儿缓缓地放开了手，摊开手做了一个友好的动作，以示不是挑衅。帅朗一想起来可一肚子气了，忿忿然压低着声音轻叱着：“我没惹你，你还想惹我了是不是？别放了你一马就蹬鼻子上脸啊?”

“是吗?”女人揶揄的声音响起，是那天晚上的事，帅朗手软在前，而她发威在后，那一晚上的奔逃让两个人都记忆犹新，甚至于帅朗下意识地看了看那妞儿很深遂的胸口之内，很难想象那地方撕开之后能成为吓退自己的最后武器。面对着帅朗很不礼貌，很不友好，甚至于带着淫邪的目光，那女人不闪不避，优雅地捏着小勺轻搅着已经凉透的咖啡杯，轻声接着说：“所以呀，我要谢谢你呀……怎么，连坐下来都不敢?”

这话里却是挑衅口吻十足了，那妞儿撇着嘴扭过了头，很不屑地看着帅朗，帅朗被刺激了一下，两步一踏，大大方方坐到了那妞儿的对面：

“吓唬谁呀？谁是吓大的？我说你又在这儿准备骗谁呢？”

“骗你呀？”那妞儿笑了，送来了一个千娇百媚的媚眼。

“切……”帅朗鄙视了。

“怎么？觉得我骗不了你呀？”那妞儿凑了凑，附着身子，俩人的距离超过了五十厘米安全线，进入暧昧距离了。

“就你？还差了点……哎，我说你他妈可够损了啊，知道不知道在烩面馆那事让警察审了我几天，差点让我替你们背了黑锅……”帅朗此时不受诱惑了，气不自胜地说着。

“哦，对不起哦……我实在不该临时起意把你拖下水……”那妞儿说着欠回了身子，很惋惜地说道，一脸惋惜过后又很隐晦地侧头看着帅朗，目光极尽挑逗地问：“那……要我怎么补偿你呢？”

哟，这话说得如此轻柔婉转，口气如此温婉，表情又是如此暧昧。如果一个美女如此表达一句，再笨的男人也知道这话里的潜台词是什么。

是诱惑，是让男人无法拒绝的诱惑，只不过帅朗知道仅仅是个诱惑而已，一俟这表情出来，帅朗鼓着腮帮子“扑……”声直喷气来了个恶作剧，惊得那妞儿一侧脸，勾引表情却立时消散了，就听帅朗斥着：“别来这一套啊，想补偿好啊……走，跟我投案自首去，我原谅你。”

“我倒是想……可那样的话，我就见不到你了。”

那妞儿很惋惜地转移话题，貌似非常有兴趣地打量着帅朗，其实俩人相互给对方的惊讶都不小，比如眼前的帅朗，从端着大碗吸溜吃面的爷们眨眼变成了捏着高脚杯的绅士，从其貌不扬的晃荡青年眨眼成了翩翩然的帅哥，这其中的变化哪逃得过女骗子的眼睛，粗粗打量几眼，取笑道：“哟，变帅了啊，没看出来你也是个肥羊……别光说呀？我怎么觉得我们是同行呀？怎么，你也发了一笔财？”

“哥就这样，是你眼拙……呵呵，还同行!?”帅朗轻抚过自己腕上的运动表，金灿灿的很彰显身份，被美女这么另类地赞美一下，自然是形象大变的缘故了，颇让帅朗享受这份恭维，正有意要走的时候，不料那妞儿的话题又来，问道：“喂，你叫什么？”

“我的姓和你的姓一样，很特别，我姓肥。”帅朗促狭地说。

“肥？那个肥？还是费？”那妞儿果真懵了。

“姓肥名羊呀，你不说我是肥羊么？”帅朗道。

“呵呵……”那妞儿笑了，笑得眉开眼绽，饶有兴趣地看着帅朗问：“那你知道我姓什么？”

“姓桑，名雅？叫桑雅。”帅朗突然来了句。

笑容一变、脸色一青，那妞儿愣了愣，愕然地盯着帅朗，帅朗知道揣准真名了，一言不发，揶揄地笑着看着对方。仅仅是片刻的惊愕，那妞儿的眼神慢慢释然，在回忆中捕捉着细节，闭眼片刻一想，一指帅朗很有点忿忿然地道：“喂，我想起来了，你是不是把我的手机和衣服都捡回去了，我记得下午取钱的时候随手留了一张凭证……哦，我知道了，你不会抱着姐的衣服单相思吧？要不每天晚上搂着姐的衣服做好梦……呵呵咯咯……”她先是稍有生气地质问，尔后看着帅朗又捉弄了几句。

要说起来帅朗还真把那件短衣翻来覆去把玩过若干回，要说真没有一点意淫是假的，不过被人这么当面一揭脸上有点挂不住了，眼一瞪脑袋一伸，吓得桑雅往后躲了躲，就听帅朗威胁的口吻诈着：“挺聪明啊，现在想起来了，晚了……我把东西都交给警察了，你等着倒霉吧……哼！”

恶言相向、冷语相加，丝毫不显一点怜香惜玉的心思，貌似真叫桑雅的女人怔了怔，不知道是被自己真实姓名外泄还是被帅朗的报案诈住了，水灵灵、忽闪闪的眼睛，眨也不眨地盯着帅朗，盯着那副变得很帅、很拽的脸庞。

于是两个人，难得地、安静地互视着对方，有几分得意的帅朗眼瞟着窗另一侧的餐厅，进进出出的食客已经换了大半，好在这里的服务优质，没有服务员来责怪他们占着位置不消费，而且好像也没有女骗子盯上的目标，再看她闲适的打扮，应该就是来这儿休闲吃西餐的。

有机会报这一箭之仇了帅朗岂能放过，即便下不了把这妞儿扭送派出所的狠心，危言恫吓一番总是可以的吧？说起来那番邂逅没有什么可后悔的，虽然被这妞儿摆了一道，被警察揪着查了一天多，可如果没有那件事，就不会和方卉婷发生那个激情四射的吻了，说起来倒要感谢这妞儿……对，那个吻，忽然间帅朗想起了方卉婷，不自觉地拿方卉婷和桑雅俩人做着比较。很奇怪哦，方卉婷明明是一个不假言辞的警察，发起骚来却像个小母兽，又打又撕又咬……而面前这位柔情似水、眼波流转，活脱脱的尤物却又是个女骗子……似乎这两位女人，是两种截然不同的感觉，帅朗不动声色地想着，现在想，恐怕即便把盛大设计师拉到面前，也未必看得穿桑雅身上这层伪装。

“你在骗我……”桑雅突然指着帅朗，眉目含笑地说道。她从对方的眼神里，看到的不是对骗子的厌恶，而是对女人的欣赏，对于喜欢一个女人的男人，在喜欢二字上，是没有原则的。

“哼，别自作多情，你看哥像个怜香惜玉的人么？知趣的赶紧溜吧，警察没准儿哪天就堵住你了。”帅朗道。

“谢谢……”桑雅放下咖啡勺，这次眼光如此真诚，让帅朗讶异了一下，不知这谢从何来。相视之下，桑雅似乎很感动又很惋惜地说：“我知道你在骗我，桑雅就是我的真名，如果你交给警察了，这都一个月时间了，早有人查到我了……能告诉我，为什么这样么？毕竟我骗了你……”

轻声喁喁，情切意浓，就像瞬间有化不开的浓情，郁结在话里，郁结在俩人的眼中。桑雅看到帅朗虽然促狭，虽然危言恫吓，可不是同道之人，明显地除了欣赏和喜欢，眼中没有任何奸诈企图的迹象，即便在危言恫吓，桑雅也听得出那是一句隐晦的提醒。

“哎，算了……你好自为知吧，这行做久了都不会有好下场……”帅朗叹了口气，挪着身子起身。有些事很无奈，有些人也很无奈，不是自己左右得了的，刚要起身的时候，不料桑雅瞬间伸手，握住了帅朗的手，很紧，手很冰。帅朗要抽，一下、两下，没有抽出来，跟着不悦了，斥了句：“哎我说，勾引不成就强拉硬拽呀？”

“呵呵，不是……我是说，我骗了你，你真的不介意？”桑雅拉着帅朗，很期待地问着。

“都说了算了……”帅朗终于大方了一次，想抽回手，可看看那张美靥，又没有抽，只感觉到她手心微微的凉意。听得帅朗如此一句，桑雅像很释然，很悦色地抚摸着帅朗的手，轻轻地放开了，低声说道：“那就好……”

轻轻的一句，又峰回路转了，美眸眨着看着帅朗，桑雅又来一句：“对不起，其实我又骗了你一次。”

“又？什么叫又骗了一次？”帅朗随声问，忘了离开了，警惕地看看座位周边，一对夫妇，一对扯淡的男女，好像都不是桑雅的同伙，这惊讶一来，就见桑雅很有点难为情地说：“如果你不搭讪或者不坐下来，就不会有麻烦，不过你坐下来了，恐怕就走不了了。”

“什么意思？”帅朗不太信地问。

桑雅的眼睛瞟了瞟饭店之外，帅朗观察着，心里微微一惊，三个人，品字形，一位在街对面车边、两位在门前转悠，帅朗诧异地问：“警察？不像呀？你同伙？”

“都不是，我和同伙约定在这儿见面，不过时间已经过了十分钟了，人没有出现，你坐下来的时候我发现了窗外这些人，恐怕我走不了了……本来想拉你垫背，不过现在，你让我觉得自己有点不齿，不该把你扯进来……”桑雅说着，欠回了身子，凝视着帅朗，有几分不忍。

“你仇家？”

“对。”

“多大的仇？”

“很大，落他们手里估计要整我个半死不活。”

“对方什么人？”

“骗子呗，我骗了他们不少钱，现在他们找上门来了，就这样……”

“……”帅朗无语了，一脸愕然盯着无所谓的桑雅，愣了半晌才出声问：“看样子你好像并不害怕？”

“本来很害怕，不过你出现了，我就不觉得害怕了。”桑雅笑道，像是激励帅朗去奋不顾身。

“你想得美，不管你长得美还是想美，都没到我拿小命换的程度，你自便啊……”

帅朗说着就要起身，不蹚这趟浑水了。不料一起身，桑雅一句“等等”，帅朗只觉座位和桌子之间蓦地伸出一条玉腿来，拦住去路了，白得耀眼的玉腿，透着灵气的交叉凉鞋，银色的，像挑战视觉欲望一般，白皙的美足染红的指甲，金色的高跟、红色的镶边、银色的绑带，透出一种……一种像下午盛设计师所说的那种法式性感，让帅朗稍稍愣了愣。一愣的光景，就听桑雅说：“虽然很严重，不过没有你说的那么严重，我只是提醒你一下，让你有点防备，如果你要走，他们肯定要拦，咱们聊了这么大一会儿，肯定要把你当我的同伙了……你别动，我从前门出去，他们拦我的时候，你从后门溜，不会连累你的。”

是良心发现？还是别有居心？

那条让帅朗赏心悦目的美腿蓦地收回了，让帅朗不自觉地缓缓坐下来，而桑雅拎着包起身，一副决然要以身饲虎的义无反顾，身形稍动，又停住了……是被拉住了，侧过脸的桑雅脸上浮现出了一丝温馨而不可名状的微笑，慢慢地侧头，是帅朗，是坐着的帅朗伸手捞住了自己的包，然后拉着手，把桑雅拉着坐回原位……桑雅看着帅朗，在疑惑和温馨中荡漾，从她仍未知道名字的这位男人眼中，看得出喜欢，但看不出的更多……

帅朗眼瞟着窗外，巡梭着人，三位，在守株待兔；又看了看坐在这里的桑雅，眼神很复杂。是一种桑雅也看不懂的复杂，不知是为将至的危险意乱，还是为此时身侧的美女情迷？

“服务员……来两份咖啡。”帅朗打了个响指，突然出声叫着，要两份打包咖啡带走……

要了咖啡，帅朗两手支着肘，看着桑雅，桑雅似乎被那双眸子吸引，同样支着肘，看着帅朗，两个人超出了安全距离，相互凝视着对方，像一对情侣在窃窃私语、喁喁情话……

“妈的……一对狗男女。”

门外的两位大个子等得都有点不耐烦了，看着帅朗和桑雅一对，如是下了个定义。

俩人凑到了一起，要了支烟抽着，另一位给这位发牢骚的点着火小声问着：“老铲，我听说梁哥这回套了不少钱，这生意怎么干的，你知道不?”

“废话，我要知道，我自己早去干了……”叫老铲的不耐烦地骂了句，有几分羡慕地看着梁哥的车，听说没几个月就捞了好几百万，这财发大了，车买了好几辆，老铲抽了口小声说着：“听说这个女的有两下呢，愣是从梁哥手里挖走不少，这回下血本了，动了几十号人找她呢……”

“来了来了……”另一位眼瞟着，屋里的红衣女郎和帅朗同时起身，两个人紧张了，掐了烟，一左一右站在离门不到十米的地方，眼看着餐厅里两位懵然无知像在说笑的一对。街对面的那位上了车，已然发动了车子，往餐厅门口倒过来了，只等这两位彪形大汉摁住人，塞进车屁股里走人……

近了……更近了……直到俩人同时推开玻璃门，站到台阶上，一人手里拿一个纸杯，很大的纸杯，还像根本不知道危险已近似的拾阶而下，叫老铲的哥们儿一挥手，俩人朝着帅朗和桑雅快步走了上来。

“玉姐吧，梁哥请你……”另一位喊着，又是一个化名。

“别动啊小子，想跟哥们儿练练，缺胳膊短腿了别怨我……”老铲捋着袖子，威胁道。

那辆商务车拐着弯打了个方向，自右而左开向了餐厅门口。两位大汉慢慢地靠上来了，保持着距离，以防这俩撒丫子开跑，帅朗和桑雅就像同时吓傻了一样待在原地。越来越近，越近俩大汉看清了，是位个子不高的小子，戒心稍放，狞笑着，两个人只待扭着人上车了……这下，成瓮中逮王八了。

“泼……”帅朗一叱喝，奇变顿生，两个貌似吓傻的手一动，一左一右两股冒着热气的液体喷将出来，左边的大汉“啊”一叫一捂脸、右边的大汉“嗷”一喊一捂裆，瞬间被浓烫的咖啡加糖烫得战力已逝。刚刚帅朗要的不是咖啡，而是脱身的武器。

电光火石间帅朗嘴里喊着“跑”，跟着撒丫子就溜，瞬间跟危险现场拉开了一段距离，桑雅微微一迟疑，顺着帅朗的方向急奔过来……

“等等我……等等……”桑雅在背后焦急地喊着。后面俩抹着脸捂着裤裆要追上来了，帅朗跑得快，一回头斥着：“快点……说好了向两个方向跑，你跟着我干什么？”

“哧……我……害怕……哧……哦哟……”桑雅趺趺撞撞地跑着，飞奔上来拽着帅朗的手，两个人快跑着，直跑出了几十米，桑雅的高跟鞋拖累不浅，一直提不起速度来，帅朗边跑边催，急了拽着胳膊使劲拉，拉得桑雅叫苦不迭，跑了几十米出了一身汗，不知道是惊惧还是紧张，脚又稍扭了一下，速度却更慢了……

“我靠……前面还有堵的，你惹着什么人了？”

帅朗不敢跑了，吃惊地停下脚步，前面一字排开七八辆电单车亮着灯光耀着俩人，这冲过去一准儿是个包围圈。脚步一停，再看四周的环境，左边几幢楼挨楼，右边有个不知道什么单位，两幢楼之间有个胡同，帅朗拉着桑雅快跑几步就往胡同里钻……这是当年群殴练就的本事，打得过就狠打，打不过就死命跑，如果不是拽着个女人，恐怕帅朗能脱困，大街上行人只是微微诧异这一对狂奔的男女，纷纷侧避着生怕招惹上是非，而之后又追来两位面相狰狞的男人，更是把不多的行人吓得躲过一边，几个人直追进了胡同……

小胡同不深，拐弯都没有，惨了……帅朗拉着桑雅跑了几十米，站定，更惨了，闷葫芦，丫的这是死胡同。一看墙有五米多高，帅朗“呸”一声一沫唾试试宽度，双手搭着可以使力，办法又来了，急声催着桑雅：“快快……上墙……”

“啊？”桑雅尖叫一声，只见得帅朗手脚并用蹬着、托着胡同两面墙，蹭蹭蹭早蹿上去了两米，暗道句苦也，跺着脚喊着：“喂喂喂……我怎么办？我上不去……”

“你说只有两个人，这么多人谁打得过……怨谁呀？”帅朗稍缓一下，叱喝了句，看着跳脚着急的桑雅有所不忍了，不过叫嚣着已经冲进来几个人又让帅朗怯了，他往上再高爬了一米，再上一上，就跳过墙头了。帅朗往下看去，却见桑雅无论如何也学不来这个本事，站着骂着帅朗：“王八蛋，老娘白喜欢你了，扔下我就跑……呸，胆小鬼……”

不说还好，一说一叫嚣，帅朗状如猿猴爬上了墙头，人消失了。追兵上来了，嘿嘿嘎嘎奸笑着围着桑雅。

“叭……”一个清脆的耳光，夹杂着女人的尖叫，很凄厉……

“别打，铲哥，这妞儿值百八十万呢……”

“妈的，倒了老子一裤裆，等办完事老子弄死你……”

“跑啊，臭婊子……”

“那一个呢？”

“我靠，爬上墙跑了……”

“扭住，去追那个……”

零乱的脚步声，夹杂着桑雅的尖声叫骂，估计是桑雅被扭住了，踧踧踏踏的声音渐停……有两个人脚步声又奔了出去，在这个路灯照不到的阴暗胡同里，三个人一前两后，扭着挣扎着的桑雅，不时踹上一脚，恐怕这其中结下的仇不浅……桑雅在骂骂咧咧，骂抓自己的人，骂丢下自己的人……

一切，都看在并没有逃走的帅朗眼中，几乎没有多少考虑的时间，即便一直告诫着自己不要以身犯险，可充斥于耳的凄声尖叫还是让他热血贲涌，即便知道跳下去也是羊入虎口，也几次按捺不住有跳出来的冲动……就像目睹不愿看到的事一样，无论怎么样压抑自己，总免不了有一股气血翻涌在胸前，让人有拼了的冲动。

不管是匹夫之勇，还是大智大勇，都是男人之所以为男人的勇气。

拼了，帅朗咬着牙，再听到桑雅被踢的一声尖声叫骂之后，从墙的另一侧翻上来，沿墙几步追上前行的人，呼声从天而降……蓦地，两位扭着桑雅的刚刚抬头，挟着劲风的黑影从天而降，他们冷不防一声惊呼，“啊”响了半截生生咽了回去，咚咚两声向前仆倒了，桑雅只觉得一股大力从身后袭来，身不由己地朝前仆着，把前面那位扑得“哎哟”一声直挺挺栽倒在地上……

像多米诺骨牌，窄小的胡同，一扑全倒，一击而胜，帅朗压着后面俩，压着的俩人疼得龇牙咧嘴叫骂。挨个给了他们两个肘拳，帅朗一骨碌爬起来，拽起桑雅，朝着要起身的这位大汉死命地跺上两脚，顾不上听吃疼的吆喝，两个人又是泼着命往外奔……在巨大的惊恐、慌乱和感动的刺激下，桑雅顾不上摔得喉头泛甜，几乎是机械地跟着帅朗跑，后面爬起来的喊着在追。几步狂奔出了胡同口，没防着耀眼的车灯夹杂着发动机的怒吼直向胡同冲来，帅朗惊惧之下拉着桑雅往一侧躲……

于是，毫无意外的结果出现了，电单车和商务车组成的包围圈把俩人围在中央，车灯一暗，七八个人冲将上来，有人拉走了尖声狂喊着“别打他”的桑雅，更多的拳头脚板招呼在蜷身护头的帅朗身上。像每次挨打的时候一样，帅朗一声不吭抱着头蜷着身护着要害，窝在墙边，眨眼被如雨点落下的拳脚胖揍一顿，好在时间不长，就被几个人拖拽着，推搡着像扔麻袋一般扔进车后厢里……

“嘭”声车门关上了，发动机呜声起步，帅朗听得很真切，跟着脑袋被套上了一个麻袋，又挨了几拳……一眨眼车仓皇地驶上大街，加速驶离现场。

剩下的人骑着电单车一哄而散，支离破碎看到几个断续场景的人很多，想插手管的却没有，几个人围着打一个的时候有人看不下去掏着电话躲得远远地报警，报警内容是：农科所街上，有流氓打架。不过等放下电话，车和人都没了影子，只剩下了空荡荡的大街……

时间的概念模糊了，两个小时？三个小时？

详细的时间恐怕不是被麻袋片扣着的帅朗能说清楚的，只知道在车后厢里待了很久，车速很快，然后被人拖着到了一个地方，这个时候帅朗的心里涌起了一种感觉，那叫悔呀……对了，还想起首刀郎的歌来，叫《冲动的惩罚》。

地点的概念也模糊了，黑暗中闻到了点霉味，手脚可触的四周却是凉冰冰的水泥汀地面，不过耳边却能听到隐约的狗吠声，可能是某个偏僻的地方，某种乡下窝点或者某个不为人知的地方，而且是个阴冷潮湿的地下室。

身上被摸遍了，幸好只有手机和钱包，里头钱没多少，连身份证也没有带，原本想着进来差不多要和当年打架进派出所的经历雷同，轻也得吃顿拳脚。不过让帅朗诧异的是这些人明显没那闲工夫收拾自己，进来就被铐子锁到了什么地方，摸了摸哭笑不得了，在房屋打地基的铁柱，挨着墙根，足有碗口粗细，别说人了，弄一群骡子驴都拉不动。

人物的概念倒不模糊，商务车里五个人，带进来时帅朗听着动静，走了俩，还剩下三个，都在头顶的房间等着，这个半地下的房间应该是中州郊区那种独院房堆放杂物的地方，安静的夜里听不到其他声音，时间应该不早了，这当会儿头顶几个货在喊着Q、K、三带一、炸弹之类的话，不用说，四个人凑桌麻将，三个人肯定是斗地主了。

铐子的另一头锁的是桑雅，被带进来同样是半晌无语，不知是沉浸在恐惧中还是在痛悔中，半天唉声叹气，一言未发。

帅朗也同样一言未发，被锁着不久就窸窸窣窣摸索着，铐子是镀镍碳钢的，最大直径9.2cm，2.13mm锯齿，锁型是三角形的，像火车上厕所门上那种……没有比这东西更让帅朗有熟悉的感觉了，他摸索着四周和身上的东西，试图找个趁手的工具，连摸带想，摸到了口袋里没被搜走的两张名片时，心里一喜，动上了……

两张名片是餐厅里那俩妞儿留下的，恰好是一张纸质、一张PVC材质，软硬都有了。帅朗用指甲刮着，准备来个小动作，不经意窸窸窣窣拉着铐子响时，桑雅注意到了，黑漆漆的环境里仅能看到若隐若现的一双眼睛，轻轻地问着帅朗：“你叫什么？”

“你叫什么？”

“我就叫桑雅。”

“不那谁叫你玉姐吗？”

“化名，我名字用得多了，有时候我自己都忘了我叫什么……就是个代号而已。怎么，连你的代号也不告诉我？”

“代号：肥羊……”

“呵呵……”

黑暗中桑雅在轻笑，度过了恐惧的时刻，难得如此轻松，听着帅朗的话里没有生气也没有埋怨，不知为何让桑雅有点放心的感觉了，在餐厅见到他突兀出现，只是临时起意要拉这么一位同盟，此时却有点后悔把这么一位很傻很天真的拉来。

“你害怕么？”桑雅胡思乱想着，又问道。

“怕什么？是伙骗子，又不是一伙亡命徒。我一穷光蛋谁跟我过不去，顶多再揍一顿……”帅朗道，手在动着，找到了锁眼，比划着大小，轻轻地动上手了。桑雅感觉到了帅朗的动作，刚问了句干什么，不料帅朗嘘了声示意噤声，黑暗中，有只温柔、冰凉的小手抚摸过来，不过这温情可没讨到好处，被帅朗一把打过一边，小声叱着：“别捣乱……我试试能不能打开……”

不行，工具太不顺手，太落后，这地方收拾得还非常干净，半天想不出辙来，帅朗缓了口气顾不上身上疼痛，又窝着准备试试，一拉拉动桑雅的手了。黑暗里，桑雅没有更多的动作，听得这货连铸锁都拨弄上了，有点想不通，小声地问着：“你到底什么人呀？”

“男人……”帅朗随意回了句，反问着：“哎害怕么？”

“我怕什么，他们冲钱来的，不见钱他们不敢把我怎么样。”桑雅强自镇定地说。

“拉倒吧，正因为要拿到钱才会辣手催花……”帅朗诈唬道。

桑雅故作轻松：“有你在，我就不怕了。”

“少来了，餐厅里都说好了，泼了咖啡一人一个方向跑，你非跟着我……这下好了，谁也没跑了……”帅朗话里多有埋怨，其实想想恐怕不好跑，两头都有人堵着，不过要是那样的话，自己一个人应该能溜得了，眼不见心不烦，也不至于看着桑雅被抓又跳出来。

“呵呵……谁让你回来?”桑雅笑道，对帅朗的埋怨不加理会，感觉到了帅朗对自己的态度颇不好，似乎在这个相濡以沫的时候不该这么恶言相加，帅朗说话不中听，桑雅随即话也难听了：“你怨谁呀？不是那块料还想英雄救美，我还以为你多厉害，一个能打十几个呢？结果也是银样镴枪头，就欺负你姑奶奶我还行。”

“你又得瑟上了是不？等着这伙人一会儿把你砍胳膊卸腿，王八蛋才管你……”

帅朗听得桑雅取笑，脸上挂不住了，恶言出声轻叱着，没听到桑雅吭声理会，还以为这话不够厉害，又冷声加码着：“砍完胳膊腿先奸后杀、再奸再杀……奸是轮奸、杀是虐杀……”

“啪”一声清脆的耳光在黑暗中响起，伴着帅朗的惊叫。

是桑雅循着说话的方向结结实实来了一下，帅朗猝不及防中招了，一惊之下捂着脸，正要出声骂，不料脚步声起，这下惊得赶紧摸着锁眼上卷成三棱形往里插的名片，顺手塞进鞋里……刚刚塞好，门“当啷”开了，灯蓦地亮了，帅朗一闭眼，黑暗里待得久了，对光线很不适应，等再睁开眼，三位大汉已经站到了俩人面前。

“怎么了？锁起来了都不安生。”当头一位络腮胡子脚踢踢帅朗问着，帅朗想也不想指着桑雅：“她打我。”

站在面前的这位有点恐怖，快两米的身高威势很大，后面那俩中等个子，不过都面相不善。

“活该……再他妈让你横……”

络腮胡子没动，后面俩人反而动了，一只腿一只巴掌招呼到了帅朗身上，呼里隆咚干了帅朗几下子，帅朗没来由地被揍了几下，苦着脸指指桑雅：“嗨、嗨几位大哥，是她骗你们的钱，你打我干吗？赶紧把她拖出去吊起来拷打，迟了要不回钱来……”

“要他妈你管呀？”一位马脸的，瞅帅朗不顺眼似的，又来了一脚。

帅朗吃疼地蜷着身，却没法说了，救人救得老鼠进风箱两头受气了，好在那络腮胡子拦着后面俩：“得得，一会儿梁哥就来了，你们省省，犯得着生气吗，办完事再说……”

劝着这俩气愤不已的哄了出去，剩下这位，帅朗瞥了他一眼，脸型整个像长毛的冬瓜，呲着一圈白森森的牙，点了支烟倒不走了，蹲着看看桑雅又看看帅朗。桑雅看着倒没有什么不适，半靠着墙边，两条水灵的玉腿横陈，裙子被撕开了一角，正恼恨地盯着络腮胡子，像不堪凌辱一般。

“我说玉姐，没想到有今天吧？梁哥说了，把兄弟们的辛苦钱还回来，没你的事，咱们还是井水不犯河水……要不呢，就饿你几天咱们再说道说道……怎么样？答应不？”络腮胡子很客气地劝着，看样子确实有点投鼠忌器。

“滚……”桑雅冷声斥了句，很有威风，似乎根本不怕。

“别说兄弟们不照顾你啊，真把你卖到晋南山沟里给放羊的当老婆你就哭吧……”络腮胡子叹了句。

桑雅脸扭过一边没理会，不料很不合时宜地有人扑哧笑了，是帅朗，笑着这办法实在是好。

络腮胡子不劝桑雅了，回头盯着帅朗：“小子，你叫什么？”

“费洋，浪费的费、海洋的洋……”帅朗随口就来。

“和她什么关系？”络腮胡子再问。

“没关系，我就是餐厅里瞅着这妞儿顺眼上去搭讪了，她说有人找她麻烦，拉我帮她，谁知道就把几位大哥惹了……哎这位大哥，你们有仇你们报啊，我真不认识她……”帅朗辩白着。不料说到此处，桑雅鼻子哼了哼，眼剜了帅朗一眼，原本觉得应该是个侠骨柔情的帅朗，此时却是这么一副嘴脸，实在不中看了。不过她这么一鄙视，让帅朗更火大，一骨碌坐正了，一指桑雅：“看……看……咱和她真没啥关系。我觉得你们这办法真好，就把她卖给放羊的当老婆……多卖几家。”

络腮胡子龇着牙哈哈大笑了，桑雅生气了，回头不管不顾，朝着帅朗脚蹬上来，帅朗一躲，俩人却是被铐在一起，没躲开被蹬了两脚。没想到救人救出仇人来了，帅朗火冒三丈也不管不顾了，拽住桑雅的脚，俩人就撕打上了，旁边观战的络腮胡子看不入眼了，敢情这位络腮胡子看着凶，脾气反倒蛮好，蹲在地上分开俩人，劝着：“好了，好了，省省啊，玉姐你安生点，一会儿梁哥就来，要不是遇上桩生意安排，早来了……我说你别老欺负这位小兄弟是不是？”

嗯，这话里居然有维护自己的意思，帅朗倒诧异了，络腮胡子好容易劝安生了桑雅，回头再看帅朗，一撇嘴笑了。

帅朗也笑了，这勉强讨好的笑装出来倒没有多难，俩人面对面笑着，帅朗是讨好的傻笑，不料越笑越觉得不对了，那络腮胡子，撇着嘴像在淫笑、像在奸笑，像见到美女横陈那种准备下手的淫笑和奸笑，一揣度这丫味道不对了，让帅朗隐隐地觉得某种事让他毛骨悚然……他紧张地指指桑雅：“哎……大哥……美女在这儿，您想干吗随便，不关我的事啊……”

“扑哧”一声，桑雅倒笑了，帅朗吓了一跳，回头再看桑雅，桑雅敢情认识这大汉，笑着示意着那络腮胡汉子道：“憨强，怎么样？姐勾搭的这小帅哥不错吧？要不你现在把他拖走？想干吗随便，不关我的事啊。”

学着帅朗的口吻一说，那络腮胡子却乐开眯眼笑了，帅朗吓坏了，一看那货盯着自己色眯眯的样子，再回头一瞧桑雅幸灾乐祸地笑着，猛然间省悟到了，张着大嘴，目瞪口呆地看着叫憨强的大个子，桑雅生怕帅朗不理解似的告诉了句：“噢，对了，费洋，憨强虽然长得很威猛，不过对他的男性伴侣还是挺温柔的……是不是，憨强？”

“那当然……”络腮胡子一应，眯笑着，挑逗着帅朗，伸着食指托着帅朗的下巴，端详一番，跟着状似暧昧地在帅朗脸上捏了一把，嘴里发着品尝美食的声音。帅朗此时终于尝到被调戏的感觉了，躲也躲不开，本来有点担心三个大汉对桑雅施暴，可没料到里头还有不喜欢女人的，那岂不是自己要被施暴，浑身恶寒之后起着鸡皮疙瘩，对着貌比钟馗、脸赛张飞的大汉，曲意逢迎的样子实在是做不出来了。

不料做不出来样子，憨强还蛮喜欢的，一摸帅朗咂摸着嘴："哟，是个处啊。"

要是男女不是处，男男肯定是处喽，帅朗羞得无以复加，缩着脑袋，暗叫着苦也。

"哈哈哈……"桑雅看着帅朗缩着脖子畏畏缩缩羞答答的样子，笑得浑身乱颤。

帅朗那个苦水呀，可往哪倒呀，怪不得进门后就络腮胡子没打自己，敢情是看上自己了，舍不得下手……此时他有一千个一万个后悔不该搞什么形象设计，整这么帅的形象，一个妞儿都没勾搭上，倒勾搭了个背背哥……这要是失了身，出去可怎么见人呐！

好在有人解围了，被调戏摸了几把的帅朗正愁无计可施的时候，外面俩人喊着，边喊边骂着，那句听得很真切，是"别你妈见了公的就发骚，出来打牌"。憨强应着，桑雅却在唆导着大个子憨强，别走呀，帅哥在这儿你舍得走呀……直把帅朗说得恨不得亲自动手奸杀这恶妞，一唆导，本来已经准备走的憨强又回头在帅朗脸上摸了把、腿上捏了把，直捏得帅朗几欲反胃，如逢大赦般地看着这人依依不舍地关了灯、关上门。

门是铁门，从外面反锁的，刚才灯亮的时候已经看过了，几个平方米的储藏室，连窗户都没有……

桑雅一直在笑，笑得上气不接下气，逗了帅朗几句，帅朗都没理会，只顾忙着自己的。

过了很久，笑声渐缓的时候，又见帅朗蜷在墙边鼓捣铐子，桑雅笑着问帅朗："肥羊，你害羞起来蛮帅的啊，憨强一定看上你了……其实你不用担心，他们不会把你怎么样的，顶多来个奸杀，憨强负责奸，其他人负责杀……呵呵……"

“妈的，懒得理你，丢命事小，失身事大，这哪是个贼窝，简直是个变态窝，这种人都有……”

帅朗骂了句，手还在铐子锁眼里动着，纸质的名片有点软、PVC的又有点硬，不是塞不进去就是塞进去没办法扭，他一直尝试着把叠成细条的名片纸塞进圆形锁眼和三角锁芯之间空隙，试图扭动锁芯，只要扭得动，锁就能打开，不过试了几次收效甚微，渐渐有点不耐烦了。

至于丢命嘛，倒不至于，不过一想起那个近两米高的背背哥，帅朗全身就起鸡皮疙瘩，咱们要是强上个妞儿吧，可以原谅自己的鲁莽；可要是被那货摁着糟踏一回，这可让咱情何以堪？

心越急，手法就跟不上了，这玩意儿初中时就会弄了，经常被老爸这么锁着，久而久之，帅朗早揣摩出了若干种方法，鞋带、纸币甚至小小的硬塑料都能打开铐子，不过今天倒运的是没穿带鞋带的鞋，身上的大大小小东西除了两张名片都被这些货摸走了，腰里那根世界名牌皮带做工太好，根本拆不下零件来用。

怎么办？怎么办？帅朗有点心浮气躁了，屏着气，想着办法……

“你真能打开呀？这种的不好开……”桑雅见帅朗这么用心，悄声问上了。

“有个硬点的、能塞进去的东西就行……我开过。”帅朗道。

“你打开也走不了，窗户都没有……你一个人能打过这三个？”桑雅小声道。

“他们主要抓的是你，得分出俩来摁你，我对付一个就行了。”帅朗很没同情心地说道，换来了桑雅一句：“你去死吧！”

帅朗没心思斗嘴了，在身上摸着，摸着摸着摸到了自己脚上，不过那鞋肯定用不上，要是拆开鞋里的钢片，应该又点大了，用不上……摸着摸着，又摸着了一只脚，跟着那只脚触电似的缩回去了，桑雅小声叱着：“干什么？”

“身上有硬东西没有，给我找一个……”帅朗轻声道，“小点，能塞进锁眼里。”

“什么硬东西?”桑雅不咸不淡地回了句，有点觉得徒劳。

“首饰？耳环之类的。”

“没有。”

“戒指?”

“没有，搜走了。”

“有了……这个应该能用……”

帅朗说着，拽着桑雅，桑雅要厮打，不料帅朗嘘了声，很正色，没有猥亵的意思。桑雅的心怦怦跳着，不知道这货要干什么，不料他只是摸着腿，摸着光滑的腿，桑雅没来由地有点心跳，有点发烧，轻咦了一身，往帅朗身上靠了靠……

不料没有浓情似火，帅朗摸到脚上，一拽一拉，把桑雅那双极具法式诱惑的鞋拽下一只来，跟着把人扔过一边，揪着鞋扣，试了试软金属，乐了，连撕带拽加牙咬，这个铝制的鞋扣被揪下来，几下扭成扁的条子，摸索着方位，小心翼翼地塞进锁眼……一拧、再拧、再拧……用着巧劲，垫着名片叠成了细条加力……再拧……

岿然不动的锁芯缓缓转动了，帅朗心里大喜，侧耳听听那几位还在打扑克牌，最后一点劲使上来，哧拉拉一声……

铐开手解，脱困了。一刹那间手一松，桑雅兴奋得几欲喊出声来了……

“Q。”

“K。”

“大王……十张连……赢了，哈哈，喝喝……”

亮着白炽灯的厅堂里，房间里的几位斗地主斗得起劲，憨强一把十连张兜底，出空了手里的牌，那位手里还捏着四张2炸的干瞪眼了，悻然啪声一扔手里的牌，骂了句什么，憨强切着牌，催着这俩货清杯，那俩却已经有了几分酒意，大口杯小半杯白酒端着一饮而尽，一个点着烟抽得眯了眼，一个吧唧着嘴，起身倒了杯水，倒水的这位如果细瞧，是萨莉餐厅被泼了一裤裆的那位老铲，刚换上了大裤衩裸着背，边倒水边问着：“憨强，梁哥怎么还没来，让咱们等到什么时候?”

憨强点着烟等着同伴，吐了口说着：“肯定又宰着肥羊了，要不不会半路折回去……”

说起这个来，有点意思了，倒水那位坐下来直埋怨那帮飞车仔都比咱们挣得多，据说邪门得紧，一有生意像公鸡下蛋一样，银行卡里就有人往进存钱，百思不得其解的老铲推了推那位喝得有点迷糊的追问着：“哎老歪，你说梁哥这是怎么弄的，怎么个把人整得都心甘情愿往咱们兄弟们卡里存钱呢？我左想右想，就是想不通这钱是咋整回来的，这发财也太容易了，年前梁哥还被逼债的追得满地躲，这才几个月……大发了，车买了好几辆……”

声音越压越低，说话的这位和歪嘴、憨强加上梁哥原本都是一块儿混的，不过混来混去这仨兄弟混成马仔了，一直琢磨不清这发财的门道在哪儿呢。这么一问，歪嘴和憨强明显也是懵然不知，一个愣眼，一个抓头，愣眼的歪嘴摇摇头：“不懂，咱要懂咱不成梁哥了……”

“有人懂，你们想不想学学发财门道?”老铲诱着。

“谁?”憨强、歪嘴上心了。

“就那妞儿……”老铲说着，指着地下室的方向，压低了声音白话着：“梁哥不让咱们动她，问都不让问，其实就是怕咱们知道门道在哪儿……”

“哎对……”憨强想了想点头认可，“连咱们都不知道这钱怎么着到卡里了，玉姐都能把到卡里的钱又给整没了，这事够邪门的啊，要不是揪着撮三了，咱们根本逮不着人……”

撮三是玉姐的一个手下，据说在生意上和梁哥有所往来，不过却和所谓的玉姐做手脚狠狠宰了梁哥一把，梁哥恼羞成怒来回找了十几天才把撮三抓着，来了个严刑拷打，才找到了神龙见首不见尾的玉姐。言语之间，这三位对这位所谓的玉姐倒是钦佩有加，憨强一迷懵这钱不知道怎么来的，那歪嘴明显不愿意动脑筋，斥着这二人道：“你们猜个逑嘛，人家是玩鼠标的，你们是拿铁锹的；人家要的是电脑，你们都长的猪脑……”

“少笑话我们，好像你懂似的……”憨强一瞪眼不乐意了。

“别别……咱们兄弟争什么。”老铲劝着俩人，小声指着地下室的方向说：“我是说，咱们问问她不就行了，不就一娘们吗，咱们还收拾不了她，我可听说这妞儿手里藏的钱不少……”

老铲明显动歪心思了，据说这位玉姐身家不菲，连梁哥也骗得倒，那手里存着的真金白银肯定少不了。不过憨强一听不敢了，头摇得像拨浪鼓，洗着牌劝着老铲：“别别……梁哥不让咱们单问，别吃不着羊肉惹一身骚……再说这娘儿们滑溜着呢，哪有那么容易问出来，就问出来，咱们兄弟仨也干不了那事不是？”

意见不统一了，老铲撇着嘴有点不屑，不过想想这成功的可能性太小，只得暂且作罢，码好牌要分牌的工夫，地下室“咣当”一声响得真切，正要分牌的仨一下子愣了，吓了一大跳，竖着耳朵听着，不过“咣当”一声之后，再无声音了。

咦？没声了……三人面面相觑，总觉得此时安静得有点异样，地下室门就在楼梯之后，三个人屏着气，半天没有什么声音，狐疑地站起来，憨强摆着手，喝得有点高的歪嘴摇晃着提着酒瓶上去了，耳朵贴到了门上，也没听到什么声音，这倒奇怪了，他嘭嘭嘭敲着门，喊了句：“里面的，憋什么孙子呢，出气喘一声……”

没声音，依然保持着沉默。

“嘿，妈的不吭声是不是？我看看……憨强，钥匙……”

歪嘴伸手要着，憨强捡着钥匙扔了过来，歪嘴眯着眼开了门，摸索着门边的灯开关，不料哎哟一声，呼咚一栽，没下文了……

出事了!?

憨强和老铲心一紧，一个抄酒瓶、一个抄凳子防备，面面相觑着，喊着老歪、歪嘴，再加上名字，叫了几声都没回音，都紧张了。这俩都不是专业绑匪，不知道出了这状况该怎么处理，老铲轻声支使着憨强去看看……憨强摇着头，你去你去，你手脚利索，我堵门……

正争执不下，不料屋里传来了女人的尖叫，是玉姐在惊恐地喊着着：“啊啊啊……王八蛋，撕老娘衣服……”

跟着又是一阵厮打声音，憨强一下子想到了什么，嗝一声，嗝应得酒嗝上来了，“吧嗒”扔了凳子，吧唧着嘴指着：“完了，完了，喝了两口发情了……老铲你看着办啊，出了事你负责。”

“我靠，老歪……都什么时候了，梁哥快来了，别他妈整这事……”

不说还好，一说又是女人一声“啊嗷”惨叫，很像被人捅到痛处让人遐想无边的声音。老铲急火了，扔了空酒瓶，拿着手电筒，奔着就过去了，咚声一脚踹开了门，一照，一惊，酒醒了一半，房间中间躺了一个，再一照，铁柱跟前的人不见了，情急之下大喊着：“人跑……”

声音像被卡了脖子，老铲只觉得兜头黑物扣了下来，“吧嗒”一声手电筒一掉，一紧张双手支着直要往外钻，不料后背触电一般，很真切地听着电火花噼里啪啦响着，来了个“哎哟我的娘哟”……“呼咚”栽倒在地，发羊癫风一般手脚直抽搐着……

屋里被关的俩人早已脱困了，扣麻袋片的桑雅靠着墙大口吸着气，稍有点紧张地看着瞬间被放倒的俩人，都是被电打的，持着裸露导线当武器的正是帅朗，这个地下室虽然密不透风无所依仗，不过可惜的是让帅朗发现了照明线走的是明线，拽了照明线头，做了个击倒俩大汉的犀利武器。

一击而胜，干脆利索，帅朗想着这俩货对自己的拳打脚踢，报复即来了，连电几下，看着这俩抽搐还不过瘾，又恶狠狠地跺了几脚，桑雅倒无心停留，拽着帅朗喊着快走，两个人蹿出了门，嘭一声从外面锁上了。

三对二瞬间成了一对二，形势翻盘了，奔出来，两个最恶的关进地下室了，不过桑雅和帅朗瞬间止步了，屋中央，偌大的个子，比俩人足足高过一个头的憨强还在，不过憨强比桑雅和帅朗还紧张似的，握着酒瓶，靠着木门，作着要拼命的架势。

虽然桑雅说这三位中数大个子憨强胆小，不过块头实在怵人，靠着门像个铁金刚，和门几乎等高，举着的胳膊像骡子腿，忤着的脚身像株老树。俩冲出来的对视了一眼，窝囊了一晚上早就恶念横生的帅朗瞥眼瞧着桑雅，一个脸颊留着个手印，衣裙开了几个口子，手腕上还吊着个没开的铐子，一想这些人的行径，帅朗恶从胆边生，就要冲上去抄家伙，不料被身侧桑雅重重拽了一下，使着眼色，让帅朗别去，一拦着帅朗，桑雅盯着憨强说："憨强，我知道你喜欢小费……其实小费刚才也说了，他也喜欢你，对不对，费洋……"

没来由的一句，帅朗肚子一疼，不知怎么又提这茬儿来，还未来得及思考，旁边的桑雅狠狠掐了帅朗一把，帅朗咧嘴咬着牙，话从牙缝里迸出来了："对……对……喜欢……喜欢得不得了……"

打不过看样子要来个以情动人了，帅朗咬着配合了句，再看憨强，这货却有点愣了，有点懵了，有点像陷入情网、像老爷们看着绝世美女那般痴了，帅朗可没料到自己还有这等魅力，猛地省得自己的形象没准儿现在是玉树临风、貌比潘安，干脆不瞪眼发飙了，斜眼瞧着这位比歪瓜裂枣强不了多少的憨强，不过这勾搭男人的媚眼却不知道怎么使将出来。

有人会，桑雅拽着帅朗，把帅朗的脸端正朝着憨强轻声说着："我知道他们都鄙视你，笑话你，看不起你……可我理解你，你心最软，不想骗人、不想欺负女人、更不想欺负男人……我刚才和费洋说了你的事，他很感动……东西给我……我不相信你下得了手……"

绝对不是媚惑，帅朗突然觉得桑雅甚至比方卉婷还知情达意，对于这种不太正常的人，没准儿这不太正常的手段能有奇效。果不其然，憨强被几句莫名其妙的话说得松动了，稍稍松动了，桑雅几乎走到了跟前伸着手，憨强迟疑了一下，不肯让开门……

"走……我们一起走，你和费洋一起，不愿意吗？"桑雅再劝着，回头瞟了帅朗一眼，俩人心有灵犀般，帅朗知道这货心思是这个样子，大胆地走上来忽悠着："对，强哥，我们在一起，我们一起走……我们永远不分开……"

从来没有想过会对一个歪瓜裂枣的男人来个山盟海誓表白，好在眼睛是瞟着桑雅说这句话，而此时看着惊惶中的桑雅，凌乱的发际、开衩的红裙、修长的玉腿，似乎某些细节正切合所谓“吊桥上走过的女人”那种心跳的感觉。让帅朗一句说得还真像……像什么？像和憨强要海枯石烂一样……没料到帅朗还真来了这么动情的一句，桑雅咬着嘴唇没敢笑出来，又向憨强走近了两步，伸着手要他手里的家伙，状似朋友般劝着：“东西给我……咱们走，其实我和费洋刚刚认识，我们真的没什么……”

桑雅轻声说着，对于这种背背哥，恐怕也只有异性才能这样如亲如友地说话，帅朗不动声色地看着大个子，现在知道这个女骗子的高明之处了，恐怕最高明的地方在于，她能抓住人心最弱的地方，比如此时，那大个子对已经近在咫尺的桑雅丝毫没有敌意。

“哎……”憨强咬咬牙，下了狠心似的，重重一掉胳膊，桑雅顺手接着酒瓶，正要劝一句，可不料“轰”声一重响，吓得她倒退几步，再一看傻眼了。帅朗趁着大个子不备，板凳直砸他脑袋上了，这凳子不轻，本来发懵的憨强眼睛开始发直，一瞬间又恶相顿生挥拳反抗，帅朗快速地后退着，心下大急，可没料到这么狠一家伙都没能砸晕他……只支撑了两步，“呼咚”一声，大个子像个木桩直挺挺栽倒了。

“啊？你这么狠？杀人啦……”桑雅吓坏了。

“没事，砸晕了……”帅朗探探鼻息，是昏了，顾不上说了，顺手拽了件椅背上的衣服，开着门招着手喊着桑雅就跑，桑雅几步跟上埋怨着：“你打他干什么？别看他个子大，其实根本不会跟人打架……”

“少来了，他要纠缠我非嫁给我怎么办……”帅朗脚步不停，开着铁闩的院门，桑雅又被逗笑了，两个人出了院外，回头一瞧，却是个不知名的村边，关押俩人的地方是一座二层小楼的民房。此时已经是深夜了，俩人从惊魂中刚刚逃出，四周看着方向却无从辨识，此时恰巧远远一处灯光掠过，是公路……想也没想，朝着公路的方向直奔了过去，浓重的夜幕掩盖住了两个惊惶的身影……

一个小时后，两辆车载着一行七八个人才到了这里，为首的梁哥见院门大开，大惊之下带着人冲进了屋，一片狼藉的屋内憨强还直挺挺地躺着，里面被关的俩在使劲地敲着铁门。问明情况，梁哥气不自胜地朝这俩喝酒误事的一个赏了一耳光，里里外外加上村里搜罗了一阵子却一无所获，又觉着这俩人黑更半夜跑不远，人分两路沿着公路两个方向找人，不过沿路一望无际的麦田玉米地，在这个一马平川的中原之地，找到的可能性已经是微乎其微了……

麦田旁、水渠边、满天星斗俱在眼。

人声稀、促织急、天地唯余我和你。

足足快跑了多半个小时，钻进了路旁不远的地里水渠边，借着青纱帐的掩护，感觉离危险已远，帅朗躺到了水渠边上大喘着气。惊魂终于定了，桑雅坐下来的时候才感觉到脚脖子和脚底都疼，扭了脚脖子，脚底起了泡，从来没有走过这么远，刚动动脚疼得咧嘴，这才发现手腕上还吊着铐子，趋着坐到了帅朗身边推推示意着：“嗨，肥羊，给我解开铐子，光顾你跑了……也不管我。”

“说话客气点啊，今天救了你好几命。”帅朗喘过气来了，坐起来了，找着趁手的东西，还是那个变形的鞋扣子，捉着桑雅的手找着锁孔，桑雅听着帅朗这么居功白话不屑了：“算了吧啊，工具还是揪我鞋上的，不说我还不生气呢，扭了脚算谁的？”

“是啊，工具是你的，你怎么不打开？你就打开也走不了。”帅朗拨着锁孔，说了句。

“拽什么呀？不是我帮忙你能放倒俩？”桑雅抢功了。

“是三个，怎么算的账，得进幼儿园进修进修。”帅朗斥道。

“扣麻袋那个算我的好不好……不过多亏了你牺牲色相把憨强迷住了啊，哈哈……”桑雅放声笑着。

“不要诋毁我的名节啊，一想我就来气，差点失了身。”帅朗气咻咻地说。

正要再取笑一句，哧拉拉，铐子开了，桑雅惊讶了一句：“哇，这么快?”

“那当然，心情放松了，不紧张了，所以手就快了。”帅朗当啷啷把玩着手铐，又躺到了水泥渠边上。桑雅抚着被铐疼的手，探着水渠里的水，干脆脱了鞋把脚伸进水里泡着，虽然荒郊野地、虽然凉水濯足、虽然不知道前路如何，不过此时的心情却是大好……看着懒懒躺着的帅朗，桑雅毫不忌讳地伸手拍拍帅朗的脸蛋出口赞着：“没发现你小子真帅啊……”

“说清楚，人帅，还是办的事帅?”帅朗嘴里咬着草根，得意地问着。

“都帅……”桑雅不吝言辞了，像憨强调戏帅朗一般在他脸蛋上拧了一把，笑着问着：“现在该告诉我叫什么了吧?”

“说出来怕你觉得我是吹牛，这么帅当然姓帅啦，这么俊朗当然名朗了，合在一起叫帅朗，又帅又俊朗，不错吧?”帅朗道。

“呵呵……是不错。”桑雅笑着，笑得有点花枝乱颤，还真有点不太相信，不过也没有追究，濯了一会儿脚，拽着帅朗披的那件男衣服擦着脚，帅朗却一骨碌坐起了，凑在她身边看着美人拭脚的动作，小声问着：“桑雅，你骗了梁哥多少钱?”

“八十多万吧?”桑雅道，像挣的一样一点也不打结。

“啊……这么多? 快够得着判你个无期死缓了啊。”帅朗吓了一跳，料不到这女人嘴里说出来如此轻松。还有更轻松的，桑雅一笑，无所谓地说：“把我和梁根邦都抓起来，都够枪毙，不过前提呢，是得有证据，而且得我们都认罪，你觉得可能吗? 我骗了他，他根本就不考虑报警。”

“我怎么听关咱们那仨说，你们好像还有生意来往……你们这黑吃黑，一点道义都不讲?”帅朗问，有点不太理解，在即将脱逃的时候听到了憨强、老铲仨人的话，其中知道了个大概。不料这话问得浅薄了，桑雅把衣服往帅朗身上一扔，斥着：“你有病是不是? 我是骗子，他也是骗子，你见过骗子和骗子讲道义的吗……对了，你干什么的，还没告诉我呢?”

“失业青年。”帅朗道。

不料这句实话实说，不相信的桑雅切声拉着很长，挑着刺问帅朗："你以为我瞎了，这件衬衫多少钱，得几千吧？小牛皮的皮带多少钱？骆驼皮鞋多少钱，还有你戴的劳力士特型手表多少钱？坐萨莉餐厅吃一顿饭多少钱……要是失业青年过这生活，中州人都巴不得失业呢……"

"对，大爷的……这回赔大了，手机、钱包、手表都给老子捋了……"帅朗一下子想起来了，心疼了，骂骂咧咧着。一听这话，桑雅笑了笑不屑道："那才几个钱，姐送你一套……不过你得说实话，到底干什么的？"

"我真是失业青年，我说实话怎么就没人相信呢？那你说我干吗的？"帅朗笑着逗了句。事实有时候很难让人相信，一问这话，桑雅上心了，拽过帅朗来，端着下巴凝视了一番，又想了想，想想第一次是追着自己跑，第二次是拉着自己跑，害也是他、救也是他，坏也是他、好也是他，最狐疑的也是他，但不可否认，此时最信任的恐怕也只剩下他了，端详了良久还是无法下定义，有点不确定地说："我看人挺准，可就是有点揣不准你……说你像个好人吧，也没见干什么好事。说你是同道吧，又有点不像……"

已经习惯于看到墙倒众人推和落井下石的事了，桑雅对于在餐厅帅朗去而复返实在有那么点理解不了，即便就在此时看着帅朗一脸不以为然也同样有点诧异，如果真是个普通人，恐怕要被这事吓得不轻，而帅朗却像没事一样。桑雅一端详，帅朗笑了笑道："嘿嘿，你要揣准了，就不是我了。"

"不管你干什么的吧？"桑雅像下定了决心似的，手随意地搭在帅朗肩上，宛如对好友般邀着："这样，你跟姐混吧，脑袋瓜好使，出手又狠，人又机灵，不干我们这一行真可惜了……"

呃……帅朗没料到自己又成了骗子眼中的最佳候选搭档，嗝了一声。桑雅有点不乐意了，诧异地问："怎么？不愿意？还是你有更好的生意？哎你到底干什么的，怎么把我越看越糊涂了呢。"

"我就一失业青年，你咋不信呢……其实你第一次见我就是我的真面目，倒不是找不上工作，这段时间没事，借了身行头就想到西餐厅泡个妞什么的，谁知道碰上你了……其实不是不跟上你干啊，我这胆也没多大，骗八十我倒敢，你这骗八十多万被逮着，这辈子可就交待了啊……”帅朗道，这倒是说的真心话，但凡行为不端的货色就像帅朗以及帅朗身边的这些狐朋狗友，小错小过都不忌讳，但要真逢着干件什么大案，多少还是心虚的。

“不勉强你……不过你想好啊，发财的机会可不是天天有，其实这行挺安全的，根本用不着抛头露面。就比如这个梁根邦，你知道他以前干什么的，修电视机和小家电的，无线电玩得好，联合了几家串骗。比如人在中州，窝点却安在广东，受害者呢，却在东北，作案的地方呢，又转到江苏了，这案子谁破得了？”桑雅不屑地说，很得意，骗子本身就高明了，把骗子骗倒，恐怕就更高明了。

无线电、广东、东北、江苏……帅朗喃喃了几个要素，狐疑地问：“这是电话诈骗的？”

“这个你也懂？”

“猜的呗……还不就是骗着人家往卡里存钱，他们坐收渔利，哎不对呀，你怎么把他骗了？”

“呵呵，干这活需要什么？量很大？”

“马仔？”

“不对。”

“那是……空卡。”

“聪明，没有转存记录的空卡他们需要的量大，又不能用自己身边人的姓名办卡，所以就到处收罗，而且只能用一次，需求量很大，我给了他几十张已经签约网上支付的卡他根本不知道，那接下来很简单了，结果就是他骗来的钱全部被我转走了……呵呵，有意思吧？”

桑雅得意地说着，不知道为什么她在这个时候对帅朗丝毫不设防，侃侃一说，原本有点诱惑帅朗入彀的本意，或者以这么高明手法引起帅朗一点惊讶也好。不料说完了，却见隐隐约约的光线中帅朗轻哼了哼，状似不屑了。这倒奇怪了，桑雅凑上来，凑得很近，几乎凑到了帅朗脸上，端详了片刻诧异地问：“喂，给点表示呀？我说服你了吗？”

如此如此之近，帅朗心慌意乱，根本没有考虑什么，只是下意识地噘着嘴“啧啧……”凑着。桑雅反应得快，手一扇，切了一声把色眯眯想亲一个的帅朗脸蛋拨拉过一边，附带了一句很不乐意的话：“想得美，警告你啊，敢打姐们的坏主意，回头我找俩和憨强一样的背背哥轮你小子……”

“哇，太残忍了吧？找俩美女欺负我就行了，我绝对不反抗……这么吓唬人家，谁敢跟着你混。”帅朗得意洋洋，言语神态里都痞相。帅朗歇了口气歇过来了，此时感觉到了身上有点冷，还有点疼，摸索着披上了那件顺手摸来的衣服，掏着口袋里可用的东西，好在摸出了半包烟，一个打火机，点着抽了一根，狐疑地看着周围的环境。

苍穹如盖、夜幕如遮，耳边充斥着蛐蛐的叽叽声和夜风撩动庄稼的微微声响，离公路有几十米远，能看到车灯偶尔晃过。不知道想起了什么，抽着烟的帅朗有点难色，不经意手一动，却是烟被抢走了，一侧头，是桑雅，抢走了他嘴边的烟，手指挟着猛抽了一口，很惬意地呼出来，又递了回来，笑着塞到帅朗嘴边。

“想什么呢你？傻样……”桑雅笑啐道，话里无尽的暧昧，伴着个抚脸扭耳朵的动作，很亲昵。其实在这个时候恐怕就真发生点什么意料之外的事，说不定俩人都不会介意，桑雅倒有点后悔不该拒人千里之外，心里暗暗揣度着，似乎身边这位是个好色不好财的小子。

不料，她仍然没有猜到帅朗的心思，那一句并没有引来帅朗的情话绵绵，而是抽着烟笑问：“我在想，大姐不是想让我跟你混么？接下来怎么办？忘了提醒你一句了啊，咱们现在手机没有，抽了件衣服里头一毛钱也没有，更背的是现在在哪儿都不知道，没准儿路上还有等着抓你的，先别给我描绘远景，你说，咋办？”

“啊！这……”桑雅一怔，从逃出生天的喜悦里落到现实中了，看看周围，这可是实实在在的荒郊野地了，也不知道在什么地方，更心虚的是还真不知道是不是有危险在等着，一揣度，她往帅朗身上靠了靠问着：

“你说怎么办？你肯定有办法。”

“要不这样，路俩方向，咱们分开走，他们就逮也逮不着一对……分手怎么样？”帅朗故意正色道。不料刺激得桑雅一个激灵使劲地挽着帅朗胳膊斥着：“不行，想扔下我，没门。”

“哈哈……这不就得了，你连自己都顾不了，还让我跟你混，谁跟谁混还不一定呢，穿好鞋，走，这儿离出事地点太近，最好赶在天亮之前到城镇人多的地方，到那地方就有办法……”帅朗说着，挣脱着桑雅的勾挽，起身了。桑雅这倒听话了，套着鞋，撕了条裙边绑着，走路走得有点一瘸一拐，歇过气来了，反而知道全身疼了，几十米的距离到路边哎哟哦了几回，一只手搭着帅朗的肩膀，几乎是拖着帅朗在走了……

这可不行，走了不长一段路，越走越慢，帅朗干脆拉着桑雅到了路边指指庄稼地安排着：“在这儿等着。”

“你去干什么？”桑雅吓了一跳，生怕这货扔下自己溜了似的拽着他胳膊不放。

“你这个样子怎么行？我摸辆车拉着你走……”帅朗说着，桑雅怏怏不乐放开手了，看看不远处有个小村落，有点惊讶地问：“你……你会偷车？那村里能有什么车？”

“都说了你不懂了……等着啊。”

帅朗手脚麻利，走了几步却又返回来了，脱了身上披的那件薄夹克披到桑雅身上，笑了笑，转身小跑着往村落的方向走，却没有发现，背后的桑雅，被最后那个细微的动作石化了一般，披着那件顺来的夹克，直看着帅朗消失的方向。

是担心？是感动？如果是担心，肯定不会是担心他一去不返。如果是感动，似乎也不是发端于朋友关心的那种感动。

那么是什么？桑雅说不清，每每在人如潮的城市里会感到莫名的孤单、莫名的恐惧和危险，而身处危险之中的时候，这些感觉却全部消失得无影无踪，剩下的只是一种说不清道不明的感觉，就像看不出帅朗的身份一样，也同样描摹不清这种异样的感觉。

过了很久，人回来了，是帅朗，在轻声唤着桑雅的名字，桑雅从地垄下走上来，笑了，确实有车，一辆破车、一辆破自行车，偷车的正贼忒忒催着她上路。桑雅笑着贬斥着这个小贼，却坦然地坐到车后座上，吱吱哑哑的自行车，在洒满星光的夜路上迎着凉凉的夜风，起程了……

月沉，星夜，乡下的夜是一个不同的世界。走夜路的帅朗有一种异样的感觉，在他的世界里，有过苦恼、有过欢乐、有过郁闷，更有过惬意，此时此刻载着一位美女行驶在空旷的公路上，离危险越来越远，无疑是欢乐的、是惬意的，路行到一个小小缓坡之处时，帅朗加速着又故伎重施了：

“哦哟哟哟……抱紧喽，抓稳喽……下坡啦……”

帅朗嘴里发着怪叫，装腔作势喊着，大惊小怪地晃了晃车把，不过没奏效，坐在车后的桑雅早窥破了帅朗那点亲近的歪心思。不料帅朗一技不成，又施一计，加速后冷不丁来了个急刹车。

嘎声车速骤减，惯性定律起作用了，把后座坐着的桑雅向前推去，于是在帅朗的后背贴上来一对软乎乎、绵鼓鼓、韧性、弹性十足的部位，而瞬间再一加速，桑雅又猝不及防地抱上来，把刚刚接触的动作重复一遍，得逞的帅朗哈哈仰头笑着，后座的桑雅知道这货使坏，伸手在帅朗的耳朵上拧了一把啐着：“成心是不是？”

“什么成心？刹车太灵、路太难走，怨不着我啊……”

帅朗笑着找着很不成立的理由，中原地带一马平川，放开车把都能行十公里。

“少来了啊……”桑雅手轻轻在帅朗脑后来了个扇耳光的动作，笑骂着：“你多大了还玩刹车撞奶的游戏？帅朗，你不是还没见过女人这个部位吧，姐上次才解了一半，就把你吓跑了，又开始想上了？”

“呃……”帅朗被豪放的桑雅刺激了一下下，和她一起才发现自己的脸皮不是那么厚，讪笑着说：“大姐，拜托含蓄点好不好，我就那么一点坏心思，都被你揭得干干净净，多没面子。”

“咯咯……啊？你揩油，我还得装着故作不知，让你一直揩，对不对？天底下怎么就你聪明呢？”桑雅笑着，在帅朗腰里掐了一把。帅朗不疼，不过有点痒，扭着腰笑着纠正道：“在这事上，男人都比较聪明……再说现在天这么冷，不靠紧点，没点温度，没点活力，蹬不动车哎……”

恬着脸在套近乎，现在帅朗已经训练得大庭广众之下敢于和善于搭讪了，就剩俩人了，这胆子端得是更大了几分；又碰上这么位豪放漂亮的桑姐，得，俩人说话再露骨点，差不多就能赶上帅朗和一干狐朋狗友的讨论了。

一说蹬不动车，这请求如此恳切，后座披着夹克的桑雅抿着嘴暗笑了，没有刹车毫无征兆的情况下突施了个环抱动作，绵绵软软的胸直贴到了帅朗的后背，帅朗顿时如遭电击，身上钻了一百只小虫子似的耸着肩，嘴里嘘嘘有声，后座的桑雅揶揄地问：“现在有温度了吗？”

“嗯……有……别动，就这样……”帅朗惬意地蹬着车，乐歪了。

靠着，桑雅干脆搂着，贴得很紧地靠着，很像男女后入式的颠倒版本，脸靠着帅朗的背，似乎很享受这个拙劣的游戏，整个人腻歪在帅朗背后。

帅朗乐歪了，自小到大，咱调戏的美女不少，不过给咱好脸色的好像除了桑雅绝无仅有；一般情况调戏很难成功，不是把美女吓跑了，就是得个剜个白眼、骂你句流氓的回报，像桑雅这么配合着调戏剧情的还真是首例，帅朗悠闲地蹬着自行车，很想来个西餐厅那种暧昧好听的钢琴曲伴奏，否则何以抒发此时那种心要飞起来的感觉……

飞，对，像飞起来的感觉，像在一望无际的夜色中那种肆意飞扬的感觉，桑雅脸贴在他的背后，厚实的后背，倚着斜看如盖苍穹上银饰般的闪闪星空，在寂静的夜里耳边唯余风声伴着车轮呼呼地轻响。其实乡下的夜色很美，星空下的村落，夜幕中隐约的庄稼地、或近或远的矮树，连绵的景象如同慢镜头一样从桑雅的眼中缓缓放过，不知道已经走了多久、也不知道还要走多久，不过她知道自己有点喜欢这种放松和惬意的感觉，有点喜欢依靠着、不用操心身边危机四伏的感觉……他究竟是什么人？桑雅贴着这个不知道什么人的后背，很结实；搂在他的胸腹间，也很结实，像块带着温度的石头那种结实和温暖的感觉，是一种很奇怪的感觉。不过这种感觉却和回忆有点格格不入，他见过骗局也知道自己是骗子，不过从他的言语间并没有看到正义人士那种厌恶或者同道中人的羡慕，甚至桑雅在回忆他痛下狠手的时候，同样是一种很惊艳的感觉，毕竟现在敢为一个女人大打出手的傻瓜不多了……有点心跳的感觉，她笑了笑，又像怕冷一样把帅朗搂得紧了紧。

一紧，前面那位不舒服了，搂着已经很久了，而且都是入芝兰之室久而不闻其香，这偶尔搂一下舒服，搂久了不但影响蹬车，而且容易发汗，就听帅朗前面叫着："嗨、嗨、松松，差不多就行了，别真把我当相好……搂得我都出汗了。"

"呵呵……不抱着你要小动作，真抱着你了，你又不舒服了……犯贱！"桑雅毫不忌讳，松了松帅朗，掩饰着自己的感觉，笑着贬斥道。

"哎……这你就不懂了。"帅朗已经习惯了桑雅这种毫不羞赧和毫不忌讳的说话方式，笑道："浅尝辄止才是最高境界，为什么叫窃玉偷香，那是因为窃来的珍贵、偷来的更香……"

"你说来说去，更像犯贱……"桑雅笑道。

"嗯，差不多，这是通病……"帅朗道。

"哈哈……有道理。"桑雅笑着，握着拳头在帅朗背后轻擂了一下，一个对暧昧不避讳，一个对调戏不矜持，这感觉就坦荡多了，后座的桑雅笑了，听得帅朗呼哧呼哧蹬得起劲。

不知道走了多久，桑雅找着话题解闷，又问了一个还是男女的话题："哎，你有女朋友吗？"

"没有。"

"不信。"

"你不信我也没有。我是处男你信不？"

“信，你说你是太监我更信。”

“嘿嘿，别理解错啊，‘处男’的意思指独处的男人，我真没有，你要想追我，机会以及成功几率很大……”

“呵呵……我怎么觉得你比我还会骗人呢？真没有？”

“真没有，这年头骗吃骗喝骗上床容易，真骗个女人死心塌地给咱当老婆，那可不是一般的难啊，家庭、社会、经济以及其他因素太多，成功几率不大……”

“那前女友总有吧？”

“噢，这倒有……”

帅朗眼前浮现出一张普通却温馨的脸，一张在记忆中没有抹去的笑靥，一段不愿提及的往事，说到这里，稍有黯然，声音不那么戏谑了，后座的桑雅感觉到了这之中的细微变化，不过却像故意刺激一般说着：“噢，看来你对前女友的感情挺深。”

“那还用说吗？我差点就成了情圣，哎……不管你怎么看我啊，其实我挺纯洁挺善良的，真的……”帅朗回了回头，后面的桑雅不搂了，捂着脸咯咯直笑，那样子自然是无法相信，其实帅朗也不期待别人相信，只表明一个心迹一个态度而已。

男人嘛，都是从纯情开始憧憬，从痴情开始迷茫，之后大多数都要归于滥情的沉沦，从古至今都没有改变。

“那你们为什么分手了？”桑雅追问着。

“别问这个话题成不？”帅朗道。

“不成！”桑雅很坚定，很固执，也很八卦，捅捅帅朗笑问：“哎，是不是因为你花心了？”

“不是，我以前很纯情的，都告诉你了，再说我以前那老实样子，想花心谁看得上啊……你觉得我昨晚帅是不是，其实就帅了一晚上，还碰上你出事了。”帅朗有点火大地说。

更火大的来了，桑雅又小声问着：“那是她劈腿了？”

“我说姐，你饶了我吧，咱含蓄点成不?”帅朗此时发现不矜持也有不矜持的坏处，这话忒直接了，直接得帅朗脸上有点挂不住了。

“我问你是不是?”不矜持的桑雅很固执，推着帅朗问。

“不是不是，瞎猜什么呢。”

“那就是她嫌你穷，看不上你……”

“也不是……”

“要不就是看你偷鸡摸狗不干正事?”

“你坑蒙拐骗的笑话我偷鸡摸狗的了……我以前可是好孩子，遇上你才学坏了。”

“呀，到底是什么嘛，说说怎么了?”

“……你真想听?”

“废话，当然想听了，要不闲着干吗?”

“那不许笑啊……”

“嗯……”

桑雅纠缠了良久，终于达到目的了。或许这件在帅朗心里压抑了很久的事，此时此刻，撩起记忆，也稍有那种倾诉出来反而坦然放松的心思，想了想，帅朗还没有组织好话，后面的桑雅倒按捺不住了：“快说呀，她干什么的?”

“老师……郊区乡中的。”帅朗淡淡地说，“我那时候推销英语学习报，无意中就认识她了，她那时刚毕业，在乡中实习，一来二去接触得多了，就谈上了……不管你信不信啊，那是咱的初恋。”

“呵呵……那为什么还掰了，听着不挺好的嘛。”桑雅道，感觉到了帅朗的那一丝为难，笑着不以为然问道：“是不是当时你不务正业，错过这个好女孩了?”

“不是，自从和她谈上，我戒烟戒酒戒泡妞，一心一意要把她发展成未来老婆。”帅朗肯定地说。

“那为什么分了?”

“这个……这个就不好说了，那个，我后妈有一天找到我了……”

“啊……你和你后妈……”

“你再胡扯我把你蹬下去啊……”

“呵呵……好好，别生气，我不插嘴了，不过你说完呀，说这半截不是故意吊人胃口嘛。”

“我靠，我怎么遇着你了……”

帅朗气咻咻地说了句，后面的桑雅吃吃笑着，估计心里要泛起阴暗想法了，帅朗赶紧解释着：“那是我后妈第一次主动找我，是为了我和我女朋友的事……交往了几个月我才知道，她是我后妈的表妹。”

“啊？这……”桑雅一听确实别扭，这别扭得让她咬着嘴唇侧着头一时语结了，半天才省悟，诧异地问着：“谈的时候你不知道呀？”

“知道就不会出这事了，我和我后妈话都没说过几句，后来离家根本就没见过面。”帅朗悻然道。

“这……这也不算个什么事吧？就为这个分手了？”桑雅问。

“我当时也不理会，我就觉得我们谈我们的，管其他人干吗……不过她脸上挂不住，后来联系就少了，她有意躲着我……再后来我也不好意思找她了。”帅朗有点失落地说，这是他心里的一块心病，很长时间都没有吐露过，却不知道今天为什么会说出来。

说着的心思不管如何，听者却是另一番心思了，桑雅揣度了片刻说：“也对，是有点别扭……你要是娶她过门，你爸就成你表姐夫了，你既是她老公，又是她侄子……你后妈本来是她表姐，转眼她又得叫妈……哈哈，怎么这么乱呢……哈哈……”

现在见识到豪放姐的荤素不忌了，把帅朗心里那份别扭细细数落出来。桑雅越想越有意思，笑得花枝乱颤，靠着帅朗只当是听了一个很大的玩笑一般，笑了半天才反应过来帅朗没吭声很久了，立时刹住了笑声，拍着帅朗的后背安慰着：“对不起啊，我真不是故意的……生气啦？”

“生什么气，早过去很久了……”帅朗道，有点落寂的感觉，这是他从骨子里一直接受不了父亲那个全新家庭的原因之一，也是很长时间不愿意再踏入家门的原因之一，即便再见到父亲关系稍有缓和，但这心里的芥蒂，又怎么消除得了。

帅朗笑了笑，不谈这个话题了，问桑雅：“别光问我呀？说说你……”

“要以你的说法，我也是处女……独处的女人，想不想追姐？你的机会以及成功几率很大哦。”桑雅学着帅朗的口吻反调戏着。

“我不是问这个，我是问你什么时候走上犯罪道路的，呵呵。”帅朗把话题转了个弯，故意正色道。

“哟，你问这个我还真记不清了。”桑雅一丝不悦，含糊说着，反斥着帅朗：“能告诉我，你对骗子的看法吗？现在没外人，咱们都是真人不说含糊话，我其实也不想再把你牵扯进来，到了城镇人多地方，各走各的……”

说着话感觉冷了，不是天气冷，而是瞬间让桑雅觉得心里冰凉了几分，轻轻地放开了以暧昧姿势抱着的帅朗，帅朗似乎并没有觉察到这个动作，只是淡淡地说：“没什么看法，其实我也是骗子，我认识个老头是老骗子，他说人生就是一场骗局，每个人都不由自主地选择被骗或者骗人的角色，很有道理……不过我和你还是有点区别，我是为了生存不得已偷鸡摸狗，骗点小钱，桑姐，我有一句话想说，又怕你生气，不知道该不该说……”

“说呗，你就差说想骗我上床了……其他的还不好意思说？”桑雅诧异地问，对于帅朗的这点看法，觉得有点味道了，而且依然不像自己的想象，既不是厌恶，也不是赞同。

“你劝我入行……不过我呢，想劝你改行。”帅朗道。

“为什么？干得好好的。”桑雅撇着嘴，不理会别人置疑自己的职业了。

“什么事都得有个度，以前叫盗亦有道，这个道就可以理解成度，有些事能做，有些事就不能做……”帅朗道。桑雅插着嘴斥着：“我知道，其实我们就是玩几把调包换钞之类的，就这回捞得不少，也没干伤天害理的事，梁根邦的钱也都是骗来的。”

"我不是这个意思，你听我说好不好……"帅朗强自辩着，打断了桑雅的话说："这个度不仅仅是底线的意思，其实不是跟你吹牛啊，我要是当骗子的话，就你和梁根邦未必比我强，不过有些事咱不愿意去做罢了。"

被劝着不屑了，桑雅切了一声斥着帅朗："你吹吧你……你知道梁根邦是谁吗？他半年卷了差不多一千万，他究竟是谁，长什么样，我都没见过，别说你一失业青年，就把中州叫得上名来的大佬摆出来，空手套一千万的能数出几个？"

"你还是没理解我的意思……我所说的度，是限定在一个安全的范围之内……"帅朗道，"比如咱们骗了别人三百五百，细水长流，根本没人管你……你一单骗三千五千，得，派出所肯定当回事立案，没准儿什么时候就揪你了……骗三万五万，这案子不是经侦就是刑侦，追着你不放……你想想你骗了多少？到了一定的程度，或者危害到了一定程度，警察就会动用一切可动用的资源，不惜代价要铲除你……咱不管什么时候都是个体，永远都处在劣势，偷鸡摸狗没人管你，可和国家机器怎么作对？我问你，心里害怕么？要是不害怕为什么换来换去的化妆，每次都不一样？你晚上睡得安稳吗？你听到警笛声心惊肉跳么？"

侃侃解释，谆谆劝导，而且不是站在说教的角度，几句反问，后面的桑雅沉默了，过了很久才做了一个动作，缓缓地、慢慢地、温柔地靠着帅朗，自后而前环臂抱着，脸在帅朗的背后摩挲了很久才说了一句："谢谢……谢谢你，第一次有人不想跟着我发财还想断我财路……呵呵，真不知道你是聪明还是傻……"

幽幽地一叹，帅朗摇摇头，再找不出规劝的话来了，或许每个人都有不愿向外人吐露的隐衷，都有选择自己生活方式的理由。于是，帅朗保持着缄默，不再说话了，桑雅也安静了，靠在帅朗背后，脸侧着望着星空，望着不断变换景色的庄稼、林地、河渠，直到东方渐露鱼肚白，直到一座城市的轮廓出现在视线之内。

天亮了……

第八章
贼窝纪事

一夜劳而无获的三辆车回到了中州，下了高速收费站，此时已经过早晨七时了。一辆黑色的帕萨特副驾上坐的正是所谓一夜暴富的传奇人物梁根邦。关于暴富的神话有若干个版本，有人说此人天生异禀，伺候了几个富婆发财了；有人说是倒卖文物发家了，中州这行发财的倒也不少；也有人说是跟着某炒股炒期货的庄家捞了一笔，那生意里头黑幕很多，发财和败家都很容易；更有人猜测没准儿是搞什么地下钱庄、赌场之类的事发财了，不管哪一种吧，反正不是勤劳致富。好在这个时代谁的发家史也不会那么干净，谁也没有深究这事，都知道梁哥确实是富了，典型的表现是和所有富起来的人一样，有了车、有了别墅、有了出入随行的手下，还有三天两头换的女人。

不过如果细看此人并无甚出奇之处，面皮白净，浓眉小眼，很瘦，眼神很忧郁，就像“祖国未统一、心情很郁闷”的那种长期忧国忧民所致，像这样的人，混到人群里和朝九晚五讨生活的城市阶层没什么区别。此时的忧郁更甚，加上一夜无眠累得神情有点委顿，司机没太敢搭讪，手下人不少都知道梁哥被一位神秘女人狠狠坑了一笔，追了半个月好容易追到了人，为了安全起见还专门关在很偏僻的乡下，出了中州一百多公里，没想到还是给溜了。

传说那位神秘女人比梁哥出道还要早，连梁哥见面都要称呼一声“玉姐”。这一次终于也见识了“玉姐”的奇异之处，三位孔武有力的大汉两个被关了起来，一个被打蒙了，干这事的那一对男女还被手铐锁着，这事究竟怎么发生的实在让人有点匪夷所思，更匪夷所思的是十几个人往三个方向找了一夜，人影都没见着，又像以前一样凭空消失了。

“有留下的什么线索没有？”梁根邦想了很久，出声问司机。

“哦，梁哥，东西都在这儿……我看了一下，玉姐手机里就撮三一个号码，手机号是新的；这个男的憨强说叫费洋，手机里可杂了，光手机号就五百多个，还真不知道是什么人……”

开车的平头男把塑料袋里的东西递给副驾上的梁哥，解释了一句。这些是把桑雅和帅朗关到乡下时搜出来的东西，钱包、首饰、两部手机、两块表，原本就防着生怕出意外，把这俩人身上搜罗了个干净，不料还是没防着意外。

此时梁根邦仔细看着价值不菲的钱包和那块劳力士运动款特型表，下了一个判断：“哦，这应该是个有钱的主……没准儿是小玉钓的金龟。”

梁根邦说了句翻查着手机，女式翻盖手机里几乎是空白，看到另一部手机就有点皱眉了，是一款几年前的老诺基亚手机，性能稳定经济实用不过样式巨难看那种，随意地翻着手机，诧异地念着手机上的名单：“……程拐、骚包、老肥、木头、卉卉……臭豆腐、大牛……这是人名么？”

“是不是也是个混主儿……手机里还有一堆裸女图片。”驾车的小心翼翼说着，说了一种可能性。

“管他什么主儿，挨着个找出来，不信他能飞到天上去。”梁哥把袋子一扔，气生大了，这个货搅了好事，自然要挖到底了，更何况还有几十万被骗的钱无从找回。不料一扔，袋子里的手机响起来了，蓦地一响，梁根邦拿出手机看着，摆手示意手下把车停到路边，手机上是个固定电话号码，区号中州的。

梁根邦没有接，等着手机响罢没音了，这才掏着另一部电话递给手下："拨这个号，问问什么地方的电话……"

干这事都是行家，手下一拨通电话，换着一副很亲和的口气问着："喂，噢，您好，我找费洋……没这个人？不对呀，我朋友留的就是这个电话号码，请问您是……噢，对不起，打错了……"

平头男摁着手机明显发抖了一下，忙不迭地挂了电话，瞠目结舌道："大哥，公安局的电话……"

"什么？"梁根邦惊得差点从座位上掀下来，惊道："怎么说的？"

"说是公安局反骗中心的电话……好像不知道费洋这个人。"手下也同样惊讶道。"骗"、"公安"都是他这类人最敏感的字眼。

梁根邦愣了，一抹不安现在脸上，腮帮子抽搐了几下，想到了一种最担心的可能，忙着安排："赶紧都关了……手机都关了……让歪嘴和老铲他们别回中州了，还有，相互联系的号码都换一下……这批取钱的飞车仔暂时都别联系，过段时间再说，回头咱们也挪挪地方，不能老在中州干……"

条理清晰地安排着，司机应着拨了几个电话小声传达着，收起电话再起步的工夫，稍有不放心地问："梁哥，不会把咱们捅给公安吧？"

"都他妈是骗子，谁捅谁呀？小玉不会，我是怕她身边那个男的来历不明……这事先放放，暂且别多事。"

梁根邦狐疑地说着，手下轻声应着，踩了脚油门，车向着中州市区加速驶去……

中州，二马路，防抢反骗中心。

接了那个莫名其妙电话的是木堂维，他并没有意识到这个电话有什么蹊跷，而前一个电话是方卉婷打的，此时正整理着桌面，拿着大笔记本插着一支笔准备开会，是紧急会议，提前了一个小时卢副局长召集的人马。

"方姐，等等我……"小木拿着东西起身追着方卉婷，小声问着："出了什么事了，一大早就把咱们都召来了，那传销案子还没结呢。”

“不知道，省厅来人了，肯定有什么大案……对了小木，你和帅朗联系了没有？”方卉婷问道。

“没有啊，这小子真不够意思，就发了个短信，连到医院都没看我去。”小木埋怨着，笑了笑，瞥眼看方卉婷的时候愣了一下，全身警装的方姐显得英姿飒爽，不过眼睛里却布满了血丝，看样子这些天忙得不轻，又关切了一句：“哟，方姐，看您眼睛红得。”

“哦……没事，这一个月比我以前一年都忙，我现在理解为什么都不愿意下基层了啊。”方卉婷手捂着嘴，打着哈欠说了句，说得小木理解地笑了笑，边走边问着：“哎对了方姐，您找帅朗干吗？”

“也没事，突然想起来了……”方卉婷一怔，掩饰了一句，这表情的不自然连小木也看得出来，不过他一直以来对方卉婷抱有的是尊敬和倾慕，没有追问。

两个人进了会议室，不再说闲话了，偌大的会议室里聚来了三十多位各警种的代表，刑侦的一拨、技侦的一拨、经侦的也有一拨，找着座位坐下来。省厅的来人都没见过，是位三十多岁的精干小伙，一自我介绍是省厅经侦处的。随着壁挂LED的画面展开，在场的人都有点诧异，是一副遍布亮点的示意图，不像治安范畴的。卢副局长进门后，这个会就直入主题了，省厅来人介绍着：

“……通报最新一起诈骗案，昨天晚上七时左右，邻省山西大同发生了一起诈骗案，案犯冒充公安机关人员给受害人打电话，谎称受害人涉嫌非法洗钱，要求受害人把账户金额转至指定账户备查，初步查明，骗走了受害人一百八十二万……”

轰的一声炸开锅了，大家窃窃私语的同行，有的在质疑受害人的智商，有的猜测案犯的巧妙手法，莫衷一是，不过惊讶却不小，连公安机关也敢冒充，嫌疑人的胆子可是越来越大，不过讨论几句都是集中在犯罪手法上，就算公检法真去执行什么经济案件都是困难重重，人家一个电话就忽悠一百多万，这难度着实是不小。

解说的笑了笑，接着说道：“大家一定奇怪他是怎么骗到手的吧？他们使用VIOP网络电话，这种网络电话可以任意变换电话号码，他们变换的是当地公安局的电话，受害人即便不相信，回头一查号码来源，是公安局的，马上就确信了，普通人特别是商人对警察很敏感，再加上嫌疑人语言巧妙，很容易实施诈骗犯罪……这个通报上有，大家可以细看。为什么在咱们这儿重点通知一下呢，大家看屏幕，在案发后三十分钟内，涉案账户的一百多万赃款被分流到了一百个不同银行的账户里，这个手法大家理解，方便在ATM机上取款，限额两万……之后又过了不到两个小时，一百八十二万的赃款里有九十六万全部从中州各银行的提款机里取走，而另一个取款地却在漳州和厦门……大家可以看屏幕，这就是昨晚咱们市分布的ATM取款机，我算了一下，最远相隔十七公里，而取款时间相差不到一个小时，甚至有同时取款的……截获到的监控画面也看得出，这是一个多人团伙的协同作案……省厅指示我们防抢反骗工作组下一步的工作重心，要对这伙活动在中州的电信诈骗团伙深挖细查……详细的布置卢副局长会给大家安排，这里我再给大家通报一下近期全国各地发生的类似诈骗案例……”

悄然无声的会议室里，大家在听到冒充公安机关作案，而且比几地警方联合还迅速的作案手法，都有点倒吸凉气，胃里有反酸的感觉了，最担心就是这种两头不见面的诈骗案，受害人不知道嫌疑人的长相，监控里看不到取款人的面目，就像捉迷藏一样，不过游戏地点却是相差上千、几千公里的城市，这其中的难度可想而知。

方卉婷听着身边几位经侦的女警咋舌说着，现在的骗子真是胆子大，敢冒充警察作案……另一位小声开着玩笑小声道，这还稀罕呀？前段中原分局抓了个冒充中央首长家属的，市、区政府给骗子送礼都不止一百万了，分局抓人的时候还有不少人蒙在鼓里给人说情呢……

方卉婷听着，无言地笑了笑，又是一个恐怕殚精竭智也未必能顺利侦破的骗案，她打着哈欠，明显心思不在此处，摸着关成静音的手机，在身下悄悄摁着键，发着短信。

是发给帅朗的，短短一句：回电，有事找你。

短信发出去了，她无言地摩挲着把玩着手机，脑子里却萦绕着一幅画面，一幅让她回忆起来有点心跳的画面。每每她夜里闭上眼睛，辗转反侧的时候，总能回忆起那一晚心跳、刺激和几欲窒息的感觉，在接触的男性朋友里第一次遇到如此大胆、无耻和放肆的人，不过同样也是第一次留给她如此深刻而另类的印象。在方卉婷自己看来，当然觉得优势在自己这一边，在男女之间女人占着天然的优势，那天之后方卉婷一直在等着电话，一直想象中这位给她另类感觉的男人一定会像其他男性朋友一样，会找着种种借口来约她……她甚至在心里已经重复了很多遍设计好的台词。

台词当然无所谓，无论是应约还是爽约那得看当时的心情，只不过连邀都没有就说不过去了，一连数日别说邀约，电话都没有一个，在方卉婷看来就更说不过去了……怎么说呢，亲了就跑，问候也没一声，很伤女人自尊的啊。

震动，手机的震动，短信来了……方卉婷做贼似的低头翻查着手机，终于有个短信回来了，不过一看怔住了，短信内容是：亲爱的 QQ 会员，您手机绑定的 QQ 号 ××在 ××公司周年庆典抽奖活动中荣获二等奖，奖品为三星笔记本电脑壹台，请尽快致电客服电话 400333 ×××× 领取奖品……

“骗子……骗子……”

方卉婷失望之后恨恨地扣了手机，没来由地生气，不知道是为这个拙劣的诈骗短信生气，还是为某个骗心的人生气……

其实不怨帅朗，此时的帅朗正在距离中州近二百公里的长葛市，一夜骑了多少公里不知道，全身发软、发疼，扶着车，与桑雅相互瞪着眼看对方，眼光里绝对不是欣赏，好像俩人间出了很大的问题。

问题在哪儿呢？噢对，在肚子里，俩人的肚子不争气地咕咕作响，更严重的问题出现了，是到了市区边上出现的，两个人摸遍口袋包括顺来衣服的口袋，愣是一毛钱也没找着。

惨了，帅朗盘算着就算想办法通知哥们儿谁来接应，从中州来也得几个小时，人倒是可以等，肚子实在难等呀。

惨了，桑雅也在盘算着，随身的钱包、手机、银行卡全部被搜走了，又落到这个陌生的城市，马上吃饭都有问题，别说出行了。

“我饿了……”桑雅看着帅朗，一点也不委婉，好像理所当然帅朗应该解决这个问题似的。

不料帅朗一翻白眼：“好像我不饿似的？”

“那怎么办？”桑雅道，哀怨地看着帅朗，从来没有想到问题会这么严重，即便身怀绝技怕也要被一文钱难倒了。现在倒觉得跑得太快了，要是还在乡下路边，没准儿能偷个地瓜烤个玉米棒子什么的，可到了钢筋水泥筑就的城市里，没钱就得饿肚子，毫不含糊。

“我不正在想吗？哎我说你别问我呀？你不让我跟你混么？先给解决解决吃饭问题，驮你走了一夜，饿死我了。”帅朗靠着自行车，发着牢骚，歇了口气，汗落了，更饿了。

“喂，别这么没风度啊，照顾弱女子是你义不容辞的责任。”桑雅揣准了帅朗吃软不吃硬的德性，笑着拽着车把，凑上脸来正视着帅朗。不料帅朗此时可达不到饱暖思淫欲的程度，看着桑雅无精打采地说：“谁说不是呢？我可想照顾你了。”

一说桑雅一乐一感动，不料帅朗后半句又强调着：“可谁照顾我呀？说起来我还是被你连累的。”

“嗯，我很难过……”桑雅没生气，莞尔一笑，又故意很深沉地说：“在你的感召下我准备金盆洗手，不再去骗人了……你说得很有道理，其实我每天也过着心惊肉跳的生活，怕被骗的找到我，怕警察找上门，怕同伙出卖我，所以我不停地换着装束和身份，我决定，从今天开始，我再也不过这种胆战心惊的生活了……”

说得很委婉，很动情，像要下定决心要脱胎换骨一般，帅朗莫名地很欣慰地笑了，一夜未眠，看着桑雅有点疲惫，凌乱发际遮掩着一侧显得有点肿的脸，凤眼长睫忽闪闪的，披着那件男式夹克有点不伦不类，不过说话的时候很恳切，凝视着帅朗，帅朗笑道：“这就对了嘛，我肯定是为你好，不是坑你……”

桑雅一笑，话锋转了：“我相信……不过帅朗，你既然想救人就得救到底，你把我劝得都放弃专业了，接下来的吃住问题你总得解决吧？”

看来是要把难题扣帅朗头上，毕竟现在这个样子，自己就算再有奇骗之术也是巧妇难为无米之炊，施展不开手脚。桑雅温言软语地说了几句，帅朗露出难色，看着落魄的桑雅，总不能让桑雅陪着自己挨饿吧，可实在是……是什么呢？帅朗挠着后脑勺为难地说：“我也没办法，这不正想呢吗？”

“咦？不知道是谁说的，他比我、比梁根邦都要强；不知道又是谁说了，劳动人民的生存智慧是层出不穷很伟大的，是任何困难情况都能生存下去的；我说他是不是吹牛呀？连自己的生存都有问题……别说管我了。”桑雅故意刺激着帅朗，放开了自行车，看来求将不行成激将了。

“这个……也不难，不过只管吃饱别挑剔啊……办法多得很。”帅朗推着车，桑雅慢步跟着：“不难？你吹吧你……”

“你行你来呀？你不是个骗术高手吗？甭说骗多少钱了，去给咱们骗顿早饭我就服你。”帅朗翻白眼了，反激上了。

桑雅可是真没治了，一摊手无奈地说：“那得有本钱呀，再一个还得有帮手、有目标呀，现在人生地不熟，什么准备都没有，我成这个样子了，真有办法我还用求你？”

是啊，这个样子实在惨兮兮的提不到台面上，帅朗一瞧她，乐了。夜里倒没有太注意，这会儿注意了，她一只脚绑着撕开的裙边当鞋带，好在裙裾够长，此时勉强在膝盖以上，不过也好不到哪儿，撕开的地方飘着几缕线头，上身的男式灰夹克裹着实在有点不伦不类，再加上脸上的疲惫和耳光的痕迹，就像被人强行施暴后扔在路边不管的受害妇女。

帅朗越看越乐，越看越笑，没料到世事变化真是无常，昨晚还在萨莉西餐点着牛排，轻啜红酒，今天就流落街头了，帅朗笑得眉眼挤到了一起。

“笑……再笑……”

桑雅追上了，走到咧嘴窃笑的帅朗背后咚咚擂了几拳，擂着再看自己的装束也忍不住笑了，笑着拽着帅朗问道：“到底怎么办？这个地方我还真没来过，要是回了中州我有的是办法。”

“你不是想看劳动人民的智慧吗？那，早饭来了……”帅朗不知道看到了什么，笑了。桑雅顺着帅朗的示意方向，看到了一位拉平车的人，帅朗扯着嗓子一吆喝，那人停下了，他让桑雅等等，直骑着车到了那人身边。桑雅一看一下子恍然大悟，是个收破烂的，帅朗这是要把贼赃换成钱呢。

对，确实是早饭来了。桑雅忽然眉眼绽笑，每每帅朗都会让自己惊讶，那么大难处都蹚过来了，说不定身无分文对于帅朗来说确实不算什么问题。

人口十几万的长葛市与中州还是有差别的，明显的差别在空气和景色上，掩映在绿林成荫、园林数处的楼群虽然少了几分现代气息，不过更显得人文了一些，和气势磅礴的中州大市相比，这里更像一处别具风情的小憩之地。

帅朗和桑雅是从国道直接进城的，到了离客运站不远的长社路边，饥肠辘辘的俩人在路边的早点摊吃上了。不是非要选择这儿，而是那辆摸来的破车给收破烂的只换了十五块钱，也只够在这种地方消费。

小摊的花样不多，胡辣汤方便面，主食有油条和小笼包子，盘算着兜里的银子，要了份煮方便面和胡辣汤，两份包子，基本凑合了。饭食一上来，俩人互视了一眼，笑了笑，心有灵犀，你拿着勺子我拿着筷子，流星赶月地头碰头吃上了。一夜奔波的疲惫让俩人胃口大开，吃的时候宛如一家人，你递给我一碟辣椒、我挟给你一个包子，饭食去了一多半，这才长长吁了口气，好像从来没有感觉到路边的小吃摊也能吃得如此之香，对嘛，就是香，现在想想昨晚上那什么牛排、什么沙拉，和这可差远了。

“帅朗，你来过这儿啊?”桑雅抽空问了句。

“嗯，来过，这儿是卫浴之都，陶瓷产品多，初中时候来过，好多年了。”帅朗端着碗喝着汤，应了一句。

“绿化不错啊……嗯，饭菜味道也不错。”桑雅挟着包子放到嘴里含混地说着，帅朗看着此时惬意吃着的桑雅，落魄的样子自然和昨晚在西餐厅不可同日而语，笑道：“那是你饿了。”

“好像你不饿似的……一点风度都没有，抢着吃，吃得比我多。”桑雅笑着回了句。

“拜托，我骑着车拉了你一夜，就应该多吃点。”帅朗道。

“半夜好不好，前半夜还被关着呢……”

两个人斗着嘴，帅朗不怎么迁就，桑雅也不怎么客气，大事小事总要争个长短，吃完了，一伸懒腰，那叫一个舒服，帅朗很牛地拿着十五块钱付了账，找了两块五。不料钱刚拿到手里，一眨眼就不见了，抬头却是桑雅给抢走了，帅朗赶紧追着桑雅的脚步轻声说：“喂喂喂，就两块五了，还靠这两块五混呢，你干什么?”

“你说早上起来该干什么?”桑雅脚步不停，几步走到了刚出市的冷饮摊边，两块钱买了两瓶廉价矿泉水，剩下的五毛扔给帅朗，拉着帅朗拐过路口，水往帅朗手里一放：“拿着，洗把脸。”

“啊，这么奢侈!? 矿泉水洗脸……”

帅朗说着，觉得这事可乐得紧，笑了笑，给桑雅倒着水，桑雅用手掬了洗了把脸，又漱漱口，清爽了几分，看着帅朗不知道想到什么了，突然眼光亮了亮，凑上来揪揪帅朗的衣服说：“衣服脱了。”

“脱衣服干吗?”帅朗突然意念乱了，看着裸肩红裙的桑姐，觉得这话很不对味道。又看看所在地方，是长社路中段的一个胡同，虽然人不多，不过也不少，好像地方也不对呀？

“我穿着这个怎么走路……”桑雅示意了一下，敢情她上衣开了大口子，正在腋下，如果不夹着胳膊走路，春光得泄一大片，怪不得桑雅一直把那件夹克夹在胳膊下，敢情是遮羞呢，不过在帅朗面前好像不需要掩藏。一看春光泄露的地方，帅朗嘿嘿笑着，桑雅却把衣服往帅朗身上一扔催着：“快脱，你穿这个。”

“光顾你自己漂亮啊……”帅朗接过衣服，发着牢骚，不过还是依言把那件亚麻衬衫脱下来扔给桑雅，自己穿上了夹克，很难看，灰色的，而且又大，正要发牢骚，不料看到桑雅换衣的时候愣了愣……衬衫上身一系扣，一拉展，即便显得宽了点，被桑雅一系腰身也是挺挺玉立，胸前鼓鼓囊囊很有型的显出来了，本来显得很短的裙子被放了放，腰间一系，顿时又成了长裙过膝，就像上次见到的那样，不过一件很普通的衬衫，立时能把人变一个样子。

可不，变了，脸一洗，几缕头发遮住有点伤痕的脸蛋，领子一整、裙子一拉，修长而挺拔的桑雅不比T台上走的模特逊色。一眨眼换就，桑雅很优雅地转了个身问帅朗：“好看么？”

“嗯……不错。”帅朗机械地应了声，竖条纹的衬衫显得桑雅个子更挺拔了，而且这种男性化的装束更让她妩媚中多了几分英气，新妆上峰，前凸后翘的幅度似乎更明显了几分。笑了笑，看着桑雅得意的表情，帅朗说坏话了：“别高兴，我是说我这衣服不错，好几千呢。”

“女人三十岁以前，衣服因人而美；三十岁以后是人因衣服而美，现在姐是人漂亮，所以穿什么都漂亮……呵呵，对不对呀？”桑雅整着衣服，抿了口凉水，笑着问。

“对！”帅朗递过矿泉水瓶，色眯眯笑着补充道：“人这么漂亮，衣服其实都不用穿，那不更漂亮。”

扑……桑雅喷了口水，刚要斥帅朗一句，不料看到帅朗披上大夹克像半大衣的样子，又忍不住咯咯笑了。姐美了，弟可糗大了，估计这衣服是憨强的夹克，套在帅朗身上像个小麻袋似的，忽悠悠地兜风。桑雅谑笑着逗了帅朗好几回，帅朗兜着衣服悻然一脸，像小男人受了点家里气一般很不悦，桑雅倒知情达意，挽着帅朗胳膊，头侧靠着他，给他受伤的小心灵来了点安慰……

长街，行人，陌生城市，因为有了彼此而不再陌生。帅朗沿着长社路闲庭信步地遛着，身旁挽了曾经梦里意淫过若干回的美女，一夜的变化恍如一场春梦未醒。此时暖暖的太阳刚刚升起，幽闲而美丽的小城市似乎也在向这两位不速之客展现她最美丽的一面，踏着花纹满布的阶石，帅朗几次瞥眼看长发及肩、笑意盈然的桑雅，总有一种不太现实的感觉。

“嗨，你看人怎么偷着看。”桑雅挽着胳膊示意了句，发现了。

“你眼真尖？我偷看了一眼你都发现了。”帅朗笑着，脸不红不黑。

“要看你正面看，好像我不让你看似的。”桑雅前踏一步，挡在帅朗面前，很豪爽地脸对脸，不过却做着鬼脸，而且撩拨似的来了个拢发动作，撩完头发的兰花指一变，指挑着帅朗，轻佻地端着帅朗下巴往起抬了抬，抿着嘴唇，嘴唇抿成了一条弯翘着、带着笑意的弧线，两眼水盈盈地凝视着帅朗。帅朗被逗得小心肝忽上忽下乱颤了，不迭地把桑雅的手拨拉过一边很不高兴地说：“喂喂，你这干吗呢？咱们就即便有发生奸情的可能，也不能你这么倒过来调戏我啊……这动作应该是我做的。”

“你羞答答不敢，我就替你做了，哈哈……”桑雅扑哧笑了，豪爽得又让帅朗有点脸红了。再次挽着帅朗的胳膊，桑雅笑着问：“哎，接下来干什么？我可快支撑不住了，总得找个地方先休息吧，一夜都没睡了。”

“这样，还剩五毛钱……找个地方打个长途，我找个哥们儿送钱过来……不过得等几个小时。”帅朗一亮手里的脏兮兮的五毛纸币，说着办法，最后的救命稻草了。

“要那样，咱们就得分开喽。”桑雅突然道。

“为什么？”帅朗不理解了。

“不方便喽，你别误会啊……你的手机和东西全在梁根邦手里，很可能他通过手机找到你周围的人，要是你一个人知道还好说，不过要让你朋友也知道了，恐怕这事你想守口如瓶也不可能了……所以，除了你，我谁也不想见……”桑雅很勉强地找到了一个理由，头侧了侧靠着帅朗，似乎很不舍地说：“我不想带给你麻烦，要不，我一个人走？”

“那你呢？”帅朗心里忐忑不安了。

“流落街头喽，反正你也不给我好脸色，嫌我累赘是不是？”桑雅故意问，眼瞟着帅朗。

帅朗眉色一动，赶紧辩白说：“哪有？嫌你累赘在路上就把你扔了，至于驮这儿再扔吗？”

“你不扔我也得走呀？和我在一起你不能用真实身份，否则一堆麻烦；再说你朋友能给解决身份问题吗？没有身份证住店都成问题。”桑雅轻声问。

“这倒是个问题啊……”帅朗站定了，愣眼想想，还真有这样的担忧了，自己周围这帮狐朋狗友，除了漏嘴就是烂嘴，要是稀里糊涂拉个来长葛送钱，甭指望这事能保密，而且总不能带钱再带着假证来吧？

“要不，想想办法，咱们自己解决……正好咱们一起在长葛玩一天？谁也别通知。”桑雅提议着，看着帅朗，附耳轻声补充了句：“就咱们俩……”

帅朗当然乐意了，不假思索地点点头，不过一点头，又为难了，亮亮右手那五毛钱：“桑姐，就五毛钱啦，咱玩什么呀？只能买根冰棍啃着玩了？”

“呵呵……靠你的生存智慧呀!?”桑雅激将了一句，笑逗着帅朗，想着自行车换钱的事出着馊招，指指路边说：“我给你想个办法，你扛俩井盖，要不拔俩铁花栅栏，卖给收破烂的，马上饭钱、住宿费不都有了。”

“啊!?大白天怎么干？再说偷井盖太下三滥了，把人陷坑里，那不造孽么？”帅朗愣着眼，这事危害太大，又是大白天，自然是行不通的。

“要不……我给你想点办法？”桑雅话锋一转，得意之情更甚，好像就等着这个峰回路转，好像就等着帅朗无计可施求自己一般。不过帅朗却从桑雅戏谑的眼神中看到了隐藏着的什么秘密似的赶紧婉拒：“别，你别出手，什么梁菜邦抓住咱还有跑，要是警察逮着你，跑都没地儿跑……”

“那你说怎么办？你要解决不了，我只能自己解决了。”桑雅说道，似乎在有意无意激着帅朗，把貌似很难解决的问题都扔给帅朗，看帅朗有点为难，桑雅笑了笑征询道：“要不，姐给你解决，就姐这姿色，到这小地方钓几个凯子小意思……”

“算了，我弄吧，你办得太不安全……”

帅朗想了想，终于被激起好胜之心了，在这情况下总不能倒吃软饭让桑姐养活着，他拉着有点不解的桑雅就走，折而回返，向进城的方向倒回去了……

对于在城市里混久了的人，身无分文肯定不算什么问题，俗话叫各卖各的俏、各有各的道。帅朗可能不知道桑雅的想法，可桑雅更无从理解帅朗的心思，比如揪了鞋扣开铐子、摸辆自行车跑路、再把自行车换早餐，这之中的生存之道不可谓不巧妙，而现在她对于帅朗究竟要怎么“弄”到钱，“弄”到身份证，看样子兴趣不浅。

第一站去的地方是还未散尽的长兴路早市，桑雅站在早市边上眼瞅着帅朗在几个摊位前巡梭，最后才盯上了一个卖劣质日用品的摊主，看着像讨价还价，不过桑雅奇怪的是帅朗身上只有五毛钱，就那身家在这种地方也是消费不起的。不过结果却让她大感意外，帅朗没买东西，而是把身上那件夹克换了做小买卖的一件短衫，浅蓝色的。

明显吃亏了，待帅朗得意洋洋从早市出来，桑雅一瞧他刚上身的衬衫直说吃亏了，那夹克好歹是个国产牌子，而这衬衫就差了，质地很劣，几处留着线头，针脚颇大，一看就是小厂加工的货色，不料帅朗却神神秘秘地拉着桑雅转了半条街，钻进胡同口，小声嘀咕着，说话的工夫还亮亮裤兜里的一样东西，是手铐，取下来的手铐。

一听帅朗的想法，桑雅吓得脸色顿变，紧张地小声叱着：“啊？你要扮警察?”

“不是光我，你也要扮……你听我说，别紧张啊，你就当自己是警察……”帅朗说着，又亮着个换回来的小本子，洒银色的警徽，就和地摊上卖的驾照本、工作证一样，假得忒厉害，直看得桑雅银牙顿咬，恨不得踹帅朗几脚。不料帅朗根本不觉得这把戏拙劣似的，瞅着墙上乱七八糟的小广告，试着往下撕着贴上去的征婚、寻人广告纸，桑雅越看越懵，追问着：“到底要干吗？你准备去派出所骗?”

“开玩笑！那叫自投罗网……到那儿。”帅朗指指胡同深处，胡同口就有标牌，叫好人家旅店。桑雅发愣的工夫，帅朗早撕好了一张纸，一张富婆征婚小广告上的照片，黑白的，拿在手里端详了片刻，招呼着发愣的桑雅：“走……拿着这个，进门你这样……这样……骗到就骗到，骗不到赶紧跑啊，逮着可没好……”

桑雅噤若寒蝉，原本以为帅朗胆小如鼠，看来是自己眼拙了，这简直是胆大如虎，大白天要扮警察进旅店查房呢!?

好在桑雅的职业素质很好，保持着正容跟着帅朗，忍不住强烈的好奇要一探究竟，怎么干呢?

大摇大摆地迈步、眼神直视要眼高于顶、表情要严肃，像上门收债的黑社会一样，俩人一前一后进了旅店门口，然后很虎气地把假证一亮……注意仅仅是拿在手里一亮：“市局刑警队的……”

身份一亮，事由即来，跟着把那张很不清楚的画片往柜台上一拍：“老板，看看，这个人见过没有?”

得，年届四十的中年老板，听名头就咯噔了一下，看架势又吓了一跳，哪敢要证件细瞅，紧张地端详着面前这位貌似便衣警察的小伙，面相倒不算恶，不过很冷，两眼炯炯有神。老板不敢不上心了，细细看着那张打印的相片，还没吭声，后进来的那位貌似便衣女警的女人“吧嗒”一声，铐子掉地上了，明晃晃的铐子，晃啷啷一响，她弯下腰去捡的工夫，就见帅朗回头斥着：“小心点，别吓着客人……咱们这是暗访。对……老板，您放心，不查您店里的其他问题，不过你要是见过照片上这位女人，一定得及时向我们汇报……”

“哦，好好……不过，这人我没见过呀？”旅店老板抹抹大酒糟鼻子，很配合公安机关的来人。

当然没见过了，见过才有鬼呢，只听帅朗继续忽悠着：“老板，我再郑重强调一次，千万别有所隐瞒啊，这是一个负案累累的女骗子，我们警方已经追了她很久了……再仔细想想，近期你们这里住进过形迹可疑的单身女人吗？”

“没有啊！？我们这小店就三十多间，一半都是来进陶瓷的老客户……没有，没有见过……”老板很肯定地说，即便不肯定也得用这种口气，桑雅扮着一个冷眼旁观、表情严肃、一言不发的女便衣，状似在很仔细地观察店里的环境。

俩骗子联袂了，而且几个小动作恰到好处，老板实在不敢置疑这么有型而且有专业素养的便衣警察，真要找麻烦那可不是一点半点。

“这样，照片你留下，有笔吗？给你留个电话……”帅朗说着，在照片上草草写了个子虚乌有的电话号码，很郑重地递给旅店老板，边递边说：“对了，你们监控留存我要带走，拷贝以后会给你送回来……”

“带走电脑？”老板诧异了，看着柜台下的电脑。

“不用，只带存储录像的硬盘，要不带电脑也成，你给我们送队里……我们就俩人，哪扛得动，还有好几家需要排查呢。”帅朗不动声色说着，给了一个无懈可击的理由。

“那还是带硬盘吧，我哪走得开……”老板比较之下，选了个折中的方式。

于是老板很信任地把帅朗请进了柜台里，于是帅朗堂而皇之地打开电脑机箱，揪下盒仓式的硬盘，这手法如此熟练，让老板不信是警方来人都不成，更何况那位貌似便衣女警的女人又给他讲了一番一定要注意治安防范，严防流氓、流莺和流窜犯，要出事了影响旅店经营不是……讲得头头是道，几句话让身肥腰粗的老板顿感还是警察有眼光，咱这小旅店常来什么人，其实人家警察都知道啊。

被胖老板真当警察送出了旅店，几分钟的表演就结束了，出了巷子，俩人不约而同地飞步快跑，直奔出数百米，桑雅捂着肚子笑得上气不接下气，指着帅朗要说句什么，不过一看帅朗就忍不住想到他扮警察凛然的样子，又笑得花枝乱颤，俩人钻到暗处笑了好久，桑雅揪着帅朗终于恍然大悟说：“还劝我别骗人，我看你比我还会骗……啊，还扮警察骗人，我都怀疑你是职业骗子。”

“那能一样么？你骗是几万几十万地骗，那叫犯罪，咱这顶多是恶作剧，谁当真呀？”帅朗道，嘿嘿笑着。他从小受父亲的影响就很了解这一行，实在是没警服，要有警服就更像了。

桑雅笑着，细细揣度着，此时才觉得这个貌似拙劣的骗局其实很巧妙，撕个照片当逃犯、穿个似是而非的衬衫扮便衣，进门一亮先声夺人，然后配合地再一掉铐子打消对方的疑虑，再加上帅朗惟妙惟肖的几句台词，心里原本就虚的老板不敢那么较真。

“怎么样？再来一次？”帅朗笑着，来劲了。

“嗯……”桑雅点点头，俩骗子终于有共同事业和追求了。

于是俩人捉迷藏一般专拣在胡同深处的小旅店下手，同样的剧本，同样的演出，又扫了三家旅店，而且之后更容易了，诈诈唬唬一说，手里提着几个盒仓式硬盘一晃悠，不客气地催促着旅店小老板：麻利点，还有好几家呢……

这到底要干什么？

其实很简单，十一点多的时候，俩人遛到了人民路的电脑市场，桑雅眼看着帅朗提着四块硬盘进了电脑城……然后，过了不久帅朗空着手洋洋得意地出来了，到了桑雅面前，神神秘秘一亮手里，赫然多了几张百元大钞，桑雅也窃喜着拿到手里数了数，五百块，一想这来路不正的钱，小声问着帅朗：“这贼赃他们也敢收？”

“谁也不认识谁，这么便宜，咋不敢收，里头有几个不是奸商的？”帅朗笑道。

“不会出事吧？打着警察的旗号骗东西，你可够胆大啊。”桑雅小声道。

“放心吧，屁事没有，旅店老板巴不得警察永远不给他往回送硬盘呢，那样他想干吗就干吗……再说才多大案值，谁查呀？”帅朗说着，没当回事。

“嗯，我得买件衣服……然后，咱们中午到哪儿吃去呢？呵呵，我说帅朗，看来我是得跟上你吃香的喝辣的啊。”桑雅笑了，放心了，不由自主地伸手爱抚一般地拧了帅朗脸蛋一把以示嘉奖。

“吃饭前我给你弄个身份证啊。”帅朗道。俩人并肩溜达着，钱到手了，心里有底了。

“怎么？这个你也有路子？”桑雅讶色问道。

“我打个电话……十分钟就给咱送来，而且是免费服务，你信不？”帅朗笑笑，瞥眼看着桑雅。

桑雅愣了愣，要说调包、要说换汇、要说搞个几个人组织的骗局，那她是行家里手，不过对于帅朗稀里古怪的办法还真揣不准了，想了想，出声道：“不可能吧？就做假证也得用些时间……再说不掏钱谁给你？”

“都说你不懂了吧？想不想学学，以后走遍全国都不怕……”帅朗诱惑着。

“嗯，当然想学学，你这套还真有点意思。”桑雅道。

“不能白教你，给什么报酬？”

“请你吃饭……”

“钱都是我骗回来的，什么叫你请？”

“喂，有没搞错，我打掩护的啊，总有我一半吧？”

“共有财产，不能算请……”

“那你想要什么报酬呢？”

“我想……我想……”

桑雅揶揄地问着，帅朗扬着脑袋，说了半天没说出来，桑雅笑了笑，侧着脸飞快地在帅朗脸蛋上吻了吻，悄声问着：“是不是这样？”

“嗯……差不多。不过感觉不够强烈。”帅朗乐滋滋地说。

不料帅朗小觑了豪放姐的激烈程度了，一听此言桑雅拉住了帅朗，又是轻佻地一端帅朗的下巴，当街旁若无人地“啵”声亲了口，笑着饶有兴致地说：“早知道你这么帅，这么拽，姐那天晚上就委身给你了……来，再让姐亲亲。”

说着话捧着帅朗的脸，不容分说，附身呶着嘴来了个侵略式的湿吻，不过这是带着几分戏谑开始的，又在街头，帅朗这下脸上挂不住了，嗯嗯哦哦地挣扎开来：“行了行了，怕了你了，第一回见脸皮比我厚的，还是女的……”

一挣扎开来，做贼似的看着四周，这丫在大街上这么流氓帅朗以前可没尝试过，好在城市里谁也不管谁，只是有路人诧异地看过一眼，搞得帅朗心里扑通扑通乱跳，直比去骗人家硬盘还心虚得厉害。

“呵呵……敢扮警察不敢亲女人，胆子也不大嘛。”桑雅促狭地笑着，胳膊还环在帅朗脖子上，帅朗不迭地把状似爱得不得了的桑雅胳膊放下，拉着她轻声说：“低调……保持低调，别招人现眼……我这次可是逼不得已干坏事啊，再弄个身份证，咱就收手，行吧？”

“嗯，同意……”桑雅点点头。

两个人腻歪着走到了市中心的小广场，帅朗附耳教着桑雅，馊主意又上来了……

“喂……您好，是办证的吗？”桑雅在公话亭拨通了第 N 个电话。

“对呀，本公司办证业务涉及签证类、文凭类、资职类、户口类、部队类、车牌类、汽车档案、房产证类、刻章类等等……热烈欢迎您的到来，相信我们的优质服务一定能够助力您的事业再创高峰……”

“身份证能办吗？”

“当然可以，不管您要哪一类证件，本公司出品严谨，讲究质量，尽己之力做到最好，让您买得舒心，用得放心……”

“……”

电话里男音长篇大论滔滔而来，桑雅蹙蹙眉，举着听筒让身边的帅朗听着，帅朗摇摇头，很明显地示意道：骗子。

桑雅拿起电话打断了对方的扯淡，直入主题：“甭废话，身份证现成的有没有？”

“当然有了，不过您首先需要向我们定购，并通过银行转账五十元定金，然后提供一张免冠照，一到两个工作日内制作完毕……方便告诉我您的手机号码吗，我把账号短信告诉您。”

“呸，真你妈五毛，五十五十骗还不累死你呀……”桑雅对着听筒骂了句，嗒声扣了电话，回头看着帅朗，很不屑，这办法有点瞎驴走夜路了，电话已经打了好几个了，快失去方向感了，都这德性，反正就是忽悠先交定金，都是此道中人岂能不知？其实大多数街头小广告就是下饵钓你定金，定金一收，你的电话直接就进黑名单再也拨不通了。真要像他们吹嘘的什么证都办得了，还至于费尽心思在街头乱贴广告么？

看着帅朗，桑雅很专业地指摘着：“你这办法不对路，这里头百分之九十九都是骗子，而且都是来自南方的骗子，普通话都说不清，一张口就是假的……就这骗法真寒碜，简直是破坏骗子的声誉。”

这话说的，还嫌人家骗法太拙劣了，帅朗嘿嘿笑了笑，摇摇头不同意了，解释着：“你错了，正是因为大部分都是假的，所以真办假证的才容易隐藏行迹，也正因为大部分都是假的已经容易识别，那些真办证的才更安全，没人把他们当回事呀……”

说着话帅朗又示意了一个号码给桑雅，这是俩人一路抄回来的电话，这个不难，沿街走一圈，商铺门上、橱窗上、甚至脚底的路上、街头的长椅上都是，边念着号码边催着：“再来一个，既然存在，就是合理的，要真没有一个能办出假证来的，那就没有骗子存活的环境了……”

“哼……最后一个啊，再要打你打。”桑雅拨着号码，有点不耐烦了。

“你也是骗子，这么没专业素养呀，没耐心怎么成？哦哟……”帅朗斥着，不料拨电话的桑雅抬腿就是一脚，豪放姐对他可是整个不当外人，帅朗笑着躲了一步，正要开个玩笑，不料桑雅嘘一声捂着听筒，轻声说：“有身份证么？”

“你住店还是上飞机？”

这话专业了，凑上来的帅朗一竖大拇指，正色一点头：真的。

“能凑合住店就行，我现在就要，两张，一男一女，照片差不多就行，你们能送来吗？”

“长葛本市没问题……不过加急的得二百，你要不挑照片，我给你真件。”

“钱不是问题，我证件丢了没法住下，你要十分钟能送过来，给你二百。”

“地址……”

“八七路，工贸商厦对面的电话亭，我穿白底花裙，提一个米黄色的女包，十分钟见不到你我自己想办法……”

“放心吧，用不了十分钟……”

电话主动挂了，桑雅怔了怔，看着帅朗，帅朗笑道：“这就对了，找的就是这种人，现在分辨骗子很简单，只要吹得天花乱坠、只要先要定金，一律假的，正经八百做这生意的，那是铁打的信誉，说拿出来绝对不含糊……”

似乎很像真的，不是似乎，是肯定是真的，桑雅狐疑地问了句：“他们手里有真件？”

“当然有了，每年丢多少身份证呢？正常丢的、贼偷的、你以为流到哪儿了？黑市上一个真证都能卖三五十块，都被这帮人收回去了，零买批发都成，这也是生存之道，毕竟有这种需求嘛……哎桑姐，见了人你淑女一点啊，别把人吓跑了。”帅朗笑道。

“得了呗，你离远点……还嫌我不淑女？我还嫌你不像爷们呢？去去……”

桑雅摆着手，打发着帅朗，帅朗笑着走开了几步，俩人眉来眼去，守株待兔正式开始了。

帅朗整整刚换的衣服，还是那件亚麻衬衫，被桑雅还回来了，再看桑雅，倚着电话亭宛如清水芙蓉，当然是拜那几个硬盘所赐，去了趟女装商店，桑雅挑了件白底黑花的连衣裙，换了双透明的高跟凉拖，不贵，只花了一百多。不过也正像她所说，因为年轻，所以衣服因人而美，这身廉价的衣服穿在桑雅身上显得档次提高了不少。

看着养眼的美女，悠然地点了一支烟，靠着街边的花棚矮墙，帅朗深吸了一口，此时已到正午，阳光的光线有点刺眼，每每目光看到桑姐的裸臂和长腿，总觉得白花花的会给眼神来一个瞬间的冲击，而且冲击产生的电流会直达心里某个敏感部位，最直观的感觉就是在脑海里形成某部艺术片里两个人缠绵的镜头，镜头花样很多，不过拍摄的地点应该在床上……

对了，这叫精虫上脑。

不是非要上脑，而是主观意念无法克制客观诱惑的强大力量。帅朗目测着桑雅个子，有一米七以上，穿上高跟鞋要比自己明显高一截，高挑的个子不管站在哪儿都有鹤立鸡群的感觉。偏偏这鹤立鸡群又是如此出众，估计是在长葛没有案底心情放松的缘故，此时桑雅身着白底黑花的连衣裙如此清凉一身，微风掠过，隐隐约约露着身材的凸翘，不经意地稍稍身动，精巧状似雕就的踝、染着甲的美足，恰如伫立在路边的艺术极品忍不住让人回眸多看几眼……

吁嘘嘘……几声轻声口哨打断了帅朗的瘪想，眼神一动，正瞧到桑雅用眼睛在指示着方向，前方、右前方，路对面，从商厦边的胡同里拐出来辆电动车，停了不知道多久，隔着几十米的距离，应该是朝这个方向看，也应该是看到了电话亭旁边的桑雅。

来了，帅朗没动，抬着手准备抽口烟，不料不知道何时烟已经燃尽只剩下了烟屁股在手指间夹着，他随手朝垃圾桶里一扔，正好看到了那辆电动车男把车锁在商厦门口，横穿着马路，步行朝这儿来了。

好眼光，商厦进进出出人不少，左近还有冷饮摊、小吃摊、修车摊，粗粗一看应该有上百人了，能在这众多人群中发现目标，看来桑姐的专业素质还是不低的，人又近了近，正是朝桑雅的方向，帅朗暗笑着，证件来了……

是位留小胡子的年轻人，三十郎当的光景，手插在口袋里走到了路边，隔着几米没有搭话，打量着桑雅，桑雅只是瞥了一眼，故作不知地把眼光投向别处，左右一瞧感觉到没什么危险，小胡子往前凑了凑两三步调侃道：“哎美女，你要身份证呀？”

“那你是？”桑雅问，像证件丢了那份急切。

“一看你就是身份证丢了吧？我是办证的……钱呢？”小胡子开门见山，站到了桑雅面前。

“证呢？不就二百块钱么……你看我像赖账的。”桑雅提着包，生怕被抢似的。

“是一张二百，两张四百啊……”小胡子提醒着。

“我知道……哎大哥，人都没见面你就能办出证来呀？你那证能用么？”桑雅拉着拉链，貌似要掏钱，很慢。

“呵呵，差不多有个样子就成了……谁看你那么清呀。我给你挑一张……”小胡子掏着皮夹，看了桑雅几眼，皮夹里蹭蹭蹭抽了若干张二代防伪身份证，挑了一下就递给桑雅说：“这两张，脸型差不多，就上飞机也能蒙过去……证可都是真的啊，我们收都得花不少钱呢……”

“嗯，不错……”桑雅看着，眼瞟了瞟帅朗的方向，身份证一看放在包里，那办证男突来一问：“姐们，你不是长曷人吧？”

“不是啊……”桑雅道。

“来长曷找钱来的……不会是干那个的吧？”办证男眼光贼忒忒打量着桑雅，眼光聚焦的中心从脖子往下盯到胸、腹，又回到了脸蛋上，眼珠骨碌碌转着。得，桑雅鼻子一哼哼，心里暗骂着，把老娘当小姐了，一思忖嫣然一笑反问着："那大哥你说我干什么的?"

"呵呵，那个呗，你懂的……要不跟哥们儿玩玩，证白送你……给你介绍个找钱的地方也成呀?"小胡子男笑了笑，试探着。

"我倒是没问题，不过……有人恐怕不愿意……"桑雅笑着，终于完全地拉上拉链，根本不准备付款，手指点点小胡子男的身后。那人惊声回头，一下子愣在当地。

背后，突兀地站着一位男子，正是帅朗，笔直站着带着几分蔑视，手里把玩着一个貌似警徽的小本，那人眼睛一凸未等分辨真假，又见突兀出现的男人另一只手从裤兜里伸出来了，手指上套着锃亮的手铐，蓦地眉宇里掠过一丝得意的笑容。

"兄弟，身上揣的假证不少啊，都拿出来瞧瞧……"帅朗手里摔着铐子，不咸不淡睥睨地来了句。

警察!?

办证男来不及细想，尖叫了一声，掉头就跑，帅朗装腔作势喊了句站住，桑雅也帮腔作势喊抓住他，这假证佬吓坏了，慌不择路越过栏杆，飞也似的穿过街道，直往胡同里蹿，眨眼不见人影了。

当啷一声，是帅朗把掏出来的手铐和证件本直扔进了垃圾桶，笑了笑看着桑雅，一抬头示意："走吧，身份证送来了，人家不要钱就走了，你还等什么?"

"这王八蛋……居然把我当小姐。"桑雅骂骂咧咧，上前挽着帅朗，俩人不紧不慢转过八七路口，桑雅摸着到手的身份证，笑着问帅朗："哎，你怎么把吃饭家伙扔了?"

当然是不解帅朗为什么扔手铐了，帅朗笑了笑说："坏事不能常干，差不多就行了啊……怎么样? 这手不错吧?"

"切，差远了，等了这么长时候才弄俩身份证……你看，这是什么?"桑雅又从包里掏出来个黑乎乎、鼓囊囊的钱包，一看这东西帅朗吓了一跳，一把夺到手里，一看钱包里一摞身份证，这才想起来了，刚刚桑雅为什么和那办假证的站那么近、为什么把包放在胸前位置，敢情是挡着那货视线方便下手呢，再一想桑姐在中州调包的手法，没啥说的了，悻然道："你厉害……手真快啊，我都没注意到。"

"这小子只顾看我，我摸了他钱包他都不知道……哈哈……怎么样？我看有多少？"桑雅又夺将过来，一看里面除了一摞身份证尚有几百块，哈哈乐了，帅朗却稍有担心，拉着桑雅："走走，赶紧，我说姐呀，你干个事吓死个人了，弄人家俩证就行了，怎么还把人家钱包偷了？"

"这王八蛋没安好心，偷他的活该……"

"得了吧，好像咱们安好心了……快走，别等人家反应过来，回头找麻烦……"

"哪有那么快，早吓跑了……"

"万一，不怕一万怕万一，你还真不把自己当外来户呀，这些人多数都是地头蛇……"

帅朗拉着桑雅，拦了辆出租车，上了车，一溜烟走了……

一个小时后，益民路羊蝎子火锅店，帅朗和桑雅挑了二层的一个雅座，人兜里一充实，心里就踏实了，桑雅连点了几个荤菜，帅朗要了几瓶啤酒，一上来看是当地产的东岳啤酒，桑雅又挥手让服务员换换换……换什么来着，换蓝带呗，总不能亏待小兄弟不是。

帅朗嘿嘿傻笑了一番，既是桑姐做东，那只得客随主便了，不一会儿火锅汤滚，浓白漂着的滚油的火锅药味和着肉香味都出来了，桑雅挟着菜殷勤地劝帅朗吃着，至此时，从惊惧和茫然中蹚出来的俩人已是心中大定，大快朵颐地吃得滋滋有声，不多会儿面前都堆着羊脊骨，这东西说起来是最适合冬天的吃食，先啃肉再吸髓，肉是既不塞牙，又无腻味，那吃相虽然不太雅观，可多了几分豪爽。亏得出租车司机介绍，边吃着的工夫，边挹口羊龙骨汤，微麻含辣的味道帅朗尝得滋滋有声，桑雅却比帅朗还豪爽，吧唧着嘴呼了口热气，然后很享受地对帅朗说：“过瘾!”

一句说得帅朗赶紧侧头四下看看，生怕有人注意似的，这桑雅不知道以前什么样子，不过自打认识就没见她雅过，别再说一句更过瘾的话，那脸上可挂不住了。桑雅却不乐意了，筷子直戳着帅朗很不高兴地问：“喂，怎么了，怎么了？又嫌你姐不淑女了？”

“你什么都不在乎，还在乎我的看法……”帅朗啜着汤，莫名地来了句，笑了笑转着话题道：“我是看看，别失主打上门来，好有个防备。”

“切……”桑雅给了个鄙视眼神，明显言不由衷。不过桑雅对于对面这位现在已经是芥蒂尽去，引为知己了，真要是身无分文把俩人任何一个扔在陌生的城市估计都有办法，只不过联袂来了这么一上午，又是扮警察叔叔、又是钓假证佬，心跳刺激可全乎了，桑雅很享受这么个玩的方式，邀帅朗道：“帅朗，我有个想法，你想不想听？”

“什么想法？”帅朗愣了一下。

“没听刚才出租车司机说吗，长葛这片有几家星级酒店……”桑雅压低了声音。

帅朗吓了一跳，瞪着眼问：“你……你又想干什么？”

“弄俩钱去呀!？咱们开个房住进去，找俩金龟，我负责敲开门，你拎包怎么样？”桑雅笑意盈然地说，就自己的模样气质再加上帅朗的手脚利索，那肯定是天作之合。

看来她想玩加强版仙人跳了，帅朗听得直皱眉头，有点哭笑不得了，难受样子一出来，桑雅吧吧嘴小声训着：“你这人怎么这样啊？我不是为你着想吗？多整俩钱不好呀，你不正失业吗？”

“别别，差不多就行了，哎我说桑姐，你到底什么专业出身，又骗又偷，这转眼又要改抢啦？”帅朗小声问。

“现在不都复合型人才吃香嘛，光会一样哪成？我都干过。”桑雅很不以为然地说，附带剜了帅朗一眼，似乎嫌帅朗见识浅薄了。

吁……帅朗轻嘘了一声，有点感觉不到自己心里泛起的滋味了，如果在中州是一时冲动、如果在乡下的关押地是情非得已、如果刚到长曷是迫于无奈，那么此时就有点心虚了，身边虽然陪着这么一位美女，可同样是一颗大雷，要落魄了吧你看着可怜，可要翻过身来，连骗带偷加上抢，还没准儿要捅出多大的娄子来。

没错，人是吃一堑长一智，帅朗在这上头吃亏可不算少，亏吃多了人就学乖了，知道有些事的轻重。

“嗨、嗨……发什么呆?”桑雅敲敲桌子，像在追问帅朗，帅朗笑了笑婉拒着：“先歇歇吧，忙了一夜，你坐车不累我骑车累呀，这都几个小时我还没休息过呢……找个地方睡觉。”

“嗯!？没出息……”桑雅不屑了句，嘴里嚼着东西说着，看帅朗又躲着自己的目光，放下羊脊骨，直接用油腻腻的小手伸着直端帅朗下巴，端着了，很严肃地说：“喂，我问你句话，别撒谎。”

“撒谎不你的专业么？问什么？想查我户口?”帅朗把桑雅的手打过一边，找着纸擦着油，桑雅这才笑着抽了张餐巾擦拭着手问帅朗：“我问你啊，你到底什么人?”

“都说一百遍了，真是失业青年。”

“不相信。”

“不相信我也是。”

“那我就看不明白了，失业青年都像你这样，会开手铐?”

“哦，那是家传手艺。”

“呵呵……那扮警察呢？也是家传?”

“那跟电视上学的。”

“少来了，你肯定来路有问题。”

“我说桑姐，你浑身问题，怎么现在怀疑我有问题啦？什么问题?”

俩人脸对脸凑一块儿，小声嘀咕着，似乎都比较喜欢这种捉迷藏的谈话方式，帅朗此时有点怀疑，面前不拘小节的桑雅没准儿才是这位女骗的本色。而桑雅就有点迷懵了，忽灵灵闪着一双美目，打量了帅朗很长时间，这才狐疑地说：“说你是好人吧，你又会打又会骗还会假扮警察；说你是坏人吧，你还挺身出来救别人；说你胆子小吧，憨强几个人都唬不住你；说你胆子大吧，姐不就顺手摸走个钱包么？把你吓成这样……你到底是什么人？”

“呵呵，不好不坏喽，有贼心当不了好人，可贼胆也不大，更当不了坏人，只好不好不坏啦。”帅朗笑道，看着桑雅，给了她个无辜的眼神，劝道：“现在吃住钱都有了，该适可而止了啊，我说桑姐，你不是真准备还干几票大的吧？路上不说都金盆洗手啦？”

“没有……我就试试你，看你到底什么人……呵呵……小样。我要洗手不干了，你养活我呀？”桑雅食指轻佻地拨了把帅朗直视的脸，拨拉过一边，消除了对视的尴尬，又埋头消灭上菜肴了，边吃边擎着啤酒和帅朗喝一大杯。

患难消失之后那份显而易见的间隙在俩人之间慢慢出现了，因为立场差异，还是因为话难投机？更或是因为俩人根本不同路，只是偶遇，反正帅朗觉得瞬间之后桑雅变得不那么开朗，不那么豪爽，轻啜慢咽着汤，优雅而轻柔地劝着菜……得，淑女味道上来了，反而让帅朗觉得更不适应了。

吃完饭，付了账，那假证佬钱包里有七八百块，全部便宜桑雅了，出了饭店拦了辆出租车，问着司机，到了一家像样的酒店，大摇大摆地开了房间，累极了的帅朗呼咚声把自己扔到床上，抱着枕头，心里就想美美睡上一觉，不料桑雅抬腿踢着半躺床上的帅朗催促着：“去洗个澡再睡……”

“哦，还真是……”帅朗又一骨碌爬起来，一看桑雅怔了怔，开门进房间却是包不离身、人不沾床，像马上要走似的，他问桑雅：“你不准备一起睡呀？”

桑雅稍稍蹙眉，帅朗登时省得单间双人，似乎这话有点不对了，笑了笑解释着：“别误解啊，我没想那事……我是说，你不累呀？”

“连那事都没敢想，看来你胆子确实不大。”桑雅取笑了句，手像爱抚般地抚过帅朗的脸，笑了笑转身说：“我出去一会儿，你先睡吧……”

声落人走，帅朗还没来得及多问一句，人已经掩门而去，没来由的淡淡失落感觉升腾在心里，让帅朗有点讪然地进了卫生间，泡了会儿热水澡，不久拉开被子睡了，这一日过得确实是累极了，累得连个春梦都来不及做……

生活，除了日复一日的烦琐和重复，有时候免不了有很多意外发生，在可以料及或者不可料及的意外发生时，总让人觉得很不可能……

下午四时，古清治和寇仲从凤仪轩美容养生会所踱步出来，盛小珊和养生会所的经理把两位直送出了门厅，对于像这种只图舒服不问价格，就为喝喝茶、聊聊天、泡泡澡而愿意花上数千上万办个VIP卡的顾客，店里总是不吝给予最高尊崇的。不过今天古清治是带着疑问来的，因为前一日被盛大设计师带走的帅朗杳无音讯，免不了让他有所担心，不过闲聊之下从盛小珊暧昧的眼光和隐晦的话里，听出来帅朗可能是勾搭了位单身美女，没准儿温柔乡里不思归了……这事嘛，所谓少年色、老来财，都是避免不了的，古清治、寇仲，识人多矣的盛小珊都觉得无所谓。直憋到上车的时候，寇仲按捺不住了，向师爸提了个疑问：一直说这小子聪明过人，是不是已经觉察到了什么？

“绝对不可能！”古清治摇摇头道，不可能的原因是，帅朗如此而为究竟要达到什么目的，连他也拿捏不准。

至于拿捏不准的原因也简单，虽然见面总是从放大优点的角度来看帅朗，但从越来越深的了解也能差不多下个定义了：酒色财气，应该基本全乎了；吃喝嫖赌，应该哪样都不缺；这坑蒙拐骗嘛，说不定都沾点……加上在盛小珊这儿，不过稍做了做包装，眨眼就勾搭个女人不见面了，这类货色，谁又拿捏得准!?

下午五时，青龙电脑城。三层一个电脑散件经销门面，一个很意外的巧合发生在田园身上，其时田园正和电脑城一帮IT光棍讨论游戏攻略，铺面里来了个访客，赶紧支应来了，却发现是嘉和超市的蓝店长蓝冬梅。惊喜确认之后，聊了几句，话题不经意地转到了帅朗身上，虽然她说是来看看电脑，不过田园感觉得到，这巧合绝对是故意的，没准儿就为帅朗来了，听话里意思好像电话联系没有联系到人，问帅朗现在干吗呢……田园很诧异，回答很直接，瞎晃悠呗，他能干吗？这话似乎让蓝冬梅很失望，一失望让田园有心理感应了，似乎揣到了什么，不过打量来打量去，一袭裙装、清凉一身的蓝冬梅，虽然到不了让人流口水的水平，可也不是二哥那流氓能般配的档次，直到把有过一面之缘的蓝店长送走，田园从蓝冬梅貌似很关切的神情里想到了很多种可能性，不过细揣之下，还是觉得有点……不可能。

下午整六时，城北纺织路建行分理处，木堂维、方卉婷从即将打烊的银行里出来，送行的银行负责人握手作别着。今天的任务是全部出动，以经侦、网警为主，重点排查昨晚涉案 ATM 机的监控，木堂维和方卉婷连走了三家，银行方面除了提供监控录像，其他的就无能为力了。两个人返回的途中有点失望，走了三处银行，提取到的录像都是蒙面取款，手法匪夷所思到搞笑的程度，放大了几个画面，取款嫌疑人头上套的居然是女丝袜，黑色蕾丝的……不过不得不承认这办法是很直接且方便的，丝袜就套在头顶，进门的时候一抹，蒙面了；出门的时候再往上一抹，正常了，和头发一个色，根本看不出异样来，没有比这更方便的伪装了。

“小木，你学痕迹检验的，你说能不能通过面目识别把他们的肖像恢复出来？”方卉婷问了一个很关心的事。

“够呛。”木堂维摇摇头，做了个捏颊的动作示意着：“这个化妆虽然简单，不过很巧妙，丝袜本身有拉伸弹性，会让面部肌肉变形，进而改变面部轮廓，肖像恢复本身就有误差，只能作为侦破的附属线索，再这么来一下，误差有多大就不好说了。而且这东西不能作为证据的啊。”

“那你说，这还没办法了？”方卉婷征询道。

开车的木堂维明显没什么办法，笑了笑道：“方姐，马上省厅的市局就要抽调刑侦和经侦专业力量充实来了，到时候来了高手，自然能挖出线索来，咱们今天这么多录像，说不定就能找出线索。”

“过于乐观了，受骗人在大同，取款人在中州、泉州、厦门，作案人在什么地方？这中间隔了几层跳板？即便把取款的挖出来了，是不是还是一层跳板？他们要是根本不知道上线是谁怎么办？就算抓住了上线，说不定我们离真正的作案人还有很长的距离……”方卉婷沉思着，连来了几个疑问。听得驾车的小木怔了怔，咦了一声：“方姐，您不是侦察专业吧？这专业思维太强了啊？”

“不是专业思维，而是普通思维，犯罪的手法是随着技侦科学的手段的改善而改进的，它和科学技术发展几乎是同步的，比如方便沟通的通信工具、方便储户的取款工具、方便出行的交通工具、改善生活的新科技，都可以成为犯罪工具……我一直觉得咱们跟在嫌疑人的背后走，跟在案子背后走，恐怕很难找到他们的踪迹。”方卉婷手托着腮，两眼有点迷茫。

木堂维从未想到方姐的心思如此之深，瞥眼瞧了瞧，多了几分敬佩，随意地问着：“那怎么办？您想到什么了？”

“要找到他们思维的缺陷。世界上没有完美，当然也包括诈骗犯罪，只要找到他们的思维缺陷，我们就可能瓦解他们的组织、运作甚至可以预防……”方卉婷欠了欠身子，看了眼小木，感觉到小木不太相信，笑道：“我上警校学心理学的时候，导师给我们讲过 1967 年美国芝加哥发生的系列爆炸案，嫌疑人潜藏了十年，联邦警察和 FBI、CIA 都调了不少高手来彻查此案，排查、侧写、不管是描蓦，都没有成功……最后有一个根本没有到过现场的人分析出了嫌疑人的行为特征，详细情况我记不清了，不过我记得他分析嫌疑人属于强迫症候患者、有固定工作且工作压力大、由于幼年不幸或者家庭问题导致了反社会性格倾向，通过外在的分析引到了嫌疑人的日常表现，他甚至分析出了嫌疑人穿双排扣的风衣、喜欢在小咖啡馆逗留、固定在一个生活小圈子但没有固定的朋友、给人的表现应该是沉默寡言之类的日常特征……最终抓获嫌疑人的时候，他正穿着双排扣的风衣在咖啡馆里小坐，脚旁就放着一包准备实施下一次爆炸的炸药……”

“哇，这么神，什么人分析出来的？FBI？”

“不，精神病医生，一位FBI探员无意中请教了他，从分析到落网只用了二十天，之前查案的时间是十年……”

“我明白方姐您的意思，不过您说嫌疑人也恰巧是强迫症患者……所以精神病医生分析得出来，可咱们要找的是高智商的电信诈骗嫌疑人，找谁分析去？总不能找个骗子吧？”

“呵呵……有什么不可以，找个会骗人，特别是能骗过警察的，应该不难吧？”

“您是说……帅朗！？”

“对了一半……帅朗他爸。”

“噢……可咱们和他不是一个系统的。”

“私下请教总没问题吧？我这段时间研究帅前辈几年前写的《春运防骗指南》，很有点意思啊，本来准备让帅朗引见引见，可这死东西你找他时候，还就不见人影了，一天了连手机都不开……”

“要我说呀，连他爸都不用找，帅朗都行……你看他干过多少种职业，犯罪嫌疑人都是从他这号人堆里成长起来的……他当骗子都没问题。”

“呵呵……这个我信，哈哈……”

两个人说笑着，回到监控中心已经快七点了，把提取回来的监控标号、送检，监控中心又专门辟出了一间技侦分析室，奉调到位的技侦人员联合工作组成员要对六十多份现场以及外围的监控记录排查，十数台电脑已经就位了，机器的温度加上天气的炎热再加上嗡嗡作响的机器声，把这个环境变得如此燥热，已经开始排查的警察不时地拭着一脸一头的汗，站在技侦室的门口的方卉婷和木堂维互视了一眼，心里泛起同样的想法，和海选一样，这么个海查，简直是一个不可能的任务。

整七时，西装笔挺、皮鞋锃亮的韩同港出现在卡布其诺饭店门口，今天是应了前女友雷欣蕾的邀约，是那份按捺不住重续旧情的憧憬让他如此重视，咬牙用不多的积蓄买了身很上档次的西装赴约来了。

刚刚坐下，佳人应约而来，高挑的个子、豹纹的短襟、潇洒的裙裤，当年的校花虽然气质大变，却依然那么漂亮，漂亮中透出来的成熟韵味让韩同港一时有点局促，更局促的是雷欣蕾还带来了一位女人，一介绍是锐仕猎头的师娅妮，一位很有书卷气的女人。虽然不是俩人的情意绵绵，不过同时和两位美女就餐韩同港倒也觉得有面子得紧，点了牛排套餐，比萨饼，再加上几份女孩爱吃的冰激凌、圣女果、炸薯条之类的，为了这回邀约虽然腰包瘪了，可面子足了……只不过话题一开让韩同港纳闷了，两个女人都在问着一个名字：帅朗。校花对于这位当年的烂仔已经记不清了，不断地打听帅朗从事什么职业，这两年一直在干什么，他的家庭情况到底怎么样之类的话题，而那位姓师的女孩兴趣似乎更大，韩同港粗粗略说的情况明显不够，听口气似乎想通过韩同港约帅朗出来。

郁闷了吧，精心打扮的韩才子郁闷了，可不料美女之意不在自己，敢情是想结识老二帅朗，听了半天迷懵地问着这其中缘由，师娅妮解释了一番，是锐仕猎头公司有意邀请这位帅先生入职试工，原因当然是那份 IHCE 答题，据说锐仕老板看到这份答卷惊为天人，很想见识一下，而那天帅朗草草答了题，只留了个名字就走了，师娅妮无奈之下只得求助于同是中州大学毕业的雷欣蕾，雷欣蕾因为跳槽和锐仕有过业务来往，也认识这位师娅妮，中州说起来也不大，一眨眼就撞车了。

说话的当会儿，雷欣蕾想起了当日通过 MSN 传的那个笑话，抿着冰激凌看着师娅妮笑；师娅妮想起这茬儿也是苦水没地儿倒，被人骂了一通回头还得来求人说好话，寄人篱下可得多难哟。

不过话听在韩同港耳朵里就不是滋味了，看着落落大方的前女友，又看看文文秀秀的师娅妮，警告着俩女人：“你们搞清楚了啊，确实是帅朗？还有件事我得提前说啊，他干什么工作都没长性，高兴了就干几天，不高兴了捅个娄子就溜了，这段时间兜里有钱了，连工作也不想找了……对了，你们那儿月薪多少钱？”

“三千左右吧，新人都这个样……后续就得看他的能力了，猎头公司的职员都是按创利提成的。”师娅妮解释了句，也不确定地说：“其实我们老板只邀请，能不能成，人家愿意不愿意，还得两说。”

“三千块，有点少了啊，让我去还差不多……呵呵。”韩同港笑了笑，发了句感慨，不过要真去也未必去，这些私营的企业都没有什么归属感，工作再好含金量也不如公务员里的小职员，说倒就倒了，除非你能做到行业的顶尖位置，可能吗？可能性很小了，韩同港想了想替帅朗答应下来，反正这货一天瞎逛悠也没个正经事干，试试也好。一答应留了电话，不过心里的怀疑不小，当然这最大的怀疑是有人、居然是有女人追着来找帅朗，小心翼翼地问师娅妮道：“师女士，我问一下，您说的那什么 IHCE 答题是什么玩意，我怎么没听说过。”

“噢，这是个意外，我本来是给他做智商测试的，不过打印错题了，IHCE 是我们猎头公司在招聘从业职员时候用的测试题，主要测试一个人观察细微度、反应速度，抽象思维能力以及思维的协调能力……一般情况下，能做到 60% 合格、80% 优秀，90% 做对就罕见了，这份题库的设计者原供职于情报机关，据说他是依据招募情报人员的思路设计的测试，毕竟我们这个行业很特殊，不可能给你更长的时间去了解要猎的人才，除了资料就是简单的会面，所以对识人能力有很苛刻的要求……”

师娅妮解释着，下意识地看看手指，又下意识地蜷回了手指，想起了那日帅朗看到她手指做出的判断，生怕此时自己的动作又泄露心迹似的，不过韩同港可不注意这些，打断了师娅妮的话问：“等等，我问下，帅朗究竟考了多少分？你们巴巴地绕这么圈子找他。”

“呵呵……说出来你一定不相信。”雷欣蕾笑了笑吐了俩字，“满分。”

“什么？”韩同港果真吓了一跳。

“我也不相信，那草包不能毕业了反而成材了吧？”雷欣蕾笑着评价道。韩同港有点不相信地朝师娅妮求教，师娅妮点点头：“没错，是满分，一道都没答错，要不是调监控出来，我们老板都不相信。”

“不可能吧？帅朗在学校考及格都是抄的，有时候抄都抄不够六十……

特别是英语，过四级都是我给他找替考的……”

韩同港正色说道，认为是锐仕搞错了，师娅妮坚持没错，强调这个测试和知识学历无关，时不时被这个话题逗笑的雷欣蕾则催着韩同港找帅朗来见见面，不料电话拨出去居然是关机……

这场并没有恢复旧情的约会一直持续了一个多小时，回到住处的韩同港觉得很不是滋味。回到住处一问之下，仨兄弟才发现一天一夜都没见帅朗了，以前也出现这个情况，但凡遇到搂钱的事一准儿消失不见面，多则十天半月、少则也有三五天，三个人已经习以为常了。只不过韩同港心里有点纳闷，把饭店的事一说，仨人面面相觑，田园也突然想起来，直说今天邪了，嘉和超市的蓝冬梅专门到电脑市场找帅朗，恶意的揣度自然是发展奸情了，看蓝冬梅怅然若失的样子，没准儿是被始乱终弃，再狠点往下猜，没准儿中招了，找他小子算账呢……这俩一说，平果愣了愣，兴奋异常地又补充了点料，说是今天接了个电话，那中大的王雪娜找不着帅朗，居然把电话打到他手机上了，说不定……得，还是别往下猜了，再猜又落俗套了。

“不可能呀，这才一天，就变强变帅变聪明啦?”韩同港诧异之处正在于此，昨天出门前还和兄弟几个卫生间前抢蹲位呢，怎么变得像不认识似的。

“是啊，以前天天失恋，现在美女倒贴？不可能吧?”田园有点不太相信。一直以来二哥都是靠电脑里的美女安慰心理、自慰生理，什么时候成实战家了。

“哎哎，我说，不会是二哥骗财骗色了，人家找上门来了吧?”平果找着可能性。

“嗯……这个倒有可能。”韩同港和田园同时点点头，三个人达成共识了，即便有此共识，也觉得同时骗这么几个貌似不错的妞儿，可能性不太大。

就在这一天即将结束的时候，没有变强也没有变帅的帅朗睁开了眼，一片黑暗，昏沉中下床，还以为自己是睡在中州出租屋里，一夜一天的奔波累极了，睡得糊里糊涂抬步就走，不料哎哟一声撞上了椅子，摸索着，看到了卫生间的灯光，慢慢恢复意识之后才想起不在中州，在长曷，摸索着上前推开了卫生间门，眯着眼糊里糊涂进门放水……

“啊……”尖叫猝起，泼溅的水声像谁栽到了浴室里……出事了。

是谁在尖叫？在这个房间里除了桑雅恐怕不会再有来人。

对，是桑雅，卫生间门猝开之时，她正悠然地躺在氤氲热气的水中，看到穿着内裤的帅朗懵头懵脑闯进来，下意识地尖叫了一声，双手护在胸前，腾声站起来，满池的水哗声泼溅了一地。

帅朗在一刹那像被施了定身法定在了原地，虽然对类似的全裸镜头在电脑和脑袋瓜里都有过无数次经历，可真正摆到眼前，那会是一种什么结果？想也想得出来，裸浴、美女、酥胸、长腿以及最隐秘和最诱人之处、寤寐逑之而求之不得的一下子全部冲击到了视界之内，那股剧烈的感觉让帅朗如同被人勒着脖子缺氧似的眼往外凸，眼珠几乎迸出来了……

“出去……”桑雅猛地发现手再快也赶不过眼快，下意识护胸之后又下意识地想到有更重要的部位暴露出来了，慌乱中分不清左右手，护着三点部位。不过她很愤然的叱喝丝毫未见效果，帅朗人像钉在地上一般根本未动，抑或是根本没有听到声音。

“滚，再看我剜了你那对猪眼……”

桑雅没来由的羞赧，声音放低了几个分贝，一只手抹着胸前，一只手捂着私处，冷眼如霜，目光如电，瞪着帅朗，进门的时候这货睡得像死猪，想趁着他睡觉快速洗漱一下，却不料赶了个正着。

“呵呵……”帅朗反应过来了，傻笑了笑，乐了。

“呵呵……哈哈。”帅朗傻笑之后，继续傻笑，乐歪了，堵在门口不动，很诚实地道歉：“姐，我真不是故意的啊，您什么时候回来也不吭一声……您放心，就当我不存在，看见也当我没看见……其实你不用挡，我这眼神特不好……哦哟，今天才发现，桑姐你这身材真好啊……”

帅朗充分发挥这若干年赞美老板、赞美顾客和赞美女人练就的口舌，嘴吧嗒着不停，眼珠忽悠悠乱动，边说边把这无边春色尽收眼底……惊艳的刺激让帅朗语速飞快，不过却有点语无伦次，只因此时新浴出池、盈盈站着的桑雅，正如一尊无瑕的玉雕，凸凹优美、玲珑剔透，在蒸汽氤氲中似梦似幻，偶尔雪白肌肤上滑落几滴水珠，更如芙蓉出水、春花带露般让人如此心旌飘摇。

哇，美死了，美得要死……帅朗的嘴唇上也滴了颗晶莹的水珠，好像应该是口水，痴痴地看着，挖空心思只想到了这句欲不可耐的赞美。

是玉人美不胜收，还是观者美得好死？抑或是二者都有？帅朗不知道，脑袋里一片空白，只剩下眼中传递的这幅绝美画面，甚至生气、发怒、嗔怪的桑雅，更像多了一层另类的诱惑，在一刹那撩起了帅朗心底最原始和最奔放的欲望，于是凸着的两眼有点发红、有点充血，身上的某一部分挺翘着，已经接近兽性大发的边缘了……

帅朗僵立，像挪不动步一般僵立着，桑雅骂着、剜着、叱着都没有奏效，在看到帅朗状似魔怔般的眼神之后，那份羞恼中淡淡地升了一分得意，虽然有点唐突莽撞了，不过好像从另一个侧面证明了自己的引以为傲的本钱多么丰厚……于是异变突生，桑雅嫣然一笑，两手放开了，随着两手猝然一放开，春光全泄，她明显地看到帅朗如遭电击一般全身痉挛了一下，是被这个动作刺激到了。

似乎要将刺激进行到底一般，桑雅第一次如此优雅地伸展双臂，和肌肤几欲同色的双手顺着额头，捋着贴在身上、滴着水珠的长发，纤腰一展，一个女人最美、最温柔和最性感的一面在帅朗面前展露无疑……帅朗脑袋前伸着，像探头偷窥一样，直愣愣站着、直勾勾看着、眼珠一动不动，好像想动，而手脚又不怎么听使唤一般。

“来呀？”桑雅一捋长发，食指勾勾，帅朗惊得向后退了一下，愣着看着桑雅。

“来呀！”桑雅催着，加重声调，声音带着磁性，优美的磁性，手抚过胸前，明显地双乳微鼓，然后张臂欲抱，那一刻的眼神如此销魂，帅朗终于兽性大发了，不顾一切了，窃喜地喊着“来了……”踏步一扑，饿虎扑食一般，直扑向站在浴池中的桑雅……

哦哟……帅朗吃疼在叫。

泼剌剌……水花四溅。

没有发生期待的浴室激情，在帅朗扑上来的一刹那，桑雅的腿一抬，轻轻松松把神志有点模糊的帅朗顶了个正着，尔后、尔后就没有诱惑的销魂眼神了，手一搂，反搂住了帅朗的脖子、顺势一搬，站立不稳的帅朗被结结实实溺到了池里。

一刹那形势逆转，掉进浴盆的帅朗刚要抬头，不料被重重摁了一下，一滑又进去了，紧跟着是噼里啪啦几声脆响，帅朗只觉得背上、臀上，巴掌、脚丫连挨了若干下，边挨边听施暴着发泄似的叫骂：“让你看，再看、再看……偷看女人洗澡……看够了么？看爽了吧!?”

咚咚手脚并施，连打带踹，发泄了一番，桑雅抽着大浴巾一裹，出去了。出门的时候又不过瘾似的，裹着浴巾返回来助跑两步要来猛踹，可不料正看到刚站起身抹了一把脸的帅朗，两腿间翘得几欲脱颖而出，动作一下子停了……帅朗一惊，省悟到了什么，马上双手护着下部要害，紧张地侧身生怕那里遭殃，本来怒气冲冲的桑雅猝然大笑，啐了两口，转身关门出去了……

说得太慢，发生的一切又太快，笑声持续在房间之外，卫生间一地水迹，帅朗抹了把脸上头上滴滴答答往下滴的水珠，愣了很长时间，很难相信这是自己刚刚经历过的事……

“妈的光顾看了，动手太慢……要不……”抹着脸上的水迹，帅朗很痛悔地总结了一句，从来没觉得和那个妞儿相处会有这次如此遗憾……

过了很久，准确地说，应该是桑雅觉得卷着毛巾拧过的头发已经潮干的时候，才听到了卫生间门吱哑轻响，眼瞟着，只见帅朗做贼一般穿着湿短裤猫着腰出来，拿着床上的裤子又奔回了卫生间，生怕被非礼似的嘭声关上了门，窸窸窣窣地开始换衣了。

笑了，照着镜子的桑雅抿嘴在暗笑，暗道这个贼胆没有贼心大的帅朗，色胆好像也没有色心那么大。对镜看着镜子里的自己，那张脸似怒而嗔、似笑非笑，桑雅蹙蹙眉做生气状，又抿抿嘴做微笑状、然后又瞪瞪眼做发怒状，脸上的表情变来变去，好像找不出一个很合适给帅朗的表情……其实，其实呢，桑雅整整刚刚穿上的罩裙，最真实表情显现出来了，谑笑着，在潜意识中并不介意俩人有这种关系，但接受不了的是如此猝然、如此没有感觉，当然更谈不上情调了。

女人嘛，是感性的，在温情脉脉的欺骗和不苟言笑的真实之间，即便明知道是欺骗也会选择前者，其实差别就在这个“情”之一字上，可以是爱情、可以是调情、可以是温情、可以是情调，可以是任何一种情包括奸情，就是不能像这样是个猝不及防的突发情况。

有点突然了，已经平静的桑雅下了如是定义，甚至也有点悔意，不该那么狠，把个可怜刚睡醒的帅朗绊浴池里踹一顿，毕竟俩人好歹共患难一天了，再怎么说人家也没有歹意，刚刚顶多是临时起意……虽然从他的眼光中不止一次看到了那种心思，不过人家终究还没有付诸实施不是。

胡思乱想着，门又吱哑轻开，一瞥眼，帅朗快步蹿着，腾声上床，吱溜钻进了被子，既像害羞又像害怕，还带着几分不好意思似的。桑雅笑了笑，嗒声开了灯光，然后提着一袋东西往床头柜子上一放，又开了床灯，看帅朗捂着被子蒙着头，半天不吭声，捅了捅不客气地说：“嗨，怎么，话也不敢说了……你还委屈是吧?”

蹭一声，被子掀开了，帅朗掀开的，吓了桑雅一跳，就见得已经清醒的帅朗两眼炯炯有神，躺着，看着坐在床边的桑雅，除了眼珠滴溜溜乱转没有其他多余动作，眼光有意无意地在桑雅的脸上、胸前打量着，似乎在回味刚刚的惊艳。

“再看，想挨揍了……”桑雅似笑非笑地看着帅朗，貌似咬牙切齿地威胁了一句。

“那你先揍，揍完再让看行不?”

帅朗接着就来一句，眉眼绽笑，疼在身上，恐怕要乐在心里了，咱皮粗肉厚根本不惧那几下。桑雅扬手作势要打，不料看着帅朗避也不避的眼光，手一扬停在空中顿住了，笑了笑，收了回来，慢慢地起身了，那分玩笑的表情不见了，跋踏地走到了椅子边坐着，倒了杯热水，轻抿了一口，像在想什么，沉默了。

想什么？帅朗一骨碌起身，女人的心思真是难琢磨，大街头搂着你敢亲，没人了吧看看都发这么大火？帅朗坐在床上看着还没有来得及打量的房间，三星的标间，房间不大，两张小床，睡觉的时候确实不知道桑雅什么时候回来，也不知道现在是什么时间了，只见另一张床上扔着几件衣服，都是没见过的，床边靠着一个旅行皮箱，像是新购置的，心里想到什么，再看桑雅，穿着的是一件蓝色罩裙，低头一看，连鞋都换了。

意识到了什么，一瞬间帅朗也沉默了，痴痴地坐在床上。从镜子里看到了帅朗的表情，桑雅端着杯子抿了口热水像自言自语地说：“你心里可真坦荡啊，我一个人出去你一点都不担心？睡得这么死?”

“担什么心?”帅朗诧异道。

“不担心我行骗失手？你可再也见不到我了。”桑雅道，她回过身来，很复杂地看着帅朗，似乎对于没有得到的那份关爱有点怨念，下午走时感觉特冷，是帅朗的表现让她特冷。

“调包、换汇，还有搞梁什么邦的钱，你是串骗的，再笨你也不会去单干吧?”帅朗道。

桑雅的眉头一动，心微微抽了一下，这倒说到正点上了，而且让她有点惊讶，讶色看着帅朗问：“那你不怕警察找上我？或者梁根邦把我抓走?”

“老骗都给自己留后路，以便落难时候不至于走投无路，你这是准备跑路吧……这些事你不至于想让我和你一起，也让我知道吧?”帅朗指指皮箱，又指指桑雅的装束，很理解地说。又一次被道中心思的桑雅这会儿是真蹙眉了，奇怪地打量着帅朗，很奇怪这位不是同道的人对这一行了解得如此之深。她一打量，帅朗补充着："理论上你应该是已经走了，为什么又回来了？离中州越近你的危险就越大，你树敌不少吧，是不是连警察也在追你……下午我想你出去就应该远走高飞了，所以就坦然大睡喽。"

"你……"桑雅打量着帅朗，惊讶中带上了几分怀疑，轻声，咬字很清地问："还知道我什么事?"

"我听到了一个传言……"帅朗眼睛瞟着桑雅，端坐着的桑雅不像今天白天表现得那么花痴，会在大街上给你一个香吻；也不像老中州烩面馆所见的那么精明，时刻盯着腰包，此时倒更像带着某种威严在谈论专业问题。不知道是对桑雅的变化不适应还是对这种谈话的方式不适应，帅朗变得小心翼翼，轻声说道："好像这个行当里有位女骗子叫'女魈'，不少同行也被她宰过，不过很少有人知道她究竟姓甚名谁，连警察也无法确认她的真实身份，不过却通过体型和容貌留下了她不少化身的面目……听说她犯的案子不少，典型的手法是出入高档公寓和酒店寻找下手目标……"

帅朗说得很慢，慢到了一定程度，状如读到了艰涩的古文，停下了。

"还有呢?"桑雅眼皮跳了跳，追问着。

"还有，可能你不知道，老中州烩面馆你们那次换汇，不该找两个盗窃的嫌疑人下手，那俩栽了，虽然金额不大，不过他们偷的人不对，好像是来中州考察的外宾，这个事差点连我都脱不了身……既然我脱了身了，那你们那天到场的三个人恐怕就都瞒不过去了，万一漏下一个，剩下的就有危险了……"帅朗依然艰涩地说着，想到了此事的经过，想到了可能发生的事，要是别人可能看不出来，不过万一不小心让他那个反骗老爸看一眼，不经过大脑都知道这是伙串骗的。